Buch

Thanatos ist das griechische Wort für Tod. Und der mysteriöse Drohbrief, den die Reporterin Irene Kelly unter ihrer Leserpost findet, ist mit »Thanatos« unterschrieben. Thanatos kündigt darin eine Reihe rätselhafter Rachemorde an. Und er hat sich Irene als seine Kassandra auserwählt, die von dem Unheil unterrichtet wird, es aber nicht verhindern kann. Als erstes Opfer in seinem tödlichen Rätselspiel hat Thanatos Klio, die Muse der Geschichte, ausersehen. Und Irene braucht nicht lange zu überlegen, was damit gemeint sein könnte: Am nächsten Tag findet man die Leiche einer erschlagenen Geschichtsprofessorin. Als der zweite Mord geschieht, ist Irene nicht länger bereit, sich als Spielzeug eines Psychopathen mißbrauchen zu lassen. Zusammen mit ihrem Freund, Detective Frank Harriman, macht sie sich auf eigene Faust daran, die mythologischen Rätsel zu entwirren. Und die Zeit drängt – denn Kassandra selbst soll das nächste Opfer sein.

Autorin

Jan Burke lebt mit ihrem Mann in Seal Beach, Kalifornien. »Da waren's nur noch drei«, ist der dritte Roman ihrer überaus erfolgreichen Irene-Kelly-Reihe.

Außerdem im Goldmann Verlag erschienen:

Morgen früh, wenn Gott will. Roman (42367)
Und raus bist du. Roman (42398)

Da waren's nur noch drei

Roman

Deutsch von Maria Mill

GOLDMANN VERLAG

Die amerikanische Originalausgabe erschien 1995
unter dem Titel »Dear Irene«
bei Simon & Schuster, New York.

Umwelthinweis:
Alle bedruckten Materialien dieses Taschenbuches
sind chlorfrei und umweltschonend.
Das Papier enthält Recycling-Anteile.

Der Goldmann Verlag
ist ein Unternehmen der Verlagsgruppe Bertelsmann

Deutsche Erstausgabe Januar 1996
Copyright © der Originalausgabe 1995 by Jan Burke
Copyright © der deutschsprachigen Ausgabe 1996
by Wilhelm Goldmann Verlag, München
Umschlaggestaltung: Design Team München
Umschlagmotiv: Giorgio Balmelli, Zürich
Satz: Uhl + Massopust, Aalen
Druck: Elsnerdruck, Berlin
Verlagsnummer: 42399
Redaktion: Michael Wolf
T. T. · Herstellung: Sebastian Strohmaier
Made in Germany
ISBN 3-442-42399-6

1 3 5 7 9 10 8 6 4 2

Für meinen Mann,
Timothy Burke,
der unter vielen einzig ist.

All meine Worte sind Bettler an deiner Tür,
flehen dich an, das zu verstehen,
was sie nicht beschreiben können.

I

Miss Irene Kelly   *28. November 1990*
– Persönlich –
Las Piernas News Express
600 Broadway
Las Piernas, CA

Liebe Miss Kelly,
   ich schreibe heute an Sie, weil diese Trottel vom Sport-
teil mich einfach nicht ernst nehmen. Mein Hund Pigskin
sagt Ihnen das Ergebnis jedes Super-Bowls voraus. Bis
jetzt hat er sich nicht ein einziges Mal geirrt. Sobald die
Mannschaften fürs Entscheidungsspiel feststehen, klebe
ich die Klubembleme auf den Boden von zwei Schalen
Hundefutter, stelle sie ihm hin, und der Napf, zu dem
Pigskin dann hinmarschiert, ist immer der des Pokalsie-
gers. Ich finde das hochinteressant und dachte, darüber
könnten Sie doch mal was...

Ich zerknüllte den Brief zu einem Ball und schmetterte
Pigskin unverzüglich in die »Korbablage« – alles mit der
linken Hand. Kurz darauf jedoch holte ich ihn wieder aus
dem Abfall. Ich vergaß für einen Moment meine miserable
Laune und überlegte, ob Pigskin uns nicht vielleicht bei
unserer Lottotippgemeinschaft im Büro von Nutzen sein
konnte.
   Ich war an jenem Mittwoch nachmittag im Spätnovem-

ber mit der Durchsicht meiner Post beschäftigt; ich hatte die Ankündigungszettel für Tagungen und die Einladungen zu örtlichen Politspektakeln bereits aussortiert, so daß jetzt nur noch der Stapel der nicht so ohne weiteres zu identifizierenden Kuverts übriggeblieben war. Einige waren mit der Hand adressiert, andere getippt und wieder andere hatten Computeraufkleber. Nur wenige trugen einen Absender.

I. Kelly
Las Piernas News Express

Liebe Tränendrüse,
   die gegenwärtige Vergötzung des Generalsekretärs der Sowjetunion durch die Medien ist einfach widerlich. Diese Darstellung von Mr. Gorbatschow als Reformer ist doch im Grunde nichts anderes als das bisher hinterhältigste kommunistische Komplott. Nicht, daß viel dazugehörte, Euch hasenherzige Linke von der Presse hinters Licht zu führen. Aber ich meine, es ist doch wohl sonnenklar, daß das alles nur eine Farce ist, die es darauf anlegt, uns in Sicherheit zu wiegen...

Die wenig schmeichelhaften Anspielungen auf meine inneren Organe ließen mich kalt. Ich gebe zu, daß ich nicht besonders konzentriert war und den gelegentlichen Ausfällen unter meinen Leserbriefen kaum Beachtung schenkte. Nicht immer ist meine Post so sonderbar wie an jenem Tag, doch das Herannahen gewisser größerer Feiertage scheint pathologische Fälle zur Feder greifen zu lassen.

   Die meisten von ihnen sind harmlose, einsame Menschen, die nur einen Zuhörer brauchen. Hin und wieder verursacht auch einer von ihnen ein bißchen Aufruhr, wie etwa der Kerl, der eines Tages mit seinem Papagei in der Redaktion aufkreuzte und behauptete, der Vogel sei die Reinkarnation von Sigmund Freud. Zwar weiß auch ich nicht, was Frauen wollen, aber Sigmund wollte einen Keks.

Miss Irene Kelly
Las Piernas New Express

Liebe Irene,
Ihr letzter Kommentar, in dem Sie schrieben, durch die Staatslotterie werde gewissermaßen eine Steuer auf die Hoffnung der Menschen erhoben, hat mir großartig gefallen. Ich bin ganz Ihrer Meinung. Sie sind die brillanteste und scharfsichtigste Schreiberin der Express-Redaktion. Ihr Stil ist einfach brillant. Beeindruckt hat mich, wie Sie das komplexe statistische Datenmaterial der Eberhardt-Studie über die Strukturen des Lottoscheinkaufs erfaßt und analysiert haben sowie Ihre Fähigkeit, auch dem Durchschnittsleser die Bedeutung der Studie nahezubringen. Ich würde Sie wirklich gerne kennenlernen. Sollte dies jedoch nicht möglich sein, so schicken Sie mir statt dessen doch bitte eines Ihrer Unterhöschen.

Lydia Ames lachte, als sie den Brief über meine Schulter las. Sie ist unsere stellvertretende Lokalchefin. »Zeigst du den deinem Verlobten?«

Ich warf ihr meinen finstersten Blick zu. Da sie mich seit der dritten Klasse kennt, konnte sie das nicht besonders beeindrucken. Sie hatte wirklich einen Riesenspaß an dem Wort »verlobt«. Wie viele meiner anderen Bekannten hat auch sie sich eine ganze Reihe von Jahren Gedanken darüber gemacht, ob ich ihr wohl je Anlaß geben würde, es zu benutzen. In letzter Zeit wurde ich ständig auf meinen »Verlobten« angesprochen. Und so, wie Frank Harriman seinen Heiratsantrag gemacht hatte, wäre uns eine heimliche Verlobung wohl auch nur schwerlich gelungen.

Als hätte sie gerade den gleichen Gedanken gehabt, blickte Lydia hinunter auf den neuen Gips, den mir mein Orthopäde erst an diesem Nachmittag angelegt hatte. »Hast du den ›Heirate mich Irene‹-Gips aufgehoben?«

»Mein *Verlobter* hat ihn.«

Sie registrierte meinen Tonfall. »Du bist wohl ziemlich enttäuscht, daß du noch mal einen Gips gekriegt hast?«

»Ja. Bin schließlich mit der Vorstellung reingehoppelt, daß ich diese verdammten Dinger endlich loswerde, und jetzt guck mich an.«

»Na ja, zumindest brauchst du keine Schlinge mehr, und den Handgips hat er auch abgenommen.«

»Und mir statt dessen eine Schiene verpaßt.«

»Eine abnehmbare Schiene.«

»Großartig. Er kommt reinmarschiert und verkündet: ›Heute bekommen Sie einen neuen Fußgips! Mit dem fällt Ihnen das Gehen bestimmt leichter! Er ist aus Fiberglas!‹ Und tut, als hätte ich einen Rolls-Royce bei einer Rotkreuztombola gewonnen.«

Sie schwieg.

Ich seufzte und musterte mein letztes orthopädisches Modeaccessoire. Fiberglas.

Ich erholte mich gerade von einem Zusammenstoß mit ein paar Rabauken, die mich und meine Knochen neu aufmischen wollten. Zwar ging es mir inzwischen schon wieder besser, aber meine Gefühle bereiteten mir immer noch manche Überraschung. Ich hatte damals gerade erst wieder zu arbeiten begonnen und festgestellt, daß ich immer noch zu Anfällen völliger Verzweiflung neigte.

»Tut mir leid, Lydia. Bin gleich wieder okay. Es läuft

einfach nicht so, wie ich es mir vorgestellt hatte. Ich dachte, ich könnte ab heute ohne Gips, Schlingen und Schienen in der Gegend rumspringen. Ist einfach nicht mein Tag. Außerdem bin ich genervt, weil ich mich hier so unnütz fühle.«

»Hab ein bißchen Geduld mit dir, okay?«

»Ich werd's versuchen. Aber Geduld kenn ich eigentlich seit Jahren nicht mehr.«

Sie lachte. »Ich glaube nicht, daß ihr euch je vorgestellt worden seid.«

Mr. Irene Kelly
Las Piernas News Express

Lieber Mr. Kelly,

ich schreibe Ihnen heute zum wiederholten Male, um Ihnen zu sagen, daß wirklich etwas unternommen werden muß, um die abscheulichen Gedankenüberwachungs-Experimente der amerikanischen Regierung zu unterbinden. Ich bin nur einer von TAUSENDEN, *die unter dem* VOR-WAND, *man müsse sie beobachten,* UNFREIWILLIG *in eine staatliche psychiatrische Klinik eingeliefert und einer Operation unterzogen wurden, bei der man mir einen Computerchip unter die Haut gepflanzt hat. Mit Hilfe dieses Chips sendet die Regierung* BOTSCHAFTEN AN MEIN GE-HIRN.

Glücklicherweise war es bei mir ein älteres Modell, daher wissen sie nicht, daß ich Ihnen schreibe. Die neueren Modelle verraten ihnen alles, was man den ganzen lieben langen Tag lang denkt. Bitte helfen Sie uns. Sonst kriegen wir alle gewaltigen Ärger...

Gewaltigen Ärger. Frank hat sich beklagt, daß ich den Ärger manchmal geradezu anziehe. Nicht gerade beruhigend, das aus dem Munde eines Mannes vom Morddezernat zu hören, aber vielleicht hat er ja recht. Schließlich gehört es zum Reporterdasein, daß man sich um anderer Leute Probleme kümmert. Man sollte sie eben bloß nicht zu seinen eigenen werden lassen. Mein Nachrichtenredakteur John Walter versucht mir das immer wieder einzutrichtern.

Irene Kelly
Las Piernas News Express

Liebe Irene Kelly,
ich war bestürzt, erfahren zu müssen, daß Las Piernas immer noch keine Stadthymne besitzt. Ich bin Komponist und Texter (noch immer vor dem großen Durchbruch) und weiß, daß ich einen großartigen Song für Ihre Stadt schreiben könnte. Allerdings möchte ich auch, daß es dabei gerecht zugeht, und kam daher auf die Idee einer Ausschreibung. Ich erkundigte mich im Rathaus, wo ich nur auf wenig Interesse stieß, und unterhielt mich zufällig mit einem Mr. P. J. Jacobsen, der meinte, daß vielleicht die Zeitung einen Wettbewerb sponsern könne. Mr. Jacobsen schlug Sie als geeignete Kontaktperson vor. Ich soll Ihnen sagen, dies sei das mindeste, was er für Sie tun könne, nachdem Sie ihm letzten August einen Artikel gewidmet haben...

Armer P. J. »Schlaffi« Jacobsen. Was für ein mieser kleiner Racheversuch. Im August hatte ich der Öffentlichkeit zur Kenntnis gebracht, auf wie schludrige Weise Schlaffi sein Amt als zweiter Stadtkämmerer versah. Er hatte wohl noch nie das alte Sprichwort gehört, demzufolge man sich nie mit Leuten anlegen soll, die die Tinte literweise kaufen. Und der *Express* kauft sie tankwagenweise.

Momentan konnte ich mich überhaupt nicht konzentrieren, blätterte nur zu Tode gelangweilt durch die Kuverts. Unter anderem hatten mir die Kerle die rechte Schulter ausgekugelt und den rechten Daumen gebrochen, so daß ich beim Tippen nur schleppend vorankam. Während der letzten paar Tage hatte ich es lediglich geschafft, ein paar Kommentare und Nachrufe herunterzuhacken. Lydia schickte mir ein paar Sachen zum Redigieren, nichts also, das besonders dringlich war.

Meine Gedanken schweiften zurück zu Frank und dem Gespräch, das wir geführt hatten, als er mich zum ersten Mal wieder zur Arbeit brachte.

»Weißt du, was du brauchst?« hatte er gesagt und mir einen raschen Blick zugeworfen. »Du brauchst eine gute Story. Etwas, das dich von deinen Verletzungen ablenkt.«

»Als Reporterin bin ich ja momentan kaum einsetzbar. Außerdem – die interessantesten Geschichten liegen nicht auf der Straße und warten, daß ein Reporter über sie stolpert. Man muß losziehen und sie aufstöbern. Aber ich sitze ja an meinem Schreibtisch fest.«

Man kann nicht immer gut drauf sein. Wie gesagt, es war einfach nicht mein Tag. Aber an jenem Novembernachmittag wartete der Ärger buchstäblich auf mich, lag gewissermaßen auf der Lauer. Und er hatte Glück. Meine Story lag schon auf meinem Schreibtisch. Zwar war sie schon über zweitausend Jahre alt, würde aber im Handumdrehen wieder brandaktuell sein.

2

Ich sah sie erst, als ich meine Post zum zweiten Mal durchging. Sie steckte in einem schlichten blauen Kuvert, das per Computeraufkleber an meine Redaktionsanschrift adressiert war.

Liebe Miss Kelly,
   Sie werden immer als erste Bescheid wissen, denn Sie sollen meine Kassandra sein. Doch wer wird Ihnen Glauben schenken? Nun – ich.
Endlich ist es soweit.
Die erste Olympierin wird am Donnerstag fallen. Hephaistos' Hammer wird sie niederstrecken, und Argusaugen werden über ihre sterbliche Hülle wachen.
Klio wird die erste sein.
Verzeih mir, wenn ich in Rätseln spreche; es muß so sein. Bald wirst du die Wahrheit erkennen, Kassandra. Doch wer wird Dir Glauben schenken?

Dein geliebter Thanatos

Ach du liebes bißchen! Der Verfasser dieses Briefs stand ja Thanatos, der griechischen Bezeichnung für den Tod, in nichts nach. Mein geliebter Thanatos. Und ich sollte seine Kassandra sein, die Prophetin, die stets die Wahrheit verkündete, der man aber nie glaubte. Charmant. Ich ging den Rest meiner Post durch. Nichts von Bedeutung.

Da ich nichts Besseres zu tun hatte, las ich den Thanatos-Brief ein zweites Mal. Es war Jahre her, seit ich etwas über griechische Mythologie gelesen hatte. An Hephaistos oder Argus konnte ich mich nicht mehr erinnern. Donnerstag – das war ja schon morgen. Einen Moment lang runzelte ich die Stirn.

Klio sollte als erste sterben. Klio war eine der Musen, der neun Töchter des Zeus, die den Künsten vorstanden. Ich versuchte mich zu erinnern, welche von den neunen sie war, als das Telefon klingelte.

»Kelly.«

»Hallo, Irene. Ich bin's, Jack. Ich hab Frank versprochen, dich mit nach Hause zu nehmen. Er hat noch eine Weile zu tun. Wann soll ich dich abholen?«

»Jack! Dein Anruf kommt wie gerufen.« Jack Fremont war unser Nachbar. »Hast du nicht mal erzählt, daß deine Mom dir statt Märchen immer Geschichten aus der griechischen Mythologie erzählt hat?«

»Gutes Gedächtnis. Ja, stimmt. Sie liebte Mythologie, besonders die griechische und die römische.«

»Und welche von den Musen hieß Klio?«

»Die Muse der Geschichtsschreibung. Warum?«

»Hat nichts weiter zu bedeuten – reine Neugier. Ich hab heute einen Brief von so einem Spinner bekommen, gespickt mit Anspielungen auf die griechische Mythologie. Wer ist denn Argus?«

»Argus. Der Riese mit den hundert Augen. Du weißt doch, wer Zeus war, nicht wahr?«

»Der olympische Oberboss.«

»Genau. Und der war ja nicht gerade als treuer Ehemann bekannt. Eine der Frauen, hinter denen er her war, war Io. Hera war beleidigt und verwandelte Io in eine junge Kuh. Und Argus gab sie den Auftrag, Io zu bewachen.«

»Ein Bursche mit hundert Augen müßte sich ja phantastisch als Kuhhirte eignen.«

»Nicht leicht, ihm aufzulauern. Er konnte ein paar Augen schließen und schlafen, während er mit den anderen aufpaßte. Zeus beauftragte Hermes, den Götterboten, Argus zu töten. Hermes war gewitzt. Er erzählte Argus eine langweilige Geschichte nach der anderen, bis Argus schließlich völlig eingeschlafen war. Dann tötete er ihn. Doch Hera nahm die hundert Augen und befestigte sie am Schwanz ihres Lieblingsvogels, des Pfaus.«

Ich lächelte vor mich hin. »Danke, Jack. Der Brief ist mir zwar immer noch unverständlich, aber zumindest kann ich jetzt mehr mit diesen Namen anfangen.«

»Lies doch mal vor.«

Das tat ich. Schweigen am anderen Ende der Leitung.

»Langweile ich dich, Jack? Bist du auch schon eingeschlafen, wie Argus?«

»Vielleicht wär's besser, du zeigst Frank diesen Brief, Irene. Dieser Briefschreiber klingt wie der Sternzeichenkiller oder so was. Nennt sich selber Tod, verstehst du.«

»Ja, ich weiß, daß Thanatos Tod bedeutet.« Ich überlegte. »Falls mein Nachrichtenchef nichts dagegen hat. Könnte wohl nicht schaden. Aber ich krieg ständig so verrücktes Zeug.«

»Wirklich? So wie das?«

»Na ja, das nicht gerade«, mußte ich einräumen. »Griechische Mythologie ist 'ne neue Masche. Und auch der Ton ist ungewöhnlich, bißchen grimmiger als sonst. Außerdem ist mehr vom Tod die Rede. Okay, Jack. Falls John einverstanden ist, werd ich ihn Frank zeigen.«

»Ah, ehe ich es vergesse – wann soll ich dich denn jetzt abholen?«

»Jederzeit. Ich hatte ja gehofft, daß es was für mich zu tun gibt, aber Lydia denkt sich nur krampfhaft irgendwelche Sachen für mich aus.«

»Möchtest du, daß ich gleich vorbeikomme?«

»Wenn's geht, klar.«

Worauf er meinte, er sei schon unterwegs.

Ich stapfte hinüber zu John Walters' Büro. John, ein Bär von einem Mann, saß gerade brummend über einem Stapel Kopien, als ich seine Höhle betrat.

»Kann ich früher gehen?«

»Ich dachte, Sie wären eben erst gekommen«, knurrte er.

Ich bin das gewöhnt. »Stimmt«, sagte ich ruhig, »aber Sie wissen schließlich genausogut wie ich, daß heute nicht viel los ist. Zu wenig, als daß Lydia und Sie sich dauernd irgendwelche Aufgäblein für mich aus dem Ärmel schütteln könnten – nein, widersprechen Sie mir nicht, John. Ich habe meine Post durchgesehen, und jetzt hab ich einfach nichts mehr zu tun. War nicht mal angenehme Post. Schauen Sie sich das mal an.« Ich zeigte ihm den Brief.

»Sie ziehen diese Typen an wie das Licht die Motten, wissen Sie das?«

»Danke, John. Nett, daß Sie das sagen.«

»Ich meine es ernst. Ich glaube nicht, daß Wrigley mehr von der Sorte kriegt. Und bei dem können die sich immerhin einbilden, daß sie gewissermaßen bei der höchsten Instanz gelandet sind.«

»Ich wollte ihn Frank zeigen. Ist das okay?«

Er schoß einen fragenden Blick zu mir herüber und las den Brief ein zweites Mal durch. »Hat es sonst noch was damit auf sich?«

»Nicht daß ich wüßte. Ich hab mir von Jack sagen lassen, wer Argus und Klio sind. Aber ich hab ganz vergessen, ihn nach Hephaistos zu fragen.«

John trat ans Bücherregal. Er zog ein Lexikon heraus, blätterte ein paar Seiten um, bis er den Buchstaben H gefunden hatte. Er fuhr mit dem Finger eine Spalte entlang, hielt inne und las den Eintrag. »Mit Feuer und Esse assoziiert. Huf- und Waffenschmied der Götter. Sohn des Zeus und der Hera. Entspricht dem römischen Vulcanus.«

»Tja, damit wäre ja alles klar, nicht wahr?«

Er machte sich eine Kopie des Briefes und gab mir das Original zurück. »Wahrscheinlich ist es ja doch nur wie-

der so ein Bekloppter. Aber nur zu, zeigen Sie ihn Frank.«
Ich sah, daß sein Blick auf den Gips fiel. Auf seiner Stirn
bildete sich eine steile Falte. »Gehen Sie schon«, sagte er,
ließ seine gewaltige Körperfülle in den Sessel zurücksin-
ken und wandte sich wieder seinen Nachrichtentexten zu.

Jack brachte mich nach Hause, wo Wild Bill Cody, mein
schwergewichtiger, grauer Kater, mich mit lautem Will-
kommensgejaul begrüßte. Irgendwie schaffte ich es, Cody
zu füttern, mir ein Sandwich zu machen und die Schuhe
auszuziehen – was mit der neuen Schiene alles viel leichter ging. Frank rief an, um mir zu sagen, daß es später
würde, und fragte, ob er vielleicht Lydia anrufen und sie
bitten solle, bei mir vorbeizuschauen und mir zu helfen.
Darüber solle er sich mal keine Gedanken machen, entgegnete ich, prahlte mit meinen Leistungen und erzählte
ihm, daß mir ein Verrückter einen Brief geschrieben habe,
den ich ihm unbedingt zeigen müsse.

Wir verabschiedeten uns, und ich machte es mir vor
dem Fernseher bequem, um mir ein Spiel der Kings rein-
zuziehen. Als es unentschieden zu Ende ging, war Frank
immer noch nicht zurück. Ich zog mich selber aus, wenn
meine Schulter auch hin und wieder Protest einlegte. Was
mir aber in meiner Begeisterung darüber, endlich nicht
mehr auf fremde Hilfe angewiesen zu sein, ganz egal war.

Ich kroch unter die Decke, und während ich auf Codys
Schnurren lauschte, schlief ich ein. Als Frank ins Bett
kam, wachte ich gerade soweit auf, um ihm einen Kuß zu
geben und mich an ihn zu schmiegen. Seine Haut war eisig, aber bis er langsam warm wurde, war ich schon wieder eingeschlafen.

Ich träumte gerade von einem Riesen mit hundert Augen,
als das Telefon schrillte.

3

Frank griff nach dem Hörer und meldete sich, während ich angestrengt auf den Wecker starrte. Fünf Uhr früh.

»Im Zoo?« sagte er, schwieg dann, um wieder zuzuhören und sich Notizen zu machen. »Okay, bin schon unterwegs.«

»Zoo? Was ist denn los im Zoo?« fragte ich verschlafen.

»Sie haben eine Leiche gefunden. Eine Frau mit eingeschlagenem Schädel. Irgend jemand hat sie ins Pfauengehege geworfen.«

»Pfauen?« Auf einmal war ich hellwach.

Er wandte mir den Rücken zu und begann sich anzuziehen. »Ja, zu den Pfauen. Weiß der Himmel, weshalb.«

»Argus.«

»Was?«

»Ich glaube, jemand wollte mir mitteilen, daß das passieren würde.«

Er drehte sich um und starrte mich an.

»Ich bin mir nicht sicher, Frank. Aber schau dir mal diesen Brief an, ehe du fährst.«

Ich stand auf und fischte ihn aus meiner Tasche. Er las ihn und hörte mir dann zu, als ich ihm die mythologischen Anspielungen kurz erläuterte.

Er fuhr sich durchs Haar. »Du glaubst also, daß der Absender des Briefes dir mitteilen wollte, daß heute jemand im Zoo von Las Piernas vor den Augen der Pfauen sterben würde?«

»Ich hab doch schon gesagt, daß ich nicht weiß, was ich davon halten soll. Aber das sind mir einfach zu viele Zufälle, als daß ich die Sache einfach so abtun könnte.«

»Stimmt. Danke, den nehme ich mit. Den Umschlag hast du wohl nicht aufgehoben, oder?«

»Tut mir leid. Es war so ein hellblauer mit einem Computeraufkleber und ohne Absender. Auf den Poststempel habe ich nicht geachtet. Vielleicht kann ich ihn noch aus der Recyclingtonne in der Redaktion retten.«

»Ich muß los, aber wahrscheinlich muß ich mich später noch mal mit dir darüber unterhalten. Ist es okay, wenn du ein bißchen später zur Arbeit kommst?«

»Ich schau mal, ob Lydia mich mitnehmen kann, falls du länger aufgehalten wirst. Aber ich bin entweder hier oder bei der Zeitung.«

Er gab mir einen Abschiedskuß und steuerte zur Tür.

Inzwischen war ich hellwach und konnte nicht mehr einschlafen. Ich wartete bis halb sieben und telefonierte dann mit Lydia, die sich bereit erklärte, vorbeizukommen und mich abzuholen. Falls Frank doch noch irgendwann an diesem Morgen zurückkam, würde er wahrscheinlich noch ein bißchen schlafen wollen. Allerdings sind die ersten Stunden in einem Mordfall meist die entscheidenden, weshalb ich im Grunde vermutete, daß es sehr viel später werden würde.

In der Redaktion summte es nur so vor Betriebsamkeit. Mark Baker war schon unterwegs, um die Zoogeschichte zu recherchieren. John Walters sah mich hereinhumpeln und winkte mich in sein Büro.

»Schon von der Leiche im Zoo gehört?« fragte er.

»Bißchen was. Frank wurde heute morgen an den Tatort beordert. Viel hab ich zwar nicht mitgekriegt, aber er sagte was vom Pfauengehege. Und daß er sich vielleicht noch mal mit mir über den Brief unterhalten müßte.«

John wirkte verstimmt, und ich konnte mir schon denken, was an ihm nagte. Früher habe *ich* immer über die Kriminalfälle berichtet, aber meine Beziehung mit Frank hat dem, was den *Express* angeht, einen Riegel vorgeschoben. Reportern wird dringend davon abgeraten, sich mit

Polizisten einzulassen. Die immer bestehende Möglichkeit von Interessenkonflikten veranlaßte Wrigley, mir die Recherche von Geschichten, an denen auch die Polizei beteiligt war, zu entziehen. Frank und ich mußten an unseren jeweiligen Arbeitsplätzen einige Kritik wegen unserer Beziehung einstecken. Die meisten Fälle, die ich normalerweise recherchierte, hatte Mark Baker übernommen.

Während ich John über seinem Schreibtisch brüten sah, fragte ich mich, wie sie mich wohl aus dieser Sache heraushalten wollten. Dann aber verbot ich mir, voreilige Schlüsse zu ziehen. Der Brief hatte ja womöglich gar nichts mit den Vorkommnissen im Zoo zu tun.

»Ich will Ihnen sagen, was wir wissen«, meinte er nach einer Weile. »Das Opfer ist Dr. Edna Blaylock, eine Geschichtsprofessorin vom Las Piernas College. Man vermutet, daß sie an einem anderen Ort getötet wurde und der oder die Mörder die Leiche in den Zoo schafften. Todesursache sind offensichtlich mehrere heftige Schläge, die ihr den Schädel zertrümmerten.«

»Klio, die Muse der Geschichtsschreibung«, sagte ich leise und konnte den Zusammenhang jetzt nicht mehr von mir weisen.

John griff nach seiner Briefkopie und las sie noch einmal durch. »Schauen wir doch mal, ob ich das richtig verstanden habe. Er nennt Sie Kassandra. Das ist die Frau, die zukünftige Ereignisse genau voraussagte, der aber niemand glauben wollte. Er sagt Ihnen, daß Sie immer als erste Bescheid wissen werden, und nennt Sie seine Geliebte.«

Ich spürte, wie sich mir der Magen verkrampfte. John fuhr fort.

»Sich selber nennt er Thanatos oder Tod. Der erste Mord, sagt er, wird an einem Donnerstag stattfinden. Die Tatwaffe ist ein Hammer. Argusaugen, die sich auf dem Pfauenschwanz befinden, ›werden über ihr wachen‹. Und

Klio, die Muse der Geschichte, ist das erste Opfer.« John blickte auf. »Mit anderen Worten: Wenn er die Professorin nicht selber getötet und ihre Leiche ins Pfauengehege des Zoos gelegt hat, wußte er zumindest ganz genau, wer es getan hat, und zwar lange bevor die Tat verübt wurde.«

Nachdem er mir das alles dargelegt hatte, hörte es für mich auf, eine einfache Zeitungsstory zu sein. Es sah eher so aus, als hätte ich persönlichen Kontakt zu einem Killer.

»Sie machen ein Gesicht, als hätten Sie gerade eine ordentliche Dosis Rizinusöl geschluckt«, sagte er.

»Ach, ich glaube, irgendwie hatte ich noch Hoffnung, es wäre nur wieder so ein harmloser Spinner. Im Augenblick reicht's mir einfach.« Ich schüttelte den Kopf, um die Gedanken loszuwerden, die mir immer noch keine Ruhe ließen; die Angst, die mich verfolgte, seit ich zusammengeschlagen worden war.

»Setzen Sie sich, ehe Sie mir umkippen, Kelly.«

Ich gehorchte. Ich atmete ein paarmal tief durch und fühlte mich danach etwas besser.

»Vielleicht sind Sie zu früh zurückgekommen.«

»Nein!« John ist ein erwachsener Mann und nicht leicht zu verunsichern, aber offensichtlich hatte ich ihm durch meine heftige Reaktion einen Schrecken eingejagt. »Ganz bestimmt nicht, John. Ich habe dieses ewige Kneifen satt.« Er wollte mich unterbrechen, aber ich hob protestierend meine geschiente Rechte.

»Ich bin aus meinem Haus ausgezogen. Ich hab nicht mehr geschlafen. Wochenlang hatte ich regelmäßig Alpträume. Und das sind nicht die einzigen Probleme. Oft habe ich Angst vor dem Alleinsein. Jedesmal, wenn ich mich vor Franks Haustür wage, kriege ich Schiß. Wenn ein Fremder auf mich zukommt, ertappe ich mich dabei, wie ich mich auf einen Schlag gefaßt mache. Tja, wäre wohl wirklich das Letzte, wenn ich mir einfach nur nachgeben und kneifen würde. Ich gebe meinen Job nicht auf, das ist so sicher wie das Amen in der Kirche. Der Wiedereinstieg – auch wenn ich nur Teilzeit arbeite und so nutzlos bin wie momentan – ist mir ungeheuer wichtig, John. Irgendwie muß ich wieder in ein normales Leben zurückfinden.«

Er seufzte. »Mir ist die Sache nur nicht geheuer. Klar, für den *Express* ist es phantastisch. Wrigley wird sich überschlagen vor Begeisterung. Aber ich mache mir Sorgen um Sie. Diese Tage, als Sie veschwunden waren, die waren für viele Leute eine schwere Zeit, nicht nur für Ihren Freund.«

Für Johns Verhältnisse war das schon das Allerhöchste an Gefühlen. Ich versuchte, der Sache eine heitere Note zu verleihen. »Sie wissen doch, wie ich das Wort ›Freund‹ hasse.«

»Oh, pardon, Ihr Verlobter. Entschuldigen Sie, Miss Etepetete. Sehen Sie mal, ich will Ihnen damit doch nur sagen – ach, Mist. Vergessen Sie es.«

Er begann, mit dem Kugelschreiber auf seinen Tintenlöscher einzustechen.

»Was ist denn los?«

»Vielleicht haben Sie ja in mancher Hinsicht nachgegeben, aber Ihren Dickkopf haben Sie immer noch. Ich versteh es zwar nicht, aber im Grunde habe ich es kommen sehen. Ich weiß, wann ich in den Wind rede. Machen Sie weiter, gehen Sie schon. Machen Sie sich an die Arbeit.«

»Es tut mir leid, daß Sie sich Sorgen um mich machen, John.«

»Raus.«

Beschwichtigungsversuche waren hier sinnlos.

Ich ging hinüber zu der großen Recyclingtonne des Nachrichtenraums und begann ihn, während ich ihn nach dem blauen Umschlag durchwühlte, langsam zu leeren. Der Behälter ist etwa einen Meter hoch, und im Laufe der letzten vierundzwanzig Stunden hatte sich eine erstaunliche Menge Papier darin gesammelt. Ich hatte mich tief in ihn hineingebeugt, als ich eine vertraute Stimme hinter mir hörte.

»Stuart Angert schickt mich. Er ist beunruhigt über dein würdeloses Benehmen.«

Ich drehte mich um und sah Lydia, die mich amüsiert betrachtete. Stuart ist ein Freund von mir und ein altgedienter Kolumnist der Zeitung. Er schreibt regelmäßig Artikel über die heiteren Seiten des Lebens in Las Piernas. Ich sah zu ihm hinüber. Nach dem Grinsen zu urteilen, mit dem er mir zuwinkte, hatte ihn nur sein Telefonat davon abgehalten, einen Pressefotografen auf mich zu hetzen und den wenig schmeichelhaften Anblick, den ich dem gesamten Redaktionspersonal bot, auf Film zu bannen. Ich konnte mir ganz genau vorstellen, was für ein netter kleiner Beitrag zu unserer Weihnachtsparty das geworden wäre.

»Was machst du denn da?« fragte Lydia.

»Ich versuche, den Umschlag zu finden, in dem mein Liebesbrief gestern angekommen ist.«

»Warte, ich helfe dir.« Sie vergewisserte sich, daß der Lokalchef momentan auch alleine klar kam, und begann dann, ganze Stapel herauszuheben. »Wie sieht er denn aus?«

Ich beschrieb ihn. Einige Wühlarbeit war zwar vonnöten, doch schließlich fanden wir ihn. Und es gelang uns auch, die Postleitzahl auf dem verwischten Poststempel von Las Piernas zu entziffern. Lydia schlug sie nach. Es war die Postleitzahl der Poststelle des Colleges.

Auf meinem Schreibtisch klingelte das Telefon. Ich humpelte hinüber und setzte mich, während ich mit der Linken nach dem Hörer griff.

»Kelly.«

»Guten Morgen, Kassandra.«

Ich erstarrte. Es war keine menschliche Stimme. Der Anrufer benutzte irgendeine Vorrichtung, die seine Stimme künstlich verzerrte und ihr einen unirdischen, tiefen Klang verlieh. Absolut verständlich zwar, aber unmöglich zu identifizieren.

»Thanatos?« fragte ich so ruhig ich konnte. Ich stand auf und versuchte, mit dem rechten Arm zu winken, um Lydia auf mich aufmerksam zu machen. Es tat höllisch weh.

»Nächstes Mal glaubst du mir, was?« sagte er. Es war fast nur ein Flüstern, und es klang mechanisch.

»Ich habe Ihnen auch diesmal geglaubt«, log ich, um Zeit zu schinden und irgend jemanden auf mich aufmerksam zu machen. Aber ausnahmsweise schien sich einmal jeder in der Redaktion um seinen eigenen Kram zu kümmern.

»Du hast mich im Stich gelassen. Es war nichts in der Zeitung.«

»Ich hab eine Weile nicht gearbeitet.«

»Stimmt. Du warst verletzt. Du hast einen neuen Gips am Fuß. Und die Schlinge bist du zwar los, aber dein Arm ist immer noch nicht in Ordnung.«

»Herrgott«, flüsterte ich. Ich versuchte, mit der Schiene auf den Bildschirm meines Computers zu klopfen, damit endlich jemand zu mir hersah.

»Was?« fragte er.

»Ich hatte keine Zeit, was darüber zu schreiben«, sagte ich und hoffte, daß er meine Absicht nicht erriet.

»Tja, nächstes Mal weißt du Bescheid.«

Er legte auf. Genau in diesem Augenblick blickten drei Leute, unter anderem Lydia, zu mir herüber. Nach ihren Gesichtern zu urteilen, glaubten sie wohl, ich hätte plötzlich Zustände bekommen.

Ich fluchte, als ich den Hörer auflegte.

»Was ist denn los?« fragte Lydia.

»Das war er!«

»Wer?«

»Thanatos. Der Briefschreiber.«

»Wirklich?«

»Ja.« Ich setzte mich und schüttelte den Kopf. Unterdrückte den aufsteigenden Ekel. Wieder schrillte das Telefon, und ich starrte es nur an. Lydia nahm ab.

»Bei Irene Kelly ... Nein, sie sitzt neben mir, Frank.« Sie reichte mir den Hörer.

»Frank? Frank, er hat mich eben angerufen. Er hat mich gesehen. Er weiß, daß ich einen Gips und eine Armverletzung habe –«

»Moment mal, immer mit der Ruhe. Wer hat dich angerufen?«

»Thanatos. Der Briefschreiber. Der Killer.«

»Er hat dich bei der Zeitung angerufen?«

»Ja.«

Er schwieg einen Augenblick und fragte dann: »Hat er dich bedroht?«

»Nein, er hat nur ständig vom nächsten Mal gefaselt –«

»Erzähl mir genau, was er gesagt hat.«

Ich wiederholte ihm unser Gespräch. Diesmal schwieg Frank sehr lange. »Gefällt mir gar nicht«, sagte er zuletzt.

»Ich find's auch nicht so toll. Wir haben übrigens das Kuvert gefunden. Er hat es vom Campus aus abgeschickt.«

»Geht es dir gut? Du klingst ganz schön aufgeregt. Ich versteh dich ja –«

»Ich komm schon klar. Hat mich nur ein bißchen erschüttert.«

»Wie wär es, wenn ich auf einen Sprung vorbeikomme? Ich muß mich sowieso mal mit John unterhalten.«

Ich spürte, wie ein Teil der Anspannung von mir wich. »Ich warne ihn schon mal vor.«

Wir verabschiedeten uns, und ich machte mich auf die Suche nach John. Er unterhielt sich gerade mit Stuart, brach das Gespräch jedoch ab, als er mich auf sich zuhumpeln sah, und kam mir auf halbem Wege entgegen. Ich erzählte ihm, was geschehen war. Und als ich ihm sagte: »Frank kommt gleich vorbei. Er sagt, er muß mit Ihnen reden«, machte er ein finsteres Gesicht.

»Tja, den muß ich mir auch mal vorknöpfen.«

Ich wußte nicht, wie ich das zu verstehen hatte.

Ich verbrachte die etwa zwanzigminütige Wartezeit, indem ich darüber nachgrübelte, warum der Briefschreiber ausgerechnet mit mir Kontakt aufgenommen hatte. Ich schaltete den Computer ein und rief eine Datei mit Berichten auf, die ich in den letzten sechs Monaten verfaßt hatte. Doch ich fand keinen Anhaltspunkt; keine Geschichten über das antike oder moderne Griechenland, nichts über Mythologie, nichts über das College oder die dort lehrenden Professoren. Meine Artikel beschäftigten sich allein mit Kommunalpolitik und den hiesigen Verwaltungsbehörden. Wenn man von einem gänzlich unplausiblen Bezug zu den griechischen Stadtstaaten einmal absah, ergab es einfach keinen Sinn, warum er ausgerechnet zu mir Verbindung aufnahm. Warum schrieb er mir? Ich kannte mich ja nicht einmal in der Mythologie aus.

Ich notierte mir, daß ich Jack nach Empfehlungen für Mythologiebücher fragen mußte.

Ich durchstöberte die Dateien nach Berichten, die der *Express* womöglich über die Professorin Edna Blaylock abgedruckt hatte. Nichts. Auch das Schlagwort »Pfauen« brachte kein Ergebnis. Über den Zoo war einiges geschrieben worden. Aber abgesehen davon, daß Thanatos sich eventuell über die Änderung der Öffnungszeiten oder den neu angeschafften Bären geärgert hatte, konnte ich auch hier keine Verbindung herstellen.

Wenn diesen meinen ersten Nachforschungen auch kein Erfolg beschieden war, hatten sie immerhin den Effekt, daß ich mich wieder etwas beruhigte. Ich war immer noch ganz entnervt bei der Vorstellung, daß Thanatos mich beobachtet hatte, doch als Frank dann endlich kam, hatte ich zumindest keinen Wackelpudding mehr in den Knien.

Geoff, der Wachmann unseres Gebäudes, mußte John davon verständigt haben, daß Frank sich auf dem Weg in die Redaktion befand, denn er kam genau in dem Augenblick, als Frank den Raum betrat, aus seinem Büro.

»Also, wann steigt die Hochzeit?« dröhnte er.

»Das liegt ganz bei Irene«, entgegnete Frank und trat an meinen Schreibtisch, wo John ihn mit ausgestreckter Hand begrüßte.

»Ich hatte noch gar keine Gelegenheit, Ihnen zu gratulieren, Frank.«

Frank bedankte sich und schüttelte ihm die Hand. Gleichzeitig warf er mir einen prüfenden Blick zu.

»Alles in Ordnung«, sagte ich und beantwortete damit seine unausgesprochene Frage.

Er schien nicht ganz überzeugt, stellte jedoch seine weiteren Fragen laut und hörbar. Und deren erste lautete: »Ist der Anruf über die Zentrale gekommen, oder hat er direkt zu dir durchgewählt?«

Ich kam mir vor wie eine Idiotin, weil ich das nicht selber nachgecheckt hatte, und begann, die Zentrale anzuwählen, als John sagte: »Lassen Sie nur. Ich hab Doris schon angerufen. Sie hat heute noch keine Anrufe zu Ihnen durchgestellt. Muß also direkt durchgewählt haben.«

»Dann ist es doch höchstwahrscheinlich jemand, den du irgendwo kennengelernt und dem du vielleicht deine Visitenkarte gegeben hast, oder?« fragte Frank.

»Vielleicht«, meinte John, noch ehe ich etwas darauf entgegnen konnte. »Aber es ist ja nicht allzu schwer, eine Durchwahl rauszukriegen. Es gibt da eine ganze Reihe von Möglichkeiten. Man kann zum Beispiel die Vermittlerin danach fragen. Und abgesehen von den Nummern der oberen Etagen rückt sie in der Regel jede heraus. Möchte man aber etwas verstohlener zu Werke gehen, kann man auch eine andere Redaktion anrufen und dann sagen: ›Ach, eigentlich wollte ich Irene Kelly sprechen. Da muß die Vermittlung mich versehentlich an Sie durchgestellt haben. Könnten Sie mir vielleicht Irenes Durchwahl geben?‹«

»Auch wenn er eine Visitenkarte von mir hätte – ich hab so viele verteilt«, sagte ich. »Als ich wieder bei der Zeitung anfing, hab ich eine neue Durchwahl bekommen und mußte allen möglichen Leuten Bescheid geben, mit vielen alten Informanten wieder Kontakt aufnehmen und neue kennenlernen. Und bei fast jedem Artikel gebe ich früher oder später irgendwelchen Leuten meine Karte.«

»Na ja, wir müssen es jedenfalls in Erwägung ziehen«, sagte Frank. »Vielleicht erinnerst du dich ja an jemanden, der diese Geschichtsprofessorin im Gespräch mit dir mal erwähnt hat oder der auf irgendeine ungewöhnliche Weise Interesse an dir zeigte – oder der einfach nur merkwürdig wirkte.«

»Das Kriterium ›merkwürdig‹ würde die Verdächtigenliste nicht allzusehr verkürzen.«

»Wahrscheinlich nicht. Du sagst, du hast den Umschlag gefunden?«

Ich nickte und reichte ihn ihm.

»Lydia!« brüllte John, so daß ich zusammenzuckte. »Überlegen Sie sich doch mal was, damit Miss Kelly für fünf Minuten beschäftigt ist.«

»Moment mal –«, protestierte ich.

»Sie werden doch noch fünf Minuten ohne ihn auskommen, was? So ein Hascherl werden Sie mir inzwischen doch nicht geworden sein, oder?«

Ich spürte, daß da etwas im Busch war und John sich in Verschwörerlaune befand. Aber mir fiel einfach nichts mehr ein, ehe sie in Johns Büro verschwanden und Frank sich im letzten Moment noch einmal umdrehte und mit gespielter Hilflosigkeit die Achseln zuckte.

Ich übte Bleistiftzerbrechen mit einer Hand, während Lydia mir eine Beschäftigung suchte.

4

»Falls er sie nicht in ihrem Büro umgebracht hat, hat er dort zumindest einen ausgesprochen überzeugenden Versuch dazu unternommen.«

Franks Kollege Pete Baird hatte sich an diesem Abend von uns einladen lassen. Während Frank sich als Küchenchef betätigte, setzte Pete mich über ihre bisher gemachten Fortschritte im Fall Blaylock ins Bild. »Alles war voller Blut – der ganze Schreibtisch, die Fenster, ihre Bücher, der Fußboden, ihre Papiere. Der Kerl ist völlig ausgerastet. Hat das Zimmer richtig eingesprengt. Ich bezweifle jedenfalls, daß sie den Raum noch aufrechten Gangs verlassen hat. Aber wenn wir die Laborergebnisse und den Bericht des Coroners vorliegen haben, wissen wir mehr.«

Bringt man zwei Leute von der Mordkommission zusammen, so sollte man sich entsprechend wappnen, damit einem nichts den Appetit verderben kann.

»Sie wurde in ihrem Büro ermordet«, sagte Frank und wälzte ein paar Orange-Roughy-Filets in einer Kräutermischung und etwas Olivenöl. »Alle Schläge waren auf den Schädel gezielt. Und er hat ziemlich wuchtig zugeschlagen.«

»Er?« fragte ich.

»Das ist nicht so wörtlich gemeint«, sagte Pete. »Aber hast nicht du gesagt, daß die Stimme am Telefon eine Männerstimme war?«

»Sie war durch einen Synthesizer verzerrt. Keine Ahnung. Aber ich muß zugeben, daß ich bei dem Brief den Eindruck hatte, er sei von einem Mann geschrieben. Zumal Thanatos eine männliche Gestalt der Mythologie ist. Klio dagegen ist eine Frau, und eine Frau wurde auch getötet. Kassandra war ebenfalls eine Frau. Aber womöglich ist es ja auch eine Mörderin, die uns, um ihre Spur zu verwischen, suggerieren will, sie sei ein Mann.«

»Wenn es sich um eine Frau handelt«, sagte Frank, »muß sie ganz schön kräftig sein.«

»Wieso denn? Du hast mir doch erzählt, daß du annimmst, die Professorin saß in ihre Arbeit vertieft am Schreibtisch ...«

»Richtig. Ihr Schreibtisch stand in Richtung der Fenster. Es war schon ziemlich spät. Hätte sie aufgeschaut, hätte sie vielleicht ein Spiegelbild in den Fensterscheiben gesehen. Was aber womöglich auch gar keine Rolle gespielt hätte. Auf jeden Fall gibt es keinerlei Anzeichen für Gegenwehr. Ich denke, er hat sie schon beim ersten Mal bewußtlos geschlagen.«

»Genau«, sagte ich. »Nach einem gezielten Schlag über den Schädel konnte sie ihm wohl keinen großen Kampf mehr liefern. Also muß der Mörder auch nicht unbedingt kräftig gewesen sein.«

»Wenn er oder sie die Leiche an Ort und Stelle gelassen hätte, würde ich mich deiner Meinung anschließen«, sagte Pete. »Aber nachdem er diese ganze Sauerei angerichtet hatte, ging er dann auf einmal sehr pedantisch vor. Er muß sie in einen Sack gesteckt haben oder zumindest ihren Kopf entsprechend umwickelt haben, denn draußen im Korridor war kein Tröpfchen Blut zu entdecken. Ich vermute auch, daß er was über seiner Kleidung trug – vielleicht einen Overall –, denn er kann unmöglich in diesem Zimmer gewesen sein oder sie geschultert und hinausgetragen haben, ohne sich selber blutig zu machen. Die Professorin war nicht besonders groß oder kräftig. Aber auch wenn sie nur fünfundvierzig Kilo gewogen hat, ist das ein ganz schönes Gewicht. Er schleppt sie also nach unten, trägt sie zu seinem Wagen, fährt zum Zoo und schmeißt sie dort über den Zaun zu den Vögeln ins Gehege. Läßt ihre Brieftasche und alle Ausweise stecken, damit wir sofort wissen, wen wir da vor uns haben.«

»Er ist sich verdammt sicher«, sagte Frank und schob den Fisch unter den Grill. »Daran besteht kein Zweifel.«

»Ja, und nicht nur, weil er den Ausweis zurückgelassen hat«, sagte Pete. »Habt ihr euch mal in der Nähe von Pfauen aufgehalten? Die machen ein Heidenspektakel. Er hat bestimmt gewußt, daß irgend jemand diesen Radau hören muß.«

»Vielleicht sind die Wärter ja dran gewöhnt«, wandte ich ein.

»Die Vögel haben einen wahnsinnigen Rabatz gemacht. Sie sind hübsch anzusehen, aber nicht gerade die angenehmste Spezies, wenn ihr wißt, was ich meine. Sie haben doch tatsächlich –« Pete hielt inne, als er Frank den Kopf schütteln sah.

»Tut mir leid. Vor dem Essen sollten wir lieber nicht darüber reden.« Wenn es so schlimm war, wollte ich es auch nicht aus ihm herauskitzeln.

»Du hast gesagt, der Lehrstuhlinhaber des Instituts für Geschichte hat dich in Dr. Blaylocks Büro geführt«, sagte ich. »War es abgeschlossen?«

Pete nickte. »Ja. Aber der Mörder hat die Tür wahrscheinlich nur hinter sich ins Schloß fallen lassen. Damit die Sauerei nicht gleich entdeckt wird.«

»Er brauchte also keinen Schlüssel zum Absperren?«

»Nein, die Büros der Geschichtsprofessoren sind in einem der älteren Gebäude. Einige der Campusbauten, vor allem solche, in denen viel technische Ausrüstung lagert – also Atelierräume, naturwissenschaftliche Labors und die Sporthalle – haben elektronische Schlösser, die man mit Schlüsselkarten öffnet. Wenn die Tür zufällt, verriegeln sie sich ganz automatisch. Aber das College konnte es sich nicht leisten, sie überall anzubringen, so daß viele Seminarräume und Büros nur gewöhnliche Schlösser haben. Zum Hineinkommen braucht man zwar einen Schlüssel, aber wenn man mal drinnen ist, muß man bloß auf einen Knopf drücken, um sie zu verriegeln.«

»Und du glaubst nicht, daß sie sich eingeschlossen hat?«

»Vermutlich nicht. Sie hielt Mittwoch abends ihr Seminar und arbeitete danach gewöhnlich noch lange in ihrem Büro. Nach dem, was ihre Kollegen und Studenten sagen, stand ihre Tür normalerweise offen. Zumindest aber war sie nie abgesperrt.«

»Folglich gibt es zwei Möglichkeiten«, sagte ich. »Entweder hat sie den Killer zu sich hereingebeten, oder aber er ist unbemerkt hineingeschlichen.«

»Wenn du mich fragst, dann hat sie nichts mitgekriegt. Wahrscheinlich hat sie nicht mal gemerkt, von was sie da getroffen wurde. Wumm! – und sie war weg. Er schlägt weiter auf sie ein, aber nicht etwa, weil sie sich wehrt.«

Während unseres Essens schnappte ich weitere Einzelheiten auf.

Vor dem Auffinden der Leiche hatte niemand aus dem College oder dem Zoo über verdächtige Beobachtungen berichtet. Aber es war ja auch kein Problem, sich zu der fraglichen Zeit, irgendwann zwischen Mitternacht und vier Uhr früh, unentdeckt an diesen beiden Orten herumzutreiben.

Die Professorin war vierundfünfzig Jahre alt gewesen. Ihre Kollegen beschrieben sie als lebenssprühende Frau, der man ihr Alter nicht ansah. Sie lebte alleine. Offenbar hatte sie sich ganz ihrem Lehrberuf verschrieben. Häufig fanden die Graduiertenseminare bei ihr zu Hause statt. Und wenn ein Student einmal Nachhilfe brauchte, war ihr ihre Zeit nicht zu schade dafür gewesen. Am Mittwochabend unterrichtete sie ein Seminar über die Geschichte der Vereinigten Staaten im zwanzigsten Jahrhundert, und ihre momentanen Forschungen galten der Regierung Truman. Es war gar nicht ungewöhnlich für sie, daß sie noch spät in der Nacht in ihrem Büro über ihrer Arbeit saß und schrieb. Vor ihrer Ermordung hatte sie an einem Artikel gearbeitet, den sie im *Journal of American History* veröffentlichen wollte.

Nachdem Pete gegangen war, saßen Frank und ich noch zusammen im Wohnzimmer. Ich erkundigte mich nach seinem Gespräch mit John. Zuerst behauptete er, daß sie nur über die Zusammenarbeit zwischen der Zeitung und der Polizei im Fall Blaylock geredet hätten.

»Das kauf ich dir nicht ab«, sagte ich. »Dazu hättet ihr mich nicht wegschicken müssen.«

»Okay, vielleicht haben wir ja auch über dich geredet. Na wenn schon? Was soll's?«

»Was soll's? Ich werd es dir sagen. Soll ich vielleicht mal in Captain Bredloes Büro spazieren und ein hübsches langes Gespräch über Frank Harriman mit ihm führen?«

»Bitte sehr.«

»Es würde dir ganz gewaltig stinken.«

Nachdem er einen Augenblick geschwiegen hatte, sagte er: »Ja, vermutlich. Schau mal, John ist eben besorgt um dich.«

»Wie besorgt?«

»Na ja, auf so eine väterliche Weise, nehm ich an.«

»Väterlich? Du meinst so wie in ›Vater wird's schon richten‹? Oder ›Tja mein Sohn, wir Männer müssen halt ein Auge auf die Mädels haben‹?«

»Das wollte ich damit doch gar nicht sagen…«

»Ich hab heute einen gewaltigen Schrecken bekommen«, fuhr ich fort und ignorierte seinen Protest. »Jedem wäre es wohl so gegangen. Aber wegen dieser verdammten Schiene und dem blöden Gips kriegt meine momentane Angst für ihn plötzlich ein anderes Vorzeichen. John meint, ich bin noch nicht imstande, wieder meine Arbeit zu machen.«

Nach einer langen Pause sagte er: »Tja, stimmt. Das kam auch zur Sprache.«

Ich stand auf. »Weißt du, was ich will?«

»Irene…«

»Ein bißchen Vertrauen. Vertrauen in meine Fähigkeit zu funktionieren. Und nicht dauernd Hilfe. Und Kontrolle durch wohlmeinende aber –«

»Niemand versucht dich zu kontrollieren –«

»Unsinn. Oh, natürlich läuft das alles unter einer anderen Bezeichnung. Man kümmert sich ja nur um mich. Die Freunde. Und irgendwelche Leute, die nur sichergehen wollen, daß es mir auch gutgeht. Es geht mir gut!«

Er schwieg.

»Er hatte kein Recht, sich mit dir darüber zu unterhalten, ob ich meinen Job erledigen kann!«

»Du hast recht.«

»Nicht das mindeste.«

»Gar keins.«

»Du bist ja nicht mal ein Verwandter.«

Pause. »Nein.«

»Du bist nur … du bist nur …« Mir ging die Puste aus. Ich setzte mich neben ihn. »Warum brülle ich dich eigentlich an? Ist ja schließlich nicht deine Schuld.«

»Nein.« Er sagte es, ohne mich dabei anzusehen.

»Tut mir leid.«

Er sagte nichts. Und da merkte ich, daß nicht der Ärger ihm den Mund verschloß.

»Du bist viel mehr als ein Verwandter«, sagte ich unsicher. »Viel mehr.«

Noch immer keine Antwort. Ein paar schreckliche Sekunden lang hatte ich das Gefühl, als müßte ich losheulen.

Bloß nicht, sagte ich mir.

Schließlich sah er mich an. Und plötzlich veränderte sich sein Gesichtsaudruck. »Irene? Hey …«

Jetzt antwortete ich nicht.

»Ist schon gut«, sagte er, legte mir den Arm um die Schultern und zog mich ein wenig näher an sich heran. »Komm schon, heul doch.«

»Nie im Leben!« sagte ich stur.

Er begann zu lachen. »Du bist wirklich einmalig.«

»Danke, da hast du wohl recht.«

»John hat das heute auch gesagt. ›Kelly ist einfach einmalig.‹«

Ich mußte lächeln, als er Johns barsche Stimme nachzuahmen versuchte.

»Das habe ich mit ›väterlich‹ gemeint«, fuhr er fort.

»Jetzt wo dein Vater und O'Connor tot sind, hielt John es eben für seine Pflicht, mir ein bißchen auf den Zahn zu fühlen. Er wollte rauskriegen, ob ich ein geeigneter Ehemann für dich bin. Mehr als einmal hat er die Scheidungsraten von Polizisten erwähnt.«

»Die verdammten Nerven, die der Mensch hat!«

»Reg dich nicht auf. Mich hat es gar nicht weiter gestört. Er hat ja recht. Von außen wirkt das schon etwas prekär. Betrachte es mal aus seiner Perspektive. Ein Cop und eine Reporterin. Wer glaubt denn da schon, daß das gutgeht?«

»Die Betroffenen. Die einzigen, die hier zählen.«

Er lächelte. »Ich schlage vor, daß die, die hier zählen, jetzt Feierabend machen.«

Der Vorschlag wurde einstimmig angenommen.

In jenen ersten Dezemberwochen fand das Leben wieder in seine gewohnten Gleise. Thanatos ließ nichts mehr von sich hören. Johns Voraussagen entsprechend hatten die Berichte über den Mord und Thanatos' Kontaktaufnahme mit mir für reißenden Absatz gesorgt. Trotz früherer Verbote hatte man mir zugestanden, die ersten paar Artikel über den Fall gemeinsam mit Mark Baker zu schreiben.

Ich las viel über griechische Mythologie. Jack lieh mir Bücher von Edith Hamilton und Robert Graves sowie Übersetzungen von Ovid, Aischylos, Sophokles, Euripides und Homer. Er war auch so nett, sich mehrere Abende mit mir über das, was ich inzwischen gelesen hatte, zu unterhalten.

Stundenlang durchforstete ich die Computerdateien der Zeitung unter jedem nur denkbaren Blickwinkel und suchte nach dem Verbindungsglied, das einen Bezug zwischen meinen Artikeln und jemandem, der eine Geschichtsprofessorin ermordete und ihre Leiche im Zoo zurückließ, geschaffen hätte. Ich begann, die Artikel anderer Reporter zu lesen, um auf diese Weise womöglich einen Bezug zur Zeitung zu entdecken, wenn es schon keinen zu meiner Person gab. Alles im *Express*-Archiv, das irgendwie mit dem College zu tun hatte, unterzog ich einer sorgfältigen Prüfung, genauso wie die Berichte über irgendwelche Professoren. Ohne Resultat, abgesehen davon, daß Frank Bemerkungen wie »Das ist wirklich eine Sisyphusarbeit« allmählich satt hatte.

Er hatte seine eigenen Probleme. Die Ermittlungen im Fall Blaylock schritten fort und konzentrierten sich vor allem auf die Professorin selbst. Allmählich stellte sich heraus, daß Edna Blaylock die außerlehrplanmäßige Gesellschaft mehrerer ihrer fortgeschreneren männlichen Studenten genossen hatte. Sechs von ihnen bekannten sich schließlich zu sexuellen Affären mit ihr. Die Professorin hatte sich ihren Studenten mit etwas mehr Hingabe gewidmet, als ihre Kollegen bisher angenommen hatten.

Aber die sechs Loverboys waren alle in der Lage, über ihren Aufenthaltsort in jener Mittwochnacht, die in die letzte Woche ihrer Semesterabschlußprüfungen fiel, Rechenschaft abzulegen, und Thanatos blieb unentdeckt.

Ich bekam ein paar Anrufe von Männern, die behaupteten, Thanatos zu sein, aber sie sprachen nicht mit der Synthesizerstimme. Auf Bitten der Polizei hatten wir diese Einzelheit in den Zeitungsberichten verschwiegen. Auch zwei weitere Faktoren trugen dazu bei, sie als die Anrufe von irgendwelchen Spinnern zu identifizieren. Sie enthielten mehr Anspielungen auf sexuelle Handlungen als auf griechische Mythologie. Und alle kamen sie über die Zentrale.

Doch dreimal wählte mich jemand nach meiner Rückkehr vom Mittagessen direkt an und legte dann auf, ohne etwas zu sagen. Diese drei stummen Anrufe beunruhigten mich mehr als die obszönen.

Sie fielen auf die Tage, die ich allmählich als meine paranoiden zu bezeichnen pflegte. Sie verliefen nach einem ganz bestimmten Muster. Lydia und ich verließen etwa das Gebäude, um zum Mittagessen zu gehen. Während ich die Straße entlanghumpelte, verdichtete sich bei mir die Überzeugung, daß uns jemand beobachtete. Ich begann, über die Schulter nach hinten zu linsen. Während der Mittagszeit sind jede Menge Leute in der City unterwegs, also entdeckte ich zwangsläufig immer irgendeinen Mann hinter uns. Aber nie den gleichen. Nie einen, der mehr als flüchtiges Interesse an uns gezeigt hätte.

Du fällst auf, sagte ich mir. *Die Leute gucken eben, wenn jemand in einem Gips rumhumpelt und eine Schiene trägt. Hör auf zu spinnen.*

Manchmal gelang mir diese Beschwichtigungstaktik.

Frank machte Überstunden wegen des Blaylock-Falls, wie auch alle anderen, die mit der Sache befaßt waren. Er sorgte dafür, daß irgend jemand – normalerweise Jack oder Pete – da war, wenn er nicht bei mir sein konnte. Ich hatte gemischte Gefühle hinsichtlich dieser Schutzmaßnahme, erhob jedoch keinen Protest. Während die Tage dahingingen und Thanatos' Spur immer mehr abkühlte, entspannte ich mich allmählich wieder. Ich steckte all die ängstliche Energie, die ich in mir spürte, in meine Körpertherapie. Ich war fest entschlossen, die Tage der Invalidität so rasch es der Heilungsprozeß erlaubte hinter mich zu bringen. Ich spürte, daß meine Schulter große Fortschritte gemacht hatte, aber meine rechte Hand schien mir immer noch fürchterlich kraftlos. Wieder und wieder bekam ich gesagt, daß ich den Mut nicht verlieren solle. Von Leuten mit zwei gesunden Händen, versteht sich.

Doch schließlich wurde ich den Gips und die Schiene dann früher los als gedacht, nämlich schon eine gute Woche vor Weihnachten. Es war ein Gefühl, als hätte man mich von Sträflingsketten befreit. Zwar mußte ich noch lange Gummibälle mit der rechten Hand zusammenpressen, aber diese Übung war nur ein geringer Preis.

Frank und ich feierten das freudige Ereignis mit einem Kneipenabend bei Banyon's, dem örtlichen Stammlokal von Presse und Polizei. Es waren jede Menge bekannte Gesichter da. Die Band machte gerade Pause, so daß es relativ ruhig war, was soviel hieß, daß man sich bei der dröhnenden Mischung aus Stimmenlärm und dem Wummern einer fernen Musikbox immer noch denken hören konnte.

»Na, wen haben wir denn da!« übertönte eine Stimme das Getöse. Ich blickte durch das Lokal und sah einen rotblonden, jungenhaft-attraktiven Mann, der uns zugrinste. Kevin Malloy, ein alter Freund von mir, winkte uns zu sich. Nicht lange nach meiner Entführung hatte er mich besucht, um mich aufzuheitern, und schien nun froh, mich wieder auf den Beinen zu sehen. Kevin war der Malloy von Malloy & Marlowe, einer Werbeagentur, bei der ich eine Zeitlang gearbeitet hatte. Er war auch mit meinem späteren Mentor O'Connor befreundet gewesen. Seit jenem Abend vor O'Connors Tod war ich nicht mehr bei Banyon's gewesen, doch rasch verdrängte ich diesen Gedanken, als wir uns zu ihm durchzwängten.

»Na, Mädchen«, sagte Kevin und hob sein Guinness-Glas, »dich haben wir ja eine Ewigkeit nicht mehr hier gesehen. Und guck sie dir an! Keine Schlinge, kein Gips … Liam!« rief er dem Barkeeper zu. »Lokalrunde. Wir feiern die Rückkehr unseres verlorenen Schäfleins zur Herde.«

Dies wurde mit Beifall und Bravorufen quittiert, aber die meisten hätten wohl bei allem mit Ausnahme des Rufs

»Letzte Bestellung!« applaudiert. Einer der Reporter beugte sich zu Kevin hinüber und flüsterte ihm etwas ins Ohr. Kevin drehte sich überrascht zu uns um. »Was höre ich da? Ihr seid verlobt?«

»Stimmt«, sagte ich.

»Und wie oft hast du ihn auf Knien bitten müssen, ehe er ja gesagt hat?«

Ich lachte und antwortete: »Ob du's glaubst oder nicht, er hat *mich* gefragt.«

»Also Leute, alle mal herhören!« rief er in seiner weit tragenden Stimme und stieg auf einen Stuhl, so daß er die Menge in der Bar weit überragte. Als derjenige, der die letzte Runde spendiert hatte, konnte er auf dankbare Aufmerksamkeit rechnen. Es war auf einmal so still in der Bar, daß man tatsächlich hören konnte, was die Jukebox spielte. Kevin warf Liam einen Blick zu, worauf der prompt den Stecker herauszog.

»Ein häßliches Gerücht macht die Runde«, begann Kevin, hielt dann inne und drehte sich zu Frank um.

»Sag es uns!« Die Menge reagierte. Sie hatten ihn schon öfter reden hören. Frank wirkte ein wenig nervös.

Kevin wandte sich wieder an die Menge. »Es heißt, die Männer vom Las Piernas Police Department hätten sich den Schneid abkaufen lassen!«

»Nein!« schrie das Cop-Kontingent im Chor, und alle grinsten, als sie zu Frank hersahen.

»›Mut bei Polizisten?‹ heißt es. ›Eher findet man einen Politiker, der ernsthaft Buße tun will‹.«

»Nein!« steuerte der Chor bei.

»Doch, genau das erzählt man sich. Ich hab gehört, die Polizei ist so hasenherzig geworden, daß sie inzwischen so überflüssig ist wie ein Kropf!«

»Nein!« Wieder brüllten sie ihm Chor, konnten aber das Lachen nicht mehr verbeißen.

41

»Fast so überflüssig wie die Zeitungsfritzen«, sagte Kevin und verursachte damit einen weiteren Ausbruch von Geschrei und Gelächter.

»Unmöglich«, brüllte mehr als einer.

»Ich bin hier, um euch zu sagen, daß das Gerücht falsch ist. Völlig aus der Luft gegriffen. Und ich kann es auch beweisen«, sagte Kevin. Er zeigte auf Frank. »Dieser Mann hier, Frank Harriman – Detective Frank Harriman – ist Angehöriger unserer hiesigen Kriminalpolizei. Und ich will euch nur eines sagen: Dieser Mann hat mehr Mumm in den Knochen als irgendeiner von euch. Er ist der unverschämteste, virilste, schneidigste Scheißkerl, den ich kenne! Wißt ihr, was er gemacht hat?«

Gespanntes Schweigen.

»Er hat Irene Kelly einen Heiratsantrag gemacht!«

Jetzt tobte und applaudierte das ganze Haus.

»Dann ist ihnen wohl nicht zu helfen!« bemerkte einer meiner Kollegen.

Eine Reihe von Kommentaren der pittoreskeren Sorte folgte.

Kevin brachte die Menge zum Schweigen, indem er lediglich sein Bierglas hob.

»Also, auf Frank Harriman, der sich getraut hat, uns unseren Liebling zu entführen! Ein langes und glückliches Leben für Frank und Irene Kelly!«

Da sie nun endlich anstoßen durften, schlossen sich die Zuhörer diesem Teil des Trinkspruches besonders begeistert an.

Nachdem wir die Glückwünsche einer Reihe von Stammgästen entgegengenommen hatten, setzten wir uns an Kevins Tisch. Er war so gemütlich und wohltuend, dieser Pub mit all seinen Erinnerungen. Hier hatte O'Connor am häufigsten hofgehalten. An den Freitag- und Samstagabenden, wenn sie hier Live-Musik spielten, hatte er immer dagesessen und den Tänzerinnen zugesehen. Ich dachte an die Nächte, in denen Kevin, O'Connor und ich gestritten, gelacht und überhaupt einen Heidenspektakel veranstaltet hatten, bis die Kneipe schloß. Irgendwie brachten mir diese Erinnerungen etwas von meinem früheren Selbstbewußtsein zurück. Eine Irene, die viel weniger Angst hatte. Ich war von mehr als meinem Fiberglasgips befreit.

Ich bestellte einen Tom and Jerry, um mich ein bißchen in Stimmung zu bringen. Als der Kellner ihn brachte, blickte ich auf und sah, daß Frank mich ruhig betrachtete. Wir lächelten und prosteten uns zu.

»Also, wann ist die Hochzeit?« fragte Kevin und beobachtete uns.

»Sie weigert sich, einen Termin festzulegen«, erzählte ihm Frank.

»Was? Irene! Der Mann hat dir einen Antrag gemacht. Was verlangst du denn sonst noch?«

Ich schüttelte nur den Kopf.

»Warum zögerst du denn?« beharrte er.

»Ich brauche einfach Zeit zum Gesundwerden, Kevin.«

Frank griff nach meiner Hand. »Sie kann sich soviel Zeit lassen, wie sie will, Kevin. Sie hat ja gesagt, und sie weiß, daß sie sich da nicht mehr rauswinden kann.«

Kevin schlug einen sanfteren Ton an und brauchte keine weiteren Erklärungen mehr. »Tja, Irene, auf daß du schnell wieder gesund wirst. Und mach dich nicht so rar bei denen, die dir ein bißchen Balsam auf die Wunden träufeln wollen.«

»Tu ich ja nicht. Allein durchs Hiersein fühle ich mich schon tausendmal besser.«

Wir unterhielten uns lange, schwelgten in Erinnerungen an Kevins Zeit beim *Express,* wo er vor der Gründung seiner PR-Firma gearbeitet hatte. Obwohl ich mir nicht

viel davon versprach, fragte ich ihn: »Kevin, kannst du
dich erinnern, daß ich bei dir je was gemacht habe, das mit
dem College, dem Zoo oder mit griechischer Mythologie
zu tun hatte?«

»Du meinst wegen dieser Geschichtsprofessorin?«

»Genau.«

»Würdest du dich nicht dran erinnern, wenn du je 'ne
Werbekampagne fürs College oder den Zoo konzipiert
hättest?« fragte Frank.

»Ich weiß, daß ich so direkt nie was über den Zoo oder
das College gemacht habe. Aber Kevin kennt die Kunden
besser als ich.«

»Falls die Connection über uns läuft, muß sie sehr sub-
til sein«, sagte Kevin. »Hast du dabei keinen bestimmten
Kunden im Kopf?«

Ich zuckte die Achseln. »Nein. Ehrlich gesagt kann ich
mich an die Hälfte von ihnen schon gar nicht mehr erinnern.«

»Laß uns mal überlegen. Griechische Mythologie ist,
fürchte ich, eine völlige Sackgasse. Der einzige Mensch
meiner Bekanntschaft, der die Griechen zitieren konnte,
war O'Connor. Du weißt ja, wie er war. Er hat auch aus
den Werken von Shakespeare, Eleanor Roosevelt, Yeats,
Marx – das heißt Groucho –, aus der Bibel, dem Tao-te-
king und aus allem und jedem zitiert, das ihn zufällig in-
teressierte. Nein, es muß was anderes sein. Vielleicht ist
einer deiner früheren Gesprächspartner ein großzügiger
Spender für eine Ehemaligenstiftung des Las Piernas College oder für die Zoologische Gesellschaft … Hmmm.« Er
überlegte noch eine Weile und sagte dann: »Ich sehe mir
mal die Dateien mit deinen Texten durch. Falls ich irgendwelche Namen entdecke, die aussehen, als hätten sie
einen Bezug zu der Sache, gebe ich dir Bescheid.«

Frank und ich entschieden uns schließlich, ein Taxi zu nehmen. Daheim wurden wir von Cody, dem alten Tunichtgut, begrüßt, der mir in den frischenthüllten Knöchel biß. Ich jaulte auf, als er wie ein grauer Blitz davonsauste.

»Er wartet jetzt schon mehr als sechs Wochen auf seine Gelegenheit«, sagte Frank und grinste auf eine Art und Weise, die mich meinen Knöchel völlig vergessen ließ.

Ich zog ihn an mich. »Gott, ist das schön, dich wieder mal in beiden Armen halten zu können.«

Er küßte mich langsam und lässig – ein Kuß, der mehr von »hallo!« als von »gute Nacht« an sich hatte. Dann trug er mich ins Bett, wo ich Gelegenheit hatte, einige der Dinge auszuprobieren, auf die *ich* schon seit mehr als sechs Wochen wartete.

5

Mein Kopf steckte in der Freiheitsglocke, und jemand schlug unaufhörlich mit einem riesigen Hammer auf sie ein. Ich stöhnte, und als ich erwachte, hörte ich Franks Simultangestöhne. Das Telefon schrillte. Ich tastete nach dem Folterinstrument, sah auf die Uhr und verzog das Gesicht. Sieben Uhr früh. Wer zum Teufel rief uns zu dieser unchristlichen Zeit schon an?

»Irene?« fragte eine ferne Stimme am anderen Leitungsende. Ich drehte den Hörer um, so daß ich ihn nicht mehr verkehrt herum hielt.

»Barbara«, antwortete ich meiner Schwester, »wenn du mich am Samstagmorgen noch mal so früh anrufst, dann binde ich dich an ein sechs Meter langes Bungeeseil und schubse dich von einer fünf Meter hohen Brücke.«

45

Frank ächzte wieder und zog sich das Kissen über die Augen.

»Du hast ja einen Kater!« schimpfte sie los. Ich hielt den Hörer etwa zwanzig Zentimeter von meinem Ohr weg, während sie unablässig dahinplapperte, wie sehr meine Mutter sich geschämt haben würde, hätte sie dieses Benehmen der Tochter erleben müssen. (Ich bin überzeugt, ließe man Barbara die Wahl zwischen dem Abwurf einer Neutronenbombe und der Beschwörung des Angedenkens unserer Mutter selig, sie würde letzteres für die wirksamere Waffe halten.)

Frank ächzte nun noch lauter und wälzte sich auf den Bauch. Ich griff nach unten, zog den Telefonstecker aus der Steckdose und fragte mich, während ich allmählich wieder wegdämmerte, wie lange Barbara wohl brauchen würde, bis sie merkte, daß all ihr Gemecker nur eine Telefonleitung heißlaufen ließ und sonst nichts.

Irgendwann um die Mittagszeit, als ich dalag und Frank beobachtete, zog er sich das Kissen vom Kopf. »Ich verstehe nicht, wie du so schlafen kannst, ohne dabei zu ersticken«, sagte ich.

Er rang sich ein Lächeln ab. »Ich werde deiner Schwester erzählen, daß wir in den Himalaja ziehen und ab sofort nicht mehr telefonisch erreichbar sind.«

»Früher oder später entdeckt sie dann meinen Namen im *Express* und weiß, daß sie mich wieder anrufen kann.«

»Du mußt dir ein Pseudonym zulegen.« Aus dem Lächeln wurde ein breites Grinsen. »Wir wär's mit –«

»Ach, laß. Ich seh dir ja schon an, daß es in einem anständigen Familienblatt nichts verloren hat.«

»Was wollte sie denn? «

»Weiß nicht. Ich hab den Stecker rausgezogen.«

Er lachte und zog mich an sich. »Bleiben wir doch den ganzen Tag im Bett.«

»Soll das ein Scherz sein? Ich habe gerade den Gips abgenommen bekommen. Ich brauche Bewegung.«

»Wer hat denn gesagt, daß du die nicht kriegst?«

An der Haustür ertönte ein lautes und heftiges Klopfen. Ich hörte, wie ein Fischweib meinen Namen kreischte. Das Schlafzimmer befindet sich im rückwärtigen Teil des Hauses, aber wir konnten ihr »Ich weiß, daß du da drinnen bist!« ganz deutlich hören.

»Barbara sagt, ich krieg keine Bewegung.«

Frank stöhnte zum vierten Mal an diesem Morgen und griff nach seinen Jeans. Ich schlüpfte hastig in einen Bademantel, und kurzfristig erheiterte mich der Gedanke, daß Dinge wie Bademantel-Anziehen und Zur-Haustür-Laufen mir keine Probleme mehr machten.

»Verdammt noch mal, Barbara«, schrie ich, als ich durch den Gang marschierte, »krieg dich mal wieder ein!«

Ich öffnete die Tür, und sie kam wie eine Rakete hereingeschossen.

»Ausgerechnet dieser miese Trick! Ich kann es nicht fassen, daß du so unhöflich bist! Ich dachte, Frank würde dir mal Manieren beibringen, aber wie ich sehe …«

Sehen konnte sie in diesem Augenblick Frank, der den Gang entlangkam und sich das Hemd zuknöpfte. Das ließ sie mitten in ihrer Tirade verstummen.

»Guten Tag, Barbara«, sagte er.

Sie registrierte seine bloßen Füße und sein noch vom Schlaf zerzaustes Haar und begann zu stottern. »Fr-Fr-Frank. Ich… ich habe nur Irenes Wagen gesehen. Ich wußte nicht, daß du zu Hause bist.«

»Mein Auto steht noch bei Banyon's. Wir haben gestern ein Taxi genommen, weil wir vergessen hatten auszuknobeln, wer fahren muß. Wir haben die Entfernung von Gips und Schiene gefeiert.«

»Oh.« Sie wirkte ziemlich verdattert.

»Hast du bis jetzt am Telefon rumgetobt?« fragte ich.

Das entfachte ihren Zorn erneut, aber Franks leises Lachen kühlte sie sofort wieder ab, so daß sie nur noch verlegen war. »Ach, vergiß es«, sagte sie.

»Komm doch rein und setz dich«, meinte Frank. »Ich mach uns einen Kaffee.«

Barbara warf einen Blick auf meine Hand, und als sie die angeschwollenen Stellen um Daumen und Zeigefinger sah, sagte sie: »Schaut immer noch komisch aus.«

»Danke.« Ich ging zurück in die Küche und überließ es ihr, mitzukommen oder stehenzubleiben.

Sie entschied sich fürs Nachkommen, und bald stimmte mich der angenehme Duft des Kaffees etwas gnädiger.

»Kann ich euch was helfen?« fragte sie.

»Gar nichts«, sagte Frank und holte Tassen und Untertassen aus dem Schrank.

»Ich würde aber gerne was tun«, versuchte sie es ein zweites Mal.

»Entspann dich nur, und laß es dir gutgehen«, sagte Frank unbefangen.

Als ich beobachtete, wie sie sich am Küchentisch niederließ, dachte ich bei mir, daß Barbara so etwas wie Entspannung oder Es-sich-gutgehen-Lassen eigentlich gar nicht kannte. Sie ist von Natur aus flattrig und hypernervös.

Ich schob zwei Scheiben Neunkorntoast in den Toaster und musterte, während ich darauf wartete, daß sie wieder heraussprangen, eingehend meine Schwester. Im Grunde sehen Barbara und ich weder so aus noch benehmen wir uns, als ob wir verwandt sein könnten. Sie hat die roten Haare und grünen Augen meiner Mutter geerbt. Sie ist groß und gertenschlank und sieht mit ihren feinen Zügen unserer Mutter sehr ähnlich. Ihre Haut ist weiß und zart. Ich bin nur ein winziges Stückchen kleiner als Barbara, aber ganz anders gebaut. Sie ist mir immer als die Zerbrechlichere erschienen. Obwohl sie die ältere von uns beiden ist, kommt sie ständig mit ihren Problemen zu mir gerannt. Im Gegensatz zu ihr habe ich dunkle Haare und blaue Augen und schlage mehr der väterlichen Seite nach. Ich bin, ich muß es zugeben, sehr viel unweiblicher als meine Schwester – im Grunde immer gewesen. Ich kletterte auf Bäume, während sie mit ihren Puppen spielte. Für mich war es eine erhebende Erfahrung, als ich meinen ersten Homerun schaffte, für sie dagegen eine Offenbarung, als sie lernte, sich die Fingernägel zu lackieren. Mir verschaffte es ungeheure Befriedigung, im Hinterhof Löcher zu graben, die ich mit Wasser füllte und dann mit Erdklumpen bombardierte. Barbara hingegen war eine Stubenhockerin, die drinnen die Stöckelschuhe meiner Mutter anprobierte. Ich habe bis heute nicht gelernt, anmutig zu stöckeln.

Sie heiratete O'Connors Sohn Kenny und ließ sich von ihm scheiden, als er vierzig wurde und voll in die Männerpause respektive Wechseljahre geriet. Damals grenzten seine brutalen Beschimpfungen an verbalen Mißbrauch. Da ich ihn vorher schon nicht ausstehen konnte, bemühte ich mich danach nicht einmal mehr um Höflichkeit. Zu meiner Bestürzung tat sie sich wieder mit ihm zusammen. Ich betete nur noch, daß sie ihn nicht noch mal heiraten würde. Aber schließlich ist es ihr Leben. Barbara und ich haben uns nie besonders verstanden, das heißt, die meiste Zeit gehen wir uns furchtbar auf den Wecker.

Der Toast hüpfte in die Höhe.

»Deine Haare sind gewachsen«, sagte sie zu mir, als Frank den Kaffee einschenkte. Gleich nahm ich einiges von dem, was ich in den letzten Minuten gedacht hatte, zurück. Schließlich sind wir trotz allem Schwestern, und trotz aller Unterschiede verbindet uns ein Netz von Gefälligkeiten, die wir einander in Notzeiten erweisen. Nachdem meine Entführer mein Haar zu bizarren Büscheln zusammengestutzt hatten, war Barbara vorbeigekommen und hatte das schräge Styling mit viel Geduld in den Schnitt verwandelt, den ich jetzt trage. Mir mein schulterlanges Haar von diesen Männern absäbeln zu lassen, war eine Erniedrigung und ein ziemlicher Schock. Durch Barbaras Bemühungen fiel es mir in den Tagen nach dieser Tortur wieder viel leichter, in den Spiegel zu schauen.

»Ja«, antwortete ich. »Noch mal vielen Dank für den Schnitt.«

»Ich sollte es vielleicht mal nachschneiden.«

»Nein, danke. Ich lasse es wachsen.«

»Du kannst doch nicht mit derselben Frisur rumlaufen, Irene, die du schon in der neunten Klasse hattest. Du bist eine erwachsene Frau.«

Ich war entschlossen, mich nicht aufzuregen. »Tja, wie schon gesagt, ich bin dir sehr dankbar für alles, aber ich lasse sie jetzt wachsen.«

»Also wirklich. Benimm dich doch mal deinem Alter entsprechend.«

Frank sah von einer zu anderen und bemühte sich kaum, seine Belustigung zu verbergen. Zum Teufel mit ihm, dachte ich mir. Trotzdem lasse ich mich nicht auf einen Streit mit ihr ein. Mein Kopf tat mir weh.

»War eigentlich was Bestimmtes heute morgen?« fragte ich.

»Es ist Nachmittag.«

Ich rutschte ein wenig auf meinem Stuhl hin und her, sagte aber: »Gut, dann eben heute nachmittag.«

»Doch. Ja.« Sie nahm ein winziges Schlückchen Kaffee und warf Frank einen nervösen Blick zu. Er sah mich fragend an, und ich gab ihm einen Blick zurück, der die dringende Aufforderung enthielt, doch bitte an Ort und Stelle zu bleiben.

»Trommle nicht mit den Fingern, Irene«, sagte sie.

»Du bist also heute nachmittag zu uns gekommen, um mir zu sagen, daß ich nicht mit den Fingern trommeln soll?« Ich atmete tief durch. »Ich muß mit den Fingern trommeln. Das gehört zu meiner Physiotherapie.«

Frank verschluckte sich fast an seinem Kaffee. Doch entweder bemerkte sie es nicht, oder sie war immer noch zu eingeschüchtert, um etwas darauf zu erwidern. »Oh«, sagte sie, »tut mir leid. Das wußte ich nicht.«

»Ich hör schon damit auf. Nun, was wolltest du sagen?«

Erneut blickte sie zu Frank hinüber, der sich wieder gefangen zu haben schien. »Tja«, sagte sie.

Wir warteten. Als sie dann schließlich damit herausrückte, sprudelte es wie ein Sturzbach aus ihr heraus.

»Wie soll ich denn meine Hochzeitsvorbereitungen treffen, wenn ihr keinen Termin festsetzt? Natürlich habe ich ihm nicht gesagt, daß ihr zusammenlebt, aber Pater Hennessey ist bereit, Frank zu unterweisen, und er sagt, er wird einen Termin für die Hochzeit einplanen, wir müssen ihn ihm nur nennen.«

Zwei Geräusche zerschnitten die paar Sekunden völliger Stille, die dieser Ankündigung folgte. Das eine stammte von Franks Kaffeetasse, die scheppernd auf der Untertasse landete, und das andere war das Rasen in meinen Ohren. Allmählich merkte ich, daß letzteres Geräusch von meinem kochenden Blut herrührte.

»Das ist ja zum Jungekriegen!« brüllte ich. »Barbara, wer hat dich gebeten, Vorbereitungen zu treffen? Wer hat dich gebeten, Pater Hennessey anzurufen? Für wen zum Teufel hältst du dich eigentlich, daß du es wagst, mit ihm über Franks Konversion zu reden, wo ich nicht mal gesagt habe, daß wir kirchlich heiraten?«

»Du willst nicht kirchlich heiraten?« brüllte sie zurück. Sie blickte von Frank zu mir, als hätte ich gerade verkündet, wir wollten nackt in den Wäldern leben.

»Die Sache ist die, meine liebe Schwester, daß du deine Nase wieder mal in Dinge steckst, die dich absolut nichts angehen!«

»Ich bin deine große Schwester. Ich habe die Verpflichtung, in Situationen wie dieser unsere Mutter zu vertreten. Wenn Mutter noch leben würde –«

»Fang doch nicht wieder damit an! Wenn Mutter noch leben würde, würde sie meine Wünsche respektieren. Aber sie ist tot, Barbara. Seit über zwanzig Jahren. Und du wirst sie nie und nimmer bei mir vertreten!«

»Du bist gemein und egoistisch!«

»*Ich* bin egoistisch! Schau doch dich mal an!«

Unser gebrüllter Schlagabtausch fand ein jähes Ende, als Frank sich erhob und den Blick zwischen uns hin- und herwandern ließ. Kurz danach hörte ich die Haustür ins Schloß fallen.

»Jetzt schau mal, was du angerichtet hast«, sagte Barbara, aber ich hatte bereits beschlossen, Franks unausgesprochener Bitte zu entsprechen und mich endlich wie eine Erwachsene zu benehmen, so daß ich nicht anbiß. Sie schimpfte noch etwa dreißig Sekunden lang weiter, aber Gespräche mit Barbara scheinen wie Erdbeben und Zahnarztbesuche immer länger zu dauern, als sie in Wirklichkeit sind. Als sie sich schließlich wieder berappelte, gelang es mir sogar, die 486 sensationell schlagfertigen Entgegnungen, die ich mir schon zurechtgelegt hatte, herunterzuschlucken und sagte nur: »Ich muß Frank suchen. Du mußt nach Hause. Wir unterhalten uns später noch mal.«

»Und was soll ich Pater Hennessey erzählen?« jammerte sie.

»Daß es ein Mißverständnis war, und daß ich ihn anrufe, falls ich ihn brauche.« *Um meiner Schwester die letzte Ölung zu verabreichen,* fügte ich im stillen hinzu. Na gut, dann tat ich eben nur so, als sei ich erwachsen.

»Aber Bettina Anderson will sich doch um die Blumen kümmern! Die wird vielleicht stocksauer sein.«

»Wer zum Henker ist Bettina Anderson?«

»Erinnerst du dich nicht mehr an sie? Sie war mit dir auf der High-School.«

»Es geht mir nicht darum, dich zu reizen, Barbara. Aber ich schwöre dir, ich bin mit keiner Bettina zur Schule gegangen.«

»Betty Zanowyk.«

»Betty Zanowyk? Ist das Lizzy Zanowyks Schwester? Lizzy Zanowyk war bei mir in der Klasse. Aber was hat das alles mit dieser Bettina zu tun?«

»Bettina Anderson *ist* doch Elizabeth Zanowyk. Oder vielleicht auch umgekehrt. Du kennst sie, Irene. Nach der High-School nannte sie sich Betty Zanowyk. Lizzy, Betty und Bettina, das sind alles Ableitungen von Elizabeth. Seit etwa fünf Jahren heißt sie Bettina Anderson.«

Mein Kopf brachte mich um. »Laß mich mal raten. Sie heißt nicht mehr Zanowyk, weil sie einen Anderson geheiratet hat?«

»Nein, sie hatte die Nase voll vom ›Z‹. Sie sagt, ihr ganzes Leben lang hat man sie alphabetisch diskriminiert.«

»Barbara ... bitte, geh nach Hause.«

»Ich weiß nicht, ob du Frank heiraten solltest. Es ist nicht gesund, so mit seinem Ärger umzugehen, immer nur wegzulaufen und zu schmollen«, sagte sie.

»Barbara.« Ich sagte es sehr leise und mit zusammengebissenen Zähnen. Sie weiß, wenn ich ihren Namen auf diese Weise ausspreche, ist sie zu weit gegangen. Seit unserer Kindheit, als sie es auf die harte Tour lernen mußte, hat sich ihr das eingeprägt. Ich wende dieses Verfahren nur äußerst sparsam an.

»Er hat sich wohl noch nicht an uns gewöhnt«, murmelte sie.

»Was soll denn das heißen?«

»Wir zanken eben. Wir streiten uns. Aber wir stehen auch füreinander ein. Erinnerst du dich nicht mehr? Dad hat immer gesagt, das ist unser irisches Erbe.«

»Ich weiß nicht, ob es was Irisches ist«, sagte ich. »Aber es stimmt schon, Frank bleibt eher ruhig, meistens zumindest. *Ich* kann ihn zum Brüllen bringen, sonst allerdings kaum jemand.«

Sie lächelte wissend. »Daran siehst du, daß er dich liebt. Hab ich in einer Zeitschrift gelesen, in dem Salon, wo ich meine Nägel machen lasse. Wenn er dich anbrüllen kann, dann heißt das, er traut dir genug, um seine Wut über dich rauszulassen.«

»Tja dann, mein Gott, Barbara, dann vertraue ich dir aus tiefster Seele. Geh nach Hause. Damit ich mich endlich anziehen und ihn suchen kann.«

Sie stand auf und fragte dann: »Woher weißt du eigentlich, daß er nicht weggefahren ist?«

»Sein Volvo steht bei Banyon's, für den Karmann Ghia ist er zu groß, und ein Taxi hab ich ihn auch nicht bestellen hören. Etwa einen Block von hier gibt es einen herrlichen Strand. Wo glaubst du wohl, daß er hingegangen sein könnte?«

Ich fand ihn auf der Klippe, wo er in der Nähe der Treppe, die zum Strand hinabführte, am Geländer lehnte.

»Bist du dir noch sicher, ob du diese Hochzeit durchziehen willst, Harriman? Mit Barbara als Schwägerin? Überleg es dir gut.«

»So schlimm ist sie nun auch wieder nicht.«

Ich erwiderte nichts. Nur nicht gleich wieder einen Streit vom Zaun brechen.

»Sie freut sich eben, daß wir heiraten«, sagte er. »Sie will ja nur helfen.«

»Ich habe dir doch gesagt, was ich von all der Hilfe, die man mir in letzter Zeit angedeihen läßt, halte.«

Er lächelte. »Du hast es erwähnt.«

Einen Moment lang standen wir nur da und betrachteten die Wellen unten am Strand.

»Hast du Lust auf einen Strandspaziergang?« fragte er.

Wochenlang war ich dazu nicht in der Lage gewesen. Er sah, wie sich meine Miene bei diesem Vorschlag aufheiterte, und ging mir die Stufen hinunter voran.

Wir waren noch nicht weit gekommen, als er meinte: »Du hattest neulich abend recht. Es gibt tatsächlich Leute, die einem zuviel abnehmen wollen.«

»Ich sollte mir das einfach nicht so zu Herzen nehmen. Was Barbara da gemacht hat, das passiert wahrscheinlich allen verlobten Paaren. Wir müssen eben mit einigem Druck rechnen.«

»Ich bin schon gespannt, welchen espiskopalischen Pastor meine Mutter in Bakersfield für uns ausgeguckt hat. Aber wahrscheinlich ist sie weiter gegangen als Barbara. Paß auf, wenn wir keinen Termin festsetzen, tut sie es.«

»Versprich mir bloß, daß du die beiden nie zusammenbringst. Weiß der Himmel, was die noch alles für uns aushecken könnten.«

Er schauderte, und ich lachte.

Er nahm meine Hand, als wir uns dem Strand näherten. Trotz des Zusammenstoßes mit Barbara fühlte ich mich gut. Allmählich regte sich wieder etwas in mir. Vielleicht die alte Zuversicht.

6

Der Montag war ein kühler, aber sonniger Tag, der erste Tag, an dem ich alleine zur Arbeit fuhr. Zur Feier meiner wiedererlangten Unabhängigkeit klappte ich das Verdeck des Karmann Ghia zurück und raste so schnell über die Straßen von Las Piernas, daß ein hübscher Fahrtwind entstand. Kann ich wirklich nur zur Nachahmung empfehlen.

Sogar der morgendliche Innenstadtverkehr konnte meine Laune nicht trüben. Ich parkte den Wagen, schloß das Verdeck und betrat das Verlagsgebäude.

Als ich meinen Schreibtisch erreicht hatte, klingelte das Telefon. Ich hob ab.

Nichts. Nicht einmal Atemgeräusche.

»Tut mir leid, Sie haben sich verwählt«, sagte ich und legte auf.

Ich zog meinen Mantel aus und begann meine Post durchzusehen. An Montagen ist immer eine Menge Post zu erledigen, weil aber Weihnachten näher rückte, war es dreimal soviel wie üblich. Zahlreiche Briefe hatten farbige Umschläge.

Seit Thanatos' Brief hatte ich ein wahres Postritual entwickelt. Zuerst legte ich sorgfältig die Sendungen in den farbigen Kuverts beiseite. Anschließend sortierte ich wiederum die farbigen Umschläge und legte die ohne Absender und mit weißen Computeraufklebern auf einen eigenen Stapel. Diesen Stoß nahm ich mir als letztes vor. Ich begann mit der sonstigen Post.

Wieder klingelte das Telefon. Wieder niemand in der Leitung. Ich legte auf und rief Doris in der Telefonzentrale an. Nein, sie habe heute morgen noch keine Gespräche zu mir durchgestellt.

Ich tat die Sache mit einem Achselzucken ab. Die Anrufe waren nicht nach der Mittagspause gekommen, also handelte es sich wahrscheinlich auch nicht um einen Beobachter. Den es ja sowieso nicht gab. Nichts und niemand gab es. Denk an etwas anderes. Wenn ich so weitermachte, würde auch ich eines Tages noch Briefe über Hunde schreiben, die auf die richtigen Super-Bowl-Gewinner tippten.

Dennoch wurde mir schwummrig, wenn ich an meinen letzten Briefestapel dachte. Ich holte mir eine Tasse Kaffee, schaltete den Computer ein und warf einen Blick in meinen Kalender. Ich redete mir zu, es endlich hinter mich zu bringen, griff nach dem Stoß, mischte die Briefe wie einen Kartenpack und zählte sie. Dreizehn. Dreizehn? Besser noch mal nachprüfen, dachte ich und ärgerte mich dann so sehr über mich, daß ich den ersten gleich aufriß. Ein Rabattcoupon für eine Teppichreinigung. Mit den restlichen Umschlägen ging ich sorgfältiger um, doch der Coupon erwies sich als die spektakulärste Sendung des ganzen Stoßes. Soweit also meine Horrorpost.

Ich begann an einem Artikel zu arbeiten, der um Neujahr herum veröffentlicht werden würde, unserem alljährlichen Standardartikel über neue Gesetze und Programme, die am ersten Januar in Kraft treten würden. Sagte zu mindestens zwei Dutzend Leuten: »Ja, ist schon toll, den Gips endlich los zu sein.«

Ich aß im Verlag zu Mittag, weil ich so viel zu tun hatte, wie ich mir einredete, und nicht wegen der Anrufe. Und die Arbeit und die Kollegen lenkten mich auch für den Rest des Nachmittags ab. Es war dunkel, als ich das Gebäude verließ. Doch als ich aus dem Portal trat und in Richtung meines Autos sah, blieb ich plötzlich stehen.

Mein Standlicht war an.

Einen Moment lang war ich nur verblüfft. Hatte ich das

Standlicht brennen lassen? Nein, ganz bestimmt nicht, da war ich mir völlig sicher.

Mein nächster Gedanke war: *Zwei Anrufe.*

Lydia kam zur Tür heraus und meinte vergnügt: »Muß toll sein, wieder autofahren zu können«.

»Könntest du mich zu meinem Wagen begleiten, Lydia?«

Ihre Augen folgten meinem Blick, und sie sagte: »Ach du je. Machst du dir Sorgen wegen deiner Batterie? Kein Problem. Ich hab ein Starthilfekabel dabei. Warum hattest du denn heute morgen das Licht an?«

»Ich habe es nicht eingeschaltet.«

»Und wie –«

»Er versucht, mir angst zu machen.«

»Wer? Wer will dir angst machen?«

Ich zögerte. Lydia hatte meine unbegründeten Ängste tagtäglich mitbekommen. *Thanatos* schien mir plötzlich eine verrückte Antwort auf ihre Frage. Ich zwang mich zu einem Lächeln. »Niemand, niemand. Tut mir leid. Ich war gerade ganz woanders. Ich weiß nicht, warum ich das Licht eingeschaltet habe. Bin ja eine ganze Weile nicht gefahren. Wahrscheinlich bin ich aus der Übung.«

»Bei deinem Karmann Ghia?« fragte sie. »Den du seit dem College fährst?« Sie musterte mich jetzt vorsichtig und mit einem Blick, mit dem man einen fremden Hund mustert, der gleichzeitig knurrt und mit dem Schwanz wedelt.

Inzwischen hatten wir den Wagen erreicht. Niemand lauerte in seinem engen Inneren. Die Türen waren abgeschlossen. Die Fenster hochgekurbelt. Keinerlei sichtbare Beschädigungen am Verdeck. Ich riß mich zusammen, um nicht zu zittern, als ich die Tür aufsperrte und einstieg.

Der Motor sprang prompt an.

Lydia lächelte.

»Das Starthilfekabel werde ich wohl nicht mehr brauchen«, sagte ich. »Danke, daß du noch gewartet hast.«

»Klar doch.« Sie begann sich zu entfernen, drehte sich aber noch einmal um. »Alles in Ordnung?«

Ich weiß nicht, wollte ich sagen. Aber ich nickte, winkte und fuhr dann los.

Beim Nachhausefahren versuchte ich mir einzureden, daß ich es ja vielleicht tatsächlich versehentlich eingeschaltet hatte. Ich blickte auf den Schalter fürs Standlicht. Nein. Das war nichts, was man »versehentlich« tat. Und nichts, was ich tat und dann vergaß. Es war ein sonniger Morgen gewesen. Wäre es neblig und dunkel gewesen, hätte ich die Scheinwerfer und nicht das Standlicht eingeschaltet – in Kalifornien ist es verboten, mit Standbeleuchtung in der Gegend herumzukurven. Und beim Zuklappen des Verdecks wären mir die brennenden Parkleuchten garantiert aufgefallen.

Zu Hause überlegte ich hin und her, ob ich Frank von der Sache mit dem Standlicht erzählen sollte. Er hatte schon soviel um die Ohren – mußte er auch das noch hören? Aber was war, wenn Thanatos sich tatsächlich an meinem Wagen zu schaffen gemacht hatte?

Die Sache war für mich entschieden, als Frank zur Haustür hereinkam.

»Was für ein Tag«, sagte er. »Ist's dir recht, wenn ich vor dem Essen noch kurz laufe? Ich muß was unternehmen, damit ich all die Verrückten und Arschlöcher vergesse.«

Da ich weder in die eine noch in die andere Kategorie fallen wollte, sagte ich, mit dem Essen habe es keine Eile, und verschwieg mein Erlebnis mit den Parklichtern.

Am Dienstag rief Kevin mich an. Er habe seine Dateien überprüft, aber nichts gefunden, das er mit dem Thanatos-Brief in Zusammenhang bringen könne. Die Leute, für die ich gearbeitet hatte, hätten keine besonderen Beziehungen zum College oder zum Zoo, obwohl einige von ihnen durchaus da hineingehörten.

Ich nervte Mark Baker so lange, bis er die Telefonnummern der ehemaligen Freunde der Professorin herausrückte. Am dringendsten mußte ich mich mit einem gewissen Steven Kincaid unterhalten, der offenbar Dr. Blaylocks letzte Eroberung gewesen war. Doch Kincaid war entweder nicht zu Hause oder ging nicht ans Telefon. Das war immerhin schon mehr, als ich bei vieren von den übrigen fünf erreichte, die offensichtlich ihre Anschlüsse, die sie Mark genannt hatten, inzwischen aufgegeben hatten. Weichen dem Presserummel aus, dachte ich, bis ich dann einen Burschen namens Henry Taylor erwischte.

»Ein paar Minuten später, und Sie hätten mich verpaßt«, sagte die angenehme Stimme. »Will die Zeitung mich noch mal interviewen?«

»Ich hätte nur ein paar Fragen«, erwiderte ich. »Könnten wir uns vielleicht irgendwo treffen?«

»Ach du grüne Neune. Nein. Tut mir leid. Das wollte ich Ihnen ja sagen. Das Semester ist zu Ende. Meine Freundin kann jeden Moment hier eintrudeln. Wir fliegen zurück nach Michigan, zu ihren Eltern. An Weihnachten werd ich die Sache mal aufs Tapet bringen.«

»Die Sache aufs Tapet bringen?«

»Sie wissen schon, sie fragen, ob sie mich heiratet.«

»Entschuldigen Sie, Mr. Taylor, wenn ich Ihnen vielleicht ein bißchen verwirrt vorkomme. Es ist nur, man hat Sie mit diesem Fall in Verbindung gebracht –«

»Edna, ja, ich weiß. Wirklich traurig. Oh, Sie meinen, ob Connie deswegen sauer ist? Nein, nein, sie weiß ja, daß das schon Jahre her ist.«

»Jahre?«

»Genau. Edna und ich hatten vor etwa zwei Jahren so ein kurzes Techtelmechtel. In meinem letzten Jahr vor dem Bachelor, ehe ich mit meinem Magisterstudium in Betriebswirtschaft anfing.«

»Haben Sie nicht im Hauptfach Geschichte studiert?«

»Bestimmt nicht. Geschichte im Hauptfach? Das ist 'ne ziemlich brotlose Angelegenheit. Vor dem Bachelor müssen alle Studenten ein Semester lang amerikanische Geschichte belegen. Ich hab das Geschichtsseminar bei Edna besucht, um meine Studienanforderungen zu erfüllen. Ich hatte schon damit gerechnet, mich tödlich zu langweilen, aber sie hat es sehr interessant gebracht. Und irgendwas an der Frau hat mich wohl angemacht, wenn sich auch damals nichts ergab. Ich war zu der Zeit mit 'ner anderen zusammen. Aber dann trennte ich mich von diesem Mädchen, und im nächsten Semester sah ich Edna eines Abends in einer Bar ... und ich weiß nicht, wahrscheinlich beschlossen wir da beide, einfach zuzuschlagen.«

»Wie alt waren Sie damals?«

»Sechsundzwanzig.« Er schwieg und fügte dann hinzu: »Ich arbeite und studiere gleichzeitig, deswegen dauert es bei mir ein bißchen länger.«

Er klang ein wenig verlegen, weshalb ich ihm sagte, auch ich hätte länger als vier Jahre gebraucht, und nicht nur, weil ich jobbte. »Aber passen Sie mal auf – um auf Frau Blaylock zurückzukommen –, können Sie mir sagen, ob Sie je was von griechischer Mythologie oder vom Zoo erwähnt hat?«

Er lachte. »Wir haben eigentlich nicht so furchtbar viel geredet, wenn wir zusammen waren, falls Sie wissen, was ich meine. Es war nur eine kurze Geschichte. Nichts Tiefergehendes. Ich glaube, wir haben beide gemerkt, daß es keinen Sinn hatte – weder für sie noch für mich.«

»Hat sie mal was davon erwähnt, daß jemand eine Wut auf sie hatte oder sich an ihr rächen wollte?«

»Solche Sachen haben mich die Cops und die anderen

Reporter auch gefragt«, meinte er unbefangen. »Ich kann dazu wirklich nichts sagen.«

»Ich will Sie nicht zitieren. Ich brauche nur irgendeinen Anhaltspunkt.«

»Sie sind wohl ein bißchen spät dran mit Ihrem Artikel, was?«

»Ich bin diejenige, der er geschrieben hat.«

»Oh.« Seine Munterkeit verlor sich ein wenig.

Ich wartete.

»Da kann ich natürlich schon verstehen, daß Sie sich noch immer damit beschäftigen.«

»Können Sie mir helfen?«

»Hören Sie, Miss…«

»Kelly. Irene Kelly.«

»Okay, Miss Kelly. Ich sag das nicht gern so direkt, vor allem nicht gegenüber einer Frau, aber ich sehe einfach keine andere Möglichkeit, es Ihnen begreiflich zu machen, ehe Connie hier reinspaziert kommt – da kann ich mich dann definitiv nicht mehr weiter darüber verbreiten. Wenn ich mit Edna Blaylock zusammenkam, ging es um Sex. Nichts weiter. Sex pur. Zur damaligen Zeit wollte weder sie noch ich etwas anderes.«

»Aber wenn sie sich mit Ihnen unterhalten hat…«

»Ich glaube nicht, daß Sie mehr als zehn Sätze zusammenbekämen, auch wenn Sie jedes Wort, das wir zueinander sagten und das kein Small talk war, zitieren würden. Zuerst waren wir immer in einer Bar, tranken und tanzten, und dann fuhren wir nach Hause und machten phantastischen Sex. Zumindest am Anfang war er phantastisch. Wahrscheinlich hat mich der Gedanke, mit dieser kultivierten älteren Frau zu schlafen, irgendwie angetörnt. Eine Professorin, das war schon was. Aber der Kick war ziemlich bald weg, für sie genauso wie für mich. Ich hab nichts von ihr erfahren, und sie nichts von mir. Man könnte wohl sagen, ich war in einer Art Krise. Irgendein Idiot aus dem College hat sich erinnert, daß er uns zusammen gesehen hat, und den Cops gesagt, ich sei ihr Freund.«

Ich hörte die Geräusche im Hintergrund, und er entschuldigte sich und hielt die Hand über die Muschel. Ich hörte ihn sagen: »Hier drinnen. Ich telefoniere. Nein, irgendeine Reporterin. Ach Connie, verdammt noch mal, sie ist tot. Hör doch endlich mal auf damit, bitte!« Er sprach wieder in den Hörer. »Das ist Connie. Ich muß aufhören.«

»Hören Sie, Mr. Taylor, ich muß mich noch ein bißchen mit Ihnen unterhalten. Können Sie mir eine Nummer geben, unter der ich Sie erreichen kann?«

»Ich halte das für keine so gute Idee.«

»Dann vielleicht, wenn Sie wieder zurück sind?«

»Vielleicht. Aber ich bin ziemlich beschäftigt. Ich muß jetzt aufhören.«

Er legte auf. Connie klang nicht gerade verständnisvoll. Aber ich hatte keine Möglichkeit, mich mit Henry Taylor oder Connie zu unterhalten, ehe sie wieder aus Michigan zurück waren. Ich fragte mich, ob sie seinen Antrag wohl annehmen würde.

Ich versuchte es noch einmal bei Steven Kincaid. Wieder kein Glück.

John kam an meinen Schreibtisch und überredete mich, ins Rathaus zu gehen und über die erste Lesung eines Erschließungsantrags zu berichten. Das war es dann erst mal zu Thanatos. Aber ich mußte John recht geben: Dieser Antrag konnte sich als viel brisanter erweisen, als er auf den ersten Blick schien. Die wichtigsten städtischen Angelegenheiten wurden manchmal in den langweiligsten Versammlungen entschieden. Das wußte ich schon lange.

Selbstverständlich prangte dann am Mittwochmorgen

mein Artikel auf der ersten Seite des *Express*, der eine stattliche Besucherzahl für die zweite Lesung des Antrags garantieren würde. Seit dem Thanatos-Brief war es mein erster Artikel auf Seite eins, und ich bemühte mich, es nicht zu augenfällig werden zu lassen, wie sehr ich mich darüber freute.

In dem Antrag ging es darum, Ausmaße und Aussehen der Bebauung zu verändern, die ein bei einem Brand vernichtetes Wahrzeichen von Las Piernas ersetzen sollte. Der Stadtrat brach bereits die Versprechungen, die er in den letzten Wahlen gegeben hatte. Mein Telefon stand nicht mehr still. Ich fühlte mich wie ein Kind, das den Wasserschlauch auf ein Hornissennest gerichtet hat. Und mehr als je zuvor hatte ich das Gefühl, nun endlich wieder Reporterin zu sein. Zuzeiten sind sich diese Empfindungen gar nicht so unähnlich.

Zwischen den Telefonaten erledigte ich vergnügt meine Postsortierprozedur, öffnete Weihnachtsgrüße und summte »Jingle Bells« vor mich hin. Als ich dann aber beim letzten Stoß angelangt war, öffnete ich die Kuverts dennoch vorsichtig und benutzte einen Brieföffner, um den Inhalt beim Herausziehen nicht mit den Händen zu berühren. Vier Ankündigungszettel für Tagungen, die ich nicht besuchen würde. *Ein* Umschlag lag noch vor mir. Mußte ich wirklich so pingelig sein? Als ich das Blatt auseinanderfaltete, verging mir das Summen.

Liebe Kassandra,
    hast Du mich vermißt? Du mußt Geduld haben. Thalia ist als nächste an der Reihe. Es hat schon begonnen. Du sagst, Du mußt Dich darauf einstellen können. Ich lasse Dir alle Zeit, die Du brauchst. Warte auf Janus. Genieß die Saturnalien, Kasssandra.
    Thalia wird Tantalusqualen und Schlimmeres erleiden.

Wer half Psyche, die Samen zu sortieren, die Venus ihr vor-
legte?

Es grüßt Dich
Dein geliebter Thanatos

Wieder klingelte mein Telefon, doch ich hob nicht ab. Sobald es aufgehört hatte, rief ich Doris an und bat sie mit
möglichst ruhiger Stimme, alle an mich gerichteten Anrufe entgegenzunehmen.

»Das wird John aber nicht gefallen«, begann sie. »Wir
kriegen ein gewaltiges Echo auf Ihren Artikel.«

»Ja, hmm, ich werde mich mal mit ihm unterhalten.«

Ich kontaktierte John über die Sprechanlage und bat ihn
um eine kurze Unterredung, packte eine Ecke des Briefs
behutsam zwischen zwei gefaltete Papierstreifen, um
keine Fingerabdrücke zu hinterlassen, klemmte mir ein
Mythologiebuch unter den Arm und gelangte irgendwie
in Johns Büro, ohne etwas fallen zu lassen.

Er blickte von einem Manuskript hoch und hob die Augenbraue, als ich ihm den Brief vor die Nase hielt und auf
seinen Schreibtisch segeln ließ.

»Beißt er denn?« fragte er sarkastisch. Doch er furchte
die Stirn und fluchte leise, als er sah, worum es sich handelte. Er las den Brief und meinte: »Da wir nichts mehr
von diesem Irren gehört haben, hatte ich schon gehofft, er
wäre unter ein Auto oder sonst was gekommen.«

»Haben Sie vor, den Brief der Polizei zu übergeben?«

»Sie wissen ja, wie ich die Sache sehe, Irene. Ich lasse
mir von der Polizei nicht vorschreiben, was wir drucken
dürfen, aber andererseits werd ich auch nicht die Ermittlungen in einem Mordfall behindern. Haben Sie Frank
deswegen schon angerufen?«

Seine Frage irritierte mich. »Natürlich nicht.«

»Hab mich nur gefragt, inwieweit diese ganze Beziehungskiste Ihr journalistisches Ethos korrumpiert hat. Also, was bedeutet nun dieser Brief?«

»Thalia ist eine der drei Grazien. Sie repräsentiert den Frohsinn, die gute Laune. Kein großartiger Hinweis auf unser nächstes Opfer, fürchte ich.«

»›Genieße die Saturnalien‹«, las John. »Meint er damit den Samstag?«

»Vielleicht. Aber ich würde eher vermuten, er meint Weihnachten, weil es heißt, ich soll auf Janus warten. Der Januar ist nach dem Gott Janus benannt.«

»Das ist doch römisch, nicht wahr?« fragte er.

»Genau. In diesen Brief hat Thanatos ein paar römische Hinweise eingestreut. Die Saturnalien waren ein römisches Winterfest zu Ehren des Gottes Saturn. Es wurde gegen Ende Dezember gefeiert, und man veranstaltete große Bankette und beschenkte sich gegenseitig. Irgend jemand hat mir mal erzählt, daß Weihnachten deshalb im Dezember gefeiert wird, weil eben die frühe römische Kirche auf das heidnische Fest zurückgriff und es entsprechend abwandelte.«

»›Thalia wird Tantalusqualen und Schlimmeres erleiden‹«, las John mir laut vor.

»Tantalusqualen. Tantalus steht im Hades in einem Teich, dessen Wasser, sobald er sich bückt, um davon zu trinken, vor ihm zurückweicht. Richtet er sich wieder auf, so fließt es wieder nach. Über ihm befindet sich ein Obstbaum mit herrlichen Früchten, die sich jedoch seinem Zugriff entziehen. So bleibt er ewig hungrig und durstig, sieht zwar, was ihm Erleichterung verschaffen könnte, kann es aber nicht erreichen.«

»An Grausamkeit mangelt es diesen Geschichten ja nicht gerade, was?«

»Nein. Aber Tantalus hatte sich das selber zuzuschreiben. Er brachte seinen eigenen Sohn um, kochte ihn in einem großen Kessel und lud dann die Götter zu einem Bankett, wo er ihnen seinen Sohn als Tagessuppe servierte.«

»Heiliger Strohsack.« Er sah mich an, als hätte ich mir das alles selber ausgedacht.

»Die Geschichte geht wirklich so«, beteuerte ich. »Tantalus meinte, er könne die Götter zum Narren halten. Aber sie kannten die Speisenfolge und beschlossen, mal eine Mahlzeit ausfallen zu lassen und ihn zu bestrafen. Sie erweckten seinen Sohn wieder zum Leben, da sie nichts von Kannibalismus hielten. Und es ärgerte sie auch, daß so ein mickriger kleiner Sterblicher sie reinlegen wollte.«

Er schüttelte den Kopf. »Und was ist das mit Psyche und den Samen?«

»Oh, das ist eine irre Story – Eros und Psyche.« Ich begann zu blättern.

»Erzählen Sie mir nur das von den Samen«, sagte John und sah aus, als habe er keine große Lust, vor dem Mittagessen noch viel über Griechen und Römer zu hören. »Das ist doch nicht so blutrünstig, oder?«

»Nein, nein, das ist eine Liebesgeschichte«, sagte ich und überflog sie rasch. »Apulejus hat sie auf Lateinisch niedergeschrieben.«

»Spielt alles keine Rolle. Mich interessiert nur die Handlung.«

»Psyche war eine wunderschöne Frau. Was Venus mit Eifersucht erfüllte. Es hieß sogar, Psyche sei schöner als die Göttin selber – eine tödliche Beleidigung für Venus. Daraufhin schickte Venus ihren Sohn Eros zu Psyche. Er sollte sie in die verabscheuungswürdigste Kreatur auf Erden verliebt machen. Doch als Eros Psyche erblickte, verliebte er sich selber in sie.«

»Wo bleiben die Samen?« nörgelte John.

»Der mittlere Teil der Geschichte ist wirklich sehr –«

»Hören Sie mal, kommen Sie zu den Samen. Irgendwann, wenn ich mal in besserer Stimmung bin, können Sie mir alles erzählen.«

»Sie, in besserer Stimmung? Bis es mal soweit ist, sitzen wir wahrscheinlich an einem sehr, sehr heißen Feuer. Unser Gastgeber wird Hörner haben und wir unendlich viel Zeit –«

»Kelly, ich schwöre bei Gott –«

»Okay, okay. Die Kurzversion also. Psyche und Eros liebten sich, aber wie es eben so geht im Leben, sie wurden getrennt. Psyche beschloß, nach ihm zu suchen, doch Venus legte ihr ein paar Hindernisse in den Weg. So schüttete sie beispielsweise einen Riesenhaufen winziger Samen aus – Mohnsamen, Hirse und ähnliches – und verlangte von Psyche, sie bis zum Abend zu sortieren. Venus wußte genau, daß das nicht möglich war.«

»Wer hat ihr also geholfen?« fragte John durch die zusammengebissenen Zähne.

»Wie bitte?«

»Die Frage im Brief! Wer zum Teufel hat ihr geholfen?« brüllte er.

»Ameisen.«

»Ameisen.«

»Ja, die Ameisen hatten Mitleid mit Psyche, und ein ganzes Ameisenheer eilte ihr zu Hilfe. Als Venus zurückkam, fand sie die sortierten Samen vor. Über die Ameisen gibt es noch eine zweite Geschichte –«

»Lassen Sie nur«, sagte John. »Dieser Thanatos ist ganz schön durchgeknallt. Eine Muse der Heiterkeit –«

»Grazie des Frohsinns.«

»Okay. Eine Grazie der Heiterkeit oder des Frohsinns wird Tantalusqualen erleiden. Er wünscht Ihnen frohe Weihnachten oder vielmehr Saturnalien, will, daß Sie bis Januar warten, und faselt dann noch was von Ameisen.«

»Ich gebe ja zu, daß das nicht viel Sinn ergibt. Der letzte Brief war auch nicht besonders aufschlußreich, bis dann die Professorin ermordet wurde. Drucken wir ihn?« fragte ich.

»Selbstverständlich.« Er rief Lydia über die Sprechanlage in sein Büro.

»Was machen wir mit Frank?« fragte ich.

Er überlegte kurz und meinte dann: »Er kann das Original haben«, schnappte sich den Brief und ging mit ihm zum Kopierer, noch ehe ich wegen der Fingerabdrücke Protest einlegen konnte. Ich verkniff mir weitere Kommentare, da man von dem Papier wahrscheinlich sowieso keine guten Fingerabdrücke nehmen konnte, auch wenn Thanatos keine Handschuhe benutzt hatte.

Lydia kam ins Büro, und John reichte ihr die Briefkopie. Als sie sah, worum es sich handelte, suchte sie meinen Blick. Ich bemühte mich, möglichst cool zu wirken. Aber ich sah, daß sie mir das nicht abnahm.

»Sagen Sie Mark Baker, daß er sich sofort an die Arbeit machen soll«, wies John sie an. »Irene kann ihm die mythologischen Anspielungen übersetzen. Und richten Sie den Layoutern aus, ich möchte den Brief morgen auf der ersten Seite haben – wer Einwände hat, soll zu mir kommen. Ich sehe nichts, was dagegen sprechen könnte. Nach allem, was wir bisher wissen, ist vielleicht nach der Lektüre jemand in der Lage, die Gefahr, in der er schwebt, vorherzusehen.«

Mir kam wieder eine Briefpassage in den Sinn. »›Es hat schon begonnen‹«, zitierte ich und fühlte mich plötzlich etwas unsicher. »Womöglich ist es schon zu spät, das Opfer zu warnen.«

»Aber wir wissen es nicht!« entgegnete John heftig. Als er sah, wie überrascht ich von seiner Reaktion war, fügte er hinzu: »Außerdem hasse ich all das langweilige Zeug, das wir in letzter Zeit gebracht haben. Ich hasse die Feiertage.«

»Bah, Unsinn!« sagte ich.

»Lachen Sie nur. Sie und Ihr Frankieboy werden natürlich herrliche Zeiten verleben, während ich hier schufte.«

Er versuchte mich glauben zu machen, daß er mir meine Bitte um ein paar Tage Urlaub über Weihnachten nicht verziehen hatte.

»Was machst du an Weihnachten?« fragte Lydia.

Ich zögerte. Mir war nicht so ganz wohl bei unserem Plan, hatte jedoch in einem Augenblick, in dem ich glaubte, mir etwas beweisen zu müssen, eingewilligt.

»Wir fahren auf seine Hütte in den Bergen.«

»In die Berge! Wo –«

»Nein. Anderswohin – nicht dahin, wo sie mich gefangengehalten haben. Nach Franks Erzählungen ist es eher ein Haus als eine Hütte.«

»Aber es liegt bestimmt ganz in der Nähe davon, nicht wahr?« fragte sie, bis sie dann merkte, daß mir die Frage unangenehm war.

John hatte inzwischen Franks Nummer gewählt. Er berichtete ihm von dem Brief und meinte nach einer kurzen Pause: »Es geht ihr gut. Möchten Sie sie sprechen?« Er reichte mir den Hörer.

Frank wollte gleich vorbeikommen, um den Brief abzuholen, und fragte mich, ob wir drei vielleicht mit ihm essen gehen wollten. John ließ sich entschuldigen, doch Lydia erklärte sich einverstanden.

Frank hatte den Morgen in der Kreisverwaltung verbracht, wo er einiges im Gerichtsgebäude zu erledigen hatte. Er freute sich über die Abwechslung. Wir trafen uns in einem kleinen Hamburgerlokal, das ein paar Häuser vom Verlagsgebäude entfernt liegt. Im Laufe von etwa

fünf Jahren hatte es etwa ebensohäufig den Namen gewechselt, wenn auch nie den Besitzer – oder vielmehr den
Koch. Sie machen dort gute altmodische Hamburger; ich
riskierte also Arterien von Stecknadeldurchmesser, als ich
mir einen Cheeseburger, Fritten und einen Erdbeershake
bestellte. Frank schloß sich mir an, nur Lydia beherrschte
sich und beschränkte sich auf Hühnchensandwich mit Sa-
lat.

»Und was hast *du* für die Feiertage geplant?« fragte ich
sie.

»Guy verbringt das Fest mit mir und meiner Mom. Ihr
wißt sicher auch, daß Rachel mit Pete Weihnachten feiert,
oder?«

Ich nickte. Guy St. Germain war seit dem Sommer mit
Lydia verbandelt, und Franks Kollege hatte Rachel Gio-
copazzi, eine Kriminalbeamtin aus Phoenix, so oft besucht, wie es ihre Arbeitszeiten und seine Flugangst eben
erlaubten.

»Na ja, Rachel und ich hatten diese Idee, mal ein rich-
tiges italienisches Weihnachtsessen zu veranstalten«, fuhr
Lydia fort. »Das Ganze zieht sich über zwei Tage hin. Man
trifft sich am Weihnachtsabend und ißt nur fleischlose Ge-
richte. Fisch ist zwar auch erlaubt, aber kein Fleisch. Wie
früher an den Freitagen. Am Weihnachtstag wird dann
erst recht aufgetischt. Ich bin für den Weihnachtsabend
verantwortlich, Rachel für den Weihnachtstag und meine
Mutter für all die Kuchen und Desserts – *Oro corona
pane, Dodoni*, Rumtorten und solche Sachen. Wir essen
beide Male bei mir. Jack Fremont haben wir auch eingeladen.«

Gott sei Dank kam nun unser Essen. Lydia ist eine
phantastische Köchin, und mir lief das Wasser im Mund
zusammen, wenn ich ihr nur zuhörte. Unsere Freunde
würden also gemeinsam feiern. Ich spürte auf einmal, daß

Frank mich beobachtete. Lydia fuhr mit der Schilderung ihrer kulinarischen Vorhaben fort, als auch ihr plötzlich seine Schweigsamkeit auffiel. Ihr Blick wanderte von einem zum anderen. »Ich wollte euch beide ja auch einladen, aber Pete sagte, ihr habt schon was vor, Frank. Irene hat mir erzählt, ihr fahrt in die Berge.«

Ich konzentrierte mich aufs Essen.

»Ja«, sagte er. »Das war unser Plan. Aber ich bin mir nicht mehr sicher, ob wir das machen. Vielleicht bleiben wir auch hier.«

»Was?« sagte ich und legte meinen Cheeseburger auf meinen Teller zurück.

»Ich hab darüber nachgedacht, Irene. Ich weiß, du warst zwar einverstanden, aber freust du dich wirklich auf die Berge, oder wolltest du mir nur eine Freude damit machen?«

»Ich war immer gern in den Bergen.«

»Ganz genau. Du *warst* gerne dort. Vielleicht sollten wir doch lieber zu Hause bleiben.«

»Ich will nicht kneifen, Frank. Ich muß mich mit den Dingen, die mir angst machen, auseinandersetzen, damit ich wieder ein normales Leben führen kann.«

»Man kann es auch übertreiben.«

Lydia ist seit dem College mit mir befreundet und kennt mich in- und auswendig, aber dennoch gibt es Gespräche, bei denen ich sie lieber nicht dabei habe. Ich registrierte ihr Interesse an dieser Auseinandersetzung. Frank hatte wohl bemerkt, daß ich einen Blick auf sie warf, denn er meinte: »Wir unterhalten uns heute abend noch mal über die Sache, okay?«

Ich nickte. Ich war während dieses Lunchs wohl etwas schweigsamer als sonst, denn es gab vieles, über das ich nachdenken mußte. Ich schob das gleiche kalte Frittenstäbchen schon zum sechsten Mal durch dieselbe Ketchuppfütze und wünschte mir inständig, fähig zu sein, auch nur einen Gedanken zu Ende zu führen.

7

Da ich Thanatos' letztes Sendschreiben als Kriegserklärung betrachtete, verbrachte ich die erste Hälfte jenes Nachmittags mit dem Feindstudium. Ich nahm mir alle Artikel über den ersten Mord noch einmal vor und las zum hundertsten Mal die beiden Briefe durch. Eigentlich wußte ich recht genau, was er vorhatte und wann seine Aktion stattfinden sollte. Ich wußte nur nicht, wen er sich diesmal ausgesucht hatte und weshalb.

Lydia blieb neben meinem Schreibtisch stehen und unterbrach meine Gedankengänge. »Du zupfst ständig an deiner Unterlippe rum«, sagte sie. »Was ist denn los?«

Rasch ließ ich die Hand sinken. Außer, daß wir seit Jahren befreundet sind, waren Lydia und ich im College auch Zimmergenossinnen gewesen, so daß sie die meisten meiner kleinen Macken kennt. Was ich nicht gerade für einen Vorteil halte.

»Ich dachte mir gerade, wie es einem wohl ginge, wenn man völlig ausgehungert an einem reichgedeckten Tisch säße und doch nichts davon essen dürfte.«

»Schreibst du einen Weihnachtsartikel über die Obdachlosen?«

Einen Moment lang begriff ich nicht, was sie meinte. »Nein, nein. Ich rede von Thanatos. Ich glaube, er hat vor, jemand im Angesicht einer gedeckten Tafel verhungern zu lassen.«

Sie warf mir einen Blick zu, der zu einem Drittel aus Skepsis und zu zwei Dritteln aus Abscheu bestand.

»Doch, Lydia. Was sollen diese Anspielungen auf Tantalus denn sonst bedeuten? Das ist die einzige Briefstelle, die auf die Todesart hinweist.«

Sie fröstelte. »Es ginge so furchtbar langsam. Keine sehr praktische Methode für einen Mord, oder?«

»Wie praktisch ist es denn, jemandes Leiche von einem College-Campus abzutransportieren und sie in ein Pfauengehege zu werfen? Außerdem deutet er ja an, daß es ein langsamer Tod sein wird. Es hat schon begonnen, sagt er, und es wird im Januar enden.«

»Meine Güte!«

»Wenn ich nur wüßte, wer Thalia ist. Die Grazie der guten Laune, der Heiterkeit, des Frohsinns. Wer könnte denn damit gemeint sein? Ich hab mir über die Blaylock-Artikel den Kopf zerbrochen, versucht, was aus ihnen herauszulesen. Es ist zum Verrücktwerden.«

»Glaubst du, daß es ein Motiv für diese Morde gibt?«

»Klar. Dir und mir scheinen die Kriterien, nach denen er seine Opfer auswählt, vielleicht nicht ganz rational, aber für ihn sind sie sicher völlig logisch.«

»Aber eine Geschichtsprofessorin? Wieso denn? Glaubst du, es gibt da was in ihrer Vergangenheit oder so?«

»Schwer zu sagen. Sie hat sich mit einigen Studenten eingelassen, war also kein Unschuldsengel. Aber abgesehen davon klingt alles grundsolide.« Ich las aus meinen Notizen vor. »In L. A. geboren, hat seit ihrem achten oder neunten Lebensjahr hier in Las Piernas gelebt. Bei der Mutter aufgewachsen; der Vater ist im Zweiten Weltkrieg gefallen. Sie studierte am Las Piernas College, machte dann ihren Doktor an der UCLA. Hat zwar nicht gerade den sensationellsten Beitrag zur amerikanischen Geschichtsforschung geleistet, aber in ein paar kleineren historischen Fachzeitschriften veröffentlicht. Der Artikel für das *Journal of American History*, an dem sie gerade schrieb, sollte sicher einer der Glanzpunkte ihrer Karriere werden.«

Lydia blickte zur Lokalredaktion hinüber, wo Morry, der Lokalchef, saß und ihr zuwinkte. »Ich muß wieder rüber«, sagte sie. Sie machte ein paar hastige Schritte, blieb dann stehen und drehte sich noch einmal um. »Glaubst du, daß es ein Student oder sonst einer war, den sie hat abblitzen lassen?«

»Vielleicht.«

Ich sah ihr nach. Ich dachte wieder an den ersten Brief und daran, daß der Mörder Edna Blaylocks nicht nur ihren Stundenplan kannte, sondern auch wußte, wie man eine Leiche unbemerkt vom Campus verschwinden ließ. Vielleicht war es ein früherer Student oder einer ihrer Kollegen. Schließlich war der erste Brief ja auch vom Campus abgeschickt worden.

Andererseits hatten wir auch den zweiten Umschlag überprüft und herausgefunden, daß er auf einem Postamt im Zentrum, ganz in der Nähe des *Express*, aufgegeben worden war.

Hatte Thanatos hier nach seinem nächsten Opfer gesucht? Oder hatte er sich in Zeitungsnähe herumgetrieben, weil er mich wieder beobachtete?

Ich griff nach dem Hörer und versuchte den Mann zu erreichen, der auf meiner Liste von Dr. Blaylocks Liebhabern übriggeblieben war: Steven Kincaid. Meines Wissens war Kincaid der letzte Lover gewesen. Er hatte als einziger zugegeben, daß er zur Zeit ihres Todes ein Verhältnis mit ihr unterhielt.

Er ließ das Telefon etwa fünfmal klingeln, ehe er den Hörer abnahm.

»Hallo?«

»Mr. Kincaid?«

»Ja.«

»Ich bin Irene Kelly vom *Las Piernas News Express*.«

Der Kerl legte einfach auf.

Ich nahm es gelassen. War ja schließlich nicht das erste Mal, daß mir das passierte. Verärgerte Informanten lassen sich in unserem Gewerbe nicht vermeiden. Ehe ich mir jedoch über mein weiteres Vorhaben Gedanken machen konnte, rasselte schon wieder das Telefon. Es war Kincaid.

»Ich wollte mich entschuldigen, Miss Kelly. Das war sehr unhöflich. Normalerweise lege ich nicht so einfach auf. Aber die letzte Zeit war ziemlich schwierig für mich. Ich weiß nicht, warum ich...« Er stockte.

»Schon gut, Mr. Kincaid. Ich verstehe das vollkommen.«

»Da bin ich mir nicht so sicher. Die Zeitungen – ich war nicht gerade angetan von der Berichterstattung.«

»Als erstes möchte ich Ihnen versichern, daß ich keinerlei Interesse daran habe, dem, was Mr. Baker über ihre Beziehung zu Mrs. Blaylock geschrieben hat, etwas hinzuzufügen. Ich dachte nur, daß Sie mir vielleicht helfen könnten. Ich habe heute einen zweiten Brief von Thanatos bekommen.«

Etwa eine Minute lang herrschte völliges Schweigen. Ich wußte, daß er nicht wieder aufgelegt hatte, weil ich ihn atmen hörte. Er atmete wie einer, der versucht, seiner Gefühle Herr zu werden.

»Ich wüßte nicht, wie ich Ihnen da helfen könnte«, sagte er, »aber sprechen Sie weiter.«

Ich hatte bereits beschlossen, mich mit ihm zu treffen. Es ist viel schwieriger, mitten in einem Gespräch aufzustehen als am Telefon aufzulegen. »Hören Sie, treffen wir uns doch auf einen Kaffee? Ich lade Sie ein.«

Wieder entstand eine Pause, ehe er fragte: »Wo?«

»Wohnen Sie in College-Nähe?«

»Ja.«

»Haben Sie heute irgendwelche. Veranstaltungen?«

»Nein, die Winterferien stehen vor der Tür. Die Prüfungen sind gerade vorbei.«

»Hmm. Wie wäre es mit dem Garden Cafe – existiert das eigentlich noch?«

»Ja. Klingt gut.«

Ich beschrieb ihm, was ich anhatte, und wir verabredeten uns für eine halbe Stunde später an diesem alten College-Treffpunkt. Ich legte auf und machte mir meine Gedanken. Wie unterschiedlich diese beiden Männer reagierten! Auf Taylor schien Edna Blaylocks Tod soviel Eindruck gemacht zu haben wie eine Überschwemmungskatastrophe in einem fernen Land auf den durchschnittlichen Zeitungsleser. Kincaid hingegen klang, als könne er gerade noch den Kopf über Wasser halten.

Ehe ich ging, schaute ich noch kurz bei John vorbei und erzählte ihm von meinem bevorstehenden Treffen mit Kincaid.

»Passen Sie auf, Irene. Nach allem, was wir bisher wissen, könnte auch er der Mörder sein.«

»Er hatte ein Alibi, John.«

»Sie haben schon über genügend Prozesse berichtet. Ich muß Ihnen nicht erzählen, wie leicht man manchmal zu einem Alibi kommt.«

Ich zuckte die Achseln. »Kann schon sein. Andererseits ist der Junge vielleicht unschuldig und erzählt mir am Ende Dinge, die er den Cops nie sagen würde.«

»Und falls er mit irgendwelchen Neuigkeiten herausrückt? Kriegt Frank sie sofort gesteckt?«

»Deswegen bin ich hier. Frank erfährt nichts davon, wenn Sie das möchten. Ich muß nur wissen, wie die Zeitung dazu steht.«

»Sie sind Kincaid gegenüber verpflichtet. Man kann sich nicht auf ihn berufen, wenn man ihn vorher nicht darüber aufklärt, was man mit den Informationen vorhat. Wenn er um Vertraulichkeit bittet, sollte man sie ihm auch zugestehen. Andererseits sehe ich auch unsere Verpflichtung gegenüber der Öffentlichkeit. Ich hab mich lange mit Frank über dieses Thema unterhalten und später auch noch mit seinem Lieutenant – wie heißt er gleich wieder?«

»Carlson.«

»Tja, wir befinden uns hier auf sehr dünnem Eis. Und falls Wrigley davon Wind bekommt, müssen wir beide vielleicht wieder Bewerbungen tippen. Vorerst wäre es mir lieber, wenn Sie alles zunächst mit mir absprechen, ehe Sie jemanden von der Polizei einweihen – egal wen. Eine Ausnahme wäre freilich, wenn Sie für jemanden Gefährdung an Leib und Leben befürchten, falls Sie nicht sofort die Polizei verständigen. Können Sie damit leben?«

»Sicher. Ich werd Ihnen zwar ziemlich auf die Nerven gehen, aber wenn's Ihnen recht ist, soll es mir auch recht sein.«

»Tja, dann lassen Sie uns das mal so handhaben. Und jetzt los mit Ihnen. Sonst verpassen Sie noch Kincaid und den Redaktionsschluß dazu.«

Das Garden Cafe hatte sich abgesehen von den Klamotten und Frisuren der Stammgäste seit den Siebzigern kaum verändert, und sogar von denen waren einige die gleichen geblieben. Es war der College-Treff gewesen, als Lydia und ich studierten, genau wie schon zwanzig Jahre vor unserer Zeit. An den Wänden hingen Fotos von Las Piernas, von etwa 1910 bis heute. Es gab keine spezielle Thematik, außer daß seit der Cafégründung in den fünfziger Jahren Fotos von Ehemaligen, die es zu etwas gebracht hatten, einen Teil der Wand hinter der altmodischen Registrierkasse einnahmen. Ich war nicht darunter.

Der »Garten« war ein kleines Glasgehäuse, in dem sich ein paar Ficusbäumchen, Farne und ein kleiner Brunnen befanden. Früher gab es auch ein paar Finken, aber immer wieder mal war einer gegen die Glasscheibe gestoßen und hatte einen frühen Tod gefunden, was dem Appetit der zuschauenden Gäste nicht gerade förderlich war. Also hatte man die Vögel schon vor geraumer Zeit aus dem Garten verbannt.

Ich stand in der Nähe der Tür, schnappte Gesprächsfetzen auf, deren thematische Spannweite von den Chancen der Lakers, dieses Jahr vielleicht doch die Meisterschaft zu gewinnen, bis zu der Frage reichte, ob die Stanford-Binet-Tests ein gültiges Meßverfahren für Intelligenz darstellten. Ein, zwei Leute machten zwar den Eindruck, als könnten sie auch zum Lehrpersonal gehören, aber ich war definitiv ein älteres Semester unter diesem Studentenvolk.

Einige wandten, als ich eintrat, die Köpfe, doch niemand schien besonders auf mich zu achten. Ich kam ein paar Minuten zu früh, fragte mich jedoch, ob Kincaid nicht auch schon da sein könnte. Ich blickte mich um, ob vielleicht jemand versuchte, mich auf sich aufmerksam zu machen, und entdeckte einen befangenen jungen Mann, der mich über den Rand seiner Brille verstohlen musterte. Da er eine Weile zu mir herüberblinzelte, vermutete ich, es sei Kincaid. Er war mager und hatte diese Archivarenblässe, die Büchermenschen manchmal entwickeln. Genauso hatte ich mir einen vorgestellt, der mit seiner vierundfünfzigjährigen Professorin ins Bett ging.

»Miss Kelly?«

Ich zuckte zusammen und wandte den Kopf nach hinten, um zu sehen, wer mich da ansprach. Buchstäblich vor meiner Nase stand einer der umwerfendsten Männer, die mir je zu Gesicht gekommen sind. Und er kannte meinen Namen.

»Entschuldigen Sie, ich wollte Sie nicht erschrecken.« Er streckte mir die Hand entgegen. »Steven Kincaid.«

Ich beschloß, meinen offenstehenden Mund besser zu schließen, ehe er Zeit fand, meine Plomben zu begutachten, und streckte ebenfalls die rechte Hand aus. Er warf einen Blick darauf, bemerkte die Schwellung und schüttelte mir behutsam aber herzlich die Hand. Ich war noch immer sprachlos.

Er grinste. Verdammt noch mal. Kein Wunder, daß die gute Edna die Finger nicht von ihm lassen konnte. Ich versuchte mir vorzustellen, wie es wohl wäre, diesen verwirrend intensiven Blick eineinhalb Stunden pro Tag auf mein Vorlesungspodest gerichtet zu sehen. Das wäre eine ganz schöne Versuchung gewesen.

»Ich hatte Sie mir ganz anders vorgestellt«, sagte er und ging mir in den hinteren Teil des Cafés voran. Nachdem er mir den Rücken zugewandt hatte, gelang es mir, meine Benommenheit abzuschütteln, und ich folgte ihm. Ich dachte an Frank, wurde von Schuldgefühlen überwältigt und lächelte dann vor mich hin. Frank konnte ich mir mit nicht nachlassender Begeisterung hundert Jahre lang anschauen, und wenn ich dann blind war, würde ich gern noch mal hundert Jahre an seiner Seite verbringen. Eben mehr als nur so ein hübsches Bürschchen, der Frank Harriman.

Meine Gelassenheit kehrte zurück, und ich setzte mich in der letzten Nische vor der Küche Steven Kincaid gegenüber. Erst jetzt merkte ich, daß die Gespräche an Lautstärke verloren oder sogar ganz aufgehört hatten, und daß einige Leute uns unverhohlen anstarrten. Kincaid registrierte meinen Blick und sagte: »Ich fürchte, ich habe inzwischen einen ziemlich üblen Ruf, zumindest hier auf dem Campus.« Er schluckte schwer. »Einige von denen glauben wahrscheinlich, daß ich E. J. um die Ecke gebracht habe.«

»E. J.?«

»Professor Blaylock. Sie hieß Edna Juliana Blaylock. Ihre Freunde nannten sie nur E. J.«

»Falls Sie sich hier nicht wohl fühlen, können wir auch anderswo hingehen.«

Er schüttelte den Kopf. »Besser, wenn ich mich dem stelle. Schließlich gibt es nichts, wofür ich mich schämen muß. Die Leute meinen, E. J. und ich hätten unser Verhältnis geheimhalten wollen. Dabei haben wir uns nur um Diskretion bemüht. Das ist ein gewaltiger Unterschied.«

Ein Kellner kam vorbei und brachte die Speisekarten. Da ich keinen Hunger verspürte, nutzte ich die Gelegenheit, mir den Mann jenseits der Tischplatte etwas genauer zu betrachten. Ich schätzte ihn auf Mitte bis Ende Zwanzig. Er hatte angenehme, sehr männliche Züge: kräftiges Kinn, hohe Wangenknochen, kobaltblaue Augen mit dunklen Wimpern. Das Haar war fast pechschwarz. Seine Haut besaß jene Bräune, wie man sie im Dezember nur dann hat, wenn man regelmäßig im Freien Sport treibt. Er trug Bluejeans und ein hellblaues Hemd und machte in beidem eine tolle Figur. Er hatte breite Schultern und schmale Hüften und war überhaupt athletisch gebaut. Würde wahrscheinlich jeden Schönheitswettbewerb auf Anhieb und ohne irgendwelche Stichwahlen gewinnen.

Aber unter den Augen hatte er dunkle Ringe, und seinem Gesicht sah man die Strapazen der letzten Zeit durchaus an. Gleichzeitig bemerkte ich auch, daß mir diese Augen auswichen, daß er nur so tat, als sei er völlig in die Speisekarte vertieft, die er doch vermutlich auswendig kannte. Viele Leute werden in Gegenwart von Re-

81

portern nervös, und seine Erscheinung hatte mir derart die Sprache verschlagen, daß ich bisher keinerlei Konversation gemacht oder sonstwie versucht hatte, ihm die Befangenheit zu nehmen.

»Was hatten Sie sich denn vorgestellt?« fragte ich.

»Wie?« Erschrocken sah er mich an.

»Sie sagten, Sie hätten eine ganz andere Vorstellung von mir gehabt.«

Er blickte wieder in die Speisekarte. »Oh. Ich hab Sie mir wohl – ich weiß nicht – härter vorgestellt? Abgebrühter?«

Ich lachte. »Lassen Sie sich nicht von meinem Aussehen täuschen.«

Er wirkte gekränkt.

»Ich fürchte, ich stelle mich etwas ungeschickt an, dabei wollte ich Sie eigentlich nur beruhigen, Mr. Kincaid. Wie gesagt, mein Hauptinteresse besteht darin, mehr über Dr. Blaylock zu erfahren, um diesen Mann, der sich Thanatos nennt, und seine Absichten besser zu verstehen. Ich würde gerne herausbekommen, wer sein nächstes Opfer sein soll – ehe es zu spät ist.«

Der Kellner kam zurück. Kincaid bestellte ein Stück Möhrenkuchen, und da dies nicht schlecht klang, schloß ich mich seiner Bestellung an. Höchste Zeit, wieder mit dem Joggen anzufangen, sonst würde sich diese Schlemmerei noch mal furchtbar rächen.

»Sie sagen, er hat Ihnen wieder einen Brief geschickt?« fragte Kincaid.

»Ja, heute ist er angekommen«, antwortete ich zögernd. »Ich muß eine Frage vorausschicken, nämlich, ob es Sie stört, wenn ich das, was Sie mir sagen, an die Polizei weitergebe. Ihre Identität müßte ich dazu nicht preisgeben; was die Polizei angeht, könnten Sie anonym bleiben. Wenn Sie das aber nicht wollen, dann lasse ich es.«

Er seufzte. Plötzlich röteten sich seine Augen, und er wandte einen Moment lang den Blick ab. Er holte tief Luft und sagte dann ruhig: »Es ist mir egal, wem Sie etwas erzählen. Wie gesagt, es gibt nichts, wofür ich mich schämen müßte. Ich will, daß ihr Mörder gefaßt wird, aber auf weitere Begegnungen mit der Polizei bin ich nicht so erpicht. Sie können alles, was ich Ihnen erzähle, weiterberichten. Die Polizisten – na ja, einige waren ja ganz rücksichtsvoll, aber einige auch das genaue Gegenteil. Es war wirklich nicht leicht.«

Ich wartete, während er um Fassung rang. Unser Kaffee und der Möhrenkuchen wurden gebracht, und kurzzeitig lenkte das Hantieren mit Milch und Zucker uns ein wenig ab.

»Eins möchte ich von vornherein klarstellen«, sagte er und überraschte mich mit seiner plötzlichen Heftigkeit. »Ich hatte nichts mit E. J., solange ich noch ihr Student war. Ich will damit nur sagen, daß es keine ›Einsen fürs Bumsen‹ oder irgendwelche anderen miesen, unsauberen Deals gab, wie von einigen Leuten angedeutet wurde. Das stimmt einfach nicht –«

»Hören Sie, Mr. Kincaid, falls jemand von der Zeitung –«

Er fuhr fort, als hätte ich ihn nicht unterbrochen. »Ja, ich habe ein Hauptseminar bei ihr besucht. Aber damals lief nichts zwischen uns. Allerdings fühlte ich mich sehr angezogen von ihr und stellte mein ganzes Prüfungskomitee und mein Seminarprogramm um, damit ich mit ihr zusammensein und gleichzeitig weiterhin ein ungetrübtes Verhältnis zu ihr haben konnte.«

»Vor mir müssen Sie sich nicht verteidigen.«

»Ich weiß, ich weiß. Aber sehen wir doch den Tatsachen ins Gesicht. Die meisten Leute kapieren nicht, warum ein junger Mann wie ich sich auf eine Frau ihres Alters einläßt. Entweder, meinen sie, habe ich als Student besondere

Vergünstigungen genossen, oder aber ich war hinter was anderem her – ihrem Geld oder ihrem Haus wahrscheinlich. Na ja, sie hat nicht so besonders viel verdient und sowieso schon alles vor Jahren an die *American Lung Association* vermacht – das wußte ich. Im übrigen brauchte ich nichts von ihr.«

»Was hat Sie an E. J. angezogen?«

Er atmete tief durch und senkte den Blick. Stumm flehte ich ihn an, mir Vertrauen zu schenken. Als er wieder aufblickte, schenkte er mir ein flüchtiges Lächeln. »Wissen Sie, ich glaube, Sie sind die erste, die mich das in letzter Zeit gefragt hat und die mir meine Antwort vielleicht auch abnimmt. Ich war mit E. J. zusammen, weil sie klug war, lebendig, witzig, stark und intelligent. Sie hat mich zum Lachen gebracht. Mir ihr konnte ich reden. Und sie war schön. Sie hatte etwas ungeheuer Sinnliches. Zuerst war es wohl so eine Art animalische Anziehung. Aber es ist mehr daraus geworden. Viel mehr.«

»Und was hat sie für Sie empfunden? Ich meine, es scheint ja auch andere Männer gegeben zu haben.«

»Im letzten Jahr nicht. Keiner der Männer, die in der Zeitung genannt wurden, hatte in letzter Zeit mit ihr zu tun. Das können Sie leicht nachprüfen. Seit sie mit mir zusammen war, war da niemand mehr.«

»Sie sehen sehr gut aus. Gab es in Ihrem Leben andere Frauen?«

»Nein. Niemanden. Sie sehen mich an, als nähmen Sie mir das nicht ab. Aber es stimmt.«

»Ich glaube Ihnen gerne, daß Sie ihr so ergeben waren. Ich kann mir nur nicht vorstellen, daß keine andere Frau Interesse an Ihnen hatte.«

Er machte eine wegwerfende Geste. »Na und? Die meisten gehen mir, ehrlich gesagt, nur auf den Geist. Auch wenn das jetzt vielleicht ungeheuer eingebildet klingt, ich will ganz aufrichtig mit Ihnen sein, Miss Kelly. Viele Frauen finden mich attraktiv. Fliegen auf mich. Bemühen sich um mich. Und warum? Wegen meines Gesichts. Viele Männer würden wohl sagen, ist doch kein Grund, sich zu beklagen, so ein Problem hätte ich auch gern. Aber die haben eben keinen Schimmer, wie es in Wirklichkeit ist. Diesen Frauen ist es im Grunde scheißegal, was ich denke oder wer ich bin. Ich bin eine Trophäe für sie, nichts weiter. Wäre ich nur auf One-night-Stands aus, ginge es mir phantastisch. Zufällig aber will ich mehr.«

»Und Dr. Blaylock war anders.«

»Ja. Sie hat sich Zeit gelassen, mich kennenzulernen. Sie war wunderbar. Wir haben Zukunftspläne geschmiedet ... aber jetzt ... ach Gott, ich bin völlig am Ende.«

Seine Gefühle begannen ihn wieder zu überwältigen. Ich katte keine Lust, der billigen Neugier der Leute Vorschub zu leisten, indem ich zuließ, daß er mir hier im Café zusammenklappte, also erzählte ich ihm von Thanatos' zweitem Brief. Er verstand alle mythologischen Anspielungen, so daß ich mir zumindest die Erläuterungen sparen konnte. Es wirkte. Eine Weile konnte ich ihn von seinem Verlust ablenken.

Er runzelte die Stirn. »Das klingt ja, als wolle er jemanden verhungern lassen.«

»Genau meine Theorie«, sagte ich und merkte, daß der Möhrenkuchen mir nicht mehr schmeckte.

»Aber Sie haben keinen Hinweis darauf, um wen es sich bei Thalia handeln könnte?«

»Keinen einzigen. Aber wenn Sie mir von Dr. Blaylock erzählen, bringt mich das vielleicht auf ein paar neue Gedanken.«

»Was möchten Sie hören?«

»Was wissen Sie über ihre Vergangenheit?«

»Ab welchem Zeitpunkt?«

85

»Dem frühestmöglichen. Was immer Sie wissen.«

»Tja, mal sehen. Sie ist wohl '36 oder '35 in Los Angeles geboren. Ihren Vater hat sie im Grunde nie kennengelernt. Er war Matrose, ist beim Angriff auf Pearl Harbor umgekommen. Das war Ende '41, so daß sie zum Zeitpunkt seines Todes fünf Jahre alt war.

Ihre Mutter hat sich dann einen Job in einer Flugzeugfabrik gesucht – bei Mercury Aircraft. Dort war sie wohl Nieterin, so eine ›Rosie the Riveter‹ à la Rockwell. Nach dem Krieg hat man sie nach Las Piernas versetzt. Mercury hatte damals zwei Fabriken in Südkalifornien. Heute gibt es nur noch das erste Werk in Las Piernas.«

Ich machte mir Notizen, ohne recht zu wissen, ob mir irgendeine dieser Informationen von Nutzen sein würde. Ich ertappte mich dabei, daß ich das Wort »Mercury« einkringelte. Seit Thanatos mir geschrieben hatte, begegneten mir ständig Namen und Bezeichnungen, die irgendeinen mythologischen Hintergrund besaßen. Überall gab es sie. Merkur oder Mercury beispielsweise hatte einem Planeten, einem Element und einem Autohersteller Pate gestanden. So gesehen konnte es einem schon griechisch (oder römisch) vorkommen, wenn E. J. Blaylock einen Marsriegel gegessen, über den Hund von Mickey Mouse gelacht, an Diarrhöe gelitten oder ein mnemotechnisches Verfahren benutzt hatte.

»Und so ist E. J. in Las Piernas gelandet«, sagte Steven. »Viel mehr kann ich Ihnen über ihre Kindheit nicht erzählen, nur, daß sie immer eine gute Schülerin war. Geschichte war ihr Lieblingsfach. In Geschichte hatte sie nur glatte Einsen, auch noch auf dem College und an der Uni. Für das Las Piernas College bekam sie ein Stipendium. Und danach ging sie zum Promovieren auf die UCLA. Dort hat sie ihren späteren Mann kennengelernt.«

»Warten Sie mal einen Moment. Sie war verheiratet?«

»Kurz. Die Ehe hat nicht mal ein Jahr gehalten. James hieß er, glaub ich. Sie nahm dann ihren Mädchennamen wieder an, den sie seither benutzt hat.«

»Und Sie hat Ihnen nie erzählt, warum die Ehe in die Brüche ging?«

»Eigentlich nicht. Nur, daß sie sich damals wohl beide dem gesellschaftlichen Druck gebeugt hatten und irgendwann feststellen mußten, daß sie damit auf dem Holzweg waren. Keine Einzelheiten. Um ehrlich zu sein, sie hat nie viel von ihren früheren Männern erzählt. Was mir im Grunde nur recht war.«

»Aber sie blieb nicht in Los Angeles?«

»Nein. Nach ihrem Magisterabschluß bekam sie zwar mehrere Lehrangebote, aber sie entschied sich für die Stelle in Las Piernas, um sich um ihre Mutter kümmern zu können. Ihre Mutter war schwer krank. Irgendwas mit der Lunge. Sie war eine starke Raucherin und hatte an ihrem Arbeitsplatz wohl viel mit giftigen Chemikalien zu tun. Aber die genaue Krankheitsursache ließ sich nicht mehr feststellen. Es war … Moment mal …« Er überlegte einen Augenblick und schüttelte dann den Kopf. »Ein Emphysem vielleicht? Tut mir leid, ich hab es vergessen. Na ja, jedenfalls lebten sie etwa fünfzehn Jahre zusammen. E. J. kümmerte sich die ganze Zeit um sie. Vor zehn Jahren ist die Mutter dann gestorben.«

»Also etwa 1980?«

»Ja, so in der Gegend rum. Damals ist E. J. dann wohl wieder so richtig aufgeblüht. Ich will damit nicht sagen, daß sie vorher nie einen Freund hatte oder eine Art Mauerblümchendasein unter der Fuchtel der Mutter geführt hätte. Sie hat ihren Beruf geliebt und war gern mit ihren Studenten zusammen. Sie war sehr beliebt. Sie hat sich wirklich sehr viel Mühe gegeben, die Studenten für Geschichte zu begeistern.«

87

»Und wie hat das ›Aufblühen‹ ausgesehen?«

»Es war einfach alles viel leichter geworden. Die letzten Jahre vor dem Tod ihrer Mutter fühlte sie sich völlig hilflos gegenüber diesem Leiden. Sie sah, wie sie litt und immer schwächer wurde. Erst nach ihrem Tod merkte sie, welchen Tribut die Pflege von ihr gefordert hatte. Aber sie fühlte sich auch einsam ohne ihre Mutter.«

»Also konzentrierte sie sich noch stärker auf Lehre und Forschung.«

»Genau. Tja, und dann hatte sie eine Zeitlang Verhältnisse mit einigen ihrer Studenten. Der *Express* hat das ziemlich aufgebauscht«, sagte er bitter.

Ich hob die Hände. »Moment mal. Ich habe es Ihnen doch schon gesagt. Ich bin nicht da, um Sie mit Dreck zu bewerfen. Offen gestanden kann ich es dem Reporter nicht verdenken, daß er das erwähnt hat, aber das sind inzwischen olle Kamellen. Ich dachte nur, Sie könnten mir vielleicht helfen rauszukriegen, wer etwas gegen sie hatte oder was sie mit dieser Thalia – wer immer das auch sein mag – gemeinsam haben könnte. Ich versuche nur die Verbindung zwischen Thanatos, Thalia und Mrs. Blaylock aufzudecken.«

»Es tut mir leid. Mr. Baker, dieser andere Reporter, war ja nicht unhöflich zu mir. Aber danach war ich ziemlich sauer. Die Berichterstattung hat mich ganz schön angekotzt.«

»Das kann ich verstehen«, meinte ich begütigend. »Das ist ja sowieso eine sehr aufwühlende Zeit für Sie.«

Entweder hatte ich damit was Falsches gesagt oder aber mich im Ton vergriffen. Wenn er sich aufregte, ging es ihm bedeutend besser. Und damit er an diesem Teelöffelchen Mitleid nicht gleich erstickte, fügte ich hinzu: »Als ich noch auf dem College war, kam es mir immer so vor, als machten sich die bei den Studenten beliebten Professoren bei ihren Kollegen auf geradezu auffallende Weise unbeliebt.«

Er spreizte die Finger und preßte sie heftig auf die Tischplatte. »Ja, das hat es auch gegeben. Aber das war schon seit Jahren so.«

»Irgendeine bestimmte Person?«

Er schüttelte den Kopf. »Sie sollten sich mit ein paar Fakultätsangehörigen unterhalten. Es dürfte schwierig sein, an irgendeiner akademischen Institution eine Fakultät zu finden, in der es keine internen Rangeleien gibt. Aber ich weiß von niemandem, der besonders wütend auf E. J. gewesen wäre. Sie hatte keine Todfeinde, wenn Sie darauf hinauswollen.«

»Gibt es sonst noch eine Dozentin oder einen Dozenten am Historischen Institut, der bei den Studenten sehr beliebt ist? Und vielleicht immer sehr fröhlich und aufgekratzt wirkt?«

Er runzelte die Stirn. »Glauben Sie, da hat jemand das Geschichtsseminar auf dem Kieker?«

»Es sind schon merkwürdigere Dinge vorgekommen.«

Seine Hände entspannten sich. »Tja, lassen Sie mich mal überlegen. Ehrlich gesagt, mir fällt niemand ein, auf den diese Beschreibung zutreffen würde. Es ist zwar durchaus kein trübsinniger Verein, aber so richtig locker-flockig und sorglos geht's da auch wieder nicht zu.«

»Ich versuche, eine Person zu finden, zu der der Name Thalia paßt. Könnte ja auch von einer anderen Fakultät sein. Theaterwissenschaft zum Beispiel. Gibt es da noch so eine allseits beliebte Persönlichkeit?«

Er dachte kurz nach und sagte dann: »Ich sag das nicht gerne, aber für solche Auskünfte bin ich wohl nicht der Richtige. Ich bin jetzt im Hauptstudium – besuche nur noch Geschichtsseminare. Und Geschichte habe ich deswegen gewählt, weil ich auch schon im Grundstudium am liebsten zu den Geschichtskursen gegangen bin. Tut mir leid.«

»Wie war das denn mit diesem Ex-Mann? War da viel Groll und Bitterkeit? Oder sonst was, das zwischen den beiden noch eine Rolle hätte spielen können?«

Er schüttelte den Kopf. »Kaum. Wie gesagt, ich erinnere mich nicht mal an seinen Nachnamen. Aus ihrer Stimme hab ich nie einen Groll herausgehört, wenn sie mal von ihm sprach, was ziemlich selten vorkam.«

Ich brütete über diesen Sätzen, als eine junge Frau an unseren Tisch heranschlenderte. Der Saum ihres schwarzen Lederrocks bedeckte kaum ihren kleinen Po. Sie hatte langes, glattes blondes Haar und braune Augen von der Größe von Untertassen. Sie hatte einen kirschroten Schmollmund und legte affektiert und herausfordernd den Kopf zur Seite. Auf dem Sunset Boulevard hätte ihr das glatt einen Stundenjob eingetragen.

»Steven«, seufzte sie gedehnt, so daß ein viel längerer Name daraus wurde. Sie streckte die Hand nach ihm aus und legte sie ihm auf die Schulter. Da er die Hand jedoch mit einem Blick bedachte, als handle es sich um einen ekligen Blutegel, zog sie sie rasch wieder zurück.

»Hallo, Lindsey«, sagte er dann. Sie sah mich an, doch er stellte uns einander nicht vor. Ihr Blick wanderte zu ihm zurück.

»Alles in Ordnung, Steven? Kann ich irgendwas für dich tun?«

»Bestens, Lindsey. Danke.«

Sie verlagerte ihr Gewicht vom einen Stöckel auf den anderen und meinte dann: »Tja, ich muß gehen. Ich wollte dir nur sagen, daß ich jederzeit für dich da bin.«

»Danke.«

Als sie begriff, daß mehr nicht aus ihm herauszukriegen war, drehte sie sich um und stöckelte wieder davon.

»Sehen Sie, was ich meine?« sagte er entnervt. Ich nickte. Jeder weitere Kommentar erübrigte sich.

»Hören Sie, ich habe noch einen Termin, ich sollte mich lieber sputen. Ich bin Ihnen sehr dankbar für dieses Treffen.« Ich reichte ihm meine Visitenkarte. Ich schrieb auch noch meine Privatnummer darauf und hoffte, daß er nun nicht glaubte, auch ich wolle mich in die Schar seiner Groupies einreihen. Ich zahlte, und wir verließen das Lokal.

Draußen auf dem Bürgersteig schien er sich ein wenig zu entspannen.

»Heute hatte ich zum ersten Mal das Gefühl, daß sich wirklich jemand für sie interessiert. Die anderen – na ja, vielleicht hatte es ja auch mit mir zu tun. Ich kann's immer noch nicht fassen. Das hat sie einfach nicht verdient. Was immer sie auch getan haben mag, das hat sie nicht verdient. Einen solchen Tod verdient kein Mensch.«

»Da haben Sie recht. Übrigens – sind Sie mit ihrer Forschungsarbeit und ihren Publikationen vertraut?«

»Ja, sicher.«

»Vielleicht könnten wir uns darüber ja mal unterhalten? Wenn Sie nichts dagegen haben.«

»Nein, nein, überhaupt nicht. Ihre Forschung hat ihr sehr viel bedeutet.«

Ein paar Augenblicke wirkte er abwesend, dachte offensichtlich wieder an E. J. Blaylock. Ich wünschte, ich hätte ihm etwas Tröstliches mit auf den Weg geben können. Ich beobachtete ihn, wie er sich abmühte, trotz seines Kummers zu funktionieren – wie er versuchte, jene Kunst zu erlernen, bei der man gleichzeitig erinnert und vergißt, dem Geist der Freundin seinen Platz zugesteht, sich aber nicht von ihm blockieren läßt. Ich war selber noch dabei, diese Kunst zu erlernen. Ein enger Freund von mir war erst vor gut sechs Monaten umgekommen, und Kincaids Kummer war eine nur allzu deutliche Erinnerung an diesen Verlust.

Aber noch ehe mir eine Entgegnung einfiel, kam er aus den Regionen, in die ihn seine Gedanken momentan entführt hatten, zurück, wir schüttelten uns die Hände und verabschiedeten uns.

Ich dachte an Lindsey und daran, wie abgestoßen er von ihren Annäherungsversuchen zu sein schien. Und als ich in meinen Karmann Ghia stieg, fragte ich mich, ob Steven Kincaids Schönheit einen einsamen und verbitterten Mann aus ihm machen würde.

Ich seufzte und ließ den Motor an. Die Scheibenwischer setzten sich in Bewegung.

8

»Vielleicht sollten wir uns einen Hund anschaffen. Du magst doch Hunde, nicht wahr?«

Wir saßen an diesem Abend, einem unserer seltenen gemeinsamen Abende, zu Hause vor dem Kaminfeuer und tranken heiße Schokolade mit Pfefferminzlikör, als Frank mir seine Idee unterbreitete. Wir hatte über unsere Weihnachtspläne gesprochen, und irgendwie kamen wir dann auf die Frage, ob ich mich denn abends, wenn ich alleine im Haus war, überhaupt sicher fühlte. Vielleicht wirkte ich ja auch, nachdem ich ihn am Nachmittag aus dem Gartencafé angerufen hatte, ängstlicher als zuvor. Wer immer meine Scheibenwischer eingeschaltet hatte, er hatte keine Fingerabdrücke hinterlassen. Frank hatte sich geärgert, weil ich ihm die Sache mit dem Standlicht verschwiegen hatte. Aber ich wußte auch jetzt noch nicht, ob er glaubte, jemand wolle mich erschrecken, oder ob er befürchtete, ich würde langsam die Nerven verlieren. Jetzt schlug er mir vor, mein Aussehen zu verändern, einen Selbstverteidungskurs zu belegen oder mir einen Hund anzuschaffen.

»Ich mag Hunde sehr«, sagte ich. »Du doch auch, oder?«

»Ja, obwohl ich seit meiner Kindheit keinen mehr hatte. Ich hatte diesen Klasseköter, eine Kreuzung zwischen Labrador und Retriever. Trouble.«

»Warum, hat er soviel Ärger gemacht?«

»Nein. So hieß er eben. Mein Vater hat all unsere Tiere getauft. Als er merkte, daß das Hündchen mir nachrannte, sagte er: ›Da kommt Trouble auf uns zu.‹ Und der Name ist ihm dann geblieben. Wir hatten auch ein Kaninchen mit Namen Stu.«

»Daher hast du also deinen Sinn für Humor.«

»Trouble war super. Ich sag dir, der Hund hat Englisch verstanden. Ich sag zu ihm ›Geh zum Schrank und hol mir meine blauen Tennisschuhe‹, und prompt hat er's gemacht.«

»*Blaue* Tennisschuhe? Ich dachte, Hunde wären farbenblind.«

Frank zuckte die Achseln. »Er wußte schon, welche ich meinte.«

Jetzt klang er wie der klassische Hundebesitzer, der vor mir angeben wollte, aber ich wollte seine Erinnerungen an Trouble nicht schmälern.

»Ich hatte auch einen Hund«, sagte ich. »Es war ein Beagle, zum größten Teil jedenfalls – sie hieß Blanche.«

»Blanche?«

»Blanche Du Bois.«

Er lächelte. »Blanche Du Bois? *Endstation Sehnsucht?*

»Tja, der Scharfsinn der Kriminalisten. Auch mein Vater gab unseren Haustieren Namen. Blanche ist uns zugelaufen, und Dad sagte, sie hat nur überlebt, weil sie sich immer ›auf die Freundlichkeit von Fremden verlassen hat‹.«

»Hießen die anderen Tiere dann Stanley und Stella?«

»Nein, Blanche war die einzige, bei der Tennessee Williams Pate stand. Dad hat die Sache ein bißchen dramatisiert. Es war so eine Art Protest. Er wollte, daß wir sie wieder weggaben.«

»Dein Dad mochte keine Hunde?«

»Es ging ihm dabei nur um seine Autorität. Du weißt doch, wie das ist. Er grummelte rum, daß er eigentlich keinen Hund gebrauchen könne, wir sollten Blanche ins Tierheim bringen, aber zum Schluß war er derjenige, der den Hund vom Küchentisch herunter gefüttert hat und Blanche sogar aufs Sofa hopsen ließ, wenn meine Mutter mal gerade draußen war. Blanche war verrückt nach ihm. Mein Hund blieb sie nur so lange, bis Dad von der Arbeit heimkam. Danach ließ sie ihn nicht mehr aus den Augen.«

»Trouble ist mir auch überallhin gefolgt«, sagte Frank.

Ich lachte. »Tut mir leid. Der Name klingt immer noch komisch für mich.«

»Als Kind hat er mich auch immer gestört.«

»Ich bin mit Blanche immer auf Hot-dog-Jagd gegangen.«

»Gab es in Las Piernas etwa wilde Hot dogs, die die Straßen unsicher gemacht haben?«

»Wenn du mir 'ne Chance gibst, werd ich es dir erklären. Ich klaute mir einen Hot dog aus dem Kühlschrank, zog ihn an einem Bindfaden durch die Küche und versteckte ihn dann irgendwo im Hof. Dann nahm ich sie an die Leine, und sie folgte der Spur und stöberte ihn auf. Sie hat ihn jedesmal gefunden.«

»Armes Vieh. Sich immer nur an Oscar-Meyer-Würstel ranpirschen.«

»Zumindest durfte sie ihn dann fressen. Ich hab nie von

ihr verlangt, mir meine stinkigen alten Tennisschuhe an-
zuschleppen.«

Er lachte. Einen Moment lang saßen wir nur da, ge-
dachten unserer lieben, längst dahingegangenen Hundeviecher und hörten uns ein Blues-Programm auf KLON
an. Das Holz prasselte und knallte im Kamin. Wir begannen uns zu streicheln. Unsere Liebkosungen waren weniger sexuell als zärtlich – kleine Liebesgaben. Ich zog den
Bogen seiner Augenbraue nach, strich mit dem Fingerna-
gelrücken unter seinem Kinn entlang. Er streichelte mir
den Oberarm, fand die Stelle an meinem linken Schulter-
blatt, die es so mag, wenn sie ein wenig gekratzt wird.

»Mit den Bergen«, sagte er, »sollten wir vielleicht noch
warten. Wir können ja im Januar oder Februar mal ein
Wochenende dort verbringen.«

»Frank, wirklich, du mußt mich nicht immer in Watte
packen und verhätscheln.«

»Du mich auch nicht. Willst du vielleicht all diese Sachen verpassen, von denen Lydia geredet hat?«

»Erst hypnotisierst du mich mit diesen wundervollen
Kunststückchen, diesem... na ja, was immer du da mit
meinem Ohr anstellst. Und dann kommst du plötzlich mit
Lydias Kochkünsten daher. Arbeitest du in deinem Job
mit den gleichen Methoden?«

»Du genießt natürlich alle möglichen Privilegien.«

»So ist's recht, Harriman.«

Wir beobachteten Cody, der durch seine neue
Katzentür hereinkam und sofort zum Feuer trabte. Er
warf uns einen vorwurfsvollen Blick zu, der besagte, wir
hätten ihn doch ruhig rufen und ihm sagen können, daß
es hier drinnen ein Feuer gab, an dem jede Katze ihre
Freude hatte.

»Glaubst du, Cody würde weglaufen, wenn wir einen
Hund hätten?« fragte Frank.

»Nein, er weiß ja, wer den Dosenöffner hat. Ach, ich sollte ihn nicht beleidigen. Cody ist schon eine Nervensäge, aber eine treue Seele. Wahrscheinlich würde er ein paar Tage schmollen und sich zuletzt damit abfinden. Wir müßten ihm halt ein bißchen Extrazuwendung angedeihen lassen.«

Ich stand auf und goß uns eine zweite heiße Schokolade ein. Cody bemerkte den Pfefferminzgeruch, den er liebt, und wurde unausstehlich, da er unbedingt eine Kostprobe davon haben wollte.

Frank zog mich behutsam an sich heran und schloß mich in seine Arme. »In letzter Zeit hattest du nicht mehr so viele Alpträume.«

»Nein. Keine so schlimmen mehr. Ich wache zwar immer noch auf, aber zumindest schrei ich nicht mehr Zeter und Mordio.«

»Du hast also immer noch welche.« Ich hörte Besorgnis in seiner Stimme.

»Nicht mehr so oft wie früher. Ich hab mich schon fast dran gewöhnt.«

»Belasten dich diese Briefe und diese merkwürdigen Streiche?«

Es hatte keinen Zweck zu lügen. »Ein bißchen schon.«

Ich spürte, wie sich etwas in ihm verkrampfte. »Mich beunruhigen sie auch. Vor allem, weil ich weiß, daß du nicht lockerläßt, ehe du ihn aufgespürt hast.«

»So bin ich nun mal, Frank. Ausgeprägte Neugier ist eine der Eigenschaften, die wir gemeinsam haben. Ich kann diese Briefe nicht ignorieren. Ich weiß nicht, was daran so schwer zu verstehen sein soll.«

»Es ist nicht schwer zu verstehen. Verstehen kann man vieles, deswegen muß man aber nicht begeistert davon sein.«

»Ich werde aufpassen.«

Langes Schweigen. Schließlich seufzte er und entspannte sich wieder ein wenig.

»Du machst dir zu viele Gedanken, Frank. Außerdem bin ich ja nicht seine Zielscheibe.«

»Noch nicht«, sagte er, und die Verkrampfung war wieder da.

Ich griff nach oben und begann, langsam seinen Hals zu massieren. Er murmelte etwas wie »Fühlt sich aber gut an«.

»Weißt du was, Frank? Ich bin wirklich froh, daß ich meine zwei Hände wiederhabe.«

»Und ich erst.«

Am nächsten Morgen saß ich an meinem Schreibtisch und dachte an meinen alten Freund O'Connor. Der Schreibtisch hatte einmal ihm gehört, und ich hatte eine Weile gebraucht, bis ich ihn unbefangen »meinen Schreibtisch« nennen konnte. Natürlich würde es immer seiner bleiben, und oft fühlte ich mich ihm hier ganz besonders nahe. O'Connor liebte es, zu allem und jedem Zitate anzuführen, die er weiß Gott wo aufgeschnappt hatte. Er war ein wandelndes Lexikon der Sprichwörter, Redensarten und Spruchweisheiten. Für jede Gelegenheit hatte er den passenden Spruch parat, doch besonders verschwenderisch ging er damit um, wenn er einen in der Krone hatte.

Eines Nachts hatte er sich im Banyon's über die Rolle der Presse ausgelassen und mich gefragt, ob ich je vom griechischen Geschichtsschreiber Herodot gehört hätte. Da O'Connor schon so viel getankt hatte, daß er kaum noch stehen konnte, war ich mir nicht einmal sicher, ob ich den Namen richtig verstanden hatte, und sagte nein, ich kenne Herodot nicht.

»Tja, mein Schatz«, meinte er und versuchte, mir gerade ins Auge zu blicken, »Herodot hat schon das eine oder andere gesagt, das zu merken sich lohnt, aber mein liebster Spruch ist dieser: ›Das schlimmste aller menschlichen Leiden besteht darin, viel zu wissen und doch nichts zu vermögen.‹«

Wie er all diese Dinge in seinem benebelten Zustand aus seinem Gedächtnis zutage förderte, ist mir ein Rätsel, aber er verblüffte mich immer wieder damit. Und am nächsten Tag erinnerte er sich durchaus noch an das Gesagte und lieferte mir die Fortsetzung, falls mein eigener Kater dies erlaubte. So kam es, daß ich gerade in Gedanken bei Herodot war, als Frank mich anrief.

»Ich glaube, wir kennen Thalia jetzt«, sagte er. »Eine aussichtsreiche Anwärterin auf die Rolle zumindest.«

»Wer ist es?«

»Eine gewisse Mrs. Thayer. Rosie Thayer. Die Besitzerin von *Rosies's Bar and Grill* unten am Broadway – etwa sechs Blocks von der Zeitung entfernt.«

»Ich kenne das Lokal. War zwar nie dort, bin aber schon dran vorbeigekommen. Wie seid ihr auf sie gekommen?«

»Ich habe bei der Vermißtenstelle eine Liste all der Personen angefordert, die nach Edna Blaylocks Ermordung vermißt gemeldet wurden. Thayer scheint mir eine aussichtsreiche Kandidatin.«

»Heiterkeit, gute Laune – eine Barbesitzerin?«

»Ja, und es gibt noch weitere Anhaltspunkte. Thayer klingt ein bißchen wie Thalia, und sie ist genauso alt wie diese Blaylock.«

»Was?«

»Ja, sie ist vierundfünfzig. Ich weiß nicht, was ich davon halten soll. Ich hab ja noch nicht mal die vollständige Akte über sie. Aber ich wollte, daß du es weißt. Glaubst du, daß John dich was schreiben ließe, falls sich die Sache bestätigt? Durch einen Artikel könnten wir vielleicht jemanden auftreiben, der sie gesehen hat.«

»Ich werde mal fragen.«

»Ruf bitte zurück, falls er einverstanden ist. Bis dahin müßte ich auch den Rest der Akte vorliegen haben. Übrigens – hast du Lydia wegen Weihnachten gefragt?«

»Noch nicht. Ich mach es, wenn ich bei John war.«

Doch John hatte zu tun, und ich mußte warten, bis er seine Besprechung mit einem Redakteur beendet hatte. In der Zwischenzeit erzählte ich Lydia, daß wir nun doch zu Hause bleiben würden und Lust hätten, zu ihrem Weihnachtsessen zu kommen. Sie war ganz begeistert.

»Phantastisch! Dann sind wir ja alle zusammen!«

»Kannst du denn zwei Leute mehr verköstigen?«

»Problemlos, und zwar an beiden Abenden. Mach dir nie Sorgen um deinen Bauch, wenn Italiener das Kochen übernehmen.«

Stuart Angert kam zu uns herüber, und wir begannen ein Gespräch über schräge Leserbriefe. »Ich habe da zum Beispiel eine Fisch-Verteidigerin am Hals«, sagte er.

»Wirbt sie für den Verzehr von Meeresfrüchten?«

»Nein, ganz im Gegenteil. Jedesmal, wenn das Foto eines Anglers mit einem sensationellen Fang im Sportteil erscheint, schreibt mir diese Frau, daß Fischen grausam und unmoralisch ist und der Abdruck des Fotos eines Fischkadavers den Fisch erniedrigt.«

Ein paar Reporter blieben bei uns stehen, und einer drängte Stuart, mir doch die Geschichte vom Zucchini-Mann zu erzählen. Doch ehe Stuart noch darauf eingehen konnte, brüllte John schon aus seinem Büro: »Kelly? Sie wollten mich sprechen?«

Ich eilte zu ihm hinein und erzählte ihm von Rosie Thayer und meinem Gespräch mit Kincaid. Er überlegte kurz und kam dann wohl zu dem Schluß, daß es ihm nur recht war, wenn ich einen Artikel über diese Thayer schrieb. Und ich könne Frank ruhig erzählen, was ich durch Kincaid in Erfahrung gebracht habe.

Ich hatte Johns Büro gerade verlassen und hielt nach Stuart Ausschau, als Mark Baker mir zurief, daß jemand mich am Telefon verlange. Ich vergaß den Zucchini-Mann, eilte an meinen Schreibtisch und nahm den Hörer entgegen.

»Miss Kelly? Steven Kincaid.«

»Einen Moment bitte.« Ich gab Mark mit einem kurzen Blick zu verstehen, daß er verschwinden solle, doch er ignorierte ihn glatt. Ich hielt die Hand über den Hörer und sagte: »Vielen Dank, Mark, ich brauche dich nicht mehr.«

»Allmählich redest du schon wie John Walters«, meinte er zwar, verzog sich aber dann.

»Hallo«, sagte ich ins Telefon. »Da bin ich wieder. Was kann ich für Sie tun?«

»Sie haben doch gesagt, Sie würden sich gerne mit mir über E. J.s Forschungen unterhalten. Ich bin gestern nacht aufgeblieben und habe eine Liste der Themen, über die sie geschrieben und gearbeitet hat, zusammengestellt. Ich dachte, vielleicht hätten Sie sie gerne so schnell wie möglich, und, na ja, ich konnte sowieso nicht schlafen. Soll ich sie Ihnen vorbeibringen?«

»Gerne. Hören Sie, kannte Mrs. Blaylock eine gewisse Rosie Thayer?«

Er überlegte, ehe er antwortete. »Ich kann mich nicht erinnern, daß sie den Namen je erwähnt hätte.«

»War sie je in einem Lokal mit dem Namen Rosie's Bar and Grill unten am Broadway?«

»Nein. Zumindest nicht mit mir. Weshalb?«

»Ist nicht weiter wichtig – ich dachte nur dran, es mal auszuprobieren, und hab mich gefragt, ob Sie wohl davon gehört haben. Ach ja, hätten Sie vielleicht Lust, mit mir zum Lunch zu gehen, Mr. Kincaid? Sie tun mir mit dieser Liste wirklich einen großen Gefallen.«

»Klar würd ich gern mit Ihnen essen. Und, bitte, nennen Sie mich Steven.«

»Dann nennen Sie mich auch Irene und nicht mehr Miss Kelly, okay?«

»Okay.«

Ich rief Frank zurück.

»Hallo. Weihnachten ist gebongt. Und jetzt erzähl mir von Rosie Thayer.«

»Zuerst mal hat sich rausgestellt, daß Rosie ein Spitzname ist. In Wirklichkeit heißt sie Thelma. Thelma Thayer. Thalia kann sich also sowohl auf den Vor- wie auf den Nachnamen beziehen.«

»Irgendwelche Bezüge zu Edna Blaylock?«

»Bisher konnten wir keine entdecken. Eigentlich haben sie nur zwei Dinge gemeinsam. Das Alter hab ich schon erwähnt. Beide leben seit einer Ewigkeit in Las Piernas. Und beide sind ledig.«

»Blaylock war geschieden.«

»Was?«

»Hat die Polizei das nicht herausgefunden? Nach meinem Informanten war sie während ihrer Zeit in L. A., während oder unmittelbar nach ihrem Geschichtsstudium, ein Jahr lang verheiratet.«

»Nach *deinem Informanten*?«

»Ich fürchte, das muß dir vorerst genügen.« Es war nicht das erste Mal, daß einer von uns sich gezwungen sah, so etwas zu sagen; ich nahm nicht an, daß ihn das störte. Wir hatten uns schon zu Anfang unserer Beziehung darauf geeinigt, gewisse berufsbedingte Grenzen zu akzeptieren.

»Wer war denn ihr Mann?«

»Ich weiß es nicht. Glaubst du, deine Jungs könnten da was in Erfahrung bringen? Ich kenne nur seinen Vornamen – James. Offensichtlich ist es eine Ewigkeit her, und man hat sich ohne Bitterkeit getrennt, zumindest sah sie das so.«

»Ich werde das nachprüfen.«

»Ich werde zum Lunch mal in Rosie's Bar and Grill vorbeischauen«, sagte ich.

»Da muß ich auch hin. Sollen wir zusammen Mittag essen?«

»Äh – nein, eigentlich nicht. Im Gegenteil, könntest du bis elf von dort verschwunden sein?«

Totenstille.

»Laß es mich noch mal ein bißchen anders formulieren, Frank. Ich gehe mit jemandem essen, der sich in Gegenwart eines Cops nicht ungezwungen mit mir unterhalten kann. Ich würde gern mit dir essen gehen, aber ich glaube, dieser Bursche ist offener zu mir, wenn das Ganze unter vier Augen stattfindet.«

»Wer ist denn ›dieser Bursche‹?«

»Kann ich dir leider nicht verraten. Noch nicht.«

»Ein Verdächtiger in diesem Fall?«

»Frank, ich habe dir doch gesagt, *ich kann es nicht sagen.*« Ich betonte jedes einzelne Wort und fragte mich, ob meine wachsende Gereiztheit wohl Eindruck auf ihn machte.

»Hör mal, Irene, ich weiß, daß wir uns auf gewisse Grenzen geeinigt haben, aber fast jeder, der Informationen über diesen Fall hat, ist potentiell des Mordes verdächtig. Und ich traue keinem, der dir erzählt, er will die Polizei nicht dabei haben. Das ist ein Mordfall, verdammt noch mal. Was wäre denn, wenn du Thanatos zum Mittagessen träfst?«

Das brachte mich nun wirklich zur Weißglut. Der Mann hielt mich eindeutig für eine Idiotin.

»Vergiß es«, zischte ich zwischen zusammengepreßten Zähnen hervor.

»Wer zum Henker ist es, Irene?«

»Das geht dich – verdammt noch mal – nichts an, Frank. Ich bin nicht verpflichtet, jeden Kontakt mit einem männlichen Bewohner von Las Piernas beim hiesigen Police Department zu melden. Oder gar bei dir persönlich.«

»Sag's doch gleich.«

»Hör doch auf damit.«

»Kriegst du deine Periode?«

»Nein, Frank. Jucken dich deine Eier?«

»Mach dich nicht lächerlich!«

»Führ dich nicht auf wie ein Arschloch!«

Er legte auf. Ich schmiß den Hörer so hart auf die Gabel, daß das Plastikgehäuse einen Sprung bekam. Ich blickte auf und sah Mark Baker ein paar Meter von mir entfernt, der krampfhaft ein Lachen unterdrückte. Ich marschierte leise fluchend aus dem Nachrichtenraum. Ich ging nach unten.

»Geoff, Sie wissen, wo ich bin, falls jemand nach mir fragt«, sagte ich, als ich den Tisch des Wachmanns passierte. Ich stieg in den Keller hinunter.

Geoff ist ein sehniger alter Bursche und ein wunderbarer Mensch und hat ein Auge auf mich, wenn ich in Schwulitäten bin. Er kennt mich seit mehr als zehn Jahren. Er weiß, daß ich, wenn ich von den *Express*-Leuten genug habe, oft hinunter ins Kellergeschoß gehe und den Rotationspressen zuschaue.

Danny Coburn, einer der Maschinisten, lächelte, als er mich sah, hatte aber sofort kapiert, daß man mir heute aus dem Weg gehen mußte. Er ließ mich passieren, reichte mir lediglich einen Ohrenschutz und sagte: »Gehen Sie nur, bin gerade dabei, sie anzuwerfen.«

Ich kannte mich aus im Labyrinth der Pressen und stand nun mittendrin in diesem Netz von Maschinen, Drähten, Papier und Druckerschwärze. Die Maschinen liefen gerade an, wie Danny gesagt hatte. Natürlich machte die Tatsache, daß ich eigentlich gar nicht da sein sollte, es um so schöner.

Das brummende Anlaufgeräusch steigerte sich zu einem Dröhnen, und ich setzte meine Ohrenschützer auf. Innerhalb von wenigen Minuten spürte ich das Rumpeln unter meinen Füßen. Das Zeitungspapier bewegte sich jetzt rascher, flog an meinem Standplatz vorbei und wand sich über, unter und zwischen die Walzen. Es schoß in einem derartigen Tempo aus den Pressen, daß es vor meinen Augen verschwamm, wurde geschnitten und gerollt, gewendet und gefaltet. Da ich wußte, daß man mich im Lärm der Rotationspressen niemals hören würde, brüllte ich aus voller Kehle eine Reihe der wüstesten Beschimpfungen. Ich atmete den Geruch der Druckerschwärze und des Papiers ein und fühlte mich schon viel besser. Hier war ich zu Hause.

Ich bin ziemlich leicht erregbar, kühle aber auch rasch wieder ab. Schließlich weiß ich selber am besten, daß eine meiner großen Herausforderungen im Leben darin besteht, mich beherrschen zu lernen und die Tatsache zu akzeptieren, daß die meisten Dinge, die mich wütend machen, es überhaupt nicht wert sind. Normalerweise ist das alles nur Ansichtssache.

Aber das Verlobtendasein bewirkt merkwürdige Verschiebungen unserer Blickwinkel. Alles gerät unter so eine »Für immer und ewig«-Perspektive. Während ich so dastand und das komplizierte Ineinandergreifen von Papier und Maschinen beobachtete, fragte ich mich, ob Frank und ich dieses spezielle Hindernis wohl je überwinden würden.

Es ging um ein wichtiges Prinzip, sagte ich mir. Als Reporterin mußte ich in der Lage sein, mich unter einer Vielzahl und Vielfalt von Menschen zu bewegen, zu denen auch ein paar unangenehmere Zeitgenossen gehörten. Ich hielt es nicht für angebracht, mir zu jedem Gespräch mit einem solchen Menschen Franks Zustimmung einzuholen. Franks Fürsorglichkeit, die mir als Halbinvalidin so willkommen gewesen war, würde mich ersticken, falls er sie im Hinblick auf meine Arbeit zu weit trieb. Er mußte mir einfach vertrauen.

»Hat gar keinen Zweck, jemanden zu bitten, dir zu vertrauen, Irene«, hatte O'Connor einmal zu mir gesagt. »Das ist, als würdest du jemanden bitten, dich zu lieben. Entweder er tut es, oder aber er tut es nicht. Bitten nützt da gar nichts.«

Was seine Liebe anging – da war ich mir sicher. Aber sein Vertrauen? Das galt nur bedingt. Egal, was meine Schwester zu dem Thema gelesen hatte, als sie bei der Maniküre war.

Ich blickte auf und sah, daß Coburn mich aus meinem Versteck hervorwinkte. Ich holte tief Luft und marschierte auf ihn zu, um zu fragen, weshalb man mich rief.

»Geoff sagt, es ist Besuch für Sie da«, brüllte Coburn. Ich nickte und gab ihm die Ohrenschützer zurück. Als ich die Kellertreppe hinaufstieg, warf ich einen Blick auf meine Uhr. Neun Uhr dreißig. Viel zu früh für Kincaid. Oben angekommen, winkte Geoff mir schon aufgeregt. Im Foyer war niemand zu sehen.

»Was ist denn los, Geoff?«

»Detective Harriman möchte Sie sprechen.«

»Hören Sie, Geoff –«

»Ich hab ihn gebeten, draußen zu warten. So alt, daß ich nicht sehe, daß ihr beiden euch gezankt habt, bin ich nun auch wieder nicht – er läßt ja nicht so mir nichts dir nichts seine Arbeit liegen, um schon mitten am Vormittag hier aufzukreuzen. Mich geht's ja nichts an, Miss Kelly, aber feige kenn ich Sie eigentlich nicht. Sie sollten also lieber rausgehen und sich mit dem Mann unterhalten, sonst bin ich wirklich enttäuscht von Ihnen.«

Ich mußte grinsen. »Das, Geoff, kann ich mir nun weiß Gott nicht leisten.«

Ich trat zum Portal hinaus und sah Frank an der Gebäudewand lehnen und auf seine rechte Schuhspitze starren, als enthielte sie die Lösung zu allen Rätseln des Lebens.

»Macht das Verbrechen etwa Kaffeepause in unserer Stadt?« fragte ich.

»Hi.« Er hob den Kopf, kam aber nicht näher. Kluger Mann.

»Geoff hat mir strengstens befohlen, mir anzuhören, was du zu sagen hast. Hast du den alten Kauz bestochen?«

»Nein, wär aber mal eine Idee. Ich bin gekommen, um mich zu entschuldigen. Man sagte mir, dein Telefon sei kaputt.«

Ich errötete ein wenig, hielt aber stand. »Ich hab gerade darüber nachgedacht, was mich so wütend gemacht hat.«

»Tja, abgesehen davon, daß ich dich beleidigt habe, hast du dir wahrscheinlich gedacht, daß ich dir nicht vertraue.«

Das haute mich um. Ich weiß nicht genau, weshalb. Aber er hat eine Gabe, die Dinge auf den Punkt zu bringen, die mir schon mehr als einmal den letzten Nerv geraubt hat. Es ist schon etwas beunruhigend, mit jemandem zusammenzusein, der in einem liest wie in einer Großdruckausgabe. Ich sagte nichts.

Er seufzte. »Tut mir leid, daß ich so ausgeflippt bin. Abgesehen davon vertraue ich dir wirklich.«

»Tatsächlich? Nach unserem Telefongespräch hätte ich fast aufs Gegenteil geschworen.«

Er lehnte sich wieder an die Wand und musterte erneut seinen Schuh.

»Sieh mal«, sagte ich, »ich nehme deine Entschuldigung

an. Ich bin dir auch eine schuldig. Und was das Vertrauen angeht, darüber müssen wir uns wohl mal länger unterhalten. Wann kommst du heute abend nach Hause?«

»Spät«, sagte er ruhig.

Er war unglücklich, und ich spürte es, unterdrückte jedoch meinen Drang, etwas Beruhigendes zu ihm zu sagen. Die Sache war einfach zu wichtig. Das sagte ich mir mehrere Male vor.

»Falls du heute abend nicht zu müde bist«, sagte ich, »dann laß uns darüber reden. Ich versuche aufzubleiben. Oder weck mich, wenn du kommst.«

»Okay, bis heut abend dann.« Er drehte sich um und marschierte ohne ein weiteres Wort davon.

Tja, jetzt hatte ich mich durchaus für meine Belange eingesetzt. Warum fühlte ich mich dann nur so beschissen?

9

Ich versuchte mich wieder zu berappeln und meine miese Laune abzuschütteln, ehe Steven Kincaid auftauchte. Er kam ein wenig zu früh. Ich war immer noch mit meinen Notizen beschäftigt, bat Geoff jedoch, ihn heraufzuschicken. Als er den Nachrichtenraum betrat, blickte ich auf und stellte fest, daß jedes weibliche Wesen in Rufnähe ihn ausnahmslos einer eingehenden Musterung unterzog.

Und dann registrierte ich die männliche Reaktion. Das Adjektiv »feindselig« hätte sie gewiß nicht hinreichend beschrieben. Jede Sekunde rechnete ich mit einem Tarzanschrei, aber der war offensichtlich einem meiner Mitarbeiter im Halse stecken geblieben.

»Hallo, Steven«, sagte ich mit einem Lächeln, in dem

sich Belustigung über die allgemeine Bestürzung und freudiges Willkommen die Waage hielten.

»Hallo, Irene. Ich bin ein bißchen früh dran.«

»O'Connor hat mal jemanden mit den Worten zitiert, daß ›das Ärgerliche an der Pünktlichkeit ist, daß niemand da ist, um sie entsprechend zu würdigen‹.«

Er zuckte die Achseln und schenkte mir ein flüchtiges, entwaffnendes Grinsen. »Evelyn Waugh sagte, Pünktlichkeit ist die Tugend der Gelangweilten.«

»Ich glaube, das gefällt mir noch besser. Aber Sie machen mir nicht den Eindruck eines gelangweilten Menschen.«

»Nein. Eher wohl eines rastlosen. Wer ist denn O'Connor?«

»Das erzähle ich Ihnen auf dem Weg zum Lokal. Macht es Ihnen was, etwa sechs Blocks zu marschieren?«

Es störte ihn nicht. Ich nutzte den Spaziergang, um endlos von meinem alten Freund und Mentor zu erzählen. Dabei mußte ich immer wieder lächeln, doch als ich einen Blick auf meinen Begleiter warf, runzelte er sorgenvoll die Stirn.

»Sie sagen, O'Connor wurde getötet?«

»Ja. Er wurde ermordet.«

»Dann wissen Sie also, wie das ist.«

Ich blieb stehen. »Meinen Sie damit, ich weiß, wie *Ihnen* zumute ist? Nein, *das* weiß ich nicht. Er war nicht mein Geliebter, sondern ein Freund, den ich sehr gern hatte. Aber wenn Sie meinen, ich weiß, wie es ist, wenn man plötzlich und gewaltsam einen Menschen verliert… tja, das wohl schon.«

Er sah aus, als wollte er mir gleich hier auf dem Bürgersteig zusammenklappen, so daß ich ihn an der Hand nahm und weiterzog. »Kommen Sie, gehen Sie weiter. Das tut Ihnen gut.«

»Es tut mir leid«, murmelte er, während er mir folgte. »Offenbar habe ich mich zur Zeit überhaupt nicht im Griff. Es ist demütigend. Ich bin das gar nicht gewohnt.«

Nun ja, die Todesfee des Nachrichtenraums hatte keine Schwierigkeiten, das nachzuvollziehen. Ich ließ seine Hand los, schritt aber in flottem Tempo voran. Er war gezwungen mitzuhalten. »Sie brauchen mal ein wenig Schlaf, Steven. Sie haben sich zu sehr verausgabt, um das alles noch verkraften zu können.«

In diesem Moment bemerkte ich, daß einer meiner Schnürsenkel aufgegangen war. Ich hielt inne und bückte mich, um ihn wieder zu binden, und merkte dabei, daß wir beobachtet wurden. Aus einem Wagen heraus. Einem mir durchaus bekannten Wagen.

»Entschuldigen Sie mich kurz, Steven. Ich muß da mal jemand in Verlegenheit bringen.« Ich ließ ihn verdattert auf dem Bürgersteig stehen und schoß – genau in dem Augenblick, als der errötende Fahrer den Motor zu starten versuchte – zu dem Wagen hinüber. Ich klopfte ans Fenster, und er kurbelte es herunter.

»Pete Baird. Welch eine Überraschung.«

»Wie geht's, Irene?«

»Beschissen, um die Wahrheit zu sagen. Da du dir nicht zu schade bist, die Drecksarbeit für einen Partner zu erledigen, macht es dir sicher auch nichts aus, den Botenjungen zu spielen. Also, das ist die Botschaft: Du kannst deinem Kumpel Frank folgendes bestellen: Wenn er seine Kollegen in die Innenstadt schickt, um mir nachzuspionieren, dann kann er –«

»Halt! Moment mal! Frank hat mich doch gar nicht geschickt. Das war meine Idee. Ich schwör's. Er weiß überhaupt nichts davon. Und du solltest lieber drauf hoffen, daß ich ihm nicht erzähle, daß du mit diesem Nachwuchs-Sexprotz Händchen hältst.«

»Erstens mal weißt du ganz genau, daß ich nicht ›Händchen gehalten‹ habe, jedenfalls nicht so, wie du es jetzt andeutest. Und zweitens: Zieh Leine. Das geht dich oder Frank überhaupt nichts an – und hör bloß auf, mir Scheiße zu erzählen, sonst rufe ich Bredloe an und sage ihm, daß ich von seinen Leuten belästigt werde.«

»Daß ich nicht lache. Der Captain weiß genau, was für eine Zicke du sein kannst.«

»Hat man dich dazu beauftragt?«

Er lief rot an.

»Dachte ich's mir doch. Hast du das schon mal gemacht?«

»Leute observiert? Klar…«

»Nein, mich auf dem Weg zum Mittagessen beobachtet.«

Zwischen seinen Brauen bildete sich eine steile Falte. »Wie bitte?«

Aber ich hatte die Frage schon wieder ad acta gelegt. Pete hatte an den Tagen, als man mir folgte, mit Frank in anderen Stadtteilen zu tun gehabt.

»Glaub mir, Irene«, sagte er. »Es war meine Idee. Frank würde mich umbringen, wenn er es wüßte.«

Ich bezweifelte nicht, daß Pete von selber auf solche Gedanken verfiel. Er war Frank ergeben wie ein treuer Hund seinem Herrn und berüchtigt dafür, daß er seine Nase in Sachen steckte, die ihn nichts angingen. Ein Streit zwischen Frank und mir, das rechtfertigte in seinen Augen alles. »Ich mag dich sehr, Pete, aber manchmal bist du eine einzige Nervensäge. Ich bleib hier stehen, bis du verschwunden bist.«

Er murmelte etwas in seinen Bart und fuhr los. Ich wartete, bis er außer Sicht war, ehe ich zum völlig verblüfften Steven zurückkehrte.

»Wer war denn das?«

»Ein heimlicher Verehrer. Haben Sie Hunger?«
Er nickte.

Wir passierten noch etwa drei Kreuzungen und betraten die Welt von Rosie's Bar and Grill. Bis zu dem Augenblick, als wir durch die Tür traten, hoffte ich nur darauf, etwas mehr über Rosie Thayer in Erfahrung zu bringen. Ich gebe zu, daß ich Kincaid mitgenommen hatte, um zu sehen, ob ihn jemand wiedererkannte, wenn ich mir auch ziemlich sicher war, daß er vor diesem Lunch zurückgeschreckt wäre, hätte er mich hinsichtlich Rosie Thayers und der Tatsache, daß er sie nicht kannte, angelogen. Er gehörte einfach nicht zu den Männern, die unbemerkt blieben.

Aber sobald sich meine Augen an den düsteren Raum gewöhnt hatten, sah ich, was E. J. Blaylock und Rosie Thayer verband. Das Lokal war leer, die Stammgäste lieferten also keinen Hinweis. Es war die Einrichtung. Rosie's Bar and Grill war eine Art Schrein.

»Rosie the Riveter«, sagte ich.

Steven hatte offensichtlich den gleichen Gedanken gehabt. »Wollen Sie sich umschauen?« flüsterte er, als befänden wir uns in einer Kirche und nicht in einer Bar.

Die Wände waren mit Bildern von Flugzeugen aus dem Zweiten Weltkrieg tapeziert, mit Jagdfliegern in Lederjacken und Bomberbesatzungen vor ihren Maschinen. Dazwischen gab es Dutzende von Fotos von Flugzeugfabriken und eine Unmenge Bilder mit Arbeiterinnen in Overalls und Kopftüchern, die aus den Vierzigern stammten. Hinter der Bar hing ein plakatgroßer Druck von Norman Rockwells Gemälde »Rosie the Riveter«. Hier und da entdeckte ich auch noch andere Poster aus der gleichen Zeit – »Leichtsinniger Mund tut dem Feind Geheimnisse kund« und andere Kampfparolen waren überall zu lesen.

Ich mußte wieder daran denken, was Steven mir am Tag zuvor erzählt hatte. Vielleicht hatten Rosie Thayer und E. J. Blaylocks Mutter ja bei derselben Flugzeugfirma gearbeitet. Doch die Fotos waren während der Kriegsjahre aufgenommen, und Rosie Thayer war in E. J.s Alter. Zu jung, als daß sie während des Zweiten Weltkriegs dort gearbeitet haben könnte.

»Die meisten Fotos stammen von Mercury Aircraft«, sagte Steven und trat näher an sie heran. »Das ist die Firma, bei der auch E. J.s Mutter war. E. J. war wirklich stolz auf die Arbeit ihrer Mutter während der Kriegsjahre. Das war eines der Themen, über die sie schreiben wollte – Frauen in der Rüstungsindustrie.«

Mein Blick fiel auf eine Notiz, die jemand unter das Foto einer Frau geschrieben hatte, die ein Tragflächenteil von einem Flugzeug anfertigte: *Bertha Thayer (Mutter) bei der Arbeit an einem Querruder.*

»Ihre Mutter ...«, sagte ich. »Rosie Thayer ist also genauso stolz auf ihre Mutter, wie es E. J. war.«

Steven sah zu mir herüber, und offenbar dämmerte ihm nun etwas. »Haben diese Fotos was mit E. J. zu tun? Was ist eigentlich los? Sind wir hierhergekommen, um uns mit dieser Rosie Thayer zu unterhalten?«

Ehe ich antworten konnte, hörten wir einen Mann aus einem Hinterzimmer brüllen: »Komme sofort.« Das klang bei ihm, als halte er es für verdammt gemein von uns, daß wir ihn zwangen, uns zu bedienen.

»Beruhigen Sie sich, Steven«, sagte ich leise. »Nachher erzähle ich Ihnen mehr. Aber spielen Sie vorerst einfach mit, okay?«

Er tat zwar nicht gerade so, als fiele ihm nichts leichter als das, doch er nickte, folgte mir zu einer Nische in der Nähe der Bar und setzte sich. Ein klappriger Veteran kam an unseren Tisch geschlurft.

»Was wünschen Sie?« knurrte er widerwillig.

Mir waren die »Vom-Faß«-Schilder aufgefallen und ich hatte das Gefühl, als ob es mir hier schmecken könnte. »Zwei Bier vom Faß und die Speisekarte bitte.«

»Jawohl«, sagte er mit einer Stimme, als würde ihm das Herz brechen. Er schlurfte wieder davon.

»Und?« sagte Steven, sobald der Mensch außer Hörweite war.

»Ich verfolge gerade eine heiße Spur.«

»Aber Sie wollen mir nichts davon erzählen? Gut, dann helfe ich Ihnen auf die Sprünge. Mercury Aircraft. Merkur, die römische Ausgabe des griechischen Hermes, des Götterboten –«

»Des Gottes des Handels, des Handwerks, der Klugheit und der Reise«, ergänzte ich seinen Satz. »Darüber hinaus ist er auch der Gott des Diebstahls.«

»Möglicherweise hat Thanatos ja auch mal dort gearbeitet.«

»*Möglicherweise*, Steven. Genau das meine ich. Schauen wir einfach, wohin die Spur uns führt. Ich will keine Ratespielchen veranstalten und mich hier drin auch nicht über meine Theorien verbreiten. Ich möchte dem Burschen, der hier arbeitet, ein bißchen auf den Zahn fühlen. Falls Sie befürchten, daß Sie nicht still danebensitzen können, dann sagen Sie es mir, und wir gehen.«

Da schwieg er dann. »Tut mir leid. Ich will einfach nur, daß ihr Mörder gefaßt wird. Sagen Sie mir Bescheid, wenn Sie etwas herausfinden?«

»Klar doch.«

Der alte Wonneproppen kam mit den Bieren zurück und schmiß uns zwei Speisekarten hin.

»Ehe Sie wieder gehen«, sagte ich, »könnten Sie vielleicht ein paar Minütchen erübrigen, um sich mit mir über Rosie zu unterhalten.«

Er beäugte uns argwöhnisch. »Polizei?«

»Nein, Presse. Das ist Mr. Kincaid. Und ich heiße Kelly. Ich komme vom *Express*.«

»Kelly – Irene Kelly?« Zum ersten Mal seit unserem Eintritt lächelte er. »Sie sind doch die, die über die Hexen geschrieben hat?«

»Genau.«

»Ich dachte, diese Kerle hätten Sie gehörig vermöbelt.« Das schien ihn richtig zu freuen.

»Stimmt. Aber inzwischen geht's mir schon wieder prima. Danke der Nachfrage.« Ich sah, daß Steven diesen letzten Wortwechsel mit Erstaunen verfolgte, doch er schwieg. Ich merkte, daß er wieder nach meiner rechten Hand schielte.

»Tja, hm, wollen Sie mich vielleicht in die Zeitung bringen?« fragte unser Strahlemann.

»Hängt ganz davon ab. Sagen Sie mir doch zuerst mal, wie Sie heißen.«

»Passen Sie auf, daß Sie's richtig buchstabieren«, lachte er.

Viele Leute meinen, wir hätten den alten Spruch noch nie gehört. Ich zog einen Block heraus. »Gut, dann legen Sie mal los.«

»J-O-H-N-N-Y – ham Sie's?«

»Ich höre.«

»S-M-I-T-H.« Er begann schallend zu lachen. War ganz begeistert von seinem eigenen Witz, was ihn zum Alleinunterhalter geradezu prädestinierte. Ich lächelte trotzdem, denn ich würde seine Hilfe noch brauchen.

»Warten Sie mal«, meinte er plötzlich ernüchtert. »Sie sind doch die, die über das Mädel geschrieben hat, dem man drüben im Zoo den Schädel eingeschlagen hat?«

Steven wurde kreidebleich, sah jedoch meinen warnenden Blick und hielt den Mund.

»Ja, darüber habe ich berichtet. Und ich sage es Ihnen wirklich nicht gerne, aber ich fürchte, der gleiche Kerl könnte auch was gegen Rosie im Schilde führen.«

»Rosie? Nein, nein, das glaub ich nicht. Die hatte ihr ganzes Leben lang keine Feinde.« Doch er wirkte selber nicht ganz überzeugt davon. Er zog sich einen Stuhl heran und setzte sich rittlings auf die Lehne. Ich merkte, daß er sich an diesem Stuhl buchstäblich festklammerte.

»Wie lange kennen Sie Rosie denn schon, Mr. Smith?«

»Ach, nennen Sie mich Johnny. Ich kenn sie schon fast mein ganzes Leben lang. Schon seit der High-School, wenn nicht länger.«

»Und seit wann wird sie vermißt?«

»Seit letzten Donnerstag.«

Also schon fast eine ganze Woche. »Am Donnerstag haben Sie also festgestellt, daß sie verschwunden ist?«

»Da ist sie verschwunden. Wir haben nach der Sperrstunde Mittwoch nacht – oder Donnerstag morgen – noch kurz was getrunken. Und gegen halb drei ist sie dann gegangen. Am Nachmittag – also Donnerstag nachmittag – ist sie dann nicht mehr aufgetaucht. Das ganze Mittagsgeschäft hing an mir. Ganz untypisch für sie, einfach so wegzubleiben. Die hat ihr ganzes Leben keinen Tag krankgemacht. Ich hab versucht, sie anzurufen, sie ging aber nicht ran. Da hab ich die Polizei verständigt. Die warten allerdings 'ne Weile, ehe sie jemanden als vermißt registrieren. Das hat mich ganz schön geärgert.«

»Sie hat also noch nie gefehlt?«

»Nie. Nie einen Tag hier versäumt. Das Lokal ist ihr ganzer Stolz. Sie behauptet immer, daß der amerikanische Weg sich immer noch auszahlt.«

»Der amerikanische Weg?« fragte Steven.

»Na ja, Demokratie und so. Sie ist ja nicht reich auf die Welt gekommen. Hat nicht mal 'nen High-School-Abschluß – ist durchgerasselt. War zu sehr hinter den Jungens her, wenn Sie mich fragen. Aber sie ist genau wie ihre Mutter – immer hart arbeiten, dann bringt man's schließlich auch zu was. Sie war immer ganz stolz drauf, was diese Frauen an der Heimatfront geleistet haben. Ja, auf ihre Ma ließ sie nichts kommen. Und sie konnte es nicht leiden, wenn man sie Thelma nannte. Seit Jahren schon nennt sie sich Rosie.«

»Ist ihre Mutter noch am Leben?«

»Nein, die alte Bertha hat schon vor etwa fünf Jahren den Löffel abgegeben.«

»Haben Sie ein Foto von Rosie?«

»Ich hatte eins, aber die verdammten Bullen haben's mitgenommen. Vielleicht könnten die Ihnen ja eins geben.«

»Hatte sie viele Freunde hier?«

»Mich. Es sei denn, sie wollen diese Bande von Säufern und Schnorrern als Freunde bezeichnen. Wir haben unsere Stammgäste, klar, und Rosie ist ein wirklich fröhlicher, freundlicher Mensch. Aber diese Bar ist ihr Leben. Sie hat keine Zeit für private Kontakte.«

»Sind Sie enger mit ihr befreundet?«

Er lachte. »Sie meinen, ob wir was miteinander haben? Nein. Deswegen sind wir ja noch miteinander befreundet.«

»Hat sie einen Freund?«

»Da gab's immer mal wieder einen, aber nie was Längerfristiges. Die Männer hätten sie verschlissen, hat sie mir mal erzählt. Wir wären wie Kinder, würden immer nur Forderungen stellen. Hab ihr zwar gesagt, daß sie sich da irrt, aber ich muß sagen, jetzt, wo sie die Männerjagd aufgegeben hat, kommt sie mir glücklicher vor.«

»Gab's in letzter Zeit mal jemanden, der besonderes Interesse an ihr gezeigt hat?«

»Nein. Es fragt nicht mal einer, wo sie abgeblieben ist. Ärgert mich wahnsinnig. Außer Ihnen und einem Bullen, der heute früh schon da war, zeigt da keiner auch nur das geringste Interesse.«

Ich zog eine Visitenkarte aus der Tasche und schrieb ihm meine Privatnummer auf die Rückseite. »Hier. Falls Sie von ihr oder von jemandem hören, der vielleicht was über sie weiß, rufen Sie mich an, ja?«

Er musterte meine Karte, wobei er sie auf Armlänge von sich weghielt. Vermutlich trug er gewöhnlich eine Zweistärkenbrille, war aber zu eitel, sie aufzusetzen.

»Möchten Sie was zu essen?« fragte er und steckte sich die Karte in die Brusttasche.

Wir bestellten zwei Sandwiches. Sobald Johnny gegangen war, um die Sandwiches zu machen, flüsterte Steven: »Es *muß* Mercury Aircraft sein. Denn abgesehen davon könnten Rosie und E. J. gar nicht verschiedener sein. Vielleicht wußten ihre Mütter was über Mercury, oder vielleicht –«

»Nicht so flott. Wir haben da ein ziemliches Terrain zu beackern. Aber offensichtlich ist das wirklich eine ihrer wenigen Gemeinsamkeiten. Könnte allerdings auch ein Zufall sein. Tausende von Frauen arbeiteten damals für Mercury. Wir wissen ja nicht mal sicher, daß Rosie Thalia ist. Wenn Sie es aber ist, wählt Thanatos diese Frauen womöglich nach ihrem Alter aus und weil sie ledig sind.«

»Glauben Sie, daß sie tot ist? Ich meine, Rosie?«

»Keine Ahnung.« Das entsprach natürlich nicht ganz der Wahrheit. Falls Rosie Thalia war, dann war die Chance, daß Thanatos seinen Plan aufgeschoben hatte, wohl mehr als hauchdünn. Ich wußte eben nur nicht, ob er ihn schon durchgezogen hatte.

»Was meinte Mr. Smith denn damit, als er sagte, jemand hätte Sie ordentlich verprügelt?«

Ich schüttelte den Kopf. »Das ist momentan nicht so wichtig, und ich will es Ihnen jetzt auch nicht erzählen.« Als ich seinen gekränkten Blick sah, fügte ich hinzu: »Sie müssen nicht denken, daß Sie mir zu nahegetreten sind. Irgendwann erzähle ich's Ihnen.«

»Das wollte ja nicht aufdringlich sein.«

»Das waren Sie auch nicht. Aber Sie wollten mir doch noch etwas zeigen?«

Er zog seine Aufstellung heraus, auf der er E. J.s Vorträge, Publikationen und Interessenschwerpunkte aufgelistet hatte. Meistens ging es darin um die Vereinigten Staaten der Nachkriegsjahre und vor allem um zwei Themen: Frauen in der Rüstung sowie die Regierung Truman.

»Die Rolle der berufstätigen Frau in der Nachkriegszeit, das hat sie am meisten interessiert«, sagte Steven. »Aber ihre ersten Aufsätze aus den späten Fünfzigern und frühen Sechzigern konnte sie nicht veröffentlichen. Deswegen hat sie sich dann mit Truman beschäftigt.«

Johnny brachte die Sandwiches, die bei seinem Mangel an Begeisterung erstaunlich gut schmeckten. Er blieb nicht bei uns stehen, sondern stellte lediglich die Teller ab und schlenderte in die Küche zurück. Beim Essen dachte ich an E. J. Blaylock und Rosie Thayer. Ich sah über den Tisch. Die Professorin hatte die Männer ganz gewiß nicht aufgegeben.

»Haben Sie Verwandte hier in der Gegend, Steven?«

»Nein, warum fragen Sie?«

»Freunde?«

Er zuckte die Achseln. »Eigentlich nicht. Die zwei, drei Leute, die ich als meine Freunde bezeichnen würde, sind über die Ferien nach Hause gefahren.« Es schien ihm nicht viel auszumachen.

»Und Sie?« fragte ich. »Fahren Sie auch nach Hause?«

Er schüttelte den Kopf. »Meine Eltern leben in Florida.

Ich kann mir den Flug nicht leisten. Und auch wenn ich könnte, würde ich's nicht tun.«

»Warum nicht?«

Nach einem langen Seufzer sagte er: »Sie waren gegen E. J. Wir hatten uns im letzten Jahr nicht viel zu sagen.«

»Entschuldigen Sie. Sehen Sie? Das ist Zudringlichkeit.«

»Schon gut. Ich weiß ja, daß Sie es gut mit mir meinen.«

»Ich frage mich eben, ob diese schlaflosen Nächte und die Isolierung Ihnen guttun.«

»Was soll ich denn machen? Mit Frauen wie Lindsey ins Bett hüpfen? Das wäre kein großer Trost. Lieber bin ich allein. Oder mit Ihnen zusammen.« Er errötete. »Ich meine, lieber arbeite ich mit Ihnen zusammen.«

»Das ist ja auch soweit ganz in Ordnung. Aber Sie brauchen wahrscheinlich mehr als ein Forschungsobjekt, damit Sie wieder zur Ruhe kommen. Und ich rede auch nicht wahllosem Sex als Medizin gegen Schlaflosigkeit das Wort. Aber warum versuchen Sie nicht, ein paar Leute kennenzulernen? Leute, die Sie mögen und respektieren.«

Stevens Antwort, wie immer sie auch ausgefallen wäre, unterblieb, denn Johnny kam ihm mit der Rechnung zuvor. Ich zahlte und ließ ihm ein ordentliches Trinkgeld liegen, in der Hoffnung, daß er mich auf diese Weise in guter Erinnerung behielt. Wir verabschiedeten uns und begannen, zum Verlagsgebäude zurückzuwandern.

Obwohl ich, nachdem wir wieder auf der Straße waren, eine Menge Fragen über E. J. und Rosie erwartete, blieb Steven recht schweigsam. Als wir das Wrigley Building erreicht hatten, blieb er stehen und meinte: »Ich sollte jetzt wohl besser gehen. Ich habe Dr. Ferguson – dem Lehrstuhlinhaber der Fakultät – versprochen, heute E. J.s Büro auszuräumen.«

»Was?«

119

»Na ja, die Polizei hat mitgenommen, was sie brauchte. Der Dekan hat das Büro von der Campus-Polizei versiegeln lassen. Aber ich vermute, sie haben ihn schließlich davon überzeugt, daß es... daß es keinen Zweck hat. Sie wollen ihr Büro wieder benutzen.«

»Aber warum sollen ausgerechnet Sie das tun?«

»Sie hat keine Verwandten. Dr. Ferguson war zwar über die Artikel im *Express* ziemlich erbost, aber er hat auch Verständnis. Er wußte über meine Beziehung zu E. J. Bescheid. Wahrscheinlich fällt ihm einfach niemand ein, den er sonst drum bitten könnte.«

»Steven, tun Sie mir einen Gefallen. Lassen Sie mich mitkommen.«

»Das ist wirklich nicht nötig –«

»Entscheiden Sie im Zweifelsfalle zu meinen Gunsten, okay? Lassen Sie mir ein bißchen Zeit, um meinen Artikel zu schreiben. Warten Sie zwei Stunden, dann helfe ich Ihnen. Es kann nicht schaden, jemanden dabei zu haben – ich weiß nicht, ob Sie sich das überlegt haben, aber es wird nicht leicht für Sie werden.«

»Ich weiß, daß es mir schwerfallen wird, ihre Sachen da rauszuräumen, aber –«

»Waren Sie seit ihrem Tod schon mal in ihrem Büro?«

»Nein.«

»Haben Sie überhaupt schon einen Blick reingeworfen?«

»Nein.«

Ich seufzte. »Tja, sagen wir's mal so, mit Aufräumen und Putzen haben die Cops nun mal nichts am Hut.«

Er begriff, was ich damit sagen wollte. »Oh.«

»Sie warten also auf mich?«

Er nickte. »Ich warte zu Hause auf Ihren Anruf.«

Er ging, und ich rannte nach oben. Ich hatte eine Menge Material für meinen Artikel. Und ich mußte Frank anrufen und das Foto von Rosie Thayer abholen. Und die Brücke wieder aufbauen, die ich am Morgen so leichtfertig eingerissen hatte.

10

Den Artikel über Rosie Thayer hatte ich ziemlich rasch zu Papier gebracht. Das Adrenalin schoß mir durch die Adern, und es war ein gutes Gefühl, den hohen Tempoanforderungen dieses Nachmittags wieder gewachsen zu sein. Ich war längst nicht mehr so launisch wie am Morgen. Vielleicht hatte der Gedanke an Rosie Thayer, die man irgendwo verhungern ließ, die Einstellung zu meinen eigenen Problemen verändert.

Ich diskutierte meine Fortschritte mit John Walters, rief dann das Las Piernas Police Department an und ließ mich mit dem Morddezernat verbinden. Da Frank gerade auf einer anderen Leitung telefonierte, ließ ich ihm ausrichten, daß ich zu ihm unterwegs sei.

Als ich ankam, unterhielt er sich mit Pete. Pete warf mir einen flehentlichen Blick zu, entschuldigte sich jedoch gleich darauf und verschwand. Frank wirkte nicht gerade entzückt, mich zu sehen. Was ich ihm nicht verübeln konnte.

»Was kann ich für dich tun?« fragte er. Es kam mir vor, als sei ich in einem Schuhgeschäft gelandet.

»Ich hätte da ein paar Informationen, die dich interessieren dürften. Es sei denn, du wartest lieber und liest sie im morgigen *Express* nach.«

Mit einer Handbewegung forderte er mich auf, Platz zu nehmen, und nahm dann selber eine kerzengerade Sitzhaltung ein. Sein Schreibtisch war aufgeräumt und abfallfrei. Der daneben stehende von Pete dagegen wurde von einem wahren Everest von Papieren, Kaffeetassen und Aktenordnern überragt. Frank zog sein Notizbuch heraus und sah zu mir herüber. »Schieß los.«

Mit seinem distanzierten Gehabe brachte er mich ein wenig aus der Fassung, doch ich vermutete, unsere heutige Auseinandersetzung nagte noch immer an ihm. Ich zuckte die Achseln und begann ihm von meiner Unterhaltung mit Steven Kincaid zu erzählen. Er hörte aufmerksam zu und machte sich Notizen, und allmählich begann sein Interesse an meinen Neuigkeiten die verkrampfte Atmosphäre ein wenig zu lockern.

»Du warst doch heute morgen in Rosie's Bar and Grill, nicht wahr?« fragte ich ihn. Er nickte.

»Na ja, da hängen all diese Fotos von Mercury Aircraft rum. Und dann stellt sich doch tatsächlich heraus, daß sowohl Rosie Thayer als auch Edna Blaylock Töchter von ›Rosie the Riveters‹ waren. Ihre Mütter haben beide für Mercury gearbeitet. Ich bin mir zwar nicht sicher, ob das die einzige Verbindung ist, denn da haben in den Vierzigern ja wahnsinnig viele Frauen gearbeitet, aber es ist einfach schwer, sonst was aufzutreiben. Habt ihr bei euren Nachforschungen über Thayer und ihren Verbleib mehr Glück gehabt?«

»Nein, aber wir sind ja noch nicht lange dran an der Sache, erst seit ein paar Stunden.«

»Und die Vermißtenstelle hatte auch nichts über sie?«

»Nein, aber die sind sowieso überlastet. Sie haben ein paar Leute befragt. Allerdings gab's in ihrer Wohnung weder Spuren eines Kampfes noch irgendwelche anderen Hinweise auf eine Entführung.« Er hielt einen Augenblick inne und fügte dann hinzu: »Dein Artikel könnte uns weiterbringen. Vielleicht hat jemand beobachtet, wie man sie verfrachtet hat.«

»Hoffentlich. Johnny Smith sagte, ihr hättet ein Foto von ihr?«

»Du ersparst mir den Gang zur Zeitung«, sagte er, öffnete eine Schublade und nahm einen Aktenordner heraus. Er zog ein Foto im Format 10 x 13 aus einem kleinen Packen und reichte es mir. Ich stellte erleichtert fest, daß der Fotograf, wer immer es auch gewesen sein mochte, eine Kamera zu bedienen verstand; manchmal bittet man uns, Fotos abzudrucken, die so verschwommen sind, daß auch stundenlanges Betrachten nur zu dem Ergebnis führt, daß es sich bei dem Vermißten trotz gewisser Zweifel um ein menschenähnliches Wesen handeln muß.

Auf diesem Foto lächelte Rosie Thayer. Die Jahre waren nicht ganz so freundlich mit ihr umgegangen wie mit Edna Blaylock, doch in ihren Augen lag ein Funkeln, das ihrem Porträt eine Wärme verlieh, wie sie in keinem der Fotos von der Professorin zum Ausdruck kam.

Pete kehrte wieder zurück und trat an seinen Schreibtisch. Einen Moment lang stocherte er in seinem Chaos herum und wandte sich dann an Frank.

»Ruf mich mal an.«

Frank lächelte. »Schon wieder verschollen?«

Pete guckte entnervt. »Jetzt ruf schon endlich an, verdammt.«

Frank griff nach seinem Hörer und drückte ein paar Tasten. Wir hörten einen gedämpften Klingelton. Pete spitzte die Ohren, und plötzlich hörte es wieder auf. Er drehte sich um und starrte Frank finster an, worauf der in Gelächter ausbrach.

Frank nahm den Daumen von der Gabel und wählte erneut die Nummer. Das merkwürdige Klingeln ertönte wieder. Papiere flogen in alle Richtungen, während Pete seine Quelle aufzuspüren versuchte. Plötzlich riß er die unterste Schreibtischschublade auf, zerrte ein paar Aktenordner heraus, griff hinein und schwenkte schließlich triumphierend sein Telefon.

»Ganz vergessen, daß ich's da verwahrt hatte«, murmelte er.

Zu Petes Bestürzung mißlang mir mein Versuch, das Lachen zu verbeißen. Ich blickte zu Frank hinüber und sah, daß er grinste. Es war einer jener Momente, in denen er mich derart anzog, daß es mir buchstäblich den Atem verschlug. Ich atmete aus und beschloß, nicht mehr länger zu warten, sondern alles sofort und unverzüglich wieder gutzumachen. »Könnten wir irgendwo hingehen, um kurz miteinander zu reden?«

Sein Grinsen verschwand, doch er meinte: »Klar.«

Ich folgte ihm in eine kleine Verhörzelle. »Hier gibt es doch wohl keine versteckten Spiegel oder Kameras?«

»In dieser Zelle nicht«, antwortete er.

»Auch keine Aufzeichnungsgeräte?«

»Zur Zeit nicht.«

Zum Teufel damit! dachte ich. Ich drückte ihn an die Tür und zog seinen Kopf zu mir herunter, um ihn zu küssen. Eine Zehntelsekunde lang war er wohl baff, dann nahm er mich in die Arme und erwiderte meinen Kuß. Man hätte meinen können, einer von uns wäre ein halbes Jahr in Übersee gewesen.

»Heißt das, daß du nicht mehr sauer bist?« fragte er, ohne mich loszulassen. »Oder müssen wir uns jetzt, wo wir uns geküßt haben, sowieso wieder versöhnen?«

»Tut mir leid wegen heute morgen. Ich hab mich schrecklich eingeengt gefühlt. Ich fand dich wirklich ein bißchen überfürsorglich.«

»Ich komme wohl nicht so schnell über meine Ängste weg. Ich will einfach nicht noch mal 'ne Nacht erleben, wo ich nicht weiß, wo du bist, und fürchten muß, daß dir jemand was angetan hat.«

Ich lehnte den Kopf an seine Schulter. »Jedenfalls lauf ich nicht mehr mit der naiven Vorstellung herum, daß ›mir ja doch nichts passieren kann‹ – das ist für immer vorbei. Aber ich kann mich doch auch nicht mit dir in einen Kokon einspinnen, Frank, das weißt du so gut wie ich. Du hättest mich bald über. Du würdest mir meine Hilflosigkeit übelnehmen.«

Plötzlich spürte ich, daß er zitterte. Er lachte. Das war ja nicht zu fassen.

»Irene, wenn es ein Wort gibt, mit dem ich dich nie charakterisieren würde, dann ist es das Adjektiv ›hilflos‹.«

Nun, das hörte sich ja schon besser an. »Danke. Aber verstehst du eigentlich, warum ich heute morgen sauer wahr?«

»Ich denke schon.« Er seufzte. »Es bedeutet wohl, daß du langsam wieder die Alte wirst.«

»Sei doch nicht so enttäuscht.«

Das brachte ihn wieder zum Lachen, was dann irgendwie zu weiteren Knutschereien führte.

»Verdammt«, sagte ich. »Wenn wir nicht aufhören, riskier ich's noch, als erste wegen unsittlichen Benehmens im Police Department von Las Piernas verhaftet zu werden.«

»Sag, daß du verführt worden bist.«

»Du kommst wohl erst spät, hm?«

Er schüttelte den Kopf. »Glaub mir, ich komme, so schnell ich kann. Übrigens – Samstagabend haben wir hier eine Weihnachtsfeier. Hast du Lust, mich zu begleiten?«

»Klar. Hast du dieses Wochenende immer noch frei?« fragte ich.

»Hängt davon ab, was noch auf uns zukommt, sieht aber ganz so aus. Warum?«

»Na ja, am Samstag muß ich eine Tagschicht einlegen, und Montag und Dienstag ist die Weihnachtsfeier bei unseren Freunden. Ich habe mich halt gefragt, ob ich dich am

Sonntag vielleicht ganz für mich haben kann. Als mein Weihnachtsfreier sozusagen.«

»Weihnachtsfreier?«

»Statt Weihnachtsfeier.«

»Klar. Bist mir schon eine verrückte Nummer.« In seiner Stimme lag so viel Zärtlichkeit, daß ich mir weitere Kommentare verkniff.

Ich pfiff, als ich endlich wieder losfuhr, pfiff, bis ich mich erinnerte, was als nächstes auf meinem Stundenplan stand. Ich fuhr an den Straßenrand und rief Steven aus einer Telefonzelle an. Wir einigten uns auf einen Treffpunkt auf dem Campus. Unterwegs schaute ich noch kurz bei der Zeitung vorbei, um das Foto von Rosie Thayer abzuliefern und Lydia quasi stichpunktartig Steven Kincaids Zustand zu schildern.

»Du machst dir Sorgen um ihn, nicht wahr, weil er Weihnachten alleine ist«, sagte sie.

»Ja.«

»Dann lad ihn doch zu uns ein. Ich habe es dir heute morgen doch schon gesagt.«

Als ich das Gebäude des Historischen Instituts erreichte, wartete Steven bereits vor dem Eingang. Er wirkte ziemlich aufgewühlt.

»Alles in Ordnung?« fragte ich.

Er nickte. »Es ist nur – ich hab über das, war Sie gesagt haben, nachgedacht.«

»War wohl nicht sehr nett von mir?«

»Doch, ich bin Ihnen dankbar. Zumindest bin ich jetzt ein bißchen besser darauf vorbereitet.«

»Hat das College in Hinblick auf Aufräumen oder Putzen schon was unternommen?«

»Nein.« Er runzelte angestrengt die Stirn. »Dr. Ferguson meinte, er will mir nach all den Gerüchten um sie die Möglichkeit geben, ihre Sachen, vor allem die ganz persönlichen, wegzuräumen, ehe die Putzbrigade anrückt. Wahrscheinlich ist das seine Art, ihr Andenken zu achten.«

Um das Thema zu wechseln, und weil ich nicht genau wußte, in welcher Verfassung er später sein würde, fragte ich, ob er Lust habe, zu Lydias Weihnachtsessen zu kommen. Er strahlte beinahe, bedankte sich und sagte zu.

Aber schon auf der Treppe zum Büro war er wieder bedrückt. Das Gebäude war völlig ausgestorben: Schließlich stand Weihnachten vor der Tür, und die Noten waren längst gemacht. Es herrschte eine gespenstische Stille. Als wir den dritten Stock erreicht hatten, hielt er inne und trat durch eine Tür, die auf einen Korridor führte. Ich sah, daß er neben einer der Bürotüren schon etwa drei Dutzend Kartons aufgestapelt hatte. Er mußte wohl den Großteil seiner Wartezeit mit Kistenschleppen verbracht haben.

»Glauben Sie, daß Sie genug davon haben?«

Er zuckte die Achseln. »Keine Ahnung. Hoffentlich.«

Mit zitternder Hand steckte er den Schlüssel ins Schlüsselloch und sperrte auf. Er schob die Tür auf und machte einen Schritt hinein. Einen Moment lang war er erstarrt, schwankte dann und fuhr auf dem Absatz herum. Mit dem Ausdruck unaussprechlichen Entsetzens schob er sich an mir vorbei und rannte den Gang hinunter zur Männertoilette. Vom Korridor aus sah ich, warum ihm schlecht geworden war. Und zu mehr als Gucken war ich nicht imstande, sonst wäre ich sofort seinem Beispiel gefolgt.

Edna Blaylocks Büro war klein und eng. Vor einer der Wände befand sich eine Couch, und der Schreibtisch stand so, daß man beim Sitzen zu den Fenstern hinausschauen konnte. Zwischen Couch und Schreibtisch war ein kleines Bücherregal eingezwängt, und die noch übrigbleibende Wandfläche wurde vollständig von berstend vollen Bücherregalen eingenommen. Doch der Raum atmete nicht jenes ruhige akademische Leben, das sich wohl einmal darin abgespielt hatte.

Das Zimmer war versiegelt gewesen und stank entsetzlich nach altem Blut. Und zwar nach viel Blut. Überall klebte es, an Wänden, Fenstern, dem Bücherregal. Große Pfützen davon waren auf Schreibtisch und Boden zu schwarzen Klumpen getrocknet. Die Papiere auf dem Schreibtisch waren damit verklebt. Nur die Couch und ein Teil des Bücherregals neben der Tür waren von dem Blutregen verschont geblieben. Im ganzen Raum waren die Stellen zu sehen, wo die Spurensicherungsleute gearbeitet hatten.

Steven Kincaid hatte sich getäuscht. Nichts, aber auch gar nichts hätte ihn auf diesen Anblick vorbereiten können.

Plötzlich war ich wütend. Ferguson hätte zumindest jemanden schicken können, der vorher schon mal gründlich durchputzte. Ich hielt den Atem an, trat zu den Fenstern und riß sie auf, so weit es ging. Eisige Luft strömte herein, doch zumindest war sie frisch. Ich sah mich um und riß dann einen riesigen Ansel-Adams-Kalender von der Wand. Mit ihm deckte ich den Blutflecken auf dem Schreibtisch ab, während ich mich im Geiste bei Mr. Adams und dem imposanten El Capitan aus dem Yosemite Park – dem Novembermotiv – entschuldigte. Mehr schaffte ich nicht vor Stevens Rückkehr.

»Tut mir leid«, sagte er. Seine Augen waren rot. Er wirkte immer noch reichlich mitgenommen.

»Kein Grund, sich zu schämen, Steven. Es ist viel schlimmer, als ich dachte. Setzen Sie sich doch einen Augenblick! Ich trage ein paar Kisten rein, und Sie können erst mal am Türende des Bücherregals beginnen, bis Sie sich wieder besser fühlen.«

»Ganz schön unfair Ihnen gegenüber«, sagte er und sank auf die Couch, wobei er den Schreibtisch ängstlich mied. »Sie haben sie ja nicht mal gekannt.«

»Deswegen komme ich auch besser damit zurecht. Ich schmeiße nichts weg, ich packe es nur in die Kisten. Dann können Sie sich nach und nach, so wie Sie es verkraften, damit beschäftigen.«

Falls du es je verkraftest, dachte ich mir. Und ich würde es ihm bestimmt nicht verargen, wenn dieser Tag niemals eintraf. Nach ein paar ermunternden Worten machte er sich an die Arbeit, und ich ging auf die andere Seite des Zimmers. Ich nahm den Kalender vom Schreibtisch und legte ihn beiseite. Der Schreibtisch war wohl das Schlimmste, und ich wollte Steven diesen Anblick so weit als möglich ersparen.

Blutgetränkte Papiere klebten auf der Platte. Nachdem ich sie vorsichtig abgelöst hatte, sah die Tischfläche schon gar nicht mehr so übel aus. Ein sauber zusammengehefteter Stoß von Telefonnotizen erregte meine Neugier. Zuerst dachte ich, daß sie vielleicht aus der letzten Zeit stammen könnten, doch dann sah ich, daß einige davon ziemlich vergilbt waren. Die Zettel waren alphabetisch geordnet, und die darauf notierten Daten erstreckten sich über mehrere Jahre.

»Das war ihr informelles System«, sagte Steven, als er sah, daß ich mich über die Notizen beugte. »Das sind keine engen Freunde von ihr oder Leute, mit denen sie häufig Kontakt hatte. Die hatte sie in ihrem Filofax.« Er ließ den Blick über die Tischplatte schweifen und sah dann zur Seite. »Aber den hat wohl die Polizei mitgenommen«, sagte er mit nicht sehr fester Stimme. »Auf den Notizzetteln hat sie sich die Leute vermerkt, die ihr bei der Arbeit geholfen haben. Bibliothekarinnen und Forscher, Archivare und Museumsdirektoren, die sie bei ihrer Spezialforschung unterstützt haben.«

»Wie etwa bei ihrer Forschung über die Rüstungsarbeiterinnen?« fragte ich und konzentrierte mich nun auf die Bemerkungen, die Edna auf die unteren Zettelhälften gekritzelt hatte.

»Könnte sein«, sagte er. Er saß wieder auf der Couch und wirkte ziemlich blaß.

»Macht es Ihnen was aus, wenn ich mir die, die mir interessant erscheinen, mitnehme?«

Er schüttelte den Kopf.

»Alles in Ordnung?«

Er rang sich ein wenig überzeugendes Lächeln ab. »Es geht sicher gleich wieder.«

Auf einem der Zettel las ich *Hobson Devoe*. Schon allein der Name erregte mein Interesse, doch als ich dann noch die Worte *Hat Mom gekannt* darauf entzifferte, steckte ich ihn ein.

Ich sah zu Steven hinüber. Er war wieder an die Arbeit gegangen, das Schlimmste war also offenbar überstanden.

Ich stopfte alles, was auf dem Schreibtisch lag, in eine Schachtel und beschriftete den Deckel mit einem schwarzen Filzstift, den ich in einem Glasgefäß fand. Einen Moment lang war ich etwas überrascht, nirgends, weder auf dem Tisch noch auf einem der benachbarten Regalbretter, ein Bild von Steven zu entdecken, erinnerte mich aber dann, daß ihre Beziehung eine sehr private Angelegenheit gewesen war.

Diese Überlegung bewog mich dann, ihm die Schreibtischschubladen zu überlassen; trotz meiner geradezu pedantischen Neugier wollte ich nicht auf diese Weise in Edna Blaylocks Privatsphäre eindringen. Franks Leute, davon ging ich aus, waren sowieso schon mit dem feinzinkigen Kamm darübergegangen. Ich räumte die Bücher mit den schlimmsten Flecken von den Regalen.

Schon allein, um mich von dieser gräßlichen Beschäftigung abzulenken, fragte ich Steven ein wenig aus, nach seiner Familie, seiner Kindheit, seinen historischen Spezialgebieten. Als ich dann seine ganze Lebensgeschichte kannte, waren wir fast fertig. Das Reden schien ihn zu entspannen. Er machte sich sogar schon an den Schreibtischschubladen zu schaffen. Wie ich denn zum Journalismus und zu meinem Job gekommen sei, wollte er wissen. Wagte es, schüchtern nachzufragen, ob ich einen Freund hätte, worauf ich ihm von Frank erzählte. Er erinnerte sich an ihn.

»Er hat mir gefallen. Er war sehr rücksichtsvoll«, sagte er. Doch das erinnerte uns wieder an den Mord. Steven öffnete eine Schublade und wurde plötzlich still. Als ich zu ihm hinüberschaute, sah ich, daß er eine rote Kerze – oder vielmehr die paar Zentimeter, die davon übriggeblieben waren – in der rechten Hand hielt. Tränen strömten ihm über die Wangen.

»Stammt das von einem speziellen Abend?« fragte ich.

Er nickte. »Unserem ersten Abend. Ich hab sie gebeten, die Kerze aufzuheben. Hätte nie gedacht, daß sie das tatsächlich tut.« Er atmete tief ein und schlug dann die linke Hand vor die Augen. Ich legte ihm die Hand auf die Schulter, worauf er erst recht einen Heulkrampf bekam. Ich habe schon öfter Männer weinen sehen, aber es war nicht dieser Anblick, der so schwer zu ertragen war. Es war der zarte Laut, den er so angestrengt zu verbergen versuchte, sein Schluchzen, das klang wie das Schluchzen eines Menschen, der erkennt, daß egal, wie lange er wartet, die Geliebte ihm nie wieder zulächeln, nie wieder seinen Namen rufen oder neben ihm liegen wird.

Nach einer Weile stand er auf, verstaute die Kerze behutsam in seiner Hosentasche und ging sich das Gesicht waschen. Während er weg war, packte ich die letzten Bücher und den restlichen Inhalt der Schreibtischschubladen ein.

»Was für einen Wagen haben Sie?« fragte ich, als er zurückkam.

»Einen Pick-up.«

»Gott sei Dank«, antwortete ich, während ich den Blick über die Kistenstapel wandern ließ. Wir hatten es geschafft, sie alle zu füllen.

»Ich fühle mich richtig mies, daß ich Sie das alles hab machen lassen«, sagte er. »Sie –«

»Ich weiß, ich weiß, ich kannte sie ja nicht mal. Aber ich kenne Sie. Und inzwischen weiß ich sogar schon, wo Sie in die Grundschule gegangen sind. Nehmen Sie's einfach hin. Auf die Weise muß ich mir wenigstens keinen Ablaß kaufen.«

»Ich kann mir nicht vorstellen, daß Sie eine große Sünderin sind.«

Ich dachte an die Kaskade von Flüchen, die ich erst heute morgen im Kellergeschoß des *Express* ausgestoßen hatte, und lachte. »Verlangen Sie mir keine Beichte ab«, sagte ich.

Ich war erleichtert zu erfahren, daß das Gebäude einen Aufzug besaß, mit dem wir die Kisten nach unten transportieren konnten. Als die letzte verladen war, sah er mich an und sagte: »Das kann ich nie wieder gutmachen. Aber ich werde es Ihnen auch nie vergessen. Danke, Irene.« Er umarmte mich und war, noch ehe ich sagen konnte, daß er mir ganz und gar nichts schuldete, davongefahren.

Erst als ich wieder zu Hause war und ein, zwei Stunden herumgesessen hatte, merkte ich, daß ich es wirklich ein wenig übertrieben hatte. Vor allem meine Hand protestierte recht vernehmlich, und meine Schulter stand ihr darin kaum nach. Ich legte leise Musik auf und versuchte mich zu entspannen. Schlüpfte in eine von Franks Schlafanzugjacken, die mir bis zu den Knien reichte, und schleppte mich auf die Couch, um auf ihn zu warten. Ich wollte gar nicht wissen, was mir im einzelnen weh tat.

Als er um Mitternacht noch nicht zurück war, packte ich mir Eis auf die Hand. Immer noch pochte der Schmerz. Schließlich wurde ich schwach und nahm eine Tablette. Es war einige Wochen her, seit ich die letzte genommen hatte, und ich hatte ganz vergessen, wie stark sie waren. Ich sank wie ausgepustet aufs Sofa.

Ich weiß nicht, wie lange ich schon geschlafen hatte, als ich plötzlich einen kalten Luftzug verspürte. Es war dunkel im Wohnzimmer, und ich war noch immer ziemlich weggetreten. Ein wenig später fühlte ich mich von zwei starken Armen behutsam hochgehoben und murmelte: »Du bist zu Hause.« Er trug mich ins Schlafzimmer und deckte mich zu. Ich hörte ihn wieder hinausgehen und schlief, während ich noch auf ihn wartete, wieder ein.

Später hörte ich dann, wie auch er sich endlich auszog. »Frank?«

»Entschuldige, ich wollte dich nicht wecken.«

»Danke fürs Zudecken.«

»Was?«

Da dämmerte mir etwas. Und es beschlich mich das nagende Gefühl, daß irgend etwas faul war. Ich tastete nach der Lampe und schaltete das Licht ein.

Auf meinem Nachttisch stand ein Glas voller Ameisen.

11

»Faß es nicht an«, befahl Frank.

Das war kein Problem. Ich sprang aus dem Bett, nur möglichst weit weg, und flüchtete mich in Franks Arme. Vor Insekten fürchte ich mich nicht, aber Visitenkarten, die mir ein Killer hinterläßt, bereiten mir gewisse Schwierigkeiten.

»Was ist passiert?« fragte er.

Ich erzählte ihm, daß mich jemand ins Bett getragen hätte. »Ich dachte, das bist du. Er war hier. Er war im Haus. Er hat mich angefaßt –«

Frank hielt mich in den Armen und versuchte mich zu beruhigen. Ich weiß nicht, was größer war, meine Angst oder meine Wut. Als ich allmählich wieder gefaßter war, rief Frank bei der Polizei an und bat sie, ein Spurensicherungsteam vorbeizuschicken. Ich folgte ihm ins Wohnzimmer. Er trat an die Tür des Patios und zeigte mir, ohne sie zu berühren, daß sie ausgehängt war.

»Ich habe den Luftzug gespürt«, sagte ich.

»Er hat sie aufgestemmt. Sie war nicht verriegelt«, sagte er entnervt. Die Tür besaß einen Riegel, der es Thanatos beträchtlich erschwert hätte, auf diese Weise ins Haus zu gelangen. Doch wir legten ihn nur dann vor, wenn wir das Haus verließen, da ein vorgelegter Riegel im Falle eines Brands eine Verzögerung bedeutet hätte. Wir hatten ein paarmal vorgehabt, das schwache Schloß, das Thanatos so leicht überwunden hatte, durch ein stärkeres, aber von innen leicht zu öffnendes zu ersetzen, waren jedoch nie dazu gekommen.

Ich merkte, wie Frank stumm mit sich haderte, und wußte, daß alle Beteuerungen, daß wir es doch *beide* immer wieder hinausgeschoben hatten, zwecklos waren.

Gemeinsam durchsuchten wir das Haus, doch soweit wir das überblickten, war nichts gestohlen oder verrückt. Es sei denn, man rechnete mich unter letztere Kategorie.

Pete traf ein und kurz danach auch die anderen Beamten. Sie versuchten mir Fragen zu stellen, aus denen sich so etwas wie eine Täterbeschreibung ableiten ließ. Doch im Grunde konnte ich ihnen nicht mehr sagen, als daß Thanatos offenbar stark genug war, um mich hochzuheben. Wahrscheinlich war er also so groß und kräftig wie Frank, aber sicher war ich mir nicht.

Es war frustrierend für alle Beteiligten. Keine Fingerabdrücke außer unseren eigenen auf der Glastür. Auch auf dem Ameisenglas fanden die Ermittler keine, nahmen es aber trotzdem mit. Ich wußte, daß Thanatos keine Handschuhe angehabt hatte, als er mich ins Bett trug, aber jetzt fiel mir auch wieder ein, daß weder seine Kleidung noch seine Hände kalt gewesen waren.

Wie lange hatte er wohl meinen Schlaf belauscht?

Als schließlich alle gegangen waren, waren wir beide völlig erledigt. Wir krochen ins Bett und klammerten uns aneinander. Eigentlich hatte ich gedacht, ich würde gleich einschlafen, aber es klappte nicht. Und ich merkte, daß auch Frank noch immer wach lag.

»Du machst dir Sorgen«, sagte ich schließlich.

»Und ich bin stinksauer.«

»Auf mich?«

»Aber nein – weshalb denn auf dich?«

»Weil ich die Chance, endlich mal einen Blick auf ihn zu werfen, völlig versemmelt hab. Du könntest jetzt eine Beschreibung von ihm haben, wenn ich nur einmal die Augen aufgemacht hätte. Außerdem hat man meinetwegen in dein Haus eingebrochen.«

Er rückte ein wenig von mir weg, um mich anzusehen.

»Unser Haus. Momentan ist mir das Haus scheißegal. Ich ärgere mich nur, weil ich dich heute nacht allein gelassen habe und er dir was hätte antun können.«

»Hör auf damit, Frank. Du weißt doch, wie ich's hasse, wenn du den Allmächtigen spielst.«

Dazu fiel ihm nichts mehr ein.

»Ich komm schon klar«, sagte ich.

»Hmmm.«

Ich kam zu dem Schluß, daß ich heute eine neue Taktik probieren mußte. Ich schob mich auf absolut lästerliche Weise an ihn heran und fuhr ihm mit den Fingernägeln über die Brust. Er stöhnte und küßte mich. Eins führte zum anderen, und schließlich kamen wir doch noch zu unserer Entspannung. Ehe wir einschliefen, knabberte ich an seinem Ohrläppchen und flüsterte: »Frohe Weihnachten, mein Weihnachtsfreier.«

»Frohe Weihnachten, du Luder«, wisperte er zurück. Ich hörte richtig, wie er lächelte.

Der Morgen kam für uns beide viel zu früh, doch irgendwie quälten wir uns dann doch aus den Federn. Wir einigten uns darauf, uns vor der Weihnachtsparty wieder zu Hause zu treffen, und trollten uns zur Arbeit.

Ich war gerade dabei, Lydia von Thanatos' nächtlichem Besuch zu erzählen, als das Telefon läutete.

»Guten Morgen, Kassandra. Gut geschlafen?«

»Nein, und daran sind Sie schuld«, sagte ich und versuchte, meine Nervosität zu verbergen. Diesmal gelang es mir, Lydia auf mich aufmerksam zu machen, und sie griff nach dem Hörer. Wir machten uns beide Notizen.

»Hat dir mein Weihnachtsgeschenk gefallen?«

»Ich hab die kleinen Teufel schon zum Samensortieren geschickt.«

Er lachte. Das künstliche Synthesizergelächter machte

mich frösteln. Am liebsten hätte ich sofort aufgelegt, doch ich beherrschte mich. Ich wollte ja erfahren, wo Rosie Thayer war. Und wie sich herausstellte, enttäuschte er mich diesmal nicht.

»Da es mir soviel Spaß gemacht hat, dich im Schlaf zu beobachten, habe ich beschlossen, dir noch ein Geschenk zu machen. Wenn du die anderen Myrmidonen finden willst, dann denke an die Geschichte von Aiakos und dem Ort, wo er seine künftige Armee erblickte.«

Plötzlich war die Leitung tot. »Die anderen was?« fragte ich Lydia und griff nach meinem Mythologiebuch.

»Mürmidonen.«

Ich schlug das Register auf. »Da haben wir sie. Myrmidonen – Menschen, die Zeus aus Ameisen schuf. Ah, jetzt erinnere ich mich wieder – sie kämpften im Trojanischen Krieg im Heer des Achill.«

»Womit wir wieder bei den Ameisen wären.«

Ich nickte, während ich den Absatz über die Myrmidonen überflog.

»Hat er nicht was von der Geschichte eines Eierkopfs erwähnt?« fragte Lydia.

»Aiakos«, sagte ich abwesend, während ich weiterlas. »Ein Sterblicher, ein Sohn des Zeus. Beherrscher der Insel Ägina. Nachdem Hera die Bäche und Flüsse der Insel vergiftet hatte, starben fast alle ihre Bewohner. Aiakos betete in der Nähe einer dem Zeus geweihten Eiche. Da sah er einen langen Zug von Ameisen, die Körner schleppend den Baum hinaufkrabbelten, und bat Zeus, ihm ebenso viele Untertanen zu schenken. In der Nacht darauf träumte ihm, daß sich die Ameisen in Menschen verwandelten. Und als er erwachte, rief ihn sein Sohn Telamon ins Freie, und er sah eine große Menschenmenge, die sich seinem Haus näherte. Und da erkannte er auch die Gesichter wieder, die er im Traum geschaut hatte.«

»Glaubt Thanatos nun vielleicht, daß du die Lösung des Rätsels träumst?«

»Keine Ahnung. Vielleicht geht es ihm ja um die Eiche. Ich kann seine Botschaft noch nicht entziffern, aber das müssen wir sofort John erzählen.«

Wir trabten in sein Büro. Nachdem John sich unsere Geschichte angehört hatte, wählte er sofort Franks Nummer, der allerdings nicht an seinem Schreibtisch saß. »Wie heißt gleich wieder diese städtische Behörde, die sich um die Bäume kümmert?« fragte er mich, während er darauf wartete, daß Frank ausgerufen wurde und sich meldete.

»Baumbehörde«, antwortete ich.

»Klugscheißerin«, brummte er.

Ich zuckte die Achseln. Hätte eine noch abwegigere Bezeichnung seine Laune etwa verbessert?

»Glauben Sie, die wissen, wo jede städtische Eiche steht?« fragte er ungeduldig.

»Wahrscheinlich wissen sie, wo man *die* findet, die sie selber gepflanzt haben. Bei Privatgrundstücken sieht das natürlich wieder ganz anders aus.«

»Zumindest suchen wir nach einer Eiche und nicht nach irgend so einem Mickergewächs.«

Frank kam ans Telefon, und John drückte auf die Freisprechtaste. Wir setzten ihn über die letzten Entwicklungen ins Bild, und nach einer kurzen Pause meinte er: »Ich weiß, was wir zu tun haben, John. Aber wenn die Presse dabei sein soll, muß ich vorher meinen Lieutenant davon verständigen.«

»Natürlich sind wir dabei«, versetzte John. »Vergessen Sie nicht, daß *ich Sie* angerufen habe.«

»Dann warten Sie mal bitte einen Augenblick«, entgegnete Frank, unbeeindruckt von Johns barschem Ton.

John griff nach dem Hörer, so daß wir nun nichts mehr mitbekamen. Lieutenant Carlson kam ans Telefon, und anscheinend folgte dann jede Menge erregtes Gefeilsche und Gerede um die Rechte der Presse und die Vorrechte der Polizei. Wir hörten zwar nur Johns Seite des Gesprächs, aber er blieb unbeugsam. Er argumentierte, daß ja wohl die Zeitung und nicht die Polizei den Anruf erhalten habe, und seine Reporter das Recht hätten, sich nach Belieben auf den Straßen der Stadt zu bewegen, die ja bekanntermaßen öffentliche Orte seien, und dort auch jeden eicheltragenden Baum, den sie nur fanden, unter die Lupe nehmen könnten. Schließlich erkannte Carlson, daß seine Proteste zwecklos waren. Das ganze Gespräch dauerte etwa drei Minuten, die mir jedoch wie eine Ewigkeit erschienen. Ich wollte endlich an die Arbeit.

John steckte den Kopf zur Tür hinaus und begann irgendwelche Reporternamen zu brüllen. Er teilte ihnen alles Nötige mit, ließ dann zwei, drei von ihnen beim Baumchirurgen anrufen und zwei weitere zur Baumbehörde marschieren. »Fragen Sie nach den größten Eichen. Irgendwie hab ich das Gefühl, der Kerl hat sich da was ganz Großes ausgeguckt. Schließlich muß es der Götter würdig sein.«

»Und was ist mit mir?« fragte ich.

»Sie bleiben hier – wer weiß, was der Kerl noch alles vorhat. Vielleicht will er Sie ja nur aus dem Verlag rauslocken.« Als er meinen aufsässigen Blick sah, fügte er hinzu: »Außerdem, wenn er wieder anruft, ist es besser, Sie sind hier.«

»Wenn er bei seinen Gepflogenheiten bleibt, ruft er heute nicht mehr an. Lassen Sie mich die Sache recherchieren. Ich bin die einzige, die sich mit Mythologie beschäftigt hat. Vielleicht sehe ich was, was den anderen entgeht.«

»Vergessen Sie's«, sagte er und scheuchte uns aus dem Büro.

Die anderen warfen mir mitleidige Blicke zu, als sie davoneilten. Kassandra.

Ich setzte mich wieder an meinen Schreibtisch und las mir noch einmal die Geschichte des Aiakos durch, noch aufmerksamer diesmal. Durch eine Schlangenplage wurden die Gewässer der Insel Ägina vergiftet. Außerdem hatten die Einheimischen unter Dürre, Hunger und einem pestbringenden Wind aus dem Süden gelitten. Aiakos erwachte aus seinem Ameisentraum und sah, daß es regnete, die Schlangen verschwunden waren und ein neues Volk fleißiger Untertanen seiner Befehle harrte. Apropos süße Träume.

Ich dachte wieder an Thanatos' Brief und das, was er am Telefon gesagt hatte. Aiakos hatte seine zukünftige Armee auf einer Eiche erblickt. Doch vielleicht meinte Thanatos hier, wie bei vielen seiner anderen Anspielungen, ja nicht konkret und buchstäblich, daß ich Rosie Thayer in der Nähe einer Eiche finden würde. Wie stand es mit anderen Orten in Las Piernas, die irgend etwas mit Eichen oder auch nur dem Wort »Eiche« zu tun hatten?

Ich schaltete meinen Computer ein und forderte ein Programm an, das man als Stadtführer benutzen kann. Es listet einem je nach Wunsch Straßen, öffentliche Gebäude, Erschließungsgebiete, Parks, Schulen und andere interessante Dinge auf. Gibt man zum Beispiel eine Adresse ein, so erscheint unter anderem ein Umgebungsplan auf dem Bildschirm. Ich tippte das Schlagwort »Eiche« ein. Wenige Sekunden später erschien schon die Liste auf dem Monitor. Ein Restaurant namens The Oak Room. Ein Wohngebiet mit dem Namen Oakridge Estates. Oak View Apartments. The Oakmont Hotel. Oakwood Elementary School, Oak Knoll Shopping Center. Und etwa zwanzig verschiedene Straßennamen: Oak Park, Old Oak, Oak Point, Oak Meadow, Twin Oaks, Oak Grove, Sleeping Oak.

Sleeping Oak Road, die Straße der schlafenden Eiche. Das klang ja interessant. Aiakos hatte das Heer der Ameisen zweimal gesehen: auf einer Eiche und im Schlaf.

Ich holte den Umgebungsplan auf den Bildschirm. Sleeping Oak war eine lange Wohnstraße, die sich durch die Hügel wand. Eine Weile überlegte ich noch hin und her, wie man Thanatos' Botschaft wohl sonst noch deuten könnte. Aber der Straßenname war die einzige Möglichkeit, die mich wirklich beschäftigte und mir keine Ruhe ließ.

Da ich sah, daß die Tür zu Johns Büro geschlossen war, griff ich mir rasch Mantel, Tasche und Schlüssel. Ich zog einen Abzug von Rosie Thayers Foto aus der Schublade und steckte ihn in meine Tasche. Fast hatte ich den Ausgang des Nachrichtenraums erreicht, als mir jemand an die Schulter faßte. Ich drehte mich um und erblickte Lydia.

»Wo willst du hin?« fragte sie leise.

»Nur mal kurz raus zu meinem Wagen.«

»Und danach?«

Zwecklos, ihr was vormachen zu wollen. »Hör zu, Lydia, ich kann nicht den ganzen Tag hier rumhocken. Ich hab da so einen Gedanken, dem ich ein bißchen nachgehen will.«

»Wenn Thanatos dich nicht abmurkst, dann John.«

»Das Risiko muß ich eingehen.«

»Dachte mir schon, daß du das sagst. Komm mal kurz mit zu mir.« Als sie sah, daß ich protestieren wollte, drohte sie: »Komm mit oder ich geh sofort zu John und du kommst hier nicht mehr raus.«

In der Lokalredaktion öffnete sie einen Schrank und reichte mir ein Handy.

»Du kennst ja den Sermon, wieviel ein Anruf mit diesen Dingern die Zeitung kostet und so weiter und so fort«, sagte sie, »also erspar ich dir das für heute. Nimm es mit und ruf an, wenn du Hilfe brauchst. Auf die Weise hab ich bei deiner Beerdigung zumindest das Gefühl, daß ich alles mir Mögliche zur Rettung einer alten Freundin unternommen habe.«

»Wie vergnügt sie das wieder sagt. Okay, ich nehme es mit.«

»Verrätst du mir, wohin du fährst?«

»Sleeping Oak Road. Danke fürs Handy – und die herzliche Anteilnahme.«

Las Piernas schmiegt sich in eine Einbuchtung der kalifornischen Küste, und die meisten Strände sind nach Süden gelegen. Wie einige schlaue Bauunternehmer in den letzten fünf Jahren spitzgekriegt hatten, gehört die Aussicht von den Straßen am Südhang, wie etwa Sleeping Oak Road, zu den großartigsten im landeinwärts gelegenen Teil der Stadt. Denn von hier aus überblickt man fast ganz Las Piernas sowie den Ozean dahinter. Der Blick von der Nordseite der Straße war zwar nicht ganz so pittoresk, doch einige der Hausbesitzer hatten diesen Nachteil dadurch wettgemacht, daß sie ihre Häuser einfach ein Stückchen höher bauten als ihre Nachbarn von der gegenüberliegenden Straßenseite.

Für die Verhältnisse von Las Piernas waren viele der Häuser schon antik. Es waren bescheidene Wohnstätten, die man bereits in den zwanziger Jahren dieses Jahrhunderts errichtet hatte. Jedes vierte oder fünfte Haus war abgerissen und durch einen größeren moderneren Bau ersetzt worden. Eine Eiche war übrigens weit und breit nicht zu erblicken.

Ich begann meine Wanderung auf der Südseite, marschierte von Haus zu Haus, klopfte an jede Tür, fragte die Zuhausegebliebenen, ob sie die Frau auf dem Foto schon mal gesehen oder irgendwelche ungewöhnlichen Vorkommnisse in der Straße bemerkt hätten. Danach erkundigte ich mich nach den Neuzugängen in der Nachbarschaft. Falls man mir bis dahin noch nicht die Tür vor der Nase zugeknallt hatte, holte ich die Bewohner auch noch nach den Gewohnheiten ihrer Nachbarn aus. Bei alldem traf ich natürlich auch auf Leute, die irgendeinen Groll gegen ihre bösen Nachbarn hegten, und erfuhr, wer nie den Rasen mähte, wessen Kinder wahre Nervensägen waren, wessen Hund ständig kläffte und welches Paar sich Abend für Abend besoff und dann mitten in der Nacht die Stereoanlage aufdrehte.

Ich hörte mir alles geduldig an, da ich ja wußte, daß man nachbarschaftliche Neugier nie unterschätzen darf. Wer weiß, vielleicht stößt man unter all den scheinbar nutzlosen Informationen plötzlich auf einen Diamanten, eine winzige Beobachtung, die sich als ungeheuer wertvoll erweist. Doch ich fand niemanden, der Rosie Thayer gesehen oder einen Nachbarn beobachtet hatte, der in der Nacht ihres Verschwindens spät nach Hause gekommen war, oder der sonst etwas gehört oder gesehen hatte, das mir irgendwie weiterhalf.

Als ich mich dem Hügelkamm näherte, bemerkte ich, daß es hier oben noch zahlreiche leere Grundstücke gab. Große Plakatwände kündigten an, daß man hier, wo die Aussicht am schönsten war, bald neue Häuser errichten würde. Vor jedem Grundstück blieb ich stehen und hielt Ausschau nach niedergetrampeltem Gras oder frisch aufgeworfener Erde. Obwohl ich Rosie Thayer finden wollte und nur noch mit ihrer Leiche rechnete, freute ich mich dennoch, nichts zu entdecken, das nach einem rasch ausgehobenen Grab aussah.

Die Häuser der Südseite hatte ich nun fast alle abgehakt, so daß mir für den Rückweg noch die Nordseite blieb. Inzwischen verließ mich ein wenig der Mut, und ich war mir fast sicher, daß mein Verdacht hinsichtlich der Straßennamen die pure Zeitverschwendung war. Wahrscheinlich hatte die Polizei Rosie Thayer längst gefunden, unter einer Eiche im Stadtpark oder auf einem Straßendamm in der Nähe eines großen Baums. Ich wollte schon mein Handy rausholen und anrufen, um mich bei Lydia zu erkundigen, dachte aber dann an die Kosten und beschloß, noch zu warten.

Beim Gedanken an den Rückmarsch zu meinem Wagen wünschte ich mir, ich könnte einfach pfeifen, so daß er mir den Hügel herauf entgegengefahren käme. Kaum hatte ich mir das ausgemalt, hörte ich schon einen scharfen Pfiff hinter mir, drehte mich um und erblickte eine dicke Dame, die ihren grauen Schopf auf rosa Schaumstoffwickler gedreht hatte. Sie rief einen weißen Zwergpudel, der über die leeren Baugrundstücke hopste.

»Brutus!« kreischte die Frau. »Brutus, beweg deinen weißen Flauschpopo sofort hierher!«

Brutus hielt inne, sah sie an und bemerkte dann mich. Das führte zu einer kleinen Abänderung des Hundeprogramms. Kläffend und zielstrebig ging er zur Attacke über. Und die Absicht war ganz offensichtlich, mir in *meinen* weißen Flauschpopo zu beißen. Seine Pläne wurden jedoch vereitelt, als seine Herrin mit verblüffendem Tempo heranschoß und sich ihn schnappte. Sie lächelte und sagte: »Ich hoffe, er hat Sie nicht erschreckt. Er ist nicht so bösartig, wie er aussieht.«

Der Hund kläffte weiter, und ich stellte fest, daß er derjenige war, den man mir als den aussichtsreichsten Kandidaten für den nervigsten Köter der Nachbarschaft beschrieben hatte.

»Nein«, sagte ich. »Alles in Ordnung.« Ich stellte mich ihr vor und zeigte ihr das Foto. Sie starrte es etwa eine halbe Stunde lang an – zumindest kam es mir so lange vor –, während der Hund unentwegt weiterbellte. Dann gab sie es mir mit einem Kopfschütteln zurück. »Tut mir leid, ich dachte, ich kenne sie. Aber dann ist mir wieder eingefallen, daß das Foto ja heute morgen in der Zeitung war.«

»Dürfte ich Ihnen vielleicht ein paar Fragen über die Gegend hier stellen?«

»Aber natürlich. Ich heiße übrigens Molly Kittridge. Ich unterhalte mich gerne mit Ihnen«, meinte sie, »aber lassen Sie uns doch reingehen, damit Brutus endlich Ruhe gibt. Er ist schlimmer als ein Sack Flöhe.«

Ich folgte ihr in ihr Haus, das zu den bescheideneren gehörte. Mit einem Kopfnicken wies sie auf einen Stuhl am Küchentisch. Ich akzeptierte ihn dankbar und war froh, mich mal eine Weile hinsetzen zu können. Soweit ich das sah, war das Haus sauber und aufgeräumt. Die Küche war vom Duft backenden Brots erfüllt, und es war mollig warm. Sie plazierte Brutus hinter eines jener Gitter, die man in Haushalten mit kleinen Kindern findet. Er hörte sofort auf zu kläffen, aber als ich ihn ansah, bedachte er mich mit einem wütenden Knurren.

Molly kam wieder in die Küche zurück und griff sich plötzlich an den Kopf. »Ach du lieber Himmel, ich muß ja furchtbar aussehen«, sagte sie, faßte nach ihren Wicklern und zog sie heraus.

»Machen Sie sich deswegen keine Gedanken. Sie hatten ja schließlich nicht mit meinem Besuch gerechnet.«

»Tja, das ist allerdings wahr«, meinte sie und stellte es gleich unter Beweis, indem sie fast eine Stunde lang nonstop auf mich einredete. Während dieser Zeit erfuhr ich die Namen aller Nachbarn aus den nächsten zehn Häusern straßauf und straßab, die Namen ihrer Kinder und deren ungefähres Alter, wo sie arbeiteten und auch einen Gutteil ihrer Gewohnheiten, Interessen oder Probleme. Sie verriet mir, wer weggefahren war, um zu Weihnachten Verwandte zu besuchen, und in welchen Verhältnissen die Verwandten lebten und lieferte noch eine Art Wetterbericht dazu, entweder: »Weiße Weihnachten« oder »Da gibt's keine weißen Weihnachten«, je nachdem, wo die Familie hinfuhr. Nur zweimal unterbrach sie sich, einmal, um das Brot aus dem Ofen zu holen, und das zweite Mal, als das Telefon läutete. Wir brauchten beide eine Weile, bis wir merkten, daß das Klingeln von meinem Handy stammte. Molly Kittridges warmes Brot mampfend nahm ich ab.

Es war Lydia, die mich in Lebensgefahr wähnte. Ich schluckte den Bissen hinunter, beruhigte sie, erfuhr, daß bisher noch niemand Rosie Thayer gefunden hatte, und widmete mich wieder Molly Kittridge.

»Wie kommt es eigentlich, daß Sie all Ihre Nachbarn so gut kennen?« fragte ich.

Sie lächelte. »Tja, dafür gibt es zwei Gründe. Erstens wohne ich seit einer Ewigkeit hier. Mein Opa mütterlicherseits hat sich das Haus sozusagen als Alterssitz gebaut – tja, so würde man das wohl nennen. Südkalifornien war damals noch ein Paradies. Meine Leute haben ihm seinen Ruhestand dann gründlich vermasselt, indem sie mit Sack und Pack und Kind und Kegel aus Oklahoma anrückten, damals, in den schlimmen Jahren, während der Dürre. Viele aus dem Mittleren Westen sind nach Las Piernas gekommen. Deswegen findet man hier auch mehr Kellergeschosse als sonst in Südkalifornien. Sie sind großartig bei Tornados, aber hundsgemein bei Erdbeben.«

»Ihre Familie zog also als erste hierher?«

»Die einzigen, die schon vor uns da waren, waren die Nelsons, am oberen Ende der Straße. Sie sind inzwischen gestorben, und ihre Kinder haben das Haus an ein junges Paar verkauft, das von Norddakota hierher versetzt wurde.«

»Das ist doch das leerstehende Haus drei Türen weiter?« fragte ich. Sie hatte ein Ehepaar erwähnt, das nur
knapp ein Jahr hier gewohnt hatte und »viel zuviel für
diese alte Hütte« verlangt hatte, aber zu stur war, mit dem
Preis runterzugehen. Dann hatten sie ausziehen müssen.
Nach mehreren Monaten, in denen sich kein ernsthafter
Interessent für das Haus gefunden hatte, hatten sie ihrem
alten Makler abgeschrieben und suchten sich nun einen
neuen. Was ich über sie wußte, reichte aus, um mit ihnen
korrespondieren und mich erkundigen zu können, wie es
ihnen inzwischen ging. (Sie waren kinderlos, er Vertreter
einer Schuhfirma, sie Ingenieurin und beide versessen aufs
Barsche-Angeln.)

Sie lachte in sich hinein. »Drei Türen vielleicht nicht gerade. Auf der Hälfte der Grundstücke hier oben am
Kamm gibt's weder Türen, Fenster noch sonst was. Das
alte Nelson-Haus ist die Nummer 1647. Zwischen ihm
und mir liegen jetzt zwei leere Grundstücke.«

»Sie sagten, es gibt zwei Gründe, warum Sie Ihre Nachbarn so gut kennen. Welcher ist denn der zweite?«

»Brutus.«

Er begann wieder zu kläffen.

»Ruhe, Brutus!« befahl sie ihm. Er bellte noch einmal
und beruhigte sich wieder. »Er ist ein wilder kleiner Kerl.
Wilder als ein Fuchs, der bei den Wölfen aufgewachsen ist.
Ständig muß ich hinter ihm herjagen. Und jetzt ist er
plötzlich so verrückt nach dem alten Nelson-Haus. Ich
glaube, er weiß einfach, daß ich meine alten Knochen
nicht gerne den Hügel raufschleppe. Und bei all dem Gras
auf diesen Grundstücken krieg ich dauernd Heuschnup-
fen. Aber Gott sei Dank kommt er meistens zurück, wenn
ich pfeife.«

»Er scheint hier in der Gegend ja recht bekannt zu
sein.«

Sie lachte gackernd. »Ich wette, die sind alle über ihn hergezogen. Er ist ein Kläffer, ich geb es zu. Er hat eben einen ausgeprägten Beschützerinstinkt. Nachts ist er normalerweise ruhig und brav, aber seit etwa einer Woche ist er wirklich lästig geworden.«

»Jetzt, in der letzten Woche?« fragte ich und fröstelte plötzlich in der warmen Küche.

»O ja, seit 'ner Woche geht das wohl so. Irgendwas stimmt nicht mit ihm. Mitten in der Nacht, zwei, drei Uhr morgens, fängt er plötzlich an zu bellen. Hat mich fast in den Wahnsinn getrieben damit.«

Meine Nackenhaare sträubten sich. »Erinnern Sie sich noch, wann das angefangen hat?«

Sie überlegte einen Augenblick. »Mittwoch vielleicht?«

Mittwoch nacht. Die Nacht, in der Rosie Thayer verschwunden war.

»Und wissen Sie, was ihn da so irritiert hat?«

»Der Hügel, wenn Sie mich fragen. Ich steh auf, mach Licht, frag ihn, was los ist, laß ihn in den Hof hinaus, zeig ihm, daß keine Menschenseele da draußen ist. Da hört er dann wieder auf, folgt mir ins Haus, hüpft aufs Bett und sieht mich an, als wäre ich völlig meschugge, um diese Nachtzeit aufzustehen. Und wahrscheinlich hat er da recht.«

Sie war enttäuscht, als ich ihr sagte, ich müsse nun gehen. Ich gab ihr eine meiner Visitenkarten und dankte ihr für ihre Hilfe. Ich wandte mich zum Gehen und merkte, daß ich die Nerven verlor.

»Molly, ich hätte eine etwas ungewöhnliche Bitte an Sie.«

Sie blickte von meiner Karte auf. »Ja, Liebes, was denn für eine?«

»Ich müßte mich da drüben beim Nelson-Haus ein bißchen umschauen. Würden Sie mich vielleicht ein paar

Minuten lang von Ihrem Fenster aus beobachten? Ich meine, nur für den Fall, daß sich da noch jemand rumtreibt...«

Sie bekam große Augen. »Herrgott im Himmel, jetzt begreife ich erst! Sie glauben, sie könnte da drin sein. Und Sie sind diejenige, der er die Briefe geschrieben hat...«

»Ja. Wahrscheinlich ist das Haus leer, und vermutlich ist er meilenweit weg, aber für den Fall, daß –«

»Ich nehme Brutus an die Leine und komme mit Ihnen.«

Sie weigerte sich, auf meine Einwände zu hören.

Ich hatte erwartet, daß Brutus sich auf meine Fersen stürzen würde, doch die Leine schien bei ihm eine Art Persönlichkeitsveränderung zu bewirken. Als wir uns dem Haus auf der Hügelkuppe näherten, zerrte er wie ein Husky an seinem Geschirr. Molly nieste ein-, zwei-, dreimal. »Hab ich's Ihnen nicht gesagt?« schniefte sie und suchte nach einem Taschentuch.

Aus der Ferne war 1647 Sleeping Oak nichts weiter als ein bescheidenes weißes Holzrahmenhaus. Gras wuchs um die Pfeiler eines »Zu verkaufen«-Schilds im großen Vorgarten. Der Rasen mußte mal gemäht werden, und die Fensterscheiben waren trübe, aber ansonsten sah es aus, als habe sich vor nicht allzulanger Zeit noch jemand darum gekümmert.

Molly nieste fortwährend, ihre Augen waren schon ganz rot und tränten. Als ich ihr vorschlug, daß sie doch in ihrem Haus auf mich warten solle, meinte sie verstopft und schniefend: »Auf gar keinen Fall.« Ich stieg die Stufen hinauf und klopfte, ohne mit einer Reaktion zu rechnen, an die Eingangstür. Brutus drehte plötzlich völlig durch, und ich fragte mich, ob da drinnen vielleicht jemand auf mich wartete. Er bellte und keuchte und zerrte dabei unablässig an seinem Straßhalsband. Ich trat an eines der größeren Fenster an der Vorderseite des Hauses und warf einen Blick ins Innere. In einem kahlen Zimmer lag ein verschossener beiger Teppich. Dunkle Stellen an den Wänden und Löcher von Nägeln verrieten, wo einmal die Bilder gehangen hatten. Die Wundmale eines verlassenen Hauses.

»Ich glaube nicht, daß jemand da drinnen ist«, sagte ich laut genug, um das Bellen zu übertönen, und hoffte inständig, daß ich damit recht behielt. »Aber könnten Sie Brutus vielleicht mal von der Leine lassen? Vielleicht kann er uns zeigen, was ihn so verrückt macht.«

»Ich werd ihn schon wieder erwischen«, sagte sie und ließ, während er vor Ungeduld zappelte, den Verschluß aufschnappen. Er raste um die Hausecke, hielt vor einem hölzernen Tor, sah noch einmal zu uns zurück, kläffte und war mit einemmal verschwunden. Wir hörten sein Gebell im Hinterhof.

»Brutus!« schrie Molly, doch er bellte nur noch lauter.

Als wir näher kamen, sahen wir, daß Brutus sich durch eine Vertiefung unter dem Tor gezwängt hatte; offensichtlich ein Projekt, an dem er schon während seiner früheren Besuche gearbeitet hatte. Das Tor besaß einen Riegel, an dem ein Zugriemen befestigt war. Ich zupfte am Riemen und trat, als das Tor aufschwang, vorsichtig beiseite. Ich spähte in den Hof. Niemand zu sehen außer Brutus.

Dennoch gab es Anzeichen dafür, daß vor mir bereits jemand dagewesen war – der viel größer als Brutus gewesen sein mußte. Das Gras stand hier viel höher, es reichte mir fast bis zu den Knien. Molly und ich folgten dem Trampelpfad in Richtung des Geräuschs, das von Brutus' wütend kratzenden Zehennägeln herrührte. Er schien entschlossen, sich durch das, was einmal der Eingang zum Keller gewesen war, hindurchzukratzen und zu -beißen.

Die verwitterten Türen waren offenbar schon vor langer Zeit zugenagelt worden. Rostige Metallbänder, die über die ganze Breite daran festgeschraubt waren, sicherten sie zusätzlich.

»Brutus, geh weg da!« sagte Molly, hob ihn auf und wurde vom nächsten Niesanfall geschüttelt. Einen Moment lang zappelte er in ihren Armen und verlegte sich dann aufs Winseln.

»Gibt es denn sonst noch einen Eingang zum Keller?«

»Oh, selbstverständlich«, sagte Molly hastig. »Die Nelsons haben die Tür hier schon lange vernagelt. Die meisten von uns haben das gemacht – aus Sicherheitsgründen, nehm ich an.« Sie hielt inne, um sich die Nase zu schneuzen. »Wir alle haben Treppen und Kellereingänge in unsere Häuser eingebaut. Manche hatten Kellertüren, die von der Küche aus zugänglich waren, andere dagegen eine Falltür im Fußboden. So eine hatten zum Beispiel die Nelsons. Eine Wäscherutsche hatten sie auch. Fand ich ein bißchen übertrieben.« Sie nieste. »Die Kinder werfen die Kleider die Rutsche runter, und sie fallen irgendwohin. Ich habe meine Kinder ihre Sachen immer die Treppe runtertragen lassen. Hat ihnen auch nicht geschadet.«

Ich hörte ihr nur mehr mit halbem Ohr zu. Ich starrte auf einen Spalt in der Nähe der Türkante. Ameisen strömten hinein und heraus. Eine ganze Ameisenarmee. Und in der Luft lag ein schwacher aber unverkennbarer Geruch, der mir jegliche Hoffnung raubte.

»Vielleicht sollten Sie Brutus jetzt nach Hause bringen, Molly.«

Überrascht blickte sie mich an und sah dann hinunter auf die Tür. »O Gott, Ogottogottogott. Sie ist da drinnen. Rufen Sie sie. Vielleicht kann sie Ihnen antworten.«

Ich versuchte es, rief ihren Namen, stockte aber dann.

»Molly, gehen Sie bitte nach Hause. Ich komme gleich nach. Da... da ist so ein Geruch.«

»Ich rieche nichts.«

Ich sah sie an, schwieg jedoch lieber.

»Ich bin zwar verschnupft, aber eine Leiche würde ich doch riechen! Außerdem, wenn da was riecht, das muß ja nicht sie sein! Kann auch eine Katze, ein Opossum oder sonst was sein.«

Sie hatte natürlich recht. Ich konnte nicht in den Keller hineinsehen.

Schweigend und ängstlich wartete sie, aber ihre Augen flehten mich an, doch irgend etwas zu unternehmen. Brutus kläffte und fixierte mich dann mit demselben Blick.

Ich betrachtete die Spur, die unser unbekannter Vorgänger hinterlassen hatte, und seufzte resigniert. »Treten Sie wenn möglich nicht auf das niedergetrampelte Gras«, sagte ich, da ich wußte, daß sie mir folgen würde. Ich ging neben dem Pfad entlang, der um die Ecke des Hauses zu einer kleinen Betontreppe führte. Am Ende der Stufen befand sich die Hintertür. Sie stand zwar nicht sperrangelweit offen, war aber anscheinend nicht kräftig genug zugeworfen worden, um einzurasten.

Manchmal ist das, was man am liebsten als allerletztes tun würde, das, was man als nächstes tun muß. Meine Neugier verlangte von mir, ins Haus hineinzugehen und mich mit eigenen Augen zu vergewissern, was sich da drinnen befand. Meine Angst – oder vielleicht war es auch mein gesunder Menschenverstand – riet mir, das besser jemand anderem zu überlassen.

»Vielleicht lebt sie ja noch«, sagte Molly.

Die Neugier hatte ganz offenbar eine unverwüstliche Optimistin an ihrer Seite. Hat sie übrigens immer.

Ich stieg die Stufen hinauf und stieß mit der Schuhspitze an die Tür. Knarrend schwang sie auf, und ich starrte in eine leere Küche, auf gelbes Linoleum, das dort, wo einmal Herd und Kühlschrank gestanden hatten, brüchig und voller Flecken war. Die Ablageflächen der Schränke waren verwaist, der Ausguß leer. Ich wartete. Schweigen.

Brutus' scharfes Gebell, das plötzlich hinter mir ertönte, erschreckte mich fast zu Tode. Gerade als ich beschlossen hatte, auf die Pessimistin in mir zu hören, wand sich der Hund aus Mollys Armen, huschte durch die Tür ins Haus und war verschwunden.

»Brutus!« jammerte Molly.

»Bleiben Sie hier«, befahl ich ihr und stellte mich ihr in den Weg. »Wenn ich in fünf Minuten nicht wieder zurück bin, oder wenn Sie das Gefühl haben, daß mir was passiert sein könnte, dann machen Sie, daß Sie hier rauskommen. Dann gehen Sie nach Hause und rufen die Polizei an. Kommen Sie nicht rein, um nach mir oder dem Hund zu suchen.«

Darauf sagte sie nichts, spähte nur ins Haus herein. Jetzt war es wieder still.

»Versprechen Sie es mir«, insistierte ich.

»Ist versprochen.«

Die Küche besaß außer dem Hintereingang noch zwei weitere Türen. Die eine führte in die Eßecke des Wohnzimmers, das ich vom vorderen Fenster aus gesehen hatte. Ein rascher Blick darauf, und ich wußte, daß sich in diesem Raum weder Mensch noch Tier aufhielten. Die Tür auf der anderen Seite der Küche lag im Dunkeln.

Mit jedem Schritt, den ich über diesen Küchenfußboden machte, fühlte ich deutlicher, daß ich in diesem Haus nicht alleine war, daß ich in eine Falle gegangen war. REPORTERIN BEIM VERSUCH, PUDEL ZU RETTEN, GETÖTET. Was für eine Schlagzeile das abgeben würde. Zweifellos würde der Untertitel lauten: »Pudel unverletzt aufgefunden.« Ich horchte, hörte die Sohlen meiner Schuhe übers

Linoleum quietschen. Das Rascheln meiner Kleider klang wie durch Lautsprecher verstärkt, um meine Anwesenheit auszuposaunen. Dann bemerkte ich die Ameisen, die an einer Ecke des Küchenbodens entlangkrabbelten. Auf den dunklen Ausgang zu. Ich schluckte und näherte mich auf Zehenspitzen.

Der Geruch war hier stärker.

Vorsichtig spähte ich um die Ecke. Ein langer Gang, soweit ich das beurteilen konnte. Ich hielt mich ganz still, hörte ein Geräusch zu meiner Linken. Wartete. Nichts.

Ich warf einen Blick zurück, sah Molly, die mich von der Hintertür aus beobachtete, und versuchte erneut, meinen Mut zusammenzunehmen.

Durch die Küchenfenster drang gerade genügend Licht ein, damit ich feststellen konnte, daß der Gang in zwei Richtungen verlief. Zögernd blieb ich in der Küche stehen, immer auf dem Sprung, während ich an der Korridorwand nach einem Lichtschalter tastete. Ich fand einen. Aber abgesehen davon, daß er ein lautes, knackendes Geräusch von sich gab, geschah nichts. Der Strom war abgestellt.

Ich griff in meine Tasche und tastete nach der Taschenlampe an meinem Schlüsselbund. Ich spürte das tröstende Gewicht des Handys. Falls ich nicht mehr in der Lage war, um Hilfe zu rufen, konnte ich es immer noch einem möglichen Angreifer über den Schädel ziehen. Ich schaltete die kleine Taschenlampe an, hielt sie nach links, von wo das Geräusch gekommen war, und sogar ihr kleiner Lichtkegel zeigte mir genug, um weiche Knie zu kriegen.

Im Boden klaffte eine Öffnung. Wäre ich ohne Licht in den Gang hinausgetreten, wäre ich vielleicht durch die Falltür geplumpst und die Kellertreppe hinabgestürzt.

»Bruuu…tus«, lockte ich.

Ich hätte schwören können, daß ich das kleine Kerlchen

irgendwo japsen hörte, allerdings ziemlich in der Ferne. Unten im Keller.

Ich leuchtete in den Gang. Ließ den Lichtstrahl über geschlossene Zimmertüren gleiten, drei insgesamt. Ich überlegte mir schon, die Türen zu öffnen, damit mehr Licht in den Gang fiel. Nur war ich nicht sicher, ob ich tatsächlich wissen wollte, was sich hinter ihnen verbarg.

Ich schlich mich an eine heran, stieß sie auf und rannte mit erhobener Tasche in die Küche zurück.

»Irene?« hörte ich Molly rufen.

»Alles okay«, antwortete ich. *Lügner, lügst du noch so toll, hast du doch die Hosen voll.*

Ich holte tief Luft und schaute wieder in den Korridor. Es war ein wenig heller geworden. Und kein schwarzer Mann weit und breit. Noch nicht. Zwei weitere Vorstöße zu den Türen mit anschließender Flucht erbrachten das gleiche Ergebnis. Das Haus besaß zwei Schlafzimmer und ein Bad. Ich zitterte am ganzen Leib.

Brutus bellte. Er war unten im Keller.

»Das ist er!« rief Molly. »Sehen Sie ihn?«

»Noch nicht«, sagte ich. Der Hund machte einem wirklich keine Freude.

Ich dachte schon daran, aufzugeben und sofort und auf der Stelle Frank anzurufen. Sollte *er* doch diesen verdammten Keller auskundschaften.

Aber was, wenn ich Frank von seinen Mordermittlungen wegholte, nur um dann festzustellen, daß sich da unten nichts weiter befand als ein Zwergpudel und eine, ach, womöglich eine stinkende alte Taschenratte? Die Frau, die blinden Alarm schlug. Wegen eines Pudels.

Ich trat an den Rand der Falltüröffnung heran. Im Strahl meiner Taschenlampe sah ich nichts als hölzerne Treppenstufen. Ich trat auf die erste, stieg noch eine hinunter und dann noch eine, bis sich mein Kopf gerade noch

155

oberhalb der Öffnung im Korridorboden befand. Ich bückte mich ein wenig und richtete den Scheinwerfer nach vorn. Spinnweben. Ich hörte Brutus. Ich senkte den Strahl ein kleines Stück und blickte auf eine Betonwand. Plötzlich registrierte ich eine Bewegung und schrie leise auf. Aber es war nur Brutus, der offenbar unbekümmert um meine Gegenwart an der Wand entlang schnüffelte. Ein paar Sekunden lang ließ die Spannung, die mir Magenkrämpfe machte, ein wenig nach. Brutus würde sich wohl kaum so ungezwungen aufführen, wenn sich sonst noch jemand im Keller befände. Oder?

Ich führte den Lichtkegel ein wenig nach links und erkannte einen Spieltisch und darauf etwas, das nach einem Stilleben aussah: eine Schale Obst und einen Krug Wasser. Tantalus.

Mein Mund wurde trocken.

Ich wußte, was sich hinter mir befinden mußte. Das Geländer umklammernd zwang ich mich, zwei weitere Stufen hinabzusteigen.

Ich hörte ein Geräusch über mir und zuckte zusammen. »Molly«, rief ich.

Ich wartete. Nichts.

Brutus kam nun näher heran, seine Nägel kratzten über den Zementboden.

Langsam drehte ich mich um.

Das breite Klebeband sah ich als erstes. Es bedeckte ihren Mund. Sie war an ein langes Rohr an der rückwärtigen Hauswand gefesselt. Sogar bei dieser schwachen Beleuchtung erkannte ich, daß sie tot war.

Da schlug die Falltür über mir zu.

12

Ich schrie mir noch immer die Lunge aus dem Leib, als sie, kaum mehr als ein paar Sekunden später, wieder aufging. Molly beugte sich mit rotem Gesicht über die Öffnung und meinte zerknirscht: »Entschuldigen Sie, tut mir leid.« Brutus schoß, wohl von uns beiden enttäuscht, an mir vorbei und aus dem Keller heraus. Ich ermannte mich notdürftig und tat es ihm nach.

»Ich dachte, ich hätte Sie rufen hören«, sagte sie, genauso fassungslos wie ich. »Es ist so verflixt dunkel in diesem Korridor, da hab ich versehentlich die Tür zugestoßen. Es tut mir so leid, Liebes, ich muß Sie ja zu Tode erschreckt haben. Alles in Ordnung?«

»Ja, es geht mir gut«, sagte ich. »Machen wir, daß wir rauskommen.«

Sobald wir das Haus verlassen hatten, sagte sie: »War also doch niemand unten.«

Die Optimistin.

»Ich wünschte, Sie hätten recht.«

Einen Moment lang starrte sie mich an, und alle Farbe wich ihr aus dem Gesicht. »Ist sie tot?«

Ich nickte, legte ihr dann den Arm um die molligen Schultern, trat mit ihr in den Vorgarten hinaus und ließ das Tor hinter uns offenstehen. Ich blieb stehen, während sie weiterging, den Blick auf ihren eigenen Vorgarten gerichtet, in dem Brutus auf sie wartete.

Ich nahm das Handy, um Franks Piepser anzurufen und hinterließ eine Nachricht auf seiner Voice Mail, in der ich ihn bat, zu der Adresse in der Sleeping Oak Road zu kommen. Als nächstes telefonierte ich mit der Lokalredaktion. Sollte John sich ruhig über die Reihenfolge der Anrufe ereifern. Nach dem vierten Läuten hob Lydia ab. Ich stand im knöcheltiefen Gras und beobachtete Molly, die zu ihrem Haus zurückging und plötzlich doppelt so alt wirkte wie noch vor ein paar Augenblicken. Ich bat Lydia, die Polizei anzurufen, ihnen jedoch auch zu sagen, daß ich schon mit Franks Funkrufempfänger Kontakt aufgenommen hätte. Ich würde vor dem Haus auf sie warten. »Ist das Kelly?« hörte ich John im Hintergrund brüllen, sagte noch rasch zu Lydia, ich wolle die Rechnung nicht zu sehr in die Höhe treiben, und legte dann auf.

Fast sofort danach summte mein Handy. Ich rechnete mit John, doch es war Frank.

»Ich bin unterwegs. Bin nicht allzuweit weg von dort.«

»Beeil dich«, bat ich ihn, während ich durchs Tor schaute und plötzlich bemerkte, daß da hinten, in der Gartenecke, lange belaubte Triebe aus etwas herauswuchsen. Aus dem Stumpf einer Eiche.

»Glaubst du, daß sie noch am Leben ist?« fragte er.

Zu meinen Füßen ein weiteres Ameisenheer.

»Nein. Aber beeil dich.«

Als mein Beitrag zur Geschichte der Rosie Thayer endlich fertig war, hatte ich ganz schön mit meinen düsteren Anwandlungen zu kämpfen. Die Geschichte selber war deprimierend genug. Aber das war noch nicht alles, was mich belastete. Die ganze Atmosphäre bei der Zeitung war angespannt. Ich erfuhr, daß Lt. Carlson sich mit Wrigley und anderen über ein neues Thema gestritten hatte: nämlich, ob es der Polizei erlaubt sein sollte, mein Telefon zu überwachen. Vorerst mußte Carlson sich mit der Weigerung der Zeitung abfinden.

Ich war unruhig und beschloß, ein wenig frische Luft zu schöpfen. Sollten andere doch für eine Weile die Chronik der Grausamkeit fortschreiben. Ich schlüpfte in meinen Mantel und ging nach draußen.

Die Straßen waren weihnachtlich geschmückt, wie schon seit Thanksgiving. Ziellos schlenderte ich dahin und lauschte den Geräuschen der Innenstadt – dem Dröhnen des vorbeirauschenden Verkehrs, Gesprächsfetzen aus den Unterhaltungen der Passanten, Huptönen, die von den hohen Gebäuden widerhallten, dem scharfen Stakkato eines Preßlufthammers, der in einem entkernten alten Gebäude zugange war. Ich hörte den Straßenmusikanten, der auf seiner Flöte »Fever« spielte. Jeden Tag spielte der Bursche den gleichen Song, so daß »Fever« inzwischen so etwas wie die Hymne dieses Broadwayabschnitts geworden war. Er wurde immer besser. An manchen Tagen fiel mir sein Spiel richtig auf und ich hörte jede einzelne Note; an anderen Tagen wieder beachtete ich es nicht mehr als jedes anderes Straßengeräusch. An diesem Nachmittag versuchte ich mich jedesmal, wenn ich an Rosie Thayer dachte, auf die Flöte zu konzentrieren. Eine Weile funktionierte es auch. Ich schlug meinen Mantelkragen hoch, um mich vor dem eisigen Wind zu schützen, und marschierte weiter und weiter.

Ich folgte dem Las Piernas Boulevard zwei Block nach Osten, ging dann noch mal zwei nach Süden, am alten Postamt und den Bankgebäuden vorbei, und stand auf einmal vor Austin Woods & Grandson Books, einem Antiquariat in der Nähe unseres Verlagsgebäudes. Ich weiß schon, was mir guttut, vor allem, wenn es so direkt vor meiner Nase liegt, also drückte ich die Ladenklinke und trat ein.

Das Geschäft befindet sich in einem riesigen Backsteingebäude, dem es seit hundert Jahren irgendwie gelingt, allen Erdbeben und Sanierungsplänen zu widerstehen. Früher einmal soll es einen Markt beherbergt haben, anschließend einen Autohändler und zuletzt ein Maschinenlager. Ich kenne es nur in seiner jetzigen Funktion.

Drinnen blieb ich erst mal einen Moment lang stehen und ließ die Wärme und die fast feierliche Stille auf mich wirken. Durch die Oberlichter in der hohen Gewölbedecke fiel gedämpftes Sonnenlicht in die höhlenartigen Räume. Um mich herum stapelten sich zusammengenagelte Holzkisten zu riesigen Regalwänden. Drei Meter und höher ragten sie auf und waren Reihe für Reihe mit hohen, modrigen Bänden gefüllt. Jeder Einband und jeder Buchrücken schien sich danach zu sehnen, von jemandem in die Hand genommen zu werden, so wie ein Witwer sich nach der Umarmung seiner verstorbenen Frau sehnt.

Ich atmete tief ein, inhalierte das unverwechselbare Aroma alter Bücher, vergilbter Blätter und gealterten Knochenleims. Die Erinnerungen an dunkle Keller und blutverspritzte Büros verblaßten. Ich spazierte die Reihen entlang, las die Titel und mußte immer mehr lächeln. Man findet praktisch jedes Buch in diesem Laden, vorausgesetzt, man sucht es nicht.

Das Ordnungssystem stammte von Austin Woods höchstpersönlich und entsprach seiner einzigartigen Auffassung des literarischen Universums. Bücher durften seiner Ansicht nach nicht so blödsinnigen Kriterien wie einer alphabetischen Ordnung, literarischen Genres oder Sachgebieten unterworfen werden. Sogar die Trennung zwischen Literatur und Sachbüchern war überflüssig, da letztere weniger mit der Wahrheit zu tun haben mochten als erstere. Dieser schrullige Ansatz sagte seinem einzigen Sohn allerdings gar nicht zu. Louis Woods hatte sich geweigert, den Laden zu übernehmen und statt dessen eines von Las Piernas' ältesten Wirtschaftprüfungsunternehmen gegründet.

Doch durch eine jener schicksalhaften Wendungen, die Eltern früh ergrauen und kahl werden lassen, rebellierte dann wiederum Louis' Sohn Bill gegen die Pedanterie des

Bilanzprüfens. Bill verbrachte den größten Teil seiner Kindheit im Laden des Großvaters. Austin belohnte diese Treue, indem er ihn zum Miteigentümer machte und das »& Grandson« zum Firmennamen hinzufügte.

O'Connor hatte mich hier eingeführt und mir beigebracht, daß man sich am besten nur einfach entspannt, sich umsieht, ein wenig herumschmökert und sich der Faszination der Bücher überläßt. Falls man wirklich einmal einen speziellen Titel brauchte, mußte man nur einen der Woods fragen, die dann wunderbarerweise schnurstracks darauf zusteuerten. O'Connor hatte manchmal nur deswegen nach einem bestimmten Titel gefragt, um Austin und Bill bei dieser Aktion zu beobachten. Der Unterhaltungswert, so dachte er wohl, lohnte den Preis eines Buches jederzeit.

Austin sieht aus wie eine Dörrzwetschge und hat ein Gesicht, das man zwischen all den Falten kaum erkennen kann. Mit inzwischen sechsundneunzig Jahren verbringt er den Großteil seiner Zeit schnarchend hinterm Schreibtisch in seinem vollgestopften Büro. Die Brille ist ihm dabei Richtung Scheitel gerutscht und ruht auf dem flaumigen weißen Resthaar, wobei irgendeine aufgeschlagene Lieblingsschwarte ihm als Kopfkissen dient. Inzwischen führt Bill mit seiner Frau Linda und Tochter Katy das Geschäft, das sich über die Jahre einen treuen Kundenstamm erworben hat.

Ich sah mich eine Weile um und schlenderte dann hinüber zur Ladentheke, wo die vierte Generation zugange war. Katy blickte von einer schön gebundenen Ausgabe des *Master of Ballantrae* auf. Sie ist etwa neunzehn Jahre alt, sehr hübsch und sehr schüchtern. »Hallo, Irene«, begrüßte sie mich. »Ich dachte, Sie bekomme ich erst am Vierundzwanzigsten zu sehen. Machen Sie jetzt schon Weihnachtseinkäufe?«

Ich lachte. »Sollte ich wohl, Katy. Aber eben haben Sie mich auf eine Idee gebracht. Ich würde gern eines von Stevensons anderen Werken kaufen, als Geschenk für meinen früheren Schwager.«

»*Dr. Jekyll und Mr. Hyde?*«

»Wie Sie das wieder erraten haben.«

Sie rief nach ihrer Mutter, die die Kasse übernahm, während Katy mich unfehlbar und schnurstracks zu dem Buch hinführte, das neben einem High-School-Physikbuch aus dem Jahre 1948 stand. All die anderen Bücher auf dem Regal waren offensichtlich Science-fiction oder gehörten verwandten Genres an.

»Ich geb's wirklich auf«, sagte ich. »Was hat das Physikbuch hier verloren?«

»Es enthält ein paar Seiten, auf denen ziemlich dumme Vorstellungen über das Wesen von Strahlen vertreten werden. Austin meint, auf dieses Regal gehören die Bücher über das, was passiert, wenn Wissenschaftler die Folgen ihrer Entdeckungen nicht überblicken.«

Mit Katys Hilfe fand ich auch eine alte Ausgabe von Jane Austens *Emma* und beschloß, sie für Barbara mitzunehmen. Obwohl ich mir ziemlich sicher war, daß sie den darin verborgenen Hinweis, seine Nase nicht in Dinge zu stecken, die einen nichts angehen, nie kapieren würde.

Außerdem stöberte Katy noch ein paar Mythologiewerke für mich auf. Einer der Einbände trug eine Abbildung von Hermes beziehungsweise Merkur. Das erinnerte mich an etwas; ich griff in meine Manteltasche und zog die Telefonnotiz heraus, die ich aus E. J. Blaylocks Büro mitgenommen hatte. Hobson Devoe.

»Könnte ich vielleicht kurz ein Ortsgespräch bei Ihnen führen, Katy?«

Sie nickte, und ich folgte ihr zur Ladentheke. Das Gehäuse des Telefons war aus schwarzglänzendem Metall und besaß sogar noch eine Wählscheibe. »Ich wette, das klingelt auch noch richtig«, sagte ich.

Sie lächelte. »Ja. Viel schöner als dieses elektronische Gezirpe.«

Ich wählte die Nummer auf der Telefonnotiz. Und bekam eine Ansage zu hören. Eine samtige Frauenstimme hauchte: »Danke für Ihren Anruf beim Mercury Aerospace Museum. Das Museum ist wegen der Feiertage ab Montag, den 17. Dezember, bis Dienstag, den 1. Januar, geschlossen. Ab Mittwoch, 2. Januar, ist das Museum wieder geöffnet. Öffnungszeit an den Wochentagen: zehn bis fünfzehn Uhr. Besichtigungen außerhalb der Öffnungszeiten nur nach Vereinbarung. Zur Vereinbarung eines Termins drücken Sie bitte auf den Knopf mit dem Pfundzeichen, das Sie unter der Ziffer neun auf ihrem Tastentelefon finden. Falls Sie von einem Gerät mit Wählscheibe anrufen oder eine Vermittlerin sprechen möchten, bleiben Sie bitte am Apparat.«

Ich wartete. Wartete. Und fürchtete schon, mein Anruf sei in jener seltsamen elektronischen Dimension gelandet, wo durchgestellte Anrufe bis in alle Ewigkeit ziellos umherirren. Zuletzt meldete sich doch noch jemand: »Mercury Aircraft. Mit wem darf ich Sie bitte verbinden?«

»Ich hätte gerne Hobson Devoe gesprochen –«, begann ich.

»Einen Augenblick«, unterbrach sie mich und stellte mich umgehend wieder zur Museumsansage durch.

Ich legte auf, brummte ein wenig vor mich hin, jedoch leise genug, um zu hören, wie Katy sich räusperte.

»Ich hab da eben zufällig mitgehört«, sagte sie. »Sie möchten Hobson Devoe sprechen?«

»Ja. Kennen Sie ihn denn?«

»Ich nehme an, es gibt nicht allzu viele Hobson Devoes in Las Piernas. Aber wenn es sich um den handelt, der bei

Mercury Aircraft arbeitet, der ist ein guter Freund von meinem Urgroßvater.«

»Austin kennt Hobson Devoe?«

Sie nickte. »Austin macht zwar gerade ein Nickerchen, aber wenn er aufwacht, kann ich ihm sagen, daß Sie Mr. Devoe sprechen wollen. Er richtet es ihm sicher gerne aus.«

Ich zog eine Visitenkarte aus der Tasche und schrieb ihr meine Privatnummer auf. »Bitte, sagen Sie ihm, er soll Mr. Devoe zu verstehen geben, daß ich ihn sehr dringend sprechen muß. Er würde mir damit einen Riesengefallen tun.«

Sie machte eine wegwerfende Handbewegung. »Erinnern Sie sich noch an die Artikel, die Sie und Mr. O'Connor über den Laden geschrieben haben? Damals, als die Stadt das Haus abreißen lassen wollte?«

»War sowieso vernünftiger, daß die Stadtplaner das Kongreßzentrum dahin stellten, wo es jetzt steht«, meinte ich. »Wahrscheinlich hätten sie den Plan, den Laden zu schließen, ohnehin nicht durchgezogen.«

»Na ja, wir sehen das ganz anders. Sie haben uns vor dem sicheren Bankrott bewahrt. Die Entscheidung des Stadtrats stand doch längst fest. Austin wird Ihnen mit Vergnügen einen Gefallen tun. Mr. Devoe kommt oft hier vorbei. Austin und er unterhalten sich dann über die guten alten Zeiten. Und ich höre ihnen gerne zu – ich mag Geschichte. Überleg mir, es im Hauptfach zu studieren.«

»Haben Sie zur Zeit einen festen Freund, Katy?« fragte ich und dachte dabei an Steven Kincaid. Sie errötete und begann mir dann, während sie meine Einkäufe in die alte Registrierkasse eintippte, von ihrem Freund zu erzählen. Es klang, ich muß es zugeben, als würde er phantastisch zu ihr passen. Sie hielt inne und sah mich über die Kasse hinweg an. »Er kennt sich sogar schon im Laden aus«, sagte sie und betätigte die Schalter, die die Kasse klingeln, die Schublade herausschießen und den Gesamtbetrag inkl. MwSt. hinter dem staubigen Glas erscheinen ließen.

Tja, damit hatte sich mein Einfall erledigt.

Ich besuchte noch ein paar andere Geschäfte und fand fast für jeden meiner Freunde das passende Geschenk. Für Frank kaufte ich zwei Jogginghosen bei *Nobody Out*, einem riesigen Sportgeschäft. Helen, meine Lieblingsverkäuferin dort, jobbte an diesem Nachmittag, und ich überlegte mir kurz, ob ich sie Steven nicht mal vorstellen sollte. Sie ist Studentin, ungeheuer intelligent und sieht phantastisch aus. Altersmäßig stünde sie Steven näher als Katy. Sie selber ist nicht so überzeugt von sich, was ich überhaupt nicht begreifen kann.

Dann dachte ich wieder an das Buch, das ich gerade für Barbara gekauft hatte, und beschloß, die Kuppelei doch lieber zu lassen. Ich wünschte ihr noch frohe Weihnachten und verabschiedete mich, ohne irgendwelche begehrenswerten Männer erwähnt zu haben.

Nachdem ich meine Einkäufe zum *Express* geschleppt hatte, stapelte ich sie in meinem Karmann Ghia. Ich fuhr nach Hause und schaute bei meinem Nachbarn Jack vorbei. Ich hatte mir ein Geschenk für Frank ausgedacht, bei dessen Besorgung er mir helfen wollte. Als wir in Richtung Tierheim fuhren, fragte er mich, ob ich mir denn wirklich sicher sei, daß Frank einen Hund wolle, wo er doch soviel Mühe in seinen Garten investiere.

»Aber klar doch. Neulich abends hatten wir ein langes Gespräch über das Thema. Ich weiß, daß er einen will, sonst würde ich das Ganze sicher nicht veranstalten.«

»Meinst du nicht, es wär besser, du würdest ihn den Hund selber aussuchen lassen?«

»Tja, das hab ich mir auch schon überlegt, aber ich denke, ich weiß recht gut, was für Hunde er am liebsten mag.«

»Hoffentlich hast du recht.«

»Wenn ihm der Hund, den ich ihm aussuche, nicht paßt, dann wird es eben meiner.«

Aus irgendeinem unerfindlichen Grund fand Jack das amüsant.

Das Tierheim hatte an diesem Tag, dem letzten Öffnungstag vor Weihnachten, zahlreiche Besucher. Als wir alle Zwinger besichtigt hatten und Jack mir schließlich klargemacht hatte, daß es nicht praktisch war, sich siebenundachtzig Hunde anzuschaffen, fanden wir einen Husky-Schäferhund-Mischling, der mich im Sturm eroberte. Ich zahlte die Gebühren und kaufte auch gleich eine Leine. Gott sei Dank war er schon kastriert, so daß wir nicht erst drei Tage warten mußten, bis wir ihn mitnehmen konnten. Im Grunde war er immer noch ein Welpe. Nach Auskunft des Tierheims war er etwa ein Jahr alt. Er hatte ein langes weißes Fell, eine dunkle Schnauze und riesige Füße. Er war sehr zutraulich.

»Weißt du was, Irene«, meinte Jack, als wir den Hund dazu bewegen wollten, auf dem Rücksitz Platz zu nehmen. »Falls Frank ihn nicht behalten will, dann bringst du ihn mir. Ich adoptiere ihn.«

Das empfand ich als Erleichterung und dankte Jack. Es war mir dann schrecklich peinlich, als der Hund seine Dankbarkeit dadurch bewies, daß er auf dem Heimweg Jacks rechte Schulter vollkotzte. Doch Jack zeigte sich verständnisvoll.

»Wie wirst du ihn nennen?« fragte Jack, als wir schließlich zu Hause ankamen.

»Frank muß ihn taufen. In seiner Familie hat man ein besonderes Talent für solche Dinge.«

Falls Jack das Kompliment, das ich den Harrimans damit machte, etwas merkwürdig fand, ließ er es sich nicht anmerken. Ich kraulte dem Hundchen zum Abschied die

Stirn und ließ die beiden nach Hause traben. Da ich Franks Terminkalender kannte, mußte ich damit rechnen, daß der neue Hund in Jacks Hinterhof sich höchstens ein, zwei Tage vor dem wachsamen Auge des Kriminalisten verbergen ließ. Und da ich Jacks großzügiges Angebot, den Hund vorübergehend bei sich aufzunehmen, nicht ausnutzen wollte, sollte er auch nicht länger als zwei Tage bei ihm bleiben. Daher hatten wir vereinbart, daß Jack nur bis zum Abend des folgenden Tages, bis zu unserer Rückkehr von der Weihnachtsfeier, auf ihn aufpassen sollte. Jack ist eine Nachteule, so daß er, wann immer wir auch zurückkamen, auf jeden Fall wach sein würde.

Ich fuhr noch rasch in den nächsten Supermarkt und kaufte Hundefutter, Näpfe für Futter und Wasser und einen Büffelhautknochen. Als ich Jack die Sachen vorbeibrachte, hatte er sein Hemd gewechselt und spielte bereits mit dem Hund.

»Übrigens, Jack. Hat Frank dich gefragt, ob du letzte Nacht jemand um unser Haus hast rumschleichen sehen?«

»Hat er getan. Aber leider, Irene, hab ich niemanden gesehen. Deine Schwester hatte mich angerufen, und wir waren noch kurz bei Bernie's was essen. Muß wohl so um die Zeit gewesen sein, als dieser Wahnsinnige bei euch eingebrochen ist. Tut mir wirklich leid.«

»Vergiß es. Bist ja schließlich nicht unser Wachmann.«

Nur mit größter Mühe verkniff ich mir einen Kommentar zu diesem Dinner mit Barbara. Der einzige Grund, warum ich mir wünschen konnte, daß Barbara ihren Kenny wieder heiratete, war die Tatsache, daß Jack dann vor ihr sicher war. Sie hatte Jack bei einem ihrer Besuche bei uns kennengelernt, und ich spürte sofort, daß er ihr gefiel. Jack schien irgendwie nicht begreifen zu können, daß sie so verrückt nach ihm war, und behandelte sie nie anders als einen netten Kumpel. Trotzdem, diese späten Abendessen...«

»Na ja, jedenfalls bin ich froh, daß ihr euch einen Hund anschafft«, sagte er. »Eine absolute Sicherheit ist das zwar nicht, kann aber auch nie schaden. Und ich glaube, dieses Kerlchen wird euch gute Gesellschaft leisten.«

Ich dankte Jack noch einmal fürs Hundesitten und ging nach Hause. Cody schnüffelte zwar neugierig an meinen Kleidern, ließ sich jedoch durch sein Futter problemlos ablenken.

Frank kam etwa eine Stunde später nach Hause, und wir aßen schweigend zu Abend. Wir halten solche gemeinsamen Zeiten der Stille recht gut aus, doch ich spürte, daß diesmal eine gewisse Gereiztheit dahinter lauerte. Er aß kaum etwas und sah öfter auf seinen Teller als zu mir herüber. Ob er sich das mit unserem Waffenstillstand wohl noch mal überlegt hatte?

»Hast du was Neues über Thanatos in Erfahrung gebracht?« fragte ich.

Er zuckte die Achseln und sagte: »Steht das dann in der Zeitung?«

»Spielt das denn eine Rolle?«

Er lehnte sich zurück und schob seinen Teller beiseite. »Ja, ich denke schon. Carlson ist heute der Kragen geplatzt. John Walters hat ihn ganz schön auf die Palme gebracht. Wenn ich dir also was erzähle, und es landet in der Zeitung, dann bin ich dran. Er hat heute nachmittag mindestens einmal pro Stunde damit gedroht, mir den Fall zu entziehen.«

»Er ist also sauer auf John und läßt es an dir aus?«

»Momentan verliert er bei allem und jedem, das ihn an den *Express* erinnert, die Nerven. Überflüssig zu sagen, daß ich ihn daran erinnere. Und nicht nur wegen John.

Auch wegen Wrigley. Carlson ist überzeugt, daß eine Fangschaltung uns zu Thanatos führen würde.«

»Ich war bei dieser Diskussion zwar nicht dabei, aber ich verstehe schon, warum John und Wrigley dagegen sind.«

»Andere Zeitungen waren unter ähnlichen Umständen dazu bereit.«

»Aber erst nach langwieriger Gewissensprüfung. Im einzigen Fall, den ich kenne, bekam der Reporter Morddrohungen.«

»Ah, ich verstehe. Und hier sind eben nur ein paar unglückliche Bürgerinnen in Gefahr. Dich würde die Zeitung also schützen, nicht aber E. J. Blaylock oder Rosie Thayer – oder wer immer als nächste oder nächster an der Reihe ist.«

»Darum geht es doch gar nicht, und das weißt du ganz genau. Ich werde von Informanten angerufen, Leuten, die kein Wort mehr sagen würden, wenn sie befürchten müßten, die Polizei könnte ihre Anrufe zurückverfolgen oder aufzeichnen. Und mir gefällt der Gedanke, daß die Cops den ganzen lieben langen Tag meine Gespräche abhören, auch nicht besonders.«

»Du könntest dir ja eine separate Leitung für deine Privatgespräche legen lassen – eine sichere Leitung ohne Fangschaltung. Und deinen Anrufern sagen, daß du sie gleich wieder zurückrufst.«

»Weil ihr Anruf aufgezeichnet wird? Die würden sich sicher herzlich bedanken. Ich teile nicht oft Wrigleys Meinung, aber hier muß ich ihm ausnahmsweise mal recht geben. Eine Fangschaltung beziehungsweise ein Abhörgerät der Polizei würde uns unsere Informanten gründlich vergraulen und sich folglich auch auf unsere Berichterstattung auswirken.«

Er seufzte und machte ein Gesicht, als läge ihm noch etwas auf der Zunge, stand dann aber auf und begann, den Tisch abzuräumen.

»Frank – sprich mit mir.«

Er zögerte, setzte sich dann wieder hin. Nach einer kurzen Pause meinte er: »Den ganzen verdammten Nachmittag muß ich mir all diese Argumente anhören. Ich hab's wirklich satt. Das Komische ist nur, daß ich jetzt mit dir streite und genau das Gegenteil von dem vertrete, was ich heute nachmittag Carlson vorgehalten hab.«

»Was willst du denn damit sagen?«

»Ich war auch nicht so begeistert von dieser Anzapferei – wenn auch aus anderen Gründen als du. Nach dem, was du erzählt hast, bleibt Thanatos gar nicht lange genug in der Leitung, als daß man ihn in die Falle locken könnte. Und nach dem, war wir über seine Methoden wissen, kann ich mir nicht vorstellen, daß er so leichtsinnig ist, von seiner Wohnung oder seinem Büro aus anzurufen. Er ist ein Mann, der alles exakt vorausplant. Wahrscheinlich ruft er aus der Zelle an oder benutzt irgendein Störgerät, das die Herkunft des Anrufs unkenntlich macht. Und auch wenn er das nicht täte – mir war klar, wie die Zeitung reagieren würde, als Carlson damit anfing. Mit diesen Schikanen gegenüber dem *Express* kommen wir ganz bestimmt nicht weiter. Meiner Meinung nach führt das Ganze nur zu noch mehr Spannungen zwischen Presse und Polizei.«

»Da hast du völlig recht. Es heißt, Carlson bemüht sich um eine richterliche Vollmacht.«

»Hat er schon probiert. Hat sie aber nicht gekriegt. Was seine Laune auch nicht gerade verbessert hat.«

»Es tut mir leid, daß du dich meinetwegen so anpflaumen lassen mußt. Kannst du seinen Wutausbrüchen nicht irgendwie ausweichen?«

»Ich kann nur abwarten, bis der Sturm vorbei ist. Und

darf ihm natürlich keinen Anlaß zum Meckern geben. Ich weiß, daß du unsere privaten Gespräche nicht weitererzählst, aber Carlson kennt dich eben nicht so gut wie ich. Folglich nimmt er an, daß du alles, was in der Zeitung steht, von mir hast. Ich werde dir also weiterhin alles Mögliche erzählen, aber du darfst nichts davon in deinen Artikeln bringen.«

»Auf die Weise wirst du dein Problem nicht lösen. Was ist denn, wenn Mark Baker oder einer der anderen Reporter was von einem anderen Cop gesteckt bekommt?«

»Das kann natürlich immer passieren. Aber ich will ein reines Gewissen haben.«

Nachdem er sich so vergewissert hatte, daß ich vorläufig den Mund hielt, erzählte er mir, womit er seinen Tag verbracht hatte, wenn Carlson mal gerade nicht an ihm herumnörgelte. Frank und Pete hatten mit den Nachbarn gesprochen, mit dem Maklerbüro, das das Nelson-Haus betreute, und mit den Eigentümern telefoniert. Es fand sich keinerlei Hinweis darauf, daß jemand gewaltsam in das Haus eingedrungen war. Darüber hinaus versuchten sie, alle ausfindig zu machen, die möglicherweise einen Schlüssel besaßen. Unterhielten sich mit allen, die einen Grund gehabt haben könnten, sich in der Nähe des Hauses aufzuhalten.

Wie Molly mir schon erzählt hatte, hatten die Eigentümer ihrem Maklerbüro vor drei Wochen gekündigt und dachten daran, sich nach einem neuen umzutun. Der bisherige Makler versuchte ihnen diesen Wechsel auszureden. Frustriert beschlossen die Eigentümer daraufhin, das Haus vor Weihnachten nicht mehr zu annoncieren. Im Januar wollten sie herkommen und sich mit den anderen Maklern unterhalten. Alle von der Polizei kontaktierten Leute behaupteten, das Haus in den letzten drei Wochen

nicht betreten zu haben. Das Schließfach der Maklervereinigung von Las Piernas befand sich nach wie vor am
Haus, und der Schlüssel hing immer noch darin.

»Hat irgend jemand von diesen Leuten Rosie Thayer
gekannt?«

»Nein. Das heißt, sie behaupten zumindest, sie nicht gekannt zu haben. Hernandez ist immer noch dabei, die Todesursache zu ermitteln.«

Das überraschte mich. »Gibt es daran denn Zweifel?«

»Ja, durchaus. Hernandez glaubt nicht, daß sie verhun-
gert oder verdurstet ist. Sie ist schon eine ganze Weile tot,
aber die Ameisen – na ja, bei Tisch sollte ich mich lieber
nicht darüber verbreiten.«

»Danke.« Wenn es um die Arbeit des Coroners, des Lei-
chenschänders vom Dienst, ging, bestand ein gewaltiger
Unterschied zwischen dem, was Frank aus nächster Nähe
ertragen konnte, und dem, was ich in vagen Andeutungen
mir anzuhören bereit war.

Als wir den Tisch abgeräumt hatten und abzuwaschen
begannen, beschäftigte mich immer noch eine seiner Bemerkungen. Ich blickte stirnrunzelnd in meine Spüllauge
und schrubbte einen Teller. »Was versteht ihr eigentlich
unter ›einer ganzen Weile‹? Mehr als zwei Tage?«

Er hielt meine Hände fest, und brachte mir dadurch zu
Bewußtsein, daß ich eine ziemlich gute Imitation von
Lady Macbeth als Spülmagd gegeben hatte. Behutsam
sagte er: »Sie war schon tot, als du den Brief bekamst.«

»Bist du dir da sicher?« Was nicht besonders fest klang.
Eher ein bißchen kreischend.

»Hundertprozentig.« Er zog mich in seine Arme und
hielt mich fest, obwohl ich sein Hemd mit Zitronenspül-
wasser beschmutzte. »Im Grunde hatte er uns keine
Chance gegeben, sie eventuell doch noch zu retten – jedenfalls nicht durch diesen Brief, den er dir geschickt hat.«

»Aber warum zieht er mich in die Sache hinein?«

»Ich weiß nicht. Einerseits wohl wegen der Publicity. Er versucht dir angst zu machen – die in deinen Artikeln ja auch zum Ausdruck kommt –, damit auch andere Angst kriegen. Vielleicht fühlt er sich ein bißchen mächtiger, wenn die ganze Stadt seinetwegen in Panik gerät.«

Ich lehnte mich zurück. »Glaubst du, er spannt mich für seine Zwecke ein? Sollten wir die Briefe lieber nicht veröffentlichen?«

Er zögerte, ehe er sagte: »Was soll die Frage? Das hängt ja schließlich nicht von mir ab.«

Seiner Meinung nach war es also ein Fehler, sie zu veröffentlichen. Das entnahm ich seiner Antwort, dachte mir aber auch, daß er sich für heute schon genug über das Polizei-Presse-Thema gestritten hatte. Und drang daher nicht weiter in ihn.

Am nächsten Tag ging ich arbeiten, obwohl Samstag war. Wie auch andere Kollegen, die Montag und Dienstag, also den Weihnachtsabend und den Weihnachtstag, frei haben würden, hatte ich mein freies Wochenende gegen die Feiertage eingetauscht. Allerdings ist an diesem Wochenende vor Weihnachten im Grunde niemand mehr zu erreichen. Ich wollte die Firmenleitung von Mercury Aircraft anrufen, um vielleicht auf diese Weise jemanden zu finden, der mir half, eine Verbindung zwischen den Müttern von Rosie Thayer und E. J. Blaylock herzustellen. Zwei Telefonate bestätigten mir, daß ich wohl bis Mittwoch würde warten müssen, bis die Büros von Mercury wieder besetzt waren. Und selbst dann konnte ich nicht sicher sein, etwas zu erreichen. Unternehmen, die für die Regierung arbeiten, sind nicht gerade erpicht darauf, Reporter auf ihrem Firmengelände herumschnüffeln zu lassen, und schon gar nicht, sie durch vertrauliche – und gesetzlich geschützte – Personalakten stöbern zu lassen. Große Firmen reagieren oft sehr sensibel auf ihre Darstellung in der Öffentlichkeit. Und allein mit der Tatsache, daß zwei Mordopfer Kinder von Frauen waren, die früher einmal bei Mercury Aircraft gearbeitet hatten, konnte ich sie schwerlich unter Druck setzen. Mercury war lange Zeit einer der größten Arbeitgeber in Las Piernas gewesen, und nur weil ich herausgefunden hatte, daß zwei Bürgerinnen der Stadt Verbindungen zum Unternehmen hatten, würden sie sich wohl kaum veranlaßt sehen, mir ein Interview zu geben.

In der Zwischenzeit ging meine Phantasie mit mir durch: Ob die beiden Mütter wohl an irgendeinem geheimen Militärprojekt zusammen gearbeitet hatten? Aber warum bekamen dann die Töchter Thanatos' Zorn zu spüren und nicht die Arbeiterinnen selber? Warum wartete er bis jetzt, wo sie schon jahrelang tot waren? Und selbst wenn Mercury Aircraft sich als das entscheidende Verbindungsglied zwischen den Opfern herausstellen sollte, in welcher Beziehung stand ich selber zu den beiden ermordeten Frauen? Die Tatsche, daß Thanatos mich als Pressekontakt auserkoren hatte, machte mir immer noch zu schaffen.

Die ganze Zeit über hoffte ich, Hobson Devoe würde anrufen.

Ich fragte mich auch, ob Thanatos wohl anrufen würde, um sich an dem Aufsehen, das er mit seinem zweiten Mord erregt hatte, zu weiden.

In der Zwischenzeit hatte ich jedoch reichlich zu tun. Gott sei Dank geriet das politische Geschäft vor den herannahenden Feiertagen ein wenig ins Stocken, ansonsten wäre ich mit meinen Rathausartikeln unmöglich nachgekommen. Nun konnte ich einiges nachholen.

Nach einigen Stunden in der Redaktion fiel mir auf, daß

einige meiner Kollegen mich mieden. Stuart Angert schien es ebenfalls bemerkt zu haben.

»Du hast keinen Mundgeruch, falls du das befürchtest«, sagte er und setzte sich auf die Ecke meines Schreibtischs.

»Ich hab mich schon gewundert. Nett, daß du vorbeischaust. Was ist denn los?«

»Die Briefe. Mir ist das gleiche damals mit dem Zucchini-Mann passiert. Nur ist es bei dir eben viel schlimmer.«

»Zucchini-Mann?«

»Paß auf, ich erzähle es dir. Eines Sommers war mal ein paar Tage lang nachrichtenmäßig gar nichts mehr los, Sauregurkenzeit eben, und Wrigley ruft uns zur Brainstorming-Session zusammen. Er beschließt, wir machen einen Wettbewerb unter den hiesigen Amateurgärtnern und gucken, wer den größten Zucchino züchtet. Hast du je Zucchini angebaut?«

»Frank hat ein grünes Händchen, Stuart. Wenn er schlau ist, läßt er mich seinen Garten nur aus der Ferne betrachten. Hätte die Army von mir gewußt, sie hätte den Vietnamesen viel Elend ersparen können, indem sie mich anstelle von Agent Orange eingesetzt hätten.«

»Oder mich. Ich bin der Ruin der botanischen Welt. Dennoch beschloß Wrigley, daß der Wettbewerb in meiner Kolumne ausgeschrieben werden muß. Hat mir zwar nicht gepaßt, aber was soll's, er ist der Boß.«

»Hast du dir je überlegt, wieviel Ärger wir uns mit dieser Haltung einhandeln?«

»Reichlich. Mein Gott, und was für einen Ärger hab ich gekriegt! Zucchini, dachte ich, sind diese dünnen, kleinen italienischen Kürbisse, die ich im Supermarkt kaufe. Maximal fünfzehn bis zwanzig Zentimeter lang. ›Schicken Sie Ihren Wettbewerbsbeitrag ein‹, hatte ich blödsinnigerweise dazu geschrieben. Wir konnten uns nicht mehr retten vor dem Zeug.

Wie du wahrscheinlich weißt – damals wußte ich es nicht, merkte es aber bald – erreichen nicht rechtzeitig abgeerntete Zucchini Größen, die man am ehesten mit Ausdrücken wie riesig, gewaltig, ungeheuer umschreiben kann. Die Leute konnten es sich nicht leisten, sie mit der Post zu schicken. Einige davon waren so schwer wie Wassermelonen. Also brachten sie sie zur Zeitung, trugen sie höchstpersönlich zur Rezeption. Geoff rief alle paar Minuten vom Foyer herauf und bat mich, runterzukommen und diese meterlangen Zwanzigpfünder abzuholen.«

»Also wurdest du allmählich berühmt als Zucchini-Mann?«

»Nein, der Zucchini-Mann erschien ein wenig später auf der Bildfläche. Wie du dir vielleicht vorstellen kannst, hatte ich es schnell satt, die Dinger herumzuschleppen, und war daher froh, als der Einsendeschluß da war. So schnell wie nur irgend möglich erklärte ich jemanden zum Sieger, überreichte ihm das Preisgeld, einen Scheck im Wert von hundert Dollar, und betete zu Gott, daß ich nie im Leben mehr einen Zucchino zu Gesicht bekäme. Inzwischen war ich natürlich die Zielscheibe allen Kollegenspotts.

Es gab jedoch einen Teilnehmer, der mit dem Ergebnis sehr unzufrieden war. Er war sich sicher, daß *er* eigentlich hätte gewinnen müssen. Immer wieder schleppte er seine Zucchini an. Er legte ihnen lange, weitschweifige Episteln bei, die nicht viel Sinn ergaben. Unterschrieben waren sie mit ›Zucchini-Mann‹. Geoff warnte mich. Der Kerl hätte eine Mütze aus Stanniolpapier auf.«

Die Stanniolmütze mußte Stuart mir nicht erklären. Sie wird von einem kleinen Teil der Bevölkerung in der Innenstadt getragen, ist aber auch in vielen anderen Städten verbreitet. Für diese Leute sind sie kein modisches Accessoire, sondern ein Mittel, um die Radiowellen abzulenken, die sonst ihre Gedankengänge beeinflussen würden.

»Und deswegen sind dir die Leute im Nachrichtenraum dann aus dem Weg gegangen?«

»Nein. Einmal ist es ihm gelungen, sich an Geoff vorbeizuschmuggeln und bis in den Nachrichtenraum vorzudringen. Durch das Foto über meiner Spalte wußte er, wie ich aussah, und steuerte daher schnurstracks auf mich zu. Der Kerl hatte einen gigantischen Zucchino dabei, wahrscheinlich wieder so einen Zwanzigpfünder. Trug ihn auf der Schulter wie einen Baseballschläger. Geoff hatte schon angerufen und mich vorgewarnt, und die Polizei gleich dazu. Bis die allerdings kamen, hat es ganz schön gedauert.

Tja, und da fragt mich der Zucchini-Mann ganz ruhig, wo denn seine Million geblieben ist, sein Preis für den größten Zucchino. Ich, ebenfalls gelassen, erzähle ihm: Der Herausgeber unterschreibt gerade den Scheck. Alles lief bestens, bis Wildman Winters plötzlich beschloß, John Wayne zu spielen.«

Wildman Billy Winters, ein früherer Kollege, war ein Kotzbrocken mit Hemingwayschen Ambitionen. Hemingways Schreibtalent ging ihm zwar völlig ab, was ihn aber nicht davon abhielt, ihm in puncto Lebensstil um so entschlossener nachzueifern. Seine journalistischen Glanztaten beschränkten sich im allgemeinen auf Gesellschaftsreportagen des Kalibers »Sie war die Frau, die die häßlichste Szene des Abends aufs Parkett legte«. Ich zuckte innerlich zusammen, wenn ich daran dachte, was er in der von Stuart beschriebenen Situation wohl wieder von sich gegeben hatte. »Von dem konntest du dir wohl keine große Unterstützung erwarten.«

»Genau«, sagte Stuart. »Wildman versucht also, Zucchini-Mann von hinten zu packen, was ihm aber nicht gelingt. Der, nicht faul, duckt sich, schießt wieder in die Höhe und holt aus. Und versetzt Winters mit diesem großen grünen Kürbis einen heftigen Schlag. Wildman brach zusammen und mußte für ein paar Tage ins Krankenhaus. Mein Zucchini-Mann aber lief mit seinem Zucchino Amok. Zwar ging er nicht mehr auf Menschen los, nur noch auf Sachen, aber alle hatten eine Heidenangst, und es war ein Riesenchaos. Überall klebte die Schmiere.

Um den Dreh ungefähr kamen dann die Bullen. Die Polizeiführung war clever genug gewesen, ein paar Jungs zu schicken, die ihn schon kannten. Sie begrüßten Zucchini-Mann wie einen alten Kumpel. Und als er sie sieht, legt er seelenruhig den Rest seines Zucchinos weg und läßt sich widerstandslos von ihnen abführen. Kurz vor der Tür bleibt er noch mal stehen und meint, ich soll ihm den Scheck doch bitte mit der Post nachschicken.«

»Man soll ja nicht schlecht über Tote reden, aber ich bin mir gar nicht so sicher, ob Winters nicht eine größere Gefahr für die Gesellschaft war als Zucchini-Mann.«

»Muß ich dir recht geben. Wenn du mich fragst, ein Kerl wie Winters ist immer beängstigender als einer, der nur stolz auf sein Gemüse ist. Aber, was ich dir damit sagen wollte – noch Wochen danach wurde ich von einigen Leuten im Nachrichtenraum gemieden. Irgendwie machten sie mich wohl dafür verantwortlich, daß der Kerl überhaupt hier aufgekreuzt war und Winters verletzt wurde. Offensichtlich befürchteten sie, ich könnte noch mehr Leute wie diesen Zucchini-Mann anziehen. Neben mir zu stehen hieß wohl für sie, sich zur Zielscheibe des nächsten Anschlags zu machen.«

»Ich sehe schon, was du damit sagen willst. Wenn Thanatos schon zu mir nach Hause kommt, kann er mich ebensogut hier besuchen.«

»Genau. Durch dich rückt er uns ganz schön auf die Pelle. Er ruft dich hier an. Er schreibt dir. Und offenbar beobachtet er dich auch hin und wieder.«

»Und er ist etwas gefährlicher als ein Kerl mit einem großen Kürbis.«

»Laß dich nicht allzusehr davon beeindrucken.«

»Danke, Stuart.« Langsam schlenderte er wieder davon.

»Stuart?«

»Ja?«

»Was ist denn aus Zucchini-Mann geworden?«

Er lächelte. »Er hatte Glück. Es gab einfach zu viele, die für ihn aussagten, die bezeugten, daß Winters ihn angegriffen hatte. Und Winters genoß ja nicht gerade den besten Ruf bei den Cops. Man hat ihn freigesprochen. Wir brachten sein Bild in der Zeitung, worauf sich seine Familie meldete, die ihn gesucht hatte. Sie ließen ihn auf Medikamente einstellen, die bei ihm recht gut wirkten, und kümmerten sich drum, daß er sie auch einnimmt. Er ist immer noch in Las Piernas – arbeitet ab und zu in einem kommunalen Gartenbauprojekt im Westen der Stadt.«

Weder Hobson Devoe noch Thanatos meldeten sich. Als ich abends nach Hause kam, nahm ich ein schönes heißes Schaumbad. Es war herrlich entspannend, doch meine Gedanken kehrten immer wieder zu Stuarts Geschichte vom Zucchini-Mann und Billy Winters zurück. Stuart mußte mir nicht erzählen, was aus Billy Winters geworden war. Jeder beim *Express* kannte die Geschichte jener Nacht, als Winters sich fürchterlich betrunken hatte, sich im Vollrausch in seinen Wagen setzte und bei einem Frontalzusammenstoß umkam. Der Wildman selbst hätte das vielleicht als einen stilvollen Abgang empfunden. Allerdings riß er auch die fünfköpfige Familie im entgegenkommenden Wagen mit sich in den Tod.

13

Als ich mich für Franks Büroparty zurechtmachte, überlegte ich mir, daß es vielleicht gar nicht so unangebracht wäre, ihn ein wenig von seinen beruflichen Sorgen abzulenken, und wählte ein Kleid, das auch dem gewandtesten Rhetoriker die Sprache verschlagen hätte. Es war ein fließendes, kleines blaues Etwas, das die Farbe meiner Augen betonte – falls überhaupt jemand so hoch schaute. Meine Absichten waren teuflisch, und ich steckte mir ein Ziel: Ich wollte Frank dazu bringen, daß er die Party schon nach spätestens einer Stunde wieder verließ.

Er kam nach Hause und warf mir einen jener Blicke zu, bei dem man am liebsten schreien würde *Vive la différence*. Und dann mußte ich ihn davon überzeugen, daß wir überhaupt auf die Party gehen sollten. Er zahlte es mir heim, indem er sich selber todschick in Schale warf, so daß ich mich jetzt fragte, ob wir nicht lieber zu Hause bleiben sollten. Aber inzwischen genossen wir beide die prickelnde Erregung, warfen uns in unsere Mäntel und brausten los.

Die Party stieg, wie ich nun erfuhr, bei Bredloe, was die Sache zusätzlich erschwerte. Denn Bredloe ist Captain des Dezernats für Gewaltdelikte – der Boss von Carlson, also der Boss von Franks Boss. Ich warf einen Blick auf die Uhr: neunzehn Uhr dreißig, und die verdammte Party fand im Haus des Captains statt. Das würde zwar schwierig werden, dachte ich mit einem Grinsen. Aber nicht zu schwierig.

Um neunzehn Uhr zweiunddreißig hatte ich einen Drink in der Hand und männliche Aufmerksamkeit soviel ich mir nur wünschen konnte. Frank klebte an meiner Seite wie ein siamesischer Zwilling, und ich begann mich schon zu fragen, ob ich aus solcher Nähe überhaupt die gewünschte Wirkung erzielen konnte. Pete trudelte ein, Rachel an seiner Seite, und ich freute mich, sie mal wieder bei uns zu sehen. Sie ist wirklich umwerfend, eine hochgewachsene italienische Schönheit. Sie kam auf mich zu, umarmte mich und zog mich beiseite. Pete begann auf Frank einzuquasseln, der besorgt beobachtete, wie wir uns entfernten. Ich fand es richtig toll.

»Ist ja ein irres Kleid!« sagte Rachel und fügte dann leiser hinzu: »Frank guckt, als hätte er Angst, wir würden uns verdrücken. Ich hab den Eindruck, er würde lieber heimgehen und dir das Kleid ausziehen. Weshalb schaust du denn auf die Uhr? Langweile ich dich schon?«

Ich sah, daß es bereits acht Uhr vierzehn war, und erzählte ihr von meinem Plan. Wir mußten lachen, und ich registrierte, daß sowohl Pete als auch Frank bestürzt aufblickten. Zwei Frauen hatten sich an sie herangepirscht und versuchten sie in ein Gespräch zu ziehen. Unsere Jungs wirkten zerstreut, bemühten sich aber um Höflichkeit.

»Na ja«, sagte Rachel, »dann haben wir heute wohl nicht viel Zeit zum Reden. Aber Lydia hat mir erzählt, daß ihr morgen auch dabei seid.«

»Ja, ich freu mich schon drauf. Wir haben unser Bergwochenende jetzt doch verschoben. Außerdem wollen wir am Tag nach Weihnachten seine Familie besuchen.«

»*Bene*. Bis morgen also. Beeil dich, die Uhr läuft.«

»Mach dir deswegen keine Sorgen, so wichtig ist es auch wieder nicht. Außerdem funktioniert es viel besser, wenn ich nicht direkt neben ihm stehe.« Ein Blick auf meine Armbanduhr verriet mir, daß es höchste Zeit war, aufs Ganze zu gehen: zwanzig Uhr vierundzwanzig. Rachel winkte Pete mit gekrümmtem Finger zu sich heran, er kam, und ich ging. Frank legte besitzergreifend den Arm um mich, lauschte jedoch weiterhin höflich der Rothaarigen, die sich immer noch bemühte, mit ihm Konversation zu machen. Ich beugte mich zu ihm hinüber und flüsterte ihm leise ins Ohr. »Frank«, hauchte ich mit meiner rauchigsten Stimme, »ich hab nichts drunter.«

Wir bedankten uns bei Bredloe und befanden uns um zwanzig Uhr siebenundzwanzig auf dem Heimweg.

Um zweiundzwanzig Uhr dreißig rief Pete an. Dem, was Frank in den Hörer murmelte, war nicht viel zu entnehmen. Jedenfalls stand er danach auf, zog Jeans und Pullover an, woraus ich schloß, daß es nichts Berufliches sein konnte. »Was ist denn los?« fragte ich.

»Ich muß kurz mal rüber zu Pete. Bin gleich wieder da.«

»Gibt's Probleme?«

»Nein, nein, alles bestens. Alles prima.« Er wirkte nervös.

»Tja, prima. Freut mich, daß alles so prima ist. Soll ich mitkommen?«

»Nein, nein, bin gleich wieder da«, meinte er und huschte zur Tür hinaus.

Dies war der ideale Zeitpunkt. Kaum hatte ich Frank wegfahren hören, rief ich Jack an, um ihm anzukündigen, daß ich jetzt den Hund abholen käme. Ich schlüpfte in Jeans und Sweatshirt und sperrte Cody ins Schlafzimmer. Er konnte das nicht ausstehen, aber wenn er erst mal merkte, daß ein Hund im Haus war, würde er mir noch dankbar sein.

Ehe Jack sich von dem Kleinen trennte, mußte ich ihm versichern, daß der Hund mit Sicherheit bei Frank bleiben würde und er ihn jederzeit besuchen könne. Der Hund machte alles mit, und die Art, wie er schon an der Leine marschierte, verriet, daß sich jemand Zeit genommen und mit ihm geübt hatte. Ich brachte ihn als erstes ins

Wohnzimmer und bürstete sein Fell. Er war wirklich ruhig und manierlich. Ließ es sich sogar gefallen, daß ich ihm eine Schleife um den Hals band. Schließlich war er ein Weihnachtsgeschenk.

Amüsiert schaute ich zu, wie er die Ohren spitzte, als Franks Wagen in die Auffahrt einbog. Ich hörte Frank die Haustür öffnen, und plötzlich machte der Hund einen Satz und sprang in den Korridor hinaus. Ich rannte ihm nach, hörte Frank fluchen und sah, als ich die Tür erreicht hatte, meinen Zukünftigen im Vorgarten auf dem Hosenboden sitzen.

»Schnell! Sie sind zum Strand gelaufen!« schrie er und rappelte sich wieder hoch. Mir war nicht so ganz klar, wer »sie« sein sollten, schlug jedoch gleich die Tür hinter mir zu und holte Frank auf der Strandtreppe ein. Im Mondlicht erkannte ich zwei große Hunde, die am Strand herumtollten und hintereinander herjagten.

»Wo kommt der andere Köter her?« japste ich.

»Ja, merkwürdig, nicht? Ich hätte schwören können, daß er aus dem Haus raus kam –« Er blieb plötzlich stehen. »Irene?«

Ich blieb ebenfalls stehen. »O nein! Du schenkst mir einen Hund zu Weihnachten?«

»Ja, deswegen war ich drüben bei Pete. Eigentlich wollte ich bis morgen warten, aber er hat Petes Garten schon umgepflügt.«

»Ach ja? Tja, rate mal, was ich dir schenke?«

»Hat es vier Beine und Jagdinstinkt?«

»Bevor die Tür aufging, war er recht manierlich. Jack hatte ihn bei sich aufgenommen, bis ich ihn vorhin abgeholt habe. Er hat mir auch beim Aussuchen geholfen.«

»Jack? Aber der Kerl wußte doch, daß ich dir einen Hund besorge.«

Plötzlich erinnerte ich mich an Jacks Belustigung, als

ich sagte, wenn Frank den Hund nicht haben wolle, würde ich ihn eben selber behalten.

»Ich glaub, Jack übernimmt ihn ganz gerne, falls du ihn nicht haben willst.«

»Kommt nicht in Frage.«

Wir sahen zu, wie sie ins kalte Wasser hineinrannten und wieder herausgestürmt kamen. Großartig. Zwei nasse, sandverklebte Hundeviecher. Als ich mich daran erinnerte, daß Franks Hund – oder vielmehr der, den ich ihm schenken wollte – eben noch brav an der Leine gegangen war, pfiff ich, so laut ich konnte. Und tatsächlich kamen die beiden mit wedelnden Schwänzen auf uns zugaloppiert und machten uns, als sie uns erreicht hatten, genauso naß und sandig, wie sie selber waren. Wir griffen beide nach dem nächsten Halsband, und ich konnte den ersten eingehenderen Blick auf mein Weihnachtsgeschenk werfen.

Sie hatte ein langes, schwarzes Fell und schien eine Kreuzung aus Labrador und Retriever zu sein. Auf der Brust hatte sie einen weißen Flecken, außerdem Schlappohren und große seelenvolle Augen. Von der Größe her entsprach sie etwa Franks Hund. Sie stubste mich freundlich an und hielt mir die Pfote hin. »Sehr erfreut. Wie war doch der werte Name?«

»Sie hat noch keinen. Schließlich kenne ich nicht alle Tennessee-Williams-Figuren.«

»Na ja, er hat ja auch noch keinen. Schließlich will ich ihn nicht all die Dinge schimpfen, die du bei eurer ersten Begegnung von dir gegeben hast.«

»Schade. Aber die Nachbarn wären wohl auch nicht gerade entzückt, dich derartige Vokabeln von der Veranda brüllen zu hören.«

Wir hatten das Haus erreicht und trugen die Hunde ins Bad. Leicht waren sie zwar nicht, aber wir wollten einfach

nicht, daß sie überall im Hause ihre sandigen Pfotenab-
drücke hinterließen. Wir wuschen sie in der Badewanne,
brausten sie ab, ließen sie dann, während wir selber in die
Dusche stiegen, eine Weile vor der Wanne hocken. Als ich
Frank den Rücken einseifte, bedankte ich mich für das
Geschenk.

»Glaubst du, du behältst deinen?«

»Ja. Du?«

»Auch. Zwei große Hunde und Cody werden uns zwar
ganz schön auf Trab halten, aber laß es uns versuchen, ja?«

Sie begannen zu bellen. In der Enge des Badezimmers
klang es, als bellten sie in einen Lautsprecher, der an einen
Nachhallerzeuger angeschlossen war.

Wir stiegen aus der Dusche, trockneten uns ab und
schlüpften in frische Jeans und Sweatshirts, während die
Hunde einen Höllenlärm veranstalteten. Unsere Mahnungen zur Ruhe waren völlig zwecklos. Wir ließen sie
aus dem Badezimmer, und beide stürzten bellend in Richtung Haustür. »O nein, da raus geht's nicht«, rief Frank
und lief ihnen nach. »Ihr zwei geht jetzt mal eine Weile in
den Patio.« Doch als er die Haustür erreicht hatte, blieb
er wie angewurzelt stehen und riß dann die Tür auf. Immer noch bellend stürmten die beiden erneut hinaus,
während Frank nach seinem Revolver griff.

»Frank, was zum Teufel tust du da?«

»Bleib wo du bist, und schließ alle Türen ab!« brüllte er
über die Schulter zurück und folgte den Hunden. »Ruf die
Nummer 911 an, und sag ihnen, sie sollen eine Einheit
schicken!« Ich hörte, wie die Hunde sich wieder beruhig-
ten, und eilte in Richtung Haustür, blieb aber etwa einen
Meter davor wie angewurzelt stehen.

Auf dem Boden, direkt vor der Tür, lag ein leuchtend-
roter Umschlag mit einem Computeraufkleber.

14

Liebe Kassandra,

gegen Alkyone habe ich nichts, das mußt Du ihnen sagen. Lediglich Keyx mußte bestraft werden. Arme Alkyone, immer noch ahnungslos. Doch es ist geschehn. Poseidon wird ihn Dir bringen. Bald ist meine Aufgabe vollbracht. Und dann, meine Geliebte, können wir endlich zusammensein.

Du siehst, ich weiß immer, wo und bei wem Du bist. Im Augenblick stört mich das nicht. Denn Du wirst die anderen verlassen, hast Du erst einmal erkannt, wie groß meine Macht in Wirklichkeit ist. Es grüßt dich

Dein geliebter Thanatos

Frank hatte behutsam – um keine eventuell vorhandenen Fingerabdrücke zu verwischen – den Umschlag geöffnet. Neben dem Brief enthielt das Kuvert einen kleinen, glänzenden, seltsam geformten Schlüssel. Mit einer eingestanzten Nummer.

»Ein Schlüssel zu einem Schließfach«, sagte Frank. »Wahrscheinlich finden wir ihn bei der Maklervereinigung auf der Liste der als verloren oder gestohlen gemeldeten Gegenstände. Wollte dich wohl wissen lassen, wie er in das Haus in der Sleeping Oak Road reingekommen ist.«

Ein Hubschrauber flog über das Haus und hielt nach dem Kerl Ausschau, der uns diese letzte Botschaft persönlich vorbeigebracht hatte. Die Hunde hatten ihn wohl vor der Haustür herumschleichen hören, als er den Umschlag durch den Briefschlitz schob. Frank hatte ihn nicht mehr zu Gesicht bekommen. Als er die Hunde hinausließ, war er bereits verschwunden gewesen.

Jack kam zu uns herüber, weil er den ganzen Aufruhr natürlich mitkriegte. Er setzte sich an den Wohnzimmertisch und las den Brief, ohne ihn anzufassen. Frank und ich saßen auf der Couch und waren beide ziemlich bedrückt. Die Hunde waren in der gleichen Stimmung: Die Köpfe auf die Pfoten gesenkt, lagen sie niedergeschlagen nebeneinander. Zur Ablenkung machte ich Feuer im Kamin und schaute nach Cody, der das Bellen gehört und sich auf eines der Schrankbretter zurückgezogen hatte. Irgendwie wollte mir nicht warm werden. Frank legte den Arm um mich, aber ich fröstelte immer noch.

»Das kann nur heißen, er hat sein drittes Opfer bereits umgebracht. Das ist euch wohl klar«, sagte Jack.

Ich nickte. Frank entgegnete: »Ich weiß, daß Poseidon der Gott des Meeres ist. Erzähl uns doch was über Alkyone und Keyx.«

»Wahrscheinlich bezieht er sich in seinem Brief auf die Ovidsche Version der Geschichte«, begann Jack. »Keyx war ein König. Er und seine Frau waren einander von Herzen zugetan. Keyx plante eine lange Seereise, um ein Orakel zu besuchen.«

»Seine Frau war dagegen«, sagte ich, da ich mich nun wieder an die Geschichte erinnerte. »Alkyone hatte eine düstere Vorahnung und bat ihn, zu Hause zu bleiben oder aber sie mitzunehmen. Er trennte sich zwar nur ungern von ihr, wollte sie aber auch nicht der Gefahr aussetzen. Er versprach, so rasch als möglich zurückzukehren, und trat seine Reise an.«

»Es wäre klüger gewesen, auf sie zu hören«, sagte Jack. »Schon in der ersten Nacht geriet das Schiff in einen heftigen Sturm. Alle Männer kamen um. Keyx war froh, daß seine Frau diesem Schicksal entrann und starb, ihren Namen auf den Lippen. Alkyone aber, die nicht wußte, was geschehen war, vertrieb sich die Zeit mit Weben, nähte ihm ein neues Gewand und dachte daran, wie glücklich sie doch sein würden, wenn er wiederkam. Sie flehte die Götter um Schutz für ihn an, und die Götter erbarmten sich ihrer.«

»Sie betete zu Hera, der Göttin der Ehe, nicht wahr?« fragte ich.

»Ja, aber Ovid, der ja Römer war, nannte sie Juno. Juno war so gerührt, daß sie sich zum Handeln veranlaßt sah. Sie bat Morpheus, ihr zu helfen.«

»Den Gott der Träume?« fragte Frank.

»Ja«, entgegnete ich. »Morpheus konnte jede Form und Gestalt annehmen. Er schlüpfte in die Gestalt des ertrunkenen Keyx. Weinend stand er an Alkyones Bett, sagte ihr, daß er der Geist ihres Mannes sei, und bat sie, um ihn zu trauern.«

»Alkyone rief im Schlaf seinen Namen«, fuhr Jack fort, »und als sie durch den eigenen Ruf erwachte, wußte sie, daß Keyx tot war. In der Morgendämmerung ging sie an den Strand, und während sie noch verzweifelt aufs Meer hinausblickte, sah sie Keyx Leiche auf sich zutreiben. Sie rannte auf die Wellen zu, und statt in ihnen zu versinken, erhob sie sich plötzlich über das Wasser. Die Götter hatten Alkyone und Keyx in Vögel – Eisvögel – verwandelt, die man seither stets zu zweit in den Lüften oder auf den Wellen dahinsegeln sieht.«

»Der Ausdruck ›halkyonische Tage‹ geht auf ihre Geschichte zurück«, fügte ich hinzu. »Nach der Legende gebieten die Götter den Stürmen im Winter, sieben Tage zu schweigen, und in diesen Tagen voller Frieden nisten die Eisvögel.«

Frank las sich den Brief noch einmal durch. »Nur der hier gibt keinen Frieden.«

»Er hat jemanden ertränkt«, sagte ich. »Und diesmal ist es ein Mann.«

»Tja, genau das befürchte ich auch«, stimmte Jack mir zu.

Frank stand auf und erledigte ein paar Anrufe. Sobald er fertig war, rief ich den *Express* an. Sie kontaktierten John Walters, der gerade Feierabend gemacht hatte und gegangen war. Einer der Nachtreporter rief zurück, teilte mir mit, daß John mich am nächsten Morgen erwartete, und nahm meine Story übers Telefon auf. Für die erste Seite war bereits ein weiterer Artikel über den Thayer-Mord geplant gewesen. Die Layouter waren zwar nicht gerade begeistert, die Arbeit von Stunden umwerfen zu müssen, aber John wollte die Story über den dritten Brief auf keinen Fall aufschieben.

Wir nahmen die Hunde mit und beobachteten von der Treppe am Ende unserer Straße die Aktivitäten am Strand. Man sah die Scheinwerfer der Patrouillenboote draußen auf dem Wasser, viele Lichter auch an Land, da Jeeps und Fußstreifen den Strand, die Pier und den Bootshafen absuchten. Fröstelnd fragte ich mich, ob Thanatos das alles wohl beobachtete und sich dabei ins Fäustchen lachte. Ich drängte näher an Frank heran.

Nach etwa einer Stunde gingen wir wieder nach Hause und fühlten uns völlig erschöpft. Ich versuchte Cody aus dem Schrank zu locken und bekam als Dank für meine Mühen seine Krallen zu spüren. Irgendwann gaben die Hunde es auf, an der Schlafzimmertür zu kratzen. Als Frank vor dem Zubettgehen seinen Revolver durch-checkte, versuchte ich mich nicht allzusehr beeindrucken zu lassen. Ich weiß nicht mehr, wie spät es war, als wir endlich einschliefen.

Das Telefon läutete bei Tagesanbruch. Die Leiche eines unbekannten Mannes war an Land gespült worden.

Wir quälten uns aus den Federn. Frank wollte, daß ich

zu Hause blieb, da er in etwa wußte, wie Leichen aussehen, wenn sie dem Ozean eine Weile ausgesetzt waren. Ich
erinnerte ihn daran, daß ich in meinem Reporterleben
schon einiges an grausigen Anblicken verkraftet hatte,
auch wenn ich vielleicht keine Lust hätte, ständig über
Leichen zu reden. Anscheinend beeindruckte ihn das jedoch weit weniger als mein Eingeständnis, daß ich nicht
alleine zu Hause bleiben mochte.

Schweigend gingen wir bis zum Ende der Straße und
stiegen die Stufen hinunter. Ein Polizeiwagen, der am Fuß
der Treppe gewartet hatte, brachte uns zu einem Teil des
Strands, der bereits abgesperrt und von den neugierigen
Blicken frühmorgendlicher Jogger abgeschirmt war.

In solchen Situationen geht es nicht darum, die Gestalt
im Sand als ein menschliches Wesen zu identifizieren. Es
geht darum, so sagte ich mir, sich zu distanzieren, zu beobachten und sich diese vollgesogene Hülle nicht als einen Menschen vorzustellen und vor allem nicht als etwas,
das irgendeine Ähnlichkeit mit einem selber hat. Gerät
man erst einmal ins Nachdenken – Wer mag das gewesen
sein? Wie verletzlich wir Menschen doch sind! – so kippt
man wahrscheinlich um oder kotzt oder gleich beides.

Also tat ich, was zu tun war. Ich registrierte die schicken
Segelschuhe, die Rolex, die exakt geschnittenen Haare.
Ließ den Blick nicht länger als einen Sekundenbruchteil
auf dem ruhen, was einmal ein Gesicht gewesen war. Das
Ding am Strand hätte sich nach allem, was man so kannte,
durchaus in schlimmerem Zustand befinden können, was
unseren County-Coroner Dr. Carlos Hernadez zu der
Erklärung bewog, die Leiche könne wohl kaum länger als
ein paar Stunden im Wasser gelegen haben.

Die Sonntagsausgabe der Zeitung war bereits gedruckt
gewesen, als man die Leiche fand, doch der Aufmacher

190

über den dritten Brief und ein ausführlicher Kommentar
erschienen noch rechtzeitg. Den ganzen Morgen erhielten
wir Anrufe von Frauen, die ihre Männer vermißten und
völlig außer sich waren. Erst um etwa neun Uhr kam der
Anruf der Frau, die Alkyone sein mußte.

Ihre Stimme zitterte, und als erstes sagte sie: »Ich heiße
Rita Havens. Ich habe Ihre Artikel gelesen, Miss Kelly.
Ich glaube –« Dann holte sie tief Luft und begann erneut.
»Mein Mann, Alexander Havens, ist gestern nach Catalina
Island gesegelt. Er ist vierundfünfzig Jahre alt.« Mir
sträubten sich die Nackenhaare, als ich das hörte. Doch
erst, als sie ihre nächsten Sätze flüsterte, war ich endgül-
tig überzeugt, daß sie sich bei der Polizei melden mußte.

»Seine Mutter hat früher bei Mercury Aircraft gearbeitet. Haben Sie Keyx schon gefunden?«

15

Rita Havens' Anruf beim *Express* führte zu Verhandlun-
gen, die fast eine UN-Resolution notwendig gemacht hätten. Als ich in Johns Büro trat und ihm von ihrem Anruf
erzählte, nahm er Verbindung mit Frank auf, nannte ihm
jedoch weder Namen noch Adresse. Frank meldete es
Lieutenant Carlson, da ihm, wie er sagte, ja gar nichts anderes übrigblieb.

Carlson wiederum drehte nun völlig durch. Als er anfing, Drohungen auszustoßen, legte John einfach auf und
rief Carlsons Chef, Captain Bredloe, an. Bredloe hielt es
Gott sei Dank für klüger, die Hilfe der Zeitung zu suchen,
statt ihren Zorn zu erregen, und versprach, John innerhalb der nächsten Stunde zurückzurufen.

Inzwischen war meine Lage bei der Zeitung nicht gerade die angenehmste. Rita Havens bestand darauf, daß sie nur mit mir reden wolle. Der *Express* jedoch hütete sich davor, mich auf eine Story anzusetzen, in die auch die Polizei involviert war. Erst als es so aussah, als käme John anders gar nicht mehr zu seinem Interview, stimmte er zu.

Bredloe rief wie versprochen zurück. Er appellierte an Kooperation und Gemeinschaftsgeist, da es doch in unser aller Interesse läge, den Killer so schnell wie möglich zu finden. Er habe, so erzählte er uns, »mit Lieutenant Carlson eine optimalere Aufgabenverteilung für derartige Fälle ausgearbeitet«. Frank und Pete sollten als Verbindungsleute zur Zeitung agieren; alle Hinweise, die wir erhielten, sollten wir an die beiden weitergeben. Mark Baker konnte sich mit jedem in diesem Falle tätigen Ermittler unterhalten, doch Bredloe machte auch deutlich, daß es weiterhin im Ermessen der Detectives stehe, welche Informationen sie an die Zeitung weitergäben. Kein Angehöriger der Mordkommission würde Informationen herausrücken, die womöglich die Festnahme oder Verfolgung des Mörders gefährdeten. Ich merkte, daß John über die potentielle Möglichkeit einer Zusammenarbeit zwischen Frank und mir nicht gerade beglückt war. Andererseits konnte er sich kaum beklagen, da Bredloe ihm im Grunde nicht nur alle gewünschten Zugeständnisse gemacht, sondern ihm gleichzeitig auch Carlson vom Halse geschafft hatte.

Ich rief Rita Havens an und fragte, ob ich Frank und Pete mitbringen dürfe.

Nach langem Schweigen meinte sie: »Sie sind sich also ziemlich sicher, daß es Alex ist.«

»Nicht sicherer als Sie, Mrs. Havens. Doch wenn er es ist, muß die Polizei informiert werden.«

»Wahrscheinlich zögere ich nur das Unvermeidliche

hinaus.« Sie stockte, sagte jedoch gleich darauf: »Natürlich können Sie sie mitbringen.«

Über den weiten Bogen der Auffahrt näherten wir uns einer imposanten Villa, dem Haus der Havens. Die Tür wurde uns doch tatsächlich von einem Butler geöffnet, und während wir noch im Eingang standen, registrierte ich eine gewisse Abwehr in mir. Jedesmal, wenn ich reichen Leuten gegenüberstehe, muß ich gegen alte Vorurteile ankämpfen. Ich habe ja auch durchaus genügend unangenehme Zeitgenossen unter ihnen kennengelernt – müßte aber lügen, wenn ich sagte, daß ich diesen Typus nicht auch in den übrigen sozialen Schichten angetroffen hätte.

Falls Rita Havens in Wirklichkeit ein neureicher Snob war, so war ihr davon nicht das mindeste anzumerken. In jeder anderen Umgebung hätte sie sich wohl ebenso natürlich und herzlich benommen. Sie war eine zierliche graumelierte Brünette mit dunkelbraunen Augen. Man fühlte sich sofort wohl in ihrer Gegenwart. Obwohl man ihr ansah, daß sie geweint hatte, begrüßte sie uns, als wollten wir ihr einen Besuch abstatten und nicht, als ginge es um den möglichen Tod ihres Mannes. Sie lud uns zum Kaffee ein, führte uns in ihr gemütliches Wohnzimmer und bat uns, sie beim Vornamen zu nennen.

Wir plauderten über das Wetter, die Zeitung, ein neues Gebäude, das man am früheren Standort des Kaufhauses Buffum hochgezogen hatte. Weder Frank noch ich wollten sie drängen. Sie nahm einen Schluck Kaffee, blickte einen Augenblick nach draußen und begann dann, als habe sie begriffen, daß Small talk das Geschehene nicht mehr ungeschehen machte, über ihren Mann zu sprechen.

Alexander Havens hatte mit Spezialverschlüssen für Flugzeuge sein Vermögen gemacht – Flugzeuge, die niemand anderes als Mercury Aircraft herstellte. Alex, wie sie ihn nannte, hatte bei Mercury begonnen, als seine Mutter noch dort arbeitete. In Mercurys Bedarf an zuverlässigen Verschlüssen hatte er eine Marktlücke erkannt, sich im guten von ihnen getrennt und seine eigene Firma gegründet. Daraus entwickelte sich eine außerordentlich erfolgreiche Zusammenarbeit für alle Beteiligten. Er hatte die Produktion erweitert und auch andere Flugzeughersteller mit einer Vielzahl von Teilen beliefert, doch Mercury war immer sein Hauptabnehmer geblieben.

Ich stellte Fragen nach seiner Firma, seinen Hobbys und Interessen. Als wir zu der wesentlichen Frage kamen, wurde ganz offensichtlich, wie sehr sie an ihrem Mann hing.

»Alex liebt das Segeln. Er ist ein ausgezeichneter Skipper. Und da ich schon seekrank werde, wenn ich das Boot nur zu Gesicht kriege, sucht er sich normalerweise andere Begleiter. So kurz vor Weihnachten, bei dem frostigen Wetter und dem Wellengang hat er aber niemanden gefunden, der sich mit ihm rauswagen wollte. Ich hab versucht, ihn davon abzubringen...« Sie brachte den Satz nicht zu Ende, weinte jedoch nicht, sondern biß sich lediglich auf die Unterlippe und wandte den Blick ab.

»Verzeihung... bitte«, murmelte sie.

Ich weiß nicht, ob das an uns gerichtet war.

»Also segelte er alleine los?« fragte Frank.

Sie nickte.

Pete, gewöhnlich eine lebhafte Plaudertasche, wirkte schweigsam und in sich gekehrt. Ich erinnerte mich, daß er mir einmal erzählt hatte, wie schwer ihm die Gespräche mit den Angehörigen der Opfer fielen, egal, wie oft er sie schon geführt hatte. Ob er diesen Teil des Jobs wohl gewöhnlich Frank überließ?

Frank machte weiter, stellte in ruhigem Ton seine Fragen. »Ihr Mann ist gestern – am Zweiundzwanzigsten – losgesegelt?«

»Ja.«

»Vom Bootshafen aus?«

»Ja.«

»Könnten Sie uns das Boot beschreiben?«

»Es war eine kleine Jacht. Zumindest behauptet Alex das. Eine Catalina, zehn Meter lang – ja, ich glaub, das stimmt. Sie ist weiß – aber das sind wohl die meisten.«

»Und wie heißt sie?«

Es dauerte einen Moment, ehe sie flüsterte: »Lovely Rita«.

Frank ließ ihr ein wenig Zeit, sich zu erholen, und stellte ihr noch ein paar weitere Fragen. Mindestens sechs, sieben Leute hatten ihrer Meinung nach von dem geplanten Segeltörn gewußt. Sie nannte ihnen die Namen. Am frühen Morgen des Vortags war er aufgebrochen.

Sie sah mich an. »Heute wollte er zurückkommen. Vor der Abfahrt sollte er mich anrufen. Ich hab mir Sorgen gemacht. Und dann las ich Ihren Artikel. Ich hatte so ein – tja, Gefühl, ein sehr starkes Gefühl, daß Alex Keyx ist. Alex und ich haben uns immer wieder, wenn was in der Zeitung stand, über diesen Serienmörder unterhalten. In einem Ihrer Artikel haben Sie mal erwähnt, daß sowohl Dr. Blaylock als auch Miss Thayer Töchter von Mercury-Aircraft-Angestellten waren. Alex war ganz verwirrt, als er das las. Er meinte, daß er die beiden womöglich gekannt hat – als sie noch Kinder waren. Daß sie womöglich miteinander zur Schule gegangen sind. Aber er war sich nicht sicher. Es war wohl einfach zu lange her.«

»Hatte er denn in der letzten Zeit irgendwelchen Kontakt mit ihnen?«

»Aber nein. Wie schon gesagt, er war sich ja nicht einmal sicher, ob er sie aus der Schule kennt. Aber da sie alle im gleichen Alter waren und ihre Mütter bei Mercury arbeiteten, hat er sie vielleicht tatsächlich gekannt.«

»Hatte er irgendeine Theorie zu diesen Morden?«

»Nein, könnte ich nicht sagen. Zumindest hat er sich nie mit mir darüber unterhalten. Er meinte nur, daß dieser Mörder ein sehr kranker Mensch sein muß.«

Frank stellte wieder ein paar Fragen, worauf sie uns beschrieb, was Alex Havens angehabt hatte, als er das Haus verließ, sowie andere Kleidungsstücke, die er womöglich mitgenommen hatte. Während sie das tat, beobachtete sie Franks Gesicht. Falls er sich etwas anmerken ließ, war sie die einzige, die es bemerkte.

»Sie wollen doch sicher, daß ich mitkomme?« sagte sie plötzlich. »Sie haben ihn gefunden, nicht wahr?«

»Vielleicht. Möchten Sie jemanden anrufen, der Sie begleiten soll?«

»Nein, nein, ich – wir haben schon Freunde, aber – nein, ich möchte lieber nicht anrufen.«

»Warum fahren Sie nicht gleich mit uns?« fragte Pete, der zum ersten Mal, seit wir uns vorgestellt hatten, den Mund auftat. »Ich sorge dafür, daß Sie wieder von jemandem nach Hause gebracht werden.«

Sie nickte und konnte, als sie sich von ihrem Stuhl erhob, die Tränen nicht mehr zurückhalten. Ich stand neben ihr, sie griff nach meinem Arm und wirkte plötzlich sehr zittrig. Ich faßte sie an der Hand, und Frank bat den Butler, doch bitte ihre Tasche und ihren Mantel zu bringen. Frank half ihr in den Mantel, wir nahmen sie in die Mitte und gingen langsam hinaus. Ich saß neben ihr auf dem Rücksitz, als wir zum Leichenschauhaus hinunterfuhren.

Eigentlich hatte ich nicht mitkommen wollen, da ich dies eher für einen privaten Augenblick hielt, doch sie ließ meine Hand nicht mehr los. Ich hatte keine Zeit, mich innerlich für diesen Augenblick zu wappnen. Und diesmal war der Anblick von Alex Havens' Leiche weitaus beunruhigender. Diesmal wußte ich, wer er war. Diesmal hielt ein Mensch, der ihn liebte, meine Hand, als sei es das einzige, das sie vor dem Zusammenbruch bewahrte.

Diesmal versagten meine Psychotricks.

Später, als ich wieder in der Redaktion saß, erlebte ich eine meiner seltenen Schreibblockaden. Ich ertappte mich dabei, wie ich in der Hoffnung, daß er mir irgendwie weiterhelfen würde, auf meinen leuchtenden Cursor starrte. Jeder Einleitungssatz klang abgedroschen und hohl. Auf den Monitor konnte ich schon gar nicht mehr schauen, starrte statt dessen blind auf meine Finger, hob sie nacheinander von den Tasten, vom a, s, d, f, j, k, l, und drückte, als plötzlich das Telefon läutete, vor lauter Schreck alle auf einmal. Der Computer gab ein genervtes Piepsen von sich, während ich nach dem Hörer griff. Es war Steven Kincaid.

»Irene? Hab schon damit gerechnet, daß Sie heute arbeiten. Ich hab Ihren Artikel gesehen. Alles in Ordnung?«

»Ja, schon. Aber es war ein harter Tag. Sie haben Keyx gefunden. Einen gewissen Alexander Havens.«

»O Gott!«

»Hat E. J. ihn vielleicht mal erwähnt?«

»Nein, tut mir leid. Aber ich kann mir ihre Papiere ja mal auf seinen Namen hin durchsehen. Ich kann's einfach nicht fassen, daß dieser Thanatos ungestraft davonkommt. Ich frag mich...« Seine Stimme verlor sich.

»Steven?«

»Jedesmal frag ich mich, wie es für sie war. Ich hab Angst, daß sie gelitten hat, wie Rosie Thayer.«

»Falls es Sie tröstet, das zu hören: Der Coroner sagt, daß E. J. und Alex Havens schnell gestorben sind. Er ist sich ziemlich sicher, daß Thanatos E. J. schon mit dem er-

197

sten Schlag getötet hat. Havens dagegen hat er offensichtlich erwürgt, ehe er ihn ins Wasser warf.«

Schweigen, gefolgt von einem ruhigen »Danke«.

»Frank und ich holen Sie also morgen um etwa Viertel vor sechs ab, okay?«

»Ich weiß nicht, ob ich überhaupt in der richtigen Stimmung bin.«

»Das macht nichts. Ich bestehe darauf. Sie können nicht die ganze Zeit allein rumhocken. Halten Sie es noch aus bis zum Weihnachtsabend?«

»Klar. Bis morgen dann.«

Der Hörer hatte keine fünf Sekunden auf der Gabel gelegen, als es schon wieder klingelte.

»Kelly.«

»Irene Kelly? Zum Kuckuck! Jetzt schulde ich Austin fünf Dollar. Ich habe ihm gesagt, Sonntag wären Sie bestimmt nicht im Büro. Aber auf den Tag des Herrn soll man wohl keine Wetten abschließen.«

»Mr. Devoe?« fragte ich zögernd.

»Richtig. Hobson Devoe. Mr. Wood hat mich hier aufgestöbert und mich gebeten, Sie anzurufen.«

»Danke, daß Sie sich melden. Ich würde Ihnen gerne ein paar Fragen zu Mercury Aircraft stellen. Arbeiten Sie immer noch dort?«

»Nun ja, in gewissem Sinne. Offiziell bin ich zwar schon pensioniert, aber sie zahlen mir ein bißchen was drauf, und dafür spiele ich den Museumsdirektor. Ich bin schon seit 1938 bei Mercury. Ich war für das, was man heute ›Human Resources‹ nennt, verantwortlich, das Personal. Aber wir haben eine Pressestelle, die Ihnen sicher gerne –«

»– ich würde mich lieber zuerst mit Ihnen unterhalten, Mr. Devoe.«

»Worum genau geht es eigentlich, Miss Kelly?«

»Kannten Sie Dr. Blaylock?«

»Ach ja, die arme Edna«, meinte er und schwieg einen Augenblick. »Ich habe mich ein paarmal mit ihr über ihre Arbeit unterhalten, aber ich kannte sie nicht besonders gut. Ihre Mutter, die hab ich gekannt – hat lange bei Mercury gearbeitet. Sie sind doch die Reporterin, die den Brief vom Mörder bekommen hat, nicht wahr?«

»Ja. Inzwischen sind es schon drei.«

»Drei! Hat sich das denn wiederholt? Du lieber Himmel!«

»Wie ich Ihren Worten entnehme, lesen Sie keine Zeitung …«

»Nicht doch! Ich lese den *Express* sogar äußerst gewissenhaft. Ach! Hab ich es Ihnen nicht gesagt? Ich rufe nicht aus Las Piernas an. Ich bin gerade zu Besuch bei meiner Tochter in Florida. Austin hat mir auf ihrem Anrufbeantworter mehrere Nachrichten hinterlassen, aber wir waren in Orlando, haben meiner Enkelin Disney World gezeigt. Und sind erst heute wieder zurückgekommen.«

»Tut mir leid, Mr. Devoe. Ich wußte ja nicht, daß das ein Ferngespräch ist. Kann ich Sie zurückrufen?«

»Nein, nein. Austin könnte wahrscheinlich eher einen kleinen Telefonbeitrag gebrauchen. Er hat mir … tja, zahlreiche Mahnungen auf dem Anrufbeantworter hinterlassen und mich gedrängt, Sie doch endlich anzurufen. Erzählen Sie mir doch von den anderen Briefen.«

Ich beschrieb ihm kurz den Inhalt der Briefe und die Morde, die ihnen gefolgt waren.

»Oh. Jetzt verstehe ich, warum es so dringend ist. Ach du liebe Güte.«

»Sie sagten, Sie kannten Edna Blaylocks Mutter persönlich. Kannten Sie auch Bertha Thayer und …«, ich blätterte durch meine Notizen, die ich mir in Rita Havens' Haus gemacht hatte, »… und Gertrude Havens?«

»Gertrude, ja, natürlich. Bertha auch. Das ist ja wirklich erstaunlich, daß ich gerade sie kenne. Während all der Jahre bei Mercury hab ich schließlich mit Tausenden von Arbeitern zu tun gehabt. Aber Gertrude und Bertha gehörten zu den ersten Frauen, die in der Herstellung arbeiteten. In der Rüstung, wie Sie wohl mitbekommen haben. Ich war für einige der Projekte in unseren beiden südkalifornischen Werken verantwortlich.«

»Was für Projekte?«

»Oh, ich hab diesen ersten Arbeiterinnen dabei geholfen, sich ein bißchen einzuleben. Hab ihnen geholfen, den Übergang zu bewältigen, sowohl den Frauen als auch den Männern. Damals war das etwas ganz Bahnbrechendes. Ein Experiment gewissermaßen.«

»Experiment?«

»Meine Güte, ja. Als was Vorübergehendes. Die meisten Frauen verloren ja ihre Jobs kurz nach dem Krieg. Schon nach dem Sieg in Europa wurde ein bißchen gedrosselt. Man hat einfach erwartet, daß die Frauen aufhören würden – das heißt, die Firma hat es erwartet. Aber nicht die Frauen, das kann ich Ihnen versichern. Nicht daß sie diesen Kriegsveteranen keine Jobs gegönnt hätten, nein, sie waren nur inzwischen selber von diesem Einkommen abhängig. Und auch ich wollte einige von ihnen nicht verlieren. Es gelang mir … Ach Gott! Ach Gott!«

»Mr. Devoe? Was haben Sie denn?«

»Nichts, nichts. Ach du lieber Gott. Hören Sie, Miss Kelly! Mir fällt da eben ein, daß all die Arbeiterinnen, die Sie genannt haben, etwas sehr Ungewöhnliches gemeinsam hatten.«

16

Meine Hand erstarrte über den Notizen, die ich mir gemacht hatte. »Was hatten sie denn gemeinsam?«

»Alle drei haben nach dem Krieg bei uns weitergearbeitet.«

»War das denn so selten?«

»O ja. Allerdings.«

»Wissen Sie noch, weshalb sie ihre Jobs behalten durften?«

»Selbstverständlich. Es gab nur einen Härtefall, den J. D. akzeptierte.«

»J. D.?«

»J. D. Anderson, Gründer und Präsident von Mercury Aircraft. Inzwischen hat er sich natürlich längst aus dem Geschäftsleben zurückgezogen. Ich bat damals J. D., wenigstens die Kriegswitwen nicht zu entlassen. Das reichte ihm aber noch nicht. Dann wenigstens die, die gute Arbeit leisteten, forderte ich. Auch das war ihm nicht genug. Schließlich flehte ich ihn praktisch auf Knien an, wenigstens die Witwen mit kleinen Kindern weiterzubeschäftigen. Womit er sich endlich einverstanden erklärte – gute Arbeitszeugnisse natürlich vorausgesetzt.«

»Moment mal. Sie sagen, daß alle drei Frauen Witwen waren?«

»Nicht nur Witwen, Kriegswitwen. Und Kriegswitwen, die bis zum Kriegsende nicht wieder geheiratet hatten. Ich hab meinen Vater im Ersten Weltkrieg verloren. Damals war ich elf. Ich wußte also, was diesen Kindern, die vaterlos aufwuchsen, bevorstand. Mein Gott, ja, das war wohl der Grund, warum ich für sie gekämpft habe. Ich hatte ja meine eigene Mutter verzweifelt nach Jobs suchen sehen, die einigermaßen anständig entlohnt wurden.

Sie machte sich am Ende selbständig und kam dann ganz gut zurecht. Aber am Anfang war es entsetzlich.«

»Wie viele von diesen Frauen hat man behalten, was meinen Sie?«

»Oh, ich schätze, vielleicht an die hundert.«

Hundert Frauen. Das war zu schaffen, auch wenn sich die Sache als Sackgasse entpuppte. »Ob Mercury wohl noch Unterlagen über diese Frauen hat?«

Lange Zeit schwieg er. »Doch«, sagte er zuletzt.

Nicht »meine Güte« oder »mein Gott.« Offensichtlich bewegten wir uns auf gefährlichem Terrain.

»Ehe Sie meine nächste Frage beantworten, Mr. Devoe, denken Sie bitte daran, was den Kindern der drei Frauen, denen Sie halfen, zugestoßen ist – und was den Kindern der anderen Rüstungsarbeiterinnen noch zustoßen könnte, wenn wir nicht besser verstehen, warum Thanatos es auf sie abgesehen hat.« Ich holte tief Luft. »Wenn ich Ihnen verspreche, meine Informationsquelle ...«

»Ich verstehe«, unterbrach er mich mit fester Stimme. Wieder schwieg er lange. »Die Personalbüros sind am Mittwoch unbesetzt«, sagte er zuletzt. »Sie beginnen dort erst wieder am zweiten Januar. Vielleicht wäre Mittwoch ein guter Tag für einen Museumsbesuch. Ich rufe Sie wieder an, sobald ich meinen Rückflug gebucht habe.«

»Ich kann Ihnen gar nicht sagen, wie –«

»Ist auch gar nicht nötig. Frohe Weihnachten, Miss Kelly.«

»Frohe Weihnachten, Mr. Devoe. Und vielen herzlichen Dank.«

Ich löschte das Buchstabenchaos auf meinem Bildschirm. Durch Hobson Devoe war da nun wieder ein Hoffnungsschimmer. Und ich stellte fest, daß ich die Geschichte von Rita und Alexander Havens doch schreiben konnte.

Als ich damit fertig war und Feierabend machte, blickte ich auf den leeren Bildschirm und sah mein Spiegelbild in der dunklen Scheibe. Das Bild der auf ihren toten Mann starrenden Rita Havens drängte sich in mein Bewußtsein. Eilig stand ich auf und verließ die Redaktion.

Unser Weihnachtsbankett wurde noch besser, als ich es mir vorgestellt hatte, und das will etwas heißen. Wir aßen, lachten und plauderten vergnügt bei *Cioppino* und *Linguini con vongole* und vielen anderen fleischlosen Delikatessen.

Offensichtlich tritt bei den meisten Frauen, wenn sie Steven zum ersten Mal erblicken, eine Art Standardreaktion ein, eine Beinahe-Katatonie gewissermaßen, denn sogar Mrs. Pasteroni, Lydias Mutter, nahm sich Zeit, ihn... nun ja... eingehend zu begutachten. Sobald die Wirkung etwas nachließ und Rachel und Mrs. Pastorini ihre Sprache wiedergefunden hatten, fügte Steven sich zwanglos in unsere Runde ein.

Um Mitternacht ließen sich die Nichtkatholiken unter uns dazu breitschlagen, die Christmette in St. Patrick zu besuchen. Wenn ich im Grunde auch nur eine ungläubige Katholikin bin, lasse ich mir dieses feierliche Ereignis nur selten entgehen.

Danach dankten wir den Köchinnen und machten uns mit einem letzten »Frohe Weihnachten« auf den Heimweg.

»Hat es dir denn einigermaßen gefallen?« fragte ich Steven, als wir ihn absetzten.

»Super. Ihr habt phantastische Freunde.«

Da konnte ich ihm nur zustimmen. Sosehr ich mich auch auf die seltenen Gelegenheiten freue, mal mit Frank allein zu sein, war ich diesmal doch froh, daß wir nicht weggefahren waren und uns in den Bergen verschanzt hatten. Unser Freundeskreis war in vieler Hinsicht wie eine Familie.

Als wir endlich nach Hause kamen, hatten die Hunde den Garten vollständig umgepflügt und Cody einen Teil des Sofas zerfetzt. Doch das alles spielte keine Rolle. Unsere Probleme waren winzig, und wir wußten es. Wir krochen ins Bett und hielten einander in den Armen. Ich war glücklich, seinem Herzschlag zu lauschen. Es war wirklich Weihnachten geworden.

Wie sich herausstellte, mußten wir beide am Weihnachtstag arbeiten. John rief mich an und meinte, seit meinem Artikel über die Havens stünden die Telefone nicht mehr still, und ich solle mich doch gefälligst in die Redaktion bemühen, und frohe Weihnachten übrigens auch noch. Der *Express* konnte sich kaum mehr retten vor Anrufen; von Kindern ehemaliger Rüstungsarbeiterinnen; Menschen, die zu wissen glaubten, wer sich hinter dem Namen Thanatos verbarg; Lesern, die sich darüber aufregten, daß wir an Weihnachten das Thema Mord auf der Titelseite brachten; und wieder anderen, die meinten, durch die Veröffentlichung der Briefe würden wir dem Mörder helfen und seinem Tun Vorschub leisten.

Ich überließ es meinen Kollegen, die Beschwerden entgegenzunehmen und die Behauptungen zu überprüfen. Ich wollte mich ganz auf die Kinder der Rüstungsarbeiterinnen konzentrieren.

Von jedem Anrufer notierte ich mir Namen und Telefonnummer und jede andere nützliche Information, einschließlich Alter, Familienstand und dem Namen der Mutter. Ich erkundigte mich, ob die Eltern des Anrufers noch am Leben seien – und falls nicht, wann sie gestorben seien. Ob er oder sie in letzter Zeit Kontakt zu Mercury Aircraft oder einem der drei Opfer gehabt habe. Schließlich fragte ich sie noch, wer sich ihrer Meinung nach hinter dem Namen Thanatos verbergen könnte. Jeder und jedem einzelnen von ihnen mußte ich versichern, daß keine neuen Briefe eingegangen waren. Ich legte mir eine Liste an. Am Spätnachmittag hatte ich schon mehr als sechzig Personen beisammen.

Dann ließ der Andrang nach, und ich fand Zeit, eine zweite Liste anzulegen, die nur noch die Vierundfünfzigjährigen umfaßte, und hoffte inständig, daß diese Übereinstimmung kein Zufall gewesen war. Meine dritte Liste, die kürzeste, beschränkte sich auf jene, deren Väter im Krieg gefallen waren. Auf dieser dritten Liste standen nur noch zwölf Namen.

Ich dachte an Hobson Devoes Einschätzung, nach der Mercury etwa hundert Frauen nach dem Krieg weiterbeschäftigt hatte, und befürchtete, daß ich zu viele Personen von meiner Liste gestrichen hatte.

John und ich trafen uns zu einer kleinen Sitzung, um meine neuesten Erkenntnisse noch einmal durchzugehen und uns darauf zu einigen, was an die Polizei weitergegeben werden sollte. Er hatte nichts dagegen, wenn ich Frank über meine Unterhaltung mit Hobson Devoe ins Bild setzte. Ich stellte fest, daß John offensichtlich eine weichere Gangart eingeschlagen hatte. Inzwischen war wohl auch sein Vertrauen in Frank gewachsen.

»Für einen Cop ist er wirklich schwer in Ordnung«, vertraute er mir an. Auch das war eine frohe Botschaft für mich.

Ich telefonierte mit Frank. Während der letzten beiden Tage hatte er versucht, Leute zu finden, die Alex Havens beim Auslaufen seiner Yacht beobachtet hatten. Nur zwei, drei Personen hatte man aufgetrieben, die Havens zwar bemerkt, denen jedoch nichts Ungewöhnliches aufgefallen war. Die *Lovely Rita* hatte man mehrere Meilen von Las Piernas entfernt an einer felsigen Anlegestelle gefunden – zerschellt. In Zusammenarbeit mit der Küstenwacht untersuchte die Polizei, ob sie von selber dorthin abgedriftet sein konnte, oder ob man sie dort hatte auflaufen lassen, wie man ja auch Havens Leiche an einer Stelle ins Wasser geworfen haben mußte, von der aus sie mit aller Wahrscheinlichkeit bei Flut an die Küste getragen wurde.

Freunde und Kollegen von Alex Havens kamen wiederholt auf die starke Zuneigung zu sprechen, die zwischen Havens und seiner Frau geherrscht haben mußte. Wie sich herausstellte, wußten mehr als ein Dutzend Personen von dem beabsichtigten Segelausflug; er hatte den geplanten Törn auch an Orten erwähnt, wo andere leicht mithören konnten.

Auch die Polizei hatte inzwischen zahlreiche Anrufe von Kindern ehemaliger Mercury-Arbeiterinnen erhalten, mit etwa dem gleichen Prozentsatz vielversprechender Namen. Frank hatte bereits ähnliche Kriterien auf seine Anruferliste angewandt, um einen engeren Personenkreis herauszufiltern. Ich erzählte ihm von Hobson Devoes Anruf.

»Hmm. Das ist ja ein ganz neuer Aspekt. Da muß ich wohl mal jemanden beauftragen, die Leute auf meiner Liste zurückzurufen und sich zu erkundigen, ob die Mütter Kriegswitwen waren«, sagte er. »Dann können wir unsere endgültigen Listen vergleichen, ehe wir uns wieder mit Devoe unterhalten.«

»Wir?«

»Stört's dich, wenn ich mich anhänge?«

Ich überlegte. »Wenn Hobson Devoe nicht dagegen hat, mir soll's recht sein. Aber wenn er irgendwelche Bedenken hat –«

»Frag ihn einfach, und schau mal, was er sagt.«

Wir unterhielten uns über den bevorstehenden Abend. Es sah so aus, als schafften wir es beide gerade noch, vor der zweiten Runde der Festivitäten mit unserer Arbeit fertig zu werden. Da Frank als erster zu Hause sein würde, erklärte er sich bereit, die Tiere zu versorgen. »Noch was, Frank. Ich glaub nicht, daß ich mir morgen freinehmen kann. Fährst du trotzdem nach Bakersfield?«

»Ich hab Mutter schon angerufen«, meinte er. »Ich kann auch nicht fahren. Mach dir keine Gedanken deswegen. Sie war lange mit einem Polizisten verheiratet – sie kennt das.«

»Wahrscheinlich ist sie trotzdem enttäuscht.«

»Wahrscheinlich. Aber ich hab ihr gesagt, wir kommen so bald wie möglich.«

Die meisten vom Tagdienst hatten den Nachrichtenraum bereits verlassen, als ich meinen Computer ausschaltete. Ich räumte gerade meinen Schreibtisch auf, als das Telefon klingelte.

»Kelly.«

Nichts.

Ich legte auf. Als ich in meinen Mantel schlüpfte, schrillte es schon wieder. Ich zögerte und nahm dann ab.

»Kelly.«

»Fragst die kleinen Angsthäschen jetzt nach ihren Vätern aus, was Kassandra? Sapperlot, das war aber ganz schön klug von dir. Vielleicht zu klug. Aber irgendwie gefällt mir das.«

»Blablabla.«

»Versuch bloß nicht, dich über mich lustig zu machen!« Sogar der elektronisch verfremdeten Stimme hörte man an, wie zornig er war. Doch die nächsten Worte sprach er wieder ruhig, gelassen und deutlich. »Vergiß nicht, ich weiß jederzeit, wo du bist, was du tust und mit wem du es tust. Vergiß das nicht, Kassandra. Mein kleines Geschenk soll dich daran erinnern. Frohe Weihnachten.«

Er legte auf.

Als ich John und Frank von dem Anruf erzählte, mußte ich mir eine Warnung nach der anderen anhören. Ich solle mich doch gefälligst beherrschen und Thanatos nicht noch dazu bringen, seinen Zorn gegen mich zu richten.

Als ich an diesem Abend zu meinem Wagen ging, war ich auf der Hut. Ich bat Danny Coburn, mich zu begleiten. Mir grauste, wenn ich daran dachte, was Thanatos wohl als »Geschenk« betrachtete.

Doch als wir den Wagen erreichten, sah er genauso aus, wie ich ihn am Morgen verlassen hatte. Keine brennenden Parkleuchten noch irgendwelche Männer, die mich aus dunklen Ecken belauerten. Danny, der gerade eine lange Schicht in der Druckerei hinter sich hatte, wartete geduldig in der kühlen Nachtluft, während ich um den Wagen herumging und unter die Kühlerhaube und unter den Wagen guckte. Ich öffnete die Tür und warf einen Blick hinein. Keine Ameisen auf dem Fahrersitz. Ich stieg ein und startete den Wagen. Die Scheibenwischer verharrten in Ruhestellung, die Hupe schwieg, und auch alle anderen, halbwegs erwarteten Irritationen blieben aus. Ich wünschte Danny noch frohe Weihnachten und brauste davon.

Ich sah in den Rückspiegel. Niemand folgte mir. Vielleicht hatte er ja, nachdem er nun schon verwegen genug war, unser Haus zu betreten, und seine Briefe auf der Türschwelle hinterließ, die Attacken aufs Auto aufgegeben. Was würde mich wohl zu Hause erwarten? Ich fröstelte. Ich schaltete die Heizung ein, um die Kälte zu vertreiben. Bald wurde es wärmer, doch ich zitterte immer noch.

Ein Geschenk für Kassandra. Nachdem ich einiges zu

Kassandra gelesen hatte, kam ich zum Schluß, daß es mir gar nicht paßte, so genannt zu werden. Kassandras Familie hielt sie für übergeschnappt, die Männer mißhandelten sie, und am Schluß nahm es ein schlimmes Ende mit ihr.

Ich stand vor einer roten Ampel, als etwas Kaltes und Sehniges über meinen rechten Knöchel glitt.

17

Ich weiß nicht mehr, wie ich aus dem Wagen gekommen bin. Ob ich gebrüllt habe wie am Spieß? Wahrscheinlich. Ich erinnere mich nur noch, daß ich zitternd neben dem Wagen stand. Ein zweiter Autofahrer stieg aus. Einen Moment lang dachte ich nur an Flucht.

»Hallo, alles in Ordnung?«

Er machte einen Schritt auf mich zu, und ich stolperte Richtung Kühlerhaube. Ich muß in etwa so ruhig gewirkt haben wie ein Pferd, das man gerade aus seinem brennenden Stall führt. Doch als die anfängliche Panik etwas nachgelassen hatte, sah ich, daß er ein Teenager war. Thanatos stellte ich mir viel älter vor. Der Junge hatte lange, glatte braune Haare und große braune Augen.

»Was ist denn los?« fragte er, rührte sich aber nicht von der Stelle.

Nachdem ich meine Stimme wiedergefunden hatte, stotterte ich: »Schlange. Im Wagen. In meinem Auto ist eine Schlange.«

»Tatsächlich?« Er kam auf mich zu, langsam diesmal, wobei er die Hände zur Seite streckte, als wolle er mir damit zeigen, daß er nichts Böses im Schilde führte. Ich warf einen Blick nach hinten und sah, daß sich bereits ein Stau bildete. Fast war der Verkehr schon zum Stillstand gekommen, da nun auch andere Leute aus ihren Autos stiegen und auf uns zukamen. Ich beruhigte mich ein wenig.

Der Junge kam näher. »Ich heiße Enrique.«

»Irene.«

»Sie haben doch keine Angst vor mir, oder?«

Ich holte tief Luft. »Nein. Ich hab nicht mal Angst vor Schlangen. Ich habe nur in meinem Wagen nicht mit einer gerechnet.«

»Bißchen kalt heute für Schlangen«, sagte er beim Näherkommen. Er warf einen Blick in den Wagen und meinte dann: »Na schau dir das an. Da ist doch tatsächlich 'ne Schlange drin.« Er streckte die Hand in den Wagen.

»Nicht!« warnte ich ihn. »Vielleicht ist sie giftig.«

»Die? Nöö«, sagte er, ohne den Blick von dem Reptil zu wenden. »Das ist doch nur 'ne ganz kleine harmlose Schildkrötenschlange.«

Ehe ich ihn davon abhalten konnte, hatte Enrique die Schlange blitzschnell hinterm Kopf gepackt. Er zog sie aus dem Wagen und hielt sie mit ausgestrecktem Arm von sich weg. Die »ganz kleine, harmlose Schildkrötenschlange« war fast einen Meter lang und ganz schön zornig, wenn ich ihr heftiges Gezische so interpretieren durfte.

»Darf ich sie behalten?« fragte Enrique.

»Ich würde zwar gerne einfach ja sagen«, antwortete ich ihm, während ich den Verkehrspolizisten beobachtete, der sich auf seinem Motorrad zu uns durchkämpfte. »Aber wahrscheinlich muß sie eine Weile ins Gefängnis.«

»Ganz schön doof an Weihnachten«, sagte er. »Auch wenn's nur eine Schlange trifft.«

Wir holten Steven etwas später zum Abendessen ab, nach all dem Aufruhr, den meine Begegnung mit dem Reptil nach sich zog. Frank fragte, ob ich nicht einfach zu Hause bleiben wollte. Doch zu dem Zeitpunkt hatte sich meine Angst schon in Ärger verwandelt, und ich war entschlossen, mir meine Weihnachten nicht von Thanatos verderben zu lassen, so wie er der Schlange das Fest verdorben hatte.

Zunächst war die Schlange Tischgespräch. Steven nahm an, daß die Wärme der Heizung das Reptil unruhig gemacht hatte.

Jack erinnerte uns an die Geschichte Kassandras. Eines Nachts habe man Kassandra und ihren Bruder in einem Tempel zurückgelassen. Als die Eltern am nächsten Morgen nach ihren Kindern schauten, fanden sie sie umschlungen von Schlangen, die ihre Zungen in die Ohren der Kinder schnellen ließen. »Deswegen konnten Kassandra und ihr Bruder die Zukunft vorhersagen.«

»Was ihr ja wirklich 'ne Menge gebracht hat«, meinte ich.

»Ekelhaft!« Mrs. Pastorini verzog das Gesicht und machte dann eine Geste, als wolle sie einen schlechten Geruch vertreiben. »Schlangen, die ihre Zungen in Kinderohren stecken! Das ist aber kein schönes Thema zu Weihnachten.«

»Sie haben recht«, erwiderte Guy. »Reden wir nicht mehr von all diesen traurigen und gefährlichen und düsteren Sachen.« Guy nickte Steven, der ein wenig bleich aussah, unmerklich zu. Steven bekam die subtile Geste gar nicht mit, doch wir anderen verstanden den Hinweis. Den ganzen Abend hindurch bemühten wir uns mit vereinten Kräften, Steven von seinem Kummer abzulenken.

Es ist wirklich unvorstellbar, daß man sich zwei Abende hintereinander so vollstopfen kann, aber wir taten es. Als wir endlich nach Hause kamen, war es schon nach zehn. Frank machte Feuer und bat mich, noch eine Weile aufzubleiben. Wir saßen auf dem großen Teppich vor dem Kamin. Ich tat einen raschen Griff hinter die Couch und zog das Paket mit seinen Jogginghosen hervor. Er packte sie aus und bedankte sich. Dann rückte er näher an mich heran. Legte die Arme um mich, zog mich behutsam zwischen seine Schenkel, so daß ich an seiner Brust lehnte, und überreichte mir eine sorgfältig eingewickelte kleine Schachtel. Ich begann zu flennen.

»Was ist denn jetzt los? Willst du es nicht aufmachen?«

»Ich schenk dir Jogginghosen, und du gibst mir das?«

»Es ist zwar nichts Großes, zugegeben, aber...«

»Sehr witzig. Du weißt doch genau, was ich meine.«

»Mach's auf. Ich glaub nicht an Schenken als Wettbewerbssport.«

Ich sagte kein Wort und rührte mich nicht.

»Pack's doch endlich aus.« Er sagte es zärtlich und küßte mich in den Nacken. Frank hat begriffen, daß Nackenküsse die halbe Verführung sind.

Mit zitternden Fingern versuchte ich das Päckchen zu öffnen, fummelte an der Verpackung herum, bis ich schließlich aufgab und das verdammte Papier in Stücke riß.

Frank lachte und sagte: »Na ja, das wird wohl nicht mehr in der Familienbibel gepreßt.«

Ich öffnete das kleine Samtschächtelchen. Zwei Saphire und ein Diamant blinkten mir entgegen. Ich ließ es gleich wieder zuschnappen, und erneut kamen mir die Tränen.

Er nahm meine Hände, öffnete es wieder, nahm den Ring heraus und steckte ihn mir an den linken Ringfinger.

»Hab ich dich in letzter Zeit mal gefragt, ob du mich heiraten willst?«

»Ich werde das mal in den Akten nachschlagen. Wie war wieder der Name?«

Dafür kriegte ich einen Biß ins Ohrläppchen.

»Ja, ich heirate dich. Heiratest du mich?«

»Ich dachte schon, du würdest das nie mehr fragen.«

Wir schliefen auf dem Teppich vor dem Feuer ein und zogen erst ins Bett um, nachdem wir mit steifen Rücken und Hälsen in der Kälte aufgewacht waren. Doch das war nur ein kleiner Preis für die wahre Liebe, die man im allgemeinen schwerer findet als viereckige Ostereier.

18

Hobson Devoe rief mich am Mittwochmorgen schon in aller Frühe in der Redaktion an. »Nach unserem Gespräch hat mich mein Gewissen geplagt, Miss Kelly.«

Nanu, dachte ich. Jetzt kriegt er kalte Füße. »Wie darf ich das verstehen?«

»Ich bin schon sehr lange bei Mercury. O Gott, ich arbeite wohl schon länger dort, als Sie auf der Welt sind. Ich habe mir überlegt, daß ich doch nicht so gerne hinter Quincys Rücken rumschnüffeln möchte.«

»Quincy?«

»Quincy Anderson. J. D. Andersons Sohn. Er ist der Direktor des Unternehmens, seit J. D. ausgeschieden ist. Quincy ist mein Chef.«

Seine Sprechgewohnheiten hatten wohl etwas Ansteckendes, denn der Ausdruck meiner sinkenden Hoffnungen reduzierte sich auf ein bloßes »Oh.«

»Also habe ich Quincy angerufen und ihm erklärt, was ich vorhabe. Er war zunächst ein wenig bestürzt. Doch schließlich konnte ich ihn davon überzeugen, daß es ganz im Interesse der Firma ist, Ihnen Zugang zu den Akten zu gewähren. Könnten Sie so gegen neun ins Museum kommen?«

»Doch, das ginge. Mr. Devoe – ich muß schon zugeben, einen Moment lang haben Sie mich ganz schön beunruhigt.«

»Oh, das tut mir leid!«

»Welchen Eingang soll ich denn nehmen, um ins Museum zu kommen?«

»Nun ja, als erstes sollte ich Ihnen vielleicht noch etwas erklären. Quincy bat mich, daß Sie sich an einige Bedingungen halten.«

Das Alarmlämpchen in meinem Kopf blinkte schon wieder. »Welche Bedingungen denn?«

»Drei ganz einfache Bedingungen. Zuerst einmal möchte er, daß wir mit der Polizei zusammenarbeiten. Quincy möchte der Polizei den Zugang zu den Informationen, mit deren Hilfe sie vielleicht einen Serienmörder fangen kann, nicht vorenthalten. Haben Sie damit irgendwelche Probleme?«

»Ganz und gar nicht. Ich werde sogar einen Ermittler von der Mordkommission mitbringen.« Soweit gesehen ersparte mir Quincy einigen Ärger. »Und wie lauten die beiden andern?«

»Zweitens wünscht er eine Zusage, daß die Namen der Arbeiterinnen weder durch Sie noch die Polizei an die Öffentlichkeit gelangen.«

»Für die Polizei kann ich natürlich nicht sprechen. Und was den *Express* angeht, so kennen wir ja bereits einige Namen, sowohl durch unsere eigenen Recherchen als auch durch Anrufe von den Kindern von Rüstungsarbeiterinnen. Ich kann es Ihnen also nicht versprechen. Aber mein Interesse an den Mercury-Akten besteht ja nicht darin, der Öffentlichkeit vertrauliche Einzelheiten über irgendwelche Arbeiterinnen mitzuteilen. Ich möchte lediglich herausfinden, warum Thanatos sich bestimmte Menschen zu Opfern wählt.«

»Ach du je. Ich hätte dran denken sollen, daß Sie ja schon drei Namen kannten, als ich das erste Mal mit Ihnen telefonierte. Tja, ich werde mich noch mal mit Quincy darüber unterhalten.«

»Und was ist die dritte Bedingung?«

»Äääh, daß Sie, äh – erwähnen, wie kooperativ und verständnisvoll sich die Firmenleitung gezeigt hat.«

»Falls Mercury sich kooperativ verhält, habe ich auch kein Problem, das zu sagen. Aber ob ein solches Statement dann auch in der Endfassung meines Artikels erscheint, das hängt ganz von meinem Herausgeber ab.«

»Oh, natürlich. Tja, lassen Sie mich noch mal mit Quincy reden, Miss Kelly. Ich rufe Sie gleich wieder zurück.«

Etwa eine Stunde später traf ich Frank vor dem Museumsportal. Schon nach einer Viertelstunde hatte Hobson Devoe mich zurückgerufen, um mir mitzuteilen, daß Quincy sein Okay gegeben hatte.

Devoe war ein mageres Gestell und sah aus, als könnte ihn die nächste Brise umblasen. Doch in seinen Augen blitzte eine Intelligenz, die stark genug war, alle seine körperlichen Schwächen zu überwinden.

»Das Museum bedeutet mir sehr viel«, sagte er und wies mit seiner knochigen Hand in Richtung der Flugzeugmodelle und historischen Fotos, die an den Wänden hingen. »Man muß wissen, woher man kommt, wenn man wissen will, wohin man geht.« Er verstummte und lächelte. »Verzeihen Sie. Sie sind ja nicht da, um sich das Museum anzuschauen. Wir haben Dringenderes zu erledigen – und glauben Sie nicht, daß ich mich ungern an der Aufdeckung dieser Zusammenhänge beteilige. Ich freue mich darauf, Ihnen zu helfen. Seit Jahren hatte ich nichts zu tun, das mich so herausgefordert hat!«

Wir folgten ihm aus dem Museum ins Freie und bemühten uns, genauso langsam zu gehen wie er.

Hätte ich in einer Ecke des Bürogebäudes, das die Personalabteilung von Mercury Aircraft beherbergte, eine Rolle Bindfaden entdeckt, so hätte mich das nicht überrascht. Dieser Bau war ein Labyrinth. Hobson Devoe lotste uns langsam aber sicher durch Kabinen, Trennwände und diverse Büros und öffnete mit Hilfe einer Schlüsselkarte eine Tür nach der anderen. Vermutlich findet man sich leichter zurecht, wenn man mal länger als ein halbes Jahrhundert an so einem Ort gearbeitet hat.

Zuletzt standen wir in einem winzigen Büro und drängten uns zu dritt um einen Computer. Devoe setzte eine Brille auf, die die Augen so stark vergrößerte, daß ich seine Wimpernhärchen zählen konnte. Wie zum Teufel hatte er es überhaupt geschafft, uns hierherzuführen? Er setzte sich an die Tastatur und tippte dann langsam aber stetig eine Befehlsfolge ein. Er grinste zu uns herauf.

»Tjaha! Ich wette, Sie hätten nicht gedacht, daß ich so einen neumodischen Apparat bedienen kann, was?«

»Mercury hat Computeraufzeichnungen aus den vierziger Jahren?« fragte Frank.

»O ja. Erstaunlich, was? In den meisten Betrieben heben sie nicht mal die Papierakten auf. Aber in unserem System sind alle gespeichert, die mal bei uns gearbeitet haben. J. D. Anderson hatte Spaß an statistischen Studien.«

Diese Auskunft wurde unsererseits mit hochgezogenen Augenbrauen quittiert, doch Hobson blickte von einem zum anderen und meinte:

»Oh, oh, alles ganz rechtmäßig und korrekt, das können Sie mir glauben.«

Langsam suchte und drückte er ein paar weitere Tasten. Ach du lieber Himmel, dachte ich, Thanatos bringt uns noch halb Las Piernas um, während der alte Kauz tippen lernt. »Da«, meinte er befriedigt. »Nun, wo würden Sie gerne anfangen?«

Frank und ich hatten das schon erörtert. Nach Vergleich unserer Listen hatten wir uns auf eine Aufstellung geeinigt, die die Namen von nunmehr fünfzehn Rüstungsarbeiterinnen umfaßte. Doch es gab ja auch noch eine kleinere Gruppe von Arbeiterinnen, die ganz unverkennbar mit diesem Fall in Zusammenhang standen. »Mit den Müttern der drei Opfer«, sagte ich. »Könnten wir uns vielleicht zuerst Josephine Blaylocks Akte vornehmen?«

Devoe tippte ihren Namen ein, beugte sich dann zum Bildschirm vor.

»Geboren am 11. Januar 1922«, las er vor, während Frank und ich uns Notizen machten. »Eingestellt am 5. Oktober 1942. Verwitwet. Hier haben wir einen Stern, das heißt, daß sie ihren Mann im Krieg verloren hat. Ein Kind – damals konnten wir solche Fragen noch stellen... ach du meine Güte, passen Sie auf, daß ich Ihnen nicht mit diesem Thema anfange.«

»Und was steht sonst noch über sie da?« fragte ich.

»Momentchen. Sie hat in unserem Werk in Los Angeles angefangen. Wir hatten damals die beiden großen Werke, eins hier und eins in L. A. Außerdem hatten wir noch sieben kleinere Zweigwerke in anderen Teilen Südkaliforniens.«

»Und wann ist sie nach Las Piernas gekommen?« fragte ich.

Er beugte sich wieder ein Stück nach vorn. »Am 6. November 1944 in das Werk Las Piernas versetzt. War in der Galvanik beschäftigt.«

Wir notierten uns Josephines Blaylocks Arbeitsdaten und baten ihn dann, Bertha Thayer aufzurufen.

»Geboren am 3. Juni 1924. Eingestellt am 17. August 1942.« Sie war etwas jünger als Josephine, doch als er weiterlas, erfuhren wir, daß auch sie, wie Hobson sich noch erinnerte, Kriegswitwe war. Thelma war ihr einziges Kind. »Begann im Werk L. A.«, fuhr er fort, »und wurde am 6. November 1944 nach Las Piernas versetzt. Hat in verschiedenen Abteilungen gearbeitet, vor allem aber in der Entfrostermontage.«

»Warten Sie mal bitte«, sagte Frank und blickte von seinen Notizen hoch. »Sie wurde am gleichen Tag versetzt wie Josephine Blaylock?«

»Hmm, ja«, meinte Hobson.

»Werfen wir doch mal einen Blick auf die Akte von Gertrude Havens«, schlug ich vor.

Devoe steigerte allmählich sein Tempo, und die Datei erschien schon ein wenig rascher auf dem Bildschirm.

»Auch sie ist am 6. November 1944 versetzt worden. Sie hat in der Elektroabteilung gearbeitet.« Zwischen seinen schneeweißen Brauen bildete sich eine steile Falte. »Ich weiß nicht so recht, was ich von diesem 6. November halten soll. Manchmal haben wir eine ganze Gruppe versetzt, wenn beispielsweise in einem Werk ein Projekt abgeschlossen war und in einem anderen ein neues anlief. Lassen Sie mich doch mal einen genaueren Blick auf diese Akten werfen.«

Er tippte einen Befehl ein und schob sich tatsächlich noch näher an den Monitor heran. »Mr. Devoe«, warnte ich ihn, »das kann schädlich sein.« Er klebte schon fast an der Scheibe. In solcher Nähe würden sich, auch wenn die Strahlung kein Problem war, seine Nasenhaare statisch aufladen.

»O-L-Y«, sagte er zu mir und lehnte sich dann zurück. »O-L-Y...«

»Wie bitte?«

»O-L-Y. Das ist als Begründung für die Versetzung angegeben.«

»Was heißt denn das?«

»Ich habe keine Ahnung«, sagte er unglücklich und offensichtlich erzürnt darüber, daß eine Personalakte Angaben enthalten sollte, die er nicht verstand. »Oberer Leistungsbereich... nein, ich kann mir einfach nicht vorstellen, wofür das Y stehen soll.«

»Können Sie uns vielleicht die Namen weiterer Arbeiterinnen nennen, die am gleichen Tag versetzt wurden?« fragte Frank.

Devoe kratzte sich am Kopf und tippte dann eine weitere Befehlsserie ein. Diesmal brauchte der Computer ein wenig länger, um die entsprechenden Daten zu finden.

Achtunddreißig Namen. Zwar keine lange Liste, aber dennoch länger als unsere Fünfzehn-Personen-Aufstellung.

»Oje«, rief er stirnrunzelnd, »ich hab vergessen, die Einschränkung weiblich einzugeben. Auf der Liste hier stehen auch ein paar Männer. Hier ist einer aus dem Werk in San Diego. Ich probier es noch mal.«

»Kann man die Liste auch auf die Frauen eingrenzen, die vom Werk L. A. kamen und bei denen ›O-L-Y‹ als Versetzungsgrund angegeben ist?«

Er begann, die Suchangaben einzutippen, wobei er jede beim Eingeben laut vor sich her sprach. »Und Oly«, sagte er bei der letzten und drückte die Taste, die den Suchbefehl auslöste.

Oly. Diesmal sprach er es als Wort aus, was mich an andere Begriffe aus meinem mythologischen Wortschatz erinnerte. »Olympisch? Olympiade? Olymp?«

Devoe sah mich an, als hätte ich ein Gespenst herbeigezaubert. »Olympus!« flüsterte er. »Bei Gott, es ist Olympus.«

Einen Moment lang starrte er schweigend auf den Bildschirm, während Frank und ich uns ansahen.

»Olymp oder Olympus, der Sitz der Götter. Gab es vielleicht mal ein Sonderprojekt, das so hieß?« fragte ich.

»Vielleicht«, sagte er abwesend und war in seinen Gedanken offensichtlich ganz woanders. Er blickte zu mir hoch. »Olympus hieß unsere Kindertagesstätte.«

Der Computer piepte, und er blickte wieder auf den Monitor. »Eine Liste von fünfundzwanzig Namen«, sagte er und druckte sie aus.

»Warum geben Sie denn eine Kindertagesstätte als Versetzungsgrund an?« fragte Frank.

Er seufzte. »Das ist leider eine ganz traurige Geschichte. Ich hatte sie völlig vergessen, bis Miss Kelly den Namen aussprach.« Er ließ seinen Blick zwischen uns hin und her wandern. »Sie sind wohl beide noch zu jung. In den Fünfzigern geboren, oder?«

Wir nickten.

»Tja, viele aus Ihrer Generation wissen das nicht mehr, aber in den Jahren unmittelbar vor und während des Krieges gab es sehr viele vom Staat finanzierte Kindertagesstätten.«

»Von der Bundesregierung unterhaltene Kinderhorte?« Ich dachte an die stets zu Fall gebrachten Anträge in den siebziger Jahren und danach. »Haben sie die für die Rüstungsarbeiterinnen gebaut?«

»Ja, aber es gab auch vorher schon einige, im Zuge der WPA, der Works Progress Administration, die zur Bekämpfung der Arbeitslosigkeit Staatsaufträge vergab. Nachdem die Vereinigten Staaten in den Krieg eingetreten waren, stieg die Zahl der Horte natürlich sprunghaft an, vor allem an Orten wie Las Piernas und Los Angeles, wo es so viele kriegswichtige Industrien gab.«

»Olympus war also eine dieser vom Bund finanzierten Tagesstätten?«

»Nein, Olympus war privat.«

»Gehörte also Mercury?«

»Ja. Die Regierung finanzierte Horte, die normalerweise am frühen Abend schlossen. Wir dagegen arbeiteten in drei Schichten, vierundzwanzig Stunden pro Tag,
sieben Tage in der Woche. Wir brauchten eine entsprechende Betreuungseinrichtung. Und da wir nicht auf eine
Entscheidung der Regierung warten konnten, richteten
wir unsere eigene Tagesstätte ein.«

»In Los Angeles?« fragte Frank.

»Olympus war in Los Angeles. Die in Las Piernas
nannte man nur den Mercury-Hort. Sie wurden beide
noch vor Kriegsende geschlossen.«

»Und weswegen?«

Er rutschte unbehaglich auf seinem Stuhl hin und her.
»Der alte J. D. würde sich im Grab umdrehen, wenn er
wüßte, daß ich das alles nochmals ans Licht zerre. Aber
ich bin ein alter Mann, ich brauche keine Angst mehr zu
haben. Das Leben in Südkalifornien war damals ganz anders. Ach, nicht nur in Südkalifornien. Aber Sie können
sich gar nicht vorstellen, wie sehr sich die Gegend hier
verändert hat. Los Angeles! Ach du je.« Er schloß die Augen, als ob er sich L. A. und Las Piernas im damaligen Zustand vorstellte. »Die Flugzeugfabriken und die Männer,
die sie führten, waren überaus mächtig. Alle wußten, daß
unser Sieg von ihnen abhing. Niemand wollte ihnen im
Weg stehen.« Er seufzte und öffnete wieder die Augen.
»Es war Krieg. Leute in Ihrem Alter haben so was ja nie
erlebt. Die Heimatfront im Zweiten Weltkrieg – das ist
wahrscheinlich jenseits Ihrer Vorstellungskraft. Jeder
hatte einen Bruder oder einen Mann, einen Vater oder einen Sohn in der Armee. Die Leute waren nicht nur patriotisch. Sie haben unsere Rüstungsanstrengungen als
ganz persönliche Angelegenheit empfunden. Und unser
Werk hier und das in Los Angeles waren für die Rüstung

von zentraler Bedeutung. Was immer wir auch verlangten, wir bekamen es. Sie können das wahrscheinlich nicht verstehen…« Er hielt inne. »Verzeihen Sie. Ich schweife schon wieder ab. Ich soll Ihnen ja von Olympus erzählen.«

Wieder zögerte er und begann dann so leise und vertraulich zu reden, als verbreite er auf einer Hochzeit üble Gerüchte über die Braut. »Es gab da einen sehr merkwürdigen und traurigen Vorfall in unserer Tagesstätte. Ein kleiner Junge starb. Ich erinnere mich zwar nicht an alle Einzelheiten, aber ich weiß noch, daß man eine der Aufsichtspersonen für den Tod des Jungen verantwortlich gemacht hat. Und danach wurde die Tagesstätte geschlossen.«

»Sie wissen aber nichts Genaueres mehr über die Person, der man die Schuld gab?« fragte Frank. »War es ein Mann? Eine Frau?«

»Ich glaube, eine Frau. Ja. Es gab einen Riesenprozeß.« Er runzelte wieder die Stirn. »Es tut mir leid, es ist schon so lange her. Ich hatte nach der Schließung des Kindergartens alle Hände voll zu tun, so daß ich das Ganze leider nicht so genau verfolgen konnte.«

»Was geschah denn mit all den Kindern, die in Olympus betreut wurden?«

»Nun, daran erinnere ich mich noch ganz gut, denn das habe ich größtenteils selber abgewickelt. Die Firma bot einigen der Mütter und ihren Kindern die Versetzung sowie Hilfe bei der Übersiedlung nach Las Piernas an. Ich erinnere mich noch, daß J. D. dieses Angebot nur den Kriegswitwen machte und nicht allen Müttern. Die meisten anderen Frauen waren gezwungen, sich nach anderen Betreuungsmöglichkeiten umzutun. Aber für die Witwen hatte er schon ein Herz. Die ersten Frauen, die er einstellte, waren Witwen, deren Männer beim Angriff auf

Pearl Harbor gefallen waren. Was uns eine phantastische Presse einbrachte – aber ich will seine Motive nicht bezweifeln.«

»Diese fünfundzwanzig kamen also nach Las Piernas.«

»Ja. Meine Aufgabe war es, sie bei der Wohnungssuche zu unterstützen, was nicht eben leicht war. Das kann ich Ihnen flüstern.«

»Und wie haben Sie es geschafft?« fragte ich. »Ich habe immer gehört, daß Wohnungen damals sehr knapp waren.«

»Oh, das ist richtig. Absolut richtig. Aber wie schon gesagt, Mercury Aircraft hatte zur damaligen Zeit eine ungeheure Macht in Südkalifornien, und wir konnten das alles regeln. Wenn es J. D. um irgendwelche Begünstigungen ging, schreckte er auch nicht davor zurück, Beamte unter Druck zu setzen. Und er wußte, wie gesagt, wie man die Publicity einer guten Tat ausschlachtet, und wie man das, was wir für diese Frauen taten, verkaufen mußte.«

Wir verglichen nun seine Liste mit unserer. Sechs der Mütternamen auf unserer Liste, einschließlich die der Mütter unserer drei Opfer, stimmten überein:

Josephine Blaylock
Bertha Thayer
Gertrude Havens
Peggy Davis
Amanda Edgerton
Louisa Parker

Die meisten anderen schieden aus dem einen oder anderen Grund aus. Stand eine Frau auf Devoes Liste, nicht aber auf unserer, so war das gegenwärtige Alter ihres Kindes (oder ihrer Kinder) nicht vierundfünfzig Jahre. Befand sie sich zwar auf unserer, aber nicht auf Devoes Liste, so zeigte uns ein Blick in die Mercury-Unterlagen, daß sie nicht mit der Olympus-Gruppe versetzt worden war.

Eine Ausnahme gab es jedoch. Eine gewisse Maggie Robinson war zwar mit der Olympus-Gruppe versetzt worden, und ihr einziges Kind mußte auch inzwischen vierundfünfzig sein, aber ein Robert Robinson hatte sich weder bei der Polizei noch bei der Zeitung gemeldet.

»Vielleicht hat er sich nicht so leicht einschüchtern lassen wie die anderen«, meinte ich.

»Vielleicht.« Frank schrieb sich die Versicherungsnummern auf. Wenn es auch etwas Zeit in Anspruch nahm, so würde er doch mit Hilfe dieser Information vermutlich alle, die noch lebten, ausfindig machen können. »Diese Informationen sind fast fünfzig Jahre alt. Robinson könnte weggezogen sein. Er könnte schon mit vierzig gestorben sein. Es gibt eine ganze Reihe von Möglichkeiten.«

Ich blickte über Franks Schulter und sah, daß er sich auch die Versicherungsnummern von Frauen notierte, die nicht auf der Liste standen. »Wir sollten uns vielleicht hinsichtlich dieser Verbindung über die Kindertagesstätte nicht zu sicher sein«, sagte er. »Vielleicht ändert sich das ja wieder. Vielleicht ist das nächste Opfer jünger oder älter als vierundfünfzig.«

Wir bedankten uns bei Hobson Devoe und ließen uns wieder aus dem Gebäude führen.

»Sie sollten mal wiederkommen und sich das Museum ansehen«, meinte er beim Abschied.

»Mit größtem Vergnügen«, sagte ich. »Und irgendwann würde ich mich auch mal gerne mit Ihnen und Austin Woods zusammensetzen und Ihren Erinnerungen ans alte Las Piernas lauschen.«

Er lachte. »Sie würden schneller einschlafen als Austin an seinem alten Schreibtisch.«

»Noch was«, sagte Frank, »falls das keine indiskrete Frage ist, wie sind Sie zu Ihrem Namen gekommen?«

»Devoe?« Der alte Mann lächelte verschmitzt. »Oh, Sie meinen natürlich Hobson, nicht wahr? Nun ja. Ich bin das jüngste Kind meiner Eltern. Vor mir hatten sie schon sechs Mädchen. Als die Wehen einsetzten, sagte mein Vater zu meiner Mutter, diesmal wolle er einen Jungen. Worauf sie meinte, er habe Hobsons Wahl, was ja bekanntlich nichts weiter heißt, als das er keine Wahl hatte.«

Während wir zum Wagen zurückgingen, überflog ich meine Notizen und las noch einmal die sieben Frauennamen, die auf beiden Listen standen.

»Hast du noch ein bißchen Zeit?« fragte ich.

Frank sah auf seine Uhr. »Nicht viel. Ich muß noch ein paar Aufträge verteilen, damit wir alle, auf die er es möglicherweise abgesehen hat, im Auge behalten können. Und ich hab einen Termin bei der Küstenwache wegen Havens Boot. Heute, meinten sie, könnten sie mir eventuell mehr sagen.«

Ich blätterte wieder zurück zu den Namen derer, die die Zeitung oder die Polizei angerufen hatten. »Don Edgerton, Howard Parker und Justin Davis. Die stimmen mit den Kindernamen in den Mercury-Akten überein. Und dann noch dieser Robert Robinson.«

»Ich werd mal sehen, ob man den nicht ausfindig machen kann.«

»Wenn ich wieder im Verlag bin, schau ich mal ins Archiv, Frank. Vielleicht finde ich ja ein paar Artikel über den Vorfall in der Kindertagesstätte.«

»Gut. Aber mit den anderen drei muß ich mich so schnell wie möglich unterhalten. Ich denke, in diesem

Punkt sollten wir die Interessen von Polizei und Presse auseinanderhalten. Wie wäre es, wenn Pete und ich uns die Jungs zuerst vorknöpfen und du sie dann, falls sie dazu bereit sind, alleine interviewst?«

Ich wollte schon Einwände machen, doch meine Intuition sagte mir, daß es wichtiger war herauszufinden, was in der Tagesstätte Olympus geschehen war. Ich akzeptierte also seinen Vorschlag, weil ich das deutliche Gefühl hatte, der Schlüssel zum Verständnis von Thanatos warte im Verlag auf mich. Leider war es nicht das einzige, das mich dort erwartete.

19

Liebe Kassandra,

hat Dir mein Weihnachtsgeschenk gefallen? Ich bedaure es wirklich sehr, daß ich Dir nicht weiterhin meine Macht unter Beweis stellen kann, doch ich habe ein Ziel, dem ich treu bleiben muß. Du hast mich in Versuchung geführt. Ich habe mich ablenken lassen – doch genug! Erst wenn Nemesis zufrieden ist, darf ich mir meinen Herzenswunsch erfüllen.

Die Zeit hat den Verstand meiner Peiniger geschwächt. Nur noch wenige sind mir geblieben. Und mögen sie auch von der Lethe trinken, die Gerechtigkeit ereilt sie dennoch. Spürst du es Kassandra? Ja, ich weiß, du fühlst es. Unser Zusammensein rückt näher, und Du hast Angst. Deine schwachen Versuche, Dich zu schützen, belustigen mich. Zerberus wird mir kein Hindernis sein. Keiner entgeht seinem Schicksal. Und ich gehöre Dir.

Ikarus wird als nächster sterben.

Dein geliebter Thanatos

»Am Flughafen abgestempelt«, sagte ich abwesend zu John. Ich versuchte mich wieder zu beruhigen, indem ich die Tafel neben seinem Schreibtisch studierte, auf der die Themen der nächsten Ausgabe notiert waren. Ich stand zwar schon seit mehreren Minuten dort, aber bis zum heutigen Tag könnte ich nicht sagen, was darauf geschrieben stand. Nachdem John den Brief zu Ende gelesen hatte, räusperte er sich. Ich drehte mich um und sah ihn an.

»Flughafen, wie?« meinte er. »Macht ja auch Sinn für Ikarus. Sie sollten wohl schnell Ihr Schatziputzi anrufen, damit er den Leuten auf Ihrer Liste einschärft, sich von Flugzeugen fernzuhalten.«

Ich ignorierte die spöttische Bemerkung und antwortete lediglich, ich würde ihn anrufen.

»Lethe«, murmelte ich stirnrunzelnd. »Hat was mit den Toten zu tun, nicht wahr?«

»Ja. Der Fluß der Vergessenheit. Die Schatten trinken davon, ehe sie ins Totenreich hinübergehen.«

»Den Hades?«

»Oder den Tartarus, kommt ganz auf den Schriftsteller an. Das Trinken von Lethe bewirkt, daß man alles, was vor dem Tod war, vergißt.«

»Thanatos sagt uns also damit, daß seine Opfer, auch wenn sie die Vergangenheit – oder ihn? – vergessen haben, trotzdem ihre gerechte Strafe erleiden werden.«

Ich nickte. »Die Nemesis stellt die göttliche Rache dar.«

»Bleibt nur noch Zerberus«, sagte er. »Der dreiköpfige Hund, der das Tor des Hades bewacht.«

»Thanatos will mir damit wohl stecken, daß unsere Hunde ihn nicht abschrecken können. Er kriegt mich trotzdem.«

Er schwieg. Offenbar hatte es ihm die Sprache verschlagen. In diesem Zustand trifft man John Walters eher selten an.

»Ich ruf ihn jetzt an«, sagte ich daher nur und verließ sein Büro.

Das Gespräch mit meinem Schatziputzi beruhigte mich wieder. Frank war mir dankbar für die Informationen, hatte aber keine Zeit vorbeizukommen. Sie würden den Brief von einem anderen Ermittler abholen lassen. Und auch am Flughafen wolle er jemanden postieren, der die Angestellten darauf hinwies, Personen von unserer Liste keinesfalls in ein Flugzeug steigen zu lassen, ohne vorher das Las Piernas Police Department zu verständigen.

Ich stieg hinunter ins Archiv und bat um den Mikrofilm vom 10. November 1944. Da, wie Devoe behauptete, J. D. Anderson so scharf auf Publicity gewesen war, hoffte ich auf einen Artikel über die Versetzung der Arbeiterinnen. Mit etwas Glück würde ich darin auch die Olympus-Geschichte erwähnt finden.

Ich mußte zwar eine Weile suchen, stieß jedoch tatsächlich auf einen kleinen Beitrag über Mercury Aircraft und die Versetzung der fünfundzwanzig Kriegswitwen nach Las Piernas. Mercury sorgte unter anderem für Wohnung und Kinderbetreuung. »Jede dieser Frauen war mit einem Mann verheiratet, der das größtmögliche Opfer für sein Land gebracht hat. Diese Frauen haben sich unsere Teilnahme und Fürsorge wahrhaftig verdient«, ließ sich J. D. zitieren. Es gab weder ein Foto, noch wurden Namen von Kindern erwähnt. Der Artikel schloß mit dem Satz, daß Mercury diese Frauen unterstütze, weil die Schließung der Kindertagesstätte Olympus im vorigen Frühjahr sie in große Bedrängnis gebracht habe.

Im vorigen Frühjahr. Zumindest mußte ich jetzt nicht mehr die ganzen Kriegsjahre durchforsten.

Ich ging wieder zum Schalter und bat den Burschen dahinter nach März, April, Mai und Juni des Jahres 1944. Doch wie sehr ich auch nörgelte und grollte, er wollte nicht mehr als sieben Spulen auf einmal herausrücken.

Konzentriert und angestrengt studierte ich Seite für Seite und fürchtete schon, der Artikel sei auf irgendeiner Rückseite begraben. Doch nach meinem vierten Gang zum Schalter stieß ich nach etwa zwanzig Märznummern auf etwas, das mich »Hurra!« schreien und den Archivar zu Tode erschrecken ließ.

TRAGÖDIE IN DER TAGESSTÄTTE: FRAU DES TODSCHLAGS BEZICHTIGT

Pauline Grant, die Erzieherin, die angeblich letzte Woche einen achtjährigen Jungen schlug und dadurch seinen Tod verursachte, wurde nach Angaben eines Sprechers der Staatswanwaltschaft in Los Angeles inhaftiert und wird wegen Totschlags angeklagt.

Mrs. Grant, die die spielenden Kinder in der Tagesstätte Olympus beaufsichtigte, wurde Zeugenaussagen zufolge zornig, als der kleine Robert Robinson ihr eigenes Kind, das die Tagesstätte ebenfalls besuchte, mit Fäusten zu traktieren begann. Grant soll dem kleinen Robinson einen Schlag versetzt haben, in dessen Folge der Junge mit dem Kopf gegen eine Mauer stieß und das Bewußtsein verlor. Er verstarb kurz nach seiner Einlieferung ins Mercy Hospital.

Der Staatsanwalt merkt an, daß, obwohl nur Kinder als Zeugen zur Verfügung stehen, ihre Aussagen sich stets als schlüssig und glaubhaft erwiesen hätten. Die Kindertagesstätte Olympus gehört zu Mercury Aircraft und wird von der Firma als Service für ihre Angestellten betrieben. Die Einrichtung bleibt nach diesen Vorfällen vorläufig geschlossen.

Nun wußte ich, warum wir nichts von Robert Robinson gehört hatten: Er war seit fast fünfzig Jahren tot. Ich verstand jedoch nicht, warum auch Maggie Robinsons Name unter den Versetzungen auftauchte. Vielleicht hatte sie ja noch ein zweites Kind. Oder J. D. Anderson hatte Mitleid mit ihr gehabt. Ich beschloß, Hobson Devoe danach zu fragen. Vielleicht fiel ihm, wenn ich ihm den Bericht zeigte, ja doch noch was ein.

Dem Artikel zufolge hatten nur Kinder zu der Tat ausgesagt. Zur Zeit von Robert Robinsons Tod mußten Alex Havens, Edna Blaylock und Rosie Thayer acht Jahre alt gewesen sein. Waren sie die Zeugen gewesen?

Kurz erwog ich die Möglichkeit, daß sich vielleicht Pauline Grant hinter der Maske des Thanatos verbarg. Doch wenn ihr eigenes Kind 1944 den Hort besucht hatte, mußte sie inzwischen mindestens siebzig sein. Und keine Frau – und schon gar nicht eine Siebzigjährige – konnte mich nachts vom Sofa ins Schlafzimmer getragen haben.

Ob ihr Kind wohl ein Junge gewesen war? »Mit Fäusten traktiert« hatte der andere ihr Kind. Na ja, auch ich habe in der Grundschule oft meine Fäuste fliegen lassen, aber ich besaß auch professionellen Ehrgeiz.

Ich mußte mir noch eine Unmenge von Mikrofilmen angucken, bis ich endlich doch noch ein paar Artikel fand. Pauline Grant hatte ihre Unschuld beteuert und immer wieder jegliche Tötungsabsicht abgestritten. Nur Alex Havens und Edna Blaylock waren in den Zeugenstand getreten und hatten offenbar ruhig und entschlossen ihre Aussagen gemacht.

Pauline Grant aber wurde wegen Totschlags zu zehn Jahren Gefängnis verurteilt.

Ich machte mir Kopien von allen Artikeln, die mit dem Fall zusammenhingen. Zur großen Erleichterung von Mr.

»Nur-sieben-Rollen-auf-einmal« kehrte ich dem Archiv danach den Rücken.

Nachdem ich so lange im Dunklen gesessen und auf den hellen Bildschirm gestarrt hatte, hatte ich jetzt, als ich wieder meinen Schreibtisch ansteuerte, einen herrlichen Brummschädel. Aber Gott sei Dank hielten die Schmerzen nicht lange an. Ich hatte so ein Gefühl, ich spürte es in den Knochen: Es war jetzt nur noch eine Frage der Zeit, bis ich wußte, wer sich hinter Thanatos verbarg.

Ich rief Hobson Devoe an und erkundigte mich nach Maggie Robinson.

»Eigentlich sagt mir der Name nichts«, meinte er. »Wie schon gesagt, ich habe die Frauen ja nicht alle kennengelernt. Ich erinnere mich eher an die, die längere Zeit bei uns waren. Maggie Robinson. Maggie Robinson.« Er wiederholte den Namen einige Male, als rufe ihm das ihr Bild wieder ins Gedächtnis. »Ihr Junge war der, der damals starb, sagen Sie? Wie dumm, daß ich mich nicht mehr an die Einzelheiten erinnere. Aber ich werde noch mal einen Blick in die Akten werfen.«

Ich dankte ihm und legte auf. Der Hörer lag noch keine zehn Minuten auf der Gabel, als Frank mich anrief.

»Gute Nachrichten«, sagte er. »Ich glaube, jetzt haben wir Thanatos' Pläne doch noch durchkreuzt. Stellt sich doch raus, daß Justin Davis eine kleine Privatmaschine hat und heute einen Ausflug vorhatte. Wir haben ihn gewarnt und das Flugzeug untersuchen lassen. Jemand hatte dran rumgepfuscht. Ich kenne zwar noch nicht alle Details, aber offenbar war sie so präpariert, daß sie kurz nach dem Start abgestürzt wäre.«

»Wie gut, daß Mr. Davis nicht geflogen ist, ehe ich meine Post gelesen hatte.«

»Genau. Vielleicht ist jetzt Sense mit seiner Glückssträhne. Ich kann dir gar nicht sagen, was für ein Gefühl das ist, den Scheißkerl bei seinem eigenen Spiel auszutricksen.« Das mußte er mir nicht erzählen; ich hörte es auch so.

»Übrigens, auch ich hab gute Nachrichten.« Ich erzählte ihm von Pauline Grant und was ich über sie in Erfahrung gebracht hatte. »Vielleicht sollten wir heute abend noch mal unsere Notizen vergleichen. Ich muß dich jetzt an Mark Baker weitergeben, damit du ihm die Flughafenstory erzählst. Die reißen mir hier den Kopf runter, falls ich versuche, selber über die Sache zu berichten.«

Ich stellte ihn durch und vereinbarte dann noch die Termine für die Interviews mit Justin Davis, Don Edgerton und Howard Parker. Sie würden wohl den Großteil des restlichen Tages in Anspruch nehmen, aber ich wollte sie keinesfalls verschieben. Heute nachmittag würde ich sie treffen.

Ich näherte mich meiner Beute, das spürte ich. Es erinnerte mich an meine alte Beaglehündin Blanche – wie sie bellte, wenn sie Witterung aufgenommen hatte. Hätte ich nicht damit rechnen müssen, daß meine Kollegen mich zum Zucchini-Mann Nummer zwei gestempelt hätten, ich hätte wahrscheinlich an Ort und Stelle, mitten im Nachrichtenraum, losgekläfft.

Da mein erstes Interview erst in zwei Stunden war, nutzte ich die Zeit, um einen Artikel über die mögliche Verbindung zwischen Thanatos' Aktivitäten und den Vorfällen um die Kindertagesstätte Olympus zu verfassen. Nachdem ich ihn einige Male durchgelesen hatte, speicherte ich ihn – lange vor Redaktionsschluß.

Ich warf einen Blick auf die Kopie von Thanatos' letztem Brief und lächelte.

»Dein Schicksal mag ja mit meinem verbunden sein, Thanatos, aber du wirst nicht glauben, welches Los dir die alte Kassandra dabei zugedacht hat.«

20

Da John darauf beharrte, begleitete mich Mark Baker zu den Interviews. Mir war das nur recht. Ich bin gern mit ihm zusammen. Obwohl er viel zu tun hatte, ließen sich die Gespräche mit den drei Männern noch irgendwie einschieben. Mark ist groß und breitschultrig und bot an, selber zu fahren, um sich nicht in meinen Karmann Ghia zwängen zu müssen.

Unterwegs zu Howard Parkers Haus, unserer ersten Station, setzte ich Mark über alles ins Bild, was ich aus den Mikrofilmen in Erfahrung gebracht hatte.

»Hab ich dir je erzählt, daß meine Mutter in einem dieser Flugzeugwerke gearbeitet hat?«

»Nein. Bei Mercury?«

»Nein. Sie war bei Lockheed. Hat jahrelang da geschuftet, ist noch gar nicht so lang in Rente. Sie hat bei den Tragwerken angefangen. Die Fabrikarbeit war ihre große Chance; vorher ist sie Putzen gegangen. Hätt's keinen Krieg gegeben, hat sie immer gesagt, wär auch sie die schwarze Dienstmagd einer reichen verwöhnten Weißen geworden. In der Rüstung hat man natürlich viel besser verdient als im Haushalt. Für unsere Familie war das ein ungeheurer Aufstieg.«

»Hat dein Vater auch dort gearbeitet?«

»Nein, er war während der Kriegsjahre beim Militär. Und danach beim *California Eagle*. *Eagle* und *Sentinel* waren damals *die* schwarzen Zeitungen in Los Angeles. Jetzt weißt du, warum ich Journalismus studiert habe.«

Während wir Howard Parkers Straße entlang fuhren, nickte Mark zu einem Wagen hin, der in der Nähe eines Jacarandabaums etwa zwei Häuser vor Parkers Haus parkte. »Na so was! Zwei Burschen im Anzug, die am hellichten Werktagsnachmittag in einem Plymouth rumhocken. Das sind doch wohl keine Cops, oder?«

»Du kennst die beiden doch so gut wie ich. Reed Collins und Vince Adams. Das sind doch deine Zechkumpane bei Banyon's.«

Er lachte.

Als wir vor Parkers Haus hielten, stieg Detective Collins aus und kam auf uns zu, um uns zu begrüßen. »Hallo, Irene. Hat dieser Bursche einen Ausweis bei sich?«

»Würdest wohl gern vergessen, wer ich bin, was Reed?« sagte Mark. »Wie du auch gern dieses Spiel von den Kings vergessen würdest. So sind sie eben – die ehrlichen Bullen.«

»Baker, du beleidigst mich.« Reed griff in seine Gesäßtasche, zog seine Geldbörse heraus und reichte Mark einen Zehndollarschein.

»Mr. Baker«, sagte ich mit gespielter Bestürzung, »wollen Sie denn wirklich hier auf einem öffentlichen Bürgersteig Ihren Wettgewinn einstreichen?«

»Aber selbstverständlich.«

»Zum Teufel damit«, sagte Reed im Davongehen. »Fragen Sie ihn doch mal, warum er gegen die Kings gewettet hat.«

Als ich ihn mit zusammengekniffenen Augen anstarrte, zuckte Mark nur die Achseln und meinte: »Edmonton hatte Grant Fuhr im Tor. Gegen den kann ich einfach nicht wetten.«

Ich muß zugeben, daß Marks Tip nicht so verkehrt war. Wenn Fuhr im Tor stand, fragten sich die Spieler des gegnerischen Teams oft, warum sie sich die Schlittschuhe überhaupt angeschnallt hatten.

Howard Parker war ein großer, hagerer Mann. Er war so mager, daß man sich fragte, wo sein Gürtel eigentlich Halt fand. Doch die großen braunen Augen und das sorglose Lächeln verliehen ihm eine angenehme Ausstrahlung, und sein Händedruck war fest. Eine Standuhr schlug drei, als er uns in sein Wohnzimmer führte. Die altmodische Einrichtung war auf Hochglanz poliert. Viel dunkles Holz und Velours. Familienfotos – Parker zusammen mit einer lächelnden, robust wirkenden Frau, Bilder vom High-School-Abschluß zweier Jungen, die offenbar Zwillinge waren – standen auf dem Sims über einem Ziegelkamin, den man weiß überstrichen hatte. Doch es herrschte eine Ruhe, als sei niemand außer ihm zu Hause. Diese Mischung aus Ordentlichkeit und Stille ließ die Wohnung wie ein Museum erscheinen, in dem einem das Ticken der Uhr und das Klappern der Schranktüren, die Parker offensichtlich gerade in der Küche auf- und zumachte, nur um so lauter vorkamen.

Er kehrte mit einem großen Silbertablett zurück, auf dem ein Teller mit gekauften Plätzchen und drei zarte Kaffeetassen standen. Er war nervös, und die Tassen klapperten ein wenig, als er sie uns reichte. »Seit meine Frau gestorben ist, habe ich selten Besuch«, meinte er, als er schließlich Platz nahm. Der prallgepolsterte Sessel, in dem er saß, stand in so krassem Gegensatz zu seinen eigenen Körperformen, daß er ihn zu verspotten schien.

Das Haus eines Witwers also. Der erst seit kurzem nach langer glücklicher Ehe alleine war. Mark setzte schon vorsichtig zur entsprechenden Frage an.

»Vor etwa acht Monaten«, antwortete ihm Parker. »Das Herz.« Einen Moment lang verschleierte sich sein Blick.

Wir drückten ihm unser Beileid aus und ermunterten ihn abwechselnd, doch ein wenig aus seinem Leben zu erzählen. Er war Mathematiklehrer gewesen und inzwischen pensioniert. »Schon seit der Versetzung meiner Mutter lebe ich in Las Piernas. Hab meinen High-School-

Abschluß hier gemacht, bin hier aufs College gegangen, hab hier meine Frau getroffen und hab fast mein ganzes Leben hier gearbeitet. Meine Zwillinge sind hier geboren und aufgewachsen. Die wollten allerdings anderswo aufs College gehen. Wahrscheinlich haben sie schon so halb und halb befürchtet, daß sie nie mehr aus Las Piernas rauskommen, wenn sie nicht wenigstens in einer anderen Stadt studieren. Aber sie sind zusammengeblieben – sind beide an der University of California oben in Berkeley.«

»Mr. Parker, erinnern Sie sich eigentlich noch an diesen Vorfall in der Kindertagesstätte Olympus, bei dem ein Kind Ihres Alters verletzt wurde?« fragte ich.

»Verletzt? Er war tot. Natürlich erinnere ich mich noch daran. Ich war damals acht. Moment mal – glauben Sie denn, daß diese Morde was damit zu tun haben?«

»Sehen Sie denn einen möglichen Zusammenhang?«

»Ich weiß nicht. Ich weiß nicht. Ich weiß nur, daß die Tagesstätte etwas mit Mercury Aircraft zu tun hatte. Und als das Kind damals starb, hat man uns alle hier runtergeschickt.«

»Haben Sie eigentlich gesehen, was passiert ist?«

»Nein, nein. Ich war am anderen Ende des Spielplatzes. Aber ein paar von den anderen Kindern hatten direkt daneben gestanden und begannen zu schreien. Dadurch ist dann auch der Rest von uns hingelaufen. Und dann kam der Krankenwagen und brachte ihn weg. Robbie. So hieß er. Später ist er dann gestorben.«

»Kannten Sie Robbie?«

Er verzog das Gesicht. »Ja. Man soll zwar nicht schlecht von Toten reden, aber Robbie war ein Schläger. Ein bißchen größer als wir anderen und hundsgemein. Er war genauso dürr, wie ich es heute noch bin. Und er hat ständig auf uns rumgehackt.«

»Uns?« fragte Mark.

»Oh, auf denen eben, die sich einschüchtern ließen. Auf Jimmy und mir und anderen Kindern. An ihre Namen erinnere ich mich nicht mehr. Nur an Jimmy. Was Jimmy damals passiert ist, hat mir soviel angst gemacht, daß ich noch jahrelang Alpträume davon hatte.«

»Was ist Jimmy denn zugestoßen?« fragte ich, »ich dachte, Robbie sei umgekommen.«

Er machte eine ungeduldige Handbewegung. »Ja, Robbie ist zwar gestorben. Aber zuerst sah es ja nur so aus, als hätte es ihn bös erwischt. Er fiel ins Koma und starb. Aber das war erst später. Damals hörte ich zum ersten Mal von so was wie Koma, was mir wohl zusätzlich angst gemacht hat. Ich sah ihn im Grunde nur auf dem Boden liegen, blaß und still, bis dann der Krankenwagen kam. Aber da lebte er ja noch.«

»Und wer war Jimmy?« fragte Mark.

»Jimmy Grant. Er war mein Freund. Seine Mutter haben sie dann eingesperrt. Und das hat mich damals so fürchterlich erschreckt. Es war ja nur ein Unfall, und plötzlich schleppen sie Mrs. Grant weg und später dann auch noch Jimmy. Ich weiß noch, als Kind hatte ich immer Angst, daß sie mir auch meine Mutter wegnehmen könnten. Todesängste waren das. Und ich habe Mrs. Grant und Jimmy nie wiedergesehen. Ehe ich mich noch umgeguckt hatte, war die Tagesstätte schon geschlossen, und wir mußten umziehen.«

Ich versuchte mir vorzustellen, welchen starken Eindruck diese Ereignisse auf den Jungen Howard Parker gemacht hatten – einen Jungen, der bereits seinen Vater verloren hatte. Für ein Kind dieses Alters mußte der Gedanke, die Mutter zu verlieren, unerträglich sein. Vielleicht war er das ja für jedes Kind – ich weiß noch, daß mich Jahre vor dem Tod meiner Mutter der Film *Bambi* fürchterlich verstörte und untröstlich zurückließ.

»Kannten Sie auch Jimmys Mutter, Pauline Grant?«
fragte ich.

Er zuckte die Achseln. »Kaum. An sie kann ich mich im
Grunde kaum erinnern.«

»Haben Sie nach Ihrem Umzug je wieder von Jimmy
gehört?« fragte Mark.

»Nein, ich hab keine Ahnung, was aus ihm geworden
ist. Ich weiß nicht mal, wer ihn aufgenommen hat. Wahrscheinlich irgendwelche Verwandten.«

»Hatte er denn Geschwister?«

»Nein, kann mich an keine erinnern.«

»Lebt Ihre Mutter eigentlich noch?« fragte ich ihn.

Parker lächelte. »Ja, die gibt es immer noch. Wahrscheinlich könnte sie Ihnen mehr erzählen als ich.« Er gab
uns ihren Namen und ihre Telefonnummer.

Eine Weile unterhielten wir uns noch über die drei Opfer, an die er ebenfalls keine genauen Erinnerungen hatte.
Wir fragten ihn, was seiner Vermutung nach Thanatos'
Motiv sein könnte, doch es fiel ihm nichts dazu ein. Also
überreichten wir ihm unsere Visitenkarten und bedankten
uns. Und nachdem wir Reed und Vince noch mal zuge-
wunken hatten, steuerten wir bereits Justin Davis' Haus
an.

»Falls Parker die Wahrheit sagt«, meinte Mark, »kann
man ihn wohl kaum als Zeugen dieses Vorfalls ansehen.«

»Nein. Aber jetzt wissen wir zumindest den Namen
von Paulines Sohn.«

»Oh, wir haben eine ganze Menge in Erfahrung gebracht. Ich dachte mir nur gerade, daß Howard Parker
vielleicht doch kein potentielles Opfer ist, weil er ja gar
nicht ausgesagt haben kann.«

»Nur zwei Kinder haben ausgesagt: Edna Blaylock und
Alex Havens. Aber Rosie Thayer, die nie in den Zeugenstand trat, mußte trotzdem dran glauben. Und den Kerl,

zu dem wir gerade unterwegs sind, wollte er ja auch um die Ecke bringen. Wer weiß schon, was für Thanatos als Auswahlkriterium gilt.«

»Ja, du hast recht. Außerdem sagt er ja, sie hätten von der Lethe getrunken. Parker erinnert sich also vielleicht gar nicht daran, was für eine Rolle er bei der Sache gespielt hat.«

»Dann wollen wir mal hoffen, daß Justin Davis ein etwas besseres Gedächtnis hat.«

21

Justin Davis wohnte in Mason Terrace, einer umzäunten Siedlung, die hoch auf den Klippen den Strand überragte. Der Komplex war in den frühen Achtzigern auf dem Teilgrundstück eines größeren Besitzes entstanden, der einst einer der alten Familien von Las Piernas gehört hatte. Zwar bestand die Anlage nur aus fünfzehn Häusern, doch die waren so riesig ausgefallen, daß sie nun doch etwas gedrängt beieinander standen. Das Pförtnerhaus hatte seinen menschlichen Wächter längst verloren; er war durch ein raffiniertes elektronisches Sicherungssystem ersetzt worden. Wir gaben den Code ein, den uns Davis bei der Vereinbarung des Termins am Telefon genannt hatte. Man könne ihn nur einmal benützen, hatte er hinzugefügt. Unter Gesumm wurden wir durch eine Doppelsperre geschleust. Offensichtlich sollten diese Sperren verhindern, daß sich ein zweiter Wagen an den ersten anhängte und auf diese Weise unkontrolliert durch das Tor gelangte.

Davis besaß eines der schöneren Grundstücke – ein wenig größer als die meisten –, die sich in gestaffelter Reihe

239

an den Klippen entlangzogen. Das kahle, weißverputzte Haus hatte wohl ein Architekt entworfen, der an besagtem Tag nur eine Reißschiene zur Hand gehabt hatte. Vor dem Gebäude stand ebenfalls ein Streifenwagen, der den Nachbarn mit Sicherheit wohlige Schauer bereitete. Die diensthabenden Beamten, die offenbar mit uns gerechnet hatten, winkten uns nur flüchtig zu, als wir die Eingangstreppe hinaufstiegen.

Die Haustür war weiß und schmucklos, wenn man von dem raffinierten elektronischen Schloß absah – einem Schloß, das sowohl einen Schlüsselkartenschlitz als auch eine Zifferntastatur besaß. Wir hielten gerade nach einer Klingel Ausschau, als Justin Davis uns persönlich öffnete.

»Versteckte Videokamera?« fragte ich.

»Genau, und ein druckempfindlicher Türvorleger«, erwiderte er. »Bitte kommen Sie doch herein!« Er war ein hochgewachsener Mann mit breiten Schultern und schmalen Hüften, besaß jene schlanke, muskulöse Geschmeidigkeit, die man sich nur durch beständiges Training erwirbt, und eine Anmut in den Bewegungen, wie sie einem wohl angeboren sein muß. Er trug Jeans und einen grauen Sweater, Kleidungsstücke, die an ihm jedoch derart elegant wirkten, daß er darin auch eine Krönungszeremonie hätte besuchen können.

Abgesehen von einer kleinen Narbe auf der Wange war sein Gesicht unauffällig, keinesfalls jedoch unscheinbar oder unattraktiv. Er hatte blaßgraue Augen und dichtes, glattes, schwarzes Haar, das er konservativ geschnitten trug. Entweder hatte er tatsächlich noch keine grauen Haare, oder sein Friseur kannte ein paar nette Tricks, mit deren Hilfe eine Färbung völlig natürlich wirkte.

Er nahm uns unsere Mäntel ab und hängte sie an ein Metallobjekt, das ich zwar für einen futuristischen Kleiderständer gehalten hätte, bei dem es sich aber auch um ein kurzerhand zweckentfremdetes Kunstwerk handeln konnte.

Hohe Decken, Oberlichter und große Fenster verliehen dem Haus eine offene und luftige Atmosphäre. Von innen wirkte es genauso weiß und kahl wie von außen. Hier ein Gemälde, dort eine Vase – das war auch schon alles, was die Öde der weißen Wände, Decken und Teppichböden ein wenig auflockerte. Folglich wurde der Blick sofort von diesen wenigen Gegenständen angezogen. Kaum hatte man eine Rahmenkante erspäht, phantasierte man sich schon ein Gemälde dazu, ganz erpicht darauf, jede Erholung von der im ganzen Haus herrschenden Leere bis zum letzten Farbtupfer auszukosten.

Doch bald bogen wir (und das ist nicht wörtlich zu verstehen, da ja nichts in diesem Haus gebogen war) um eine Ecke und betraten einen Raum, in dem ich die schlichte Dekoration des vorangegangenen erst zu schätzen lernte. Eine Fensterwand, die auf den Pazifik hinausging, gewährte dem Hausherrn einen unvergleichlichen Blick übers Meer. Die Sonne beendete gerade ihr Tagesgeschäft, und die satten Farben des Sonnenuntergangs jenseits des Balkons waren einfach phantastisch. Die Hochzeit von Himmel und Meer bildete ein natürliches Wandgemälde.

Den angebotenen Drink schlugen wir aus. Davis führte uns zu einer niedrigen weißen Couch in Kaminnähe und bat uns, Platz zu nehmen. Das Feuer brannte hinter einer Glasscheibe und war irgendwie genauso fern wie der Ozean, allerdings war es warm und verströmte einen würzigen Duft.

Davis goß sich einen Scotch on the rocks ein und plazierte sich uns gegenüber auf einem zur Couch passenden Sessel. Seine Stimme klang nun, als er wieder zu reden begann, leise und tief. »Ich kann Ihnen gar nicht sagen, wie dankbar ich Ihnen bin, Miss Kelly. Hätten Sie die Polizei heute nicht wegen dieses Briefes verständigt, könnte ich Sie wohl kaum mehr hier begrüßen.«

»Ich bin nur froh, daß Sie nicht früher losgeflogen sind, ehe die Polizei bei Ihnen angerufen hat«, entgegnete ich.

»Vielleicht könnten Sie uns ein wenig genauer erzählen, wie das heute nachmittag war«, schlug Mark vor.

Sein Mundwinkel zuckte etwa eine Zehntelsekunde. »Hat Ihnen die Polizei das nicht erzählt?«

»Doch, aber es wäre interessant, es noch mal aus Ihrem Mund zu hören.«

»Natürlich. Ich verstehe, daß Miss Kelly und – Lieutenant Harriman, nicht wahr?«

»Detective Harriman«, korrigierte Mark ihn gelassen. »Aber ich werde ihm ausrichten, daß Sie ihn befördern wollten.«

»Danke. Vielleicht unterhalte ich mich ja mal mit seinen Vorgesetzten. Eine solche Leistung sollte wirklich honoriert werden.«

»Dafür sorgt schon Miss Kelly«, versetzte Mark. »Er hat mit einigen Pressemitgliedern ganz hervorragend zusammengearbeitet.« Mark schaffte es, bei all dem nicht zu grinsen. Kaum zumindest. Hartnäckig wich er meinem Blick aus.

»Was ist also heute auf dem Flugplatz passiert?« fragte ich.

»Detective Harriman sagte, die Polizei sei schon auf der Suche nach mir gewesen, als Sie den Brief bekamen. Er meinte, Sie hätten ihm geholfen, eine Liste der Leute zusammenzustellen, die womöglich...« Seine Stimme verlor sich, er nahm einen kräftigen Schluck Scotch und erhob sich dann. Er trat hinüber zum Fenster und blickte auf das dunkle Meer hinaus. »Ich war heute nicht in meinem Büro, deswegen hatten sie mich noch nicht gefunden.« Seine Stimme stockte, und wieder schwieg er. Er blickte zu uns herüber und wirkte verlegen. »Tut mir leid. Ich fürchte, ich beginne das alles erst jetzt zu begreifen.«

»Lassen Sie sich ruhig Zeit«, sagte Mark.

Er setzte sich wieder, sah dann zu mir herüber und warf mir erneut ein fast unmerkliches Lächeln zu. Zwei oder drei Zehntelsekunden diesmal. Kein Mensch offenbar, dem Lächeln – auch ein noch so flüchtiges – leichtfiel. »Wo war ich gerade?« fragte er.

»Sie sagten, daß Sie nicht in Ihrem Büro waren, als die Polizei nach Ihnen suchte«, sagte ich. »Was arbeiten Sie denn eigentlich?«

»Ich verkaufe Sicherungssysteme. Für jeden Bedarf – vom Industriebetrieb bis zum Privathaushalt.«

»Und Ihre Angestellten konnten Sie heute morgen nicht erreichen?« fragte Mark.

»Ich hatte mir freigenommen. Meine Firma ist inzwischen an einem Punkt angelangt, wo ich nicht mehr jeden Tag reinkommen muß. Schöne Abwechslung nach all der Zeit, in der man mich nie zu Hause angetroffen hat. In den ersten Jahren habe ich oft, abgesehen von den zwei Stunden im Fitneßstudio, Tag und Nacht im Büro verbracht. Sport ist mir sehr, sehr wichtig – und schon damals wußte ich, um ein guter Manager zu sein, brauche ich die Entspannung durch das Training. Danach hab ich dann ein kurzes Nickerchen auf meinem Bürosofa gemacht, und schon war ich wieder einsatzbereit. Aber inzwischen habe ich ein Team aufgebaut, dem ich vertrauen kann, und folglich endlich mal Zeit, mich meinen Interessen zu widmen – vor allem dem Fliegen und dem Fallschirmspringen. Ich hab eine eigene Maschine. Eine Cessna 182.«

Er stand auf und bot uns erneut einen Drink an. Wir lehnten ab, aber er füllte sein Glas nach und nahm einen Schluck, ehe er fortfuhr.

»Heute bin ich nicht mal in die Nähe meines Flugzeugs

gekommen. Die Flughafensicherheit hat mich schon an meinem Wagen abgefangen und mich in ihr Büro gebracht. Ich wurde von einem Detective Baird empfangen, der mich bat, einen Augenblick zu warten. Dann kam Detective Harriman herein und erklärte, daß er meinen Mechaniker Joey Allen gebeten habe, unter den Augen der Flughafensicherheit meine Maschine zu überprüfen. Armer Joey. Kommt erst gestern aus dem Urlaub zurück und wird sofort mit Ermittlungen und Verhören bombardiert. Wahrscheinlich hab ich ihm seinen ganzen Terminplan versaut.«

»Hat es denn lange gedauert, das Problem zu finden?« fragte Mark.

»Nein. Joey war schon nach wenigen Minuten alles klar. Jemand hatte es mit dem falschen Treibstoff aufgetankt.«

»Und wie hat er das festgestellt?«

»Durch die Farbe. Um es in einfachen Worten zu sagen, jede Treibstoffsorte ist farbkodiert; das ist eine Methode, mit deren Hilfe das Mischen von Treibstoff verhindert werden soll. Das nämlich könnte tödlich sein. Als Joey sich die Farbe anguckte, wußte er sofort, daß man dem Treibstoff, den ich üblicherweise verwende, einen anderen beigemischt hatte. Wahrscheinlich hätte ich die Maschine starten und sogar abheben können, hätte aber in Null Komma nichts Probleme mit dem Motor bekommen.«

»Wird die Maschine normalerweise von Joey getankt?« Er schüttelte den Kopf. »Um solche Dinge kümmere ich mich in der Regel selber. Ich kenne mein Flugzeug, ich packe mir auch selber meinen Fallschirm. Joeys Hilfe brauche ich hauptsächlich in technischen Angelegenheiten – ich lasse meine Arbeit von ihm überprüfen und überlasse ihm die Probleme, von denen ich nicht genug verstehe.«

»Wann haben Sie die Maschine zum letzten Mal geflogen?« fragte ich.

»Vor etwa einer Woche.«

Tja, dachte ich, damit ist Joey aus dem Schneider. »Und seitdem hat man niemanden in der Nähe Ihrer Maschine beobachtet?«

»Nein. Aber im Laufe einer Woche können sich jede Menge Leute da herumgetrieben haben, ohne daß das groß aufgefallen wäre. Auf dem Flughafen ist viel Betrieb, da stehen jede Menge Cessnas herum.«

Wir stellten ihm ein paar weitere Fragen, die uns in Sachen Flughafen zwar nicht so recht weiterbrachten, aber Mark ein paar schöne Zitate für seinen Artikel bescherten. Dann begannen wir, ihn zur Kindertagesstätte Olympus zu befragen.

»O ja, und ob ich mich daran erinnere. Aber, um ehrlich zu sein, wahrscheinlich genausosehr an die Erzählungen meiner Mutter wie an meine eigenen Erlebnisse. Unser Leben hat sich dadurch ganz schön verändert. Schließlich sind wir ja damals nach Las Piernas gezogen. Was allerdings den Unfall selber angeht, dazu kann ich Ihnen nicht viel sagen. Ich erinnere mich noch an eine Gruppe von Kindern, die Mrs. Grant anschrien, an den Krankenwagen, der wegen des verletzten Jungen kam – Robbie hieß er, glaube ich. Und das war's eigentlich auch schon.«

An Thanatos' Opfer könne er sich beim besten Willen nicht mehr erinnern. »Nein, ich hatte mit keinem von ihnen Kontakt. Ist ja auch eine Ewigkeit her. Ich glaube nicht, daß ich noch einen von ihnen wiedererkennen würde, falls ich ihm mal auf der Straße begegnen würde. Wir waren ja alle noch Kinder.«

»Und Jimmy Grant?« fragte ich.

Er schwieg einen Moment und schwenkte sein Glas.

»Ein Unmensch, wer Jimmy nicht bedauern würde! Er war ja im Grunde von Anfang an ein Außenseiter. Hatte kaum Freunde... Ich mußte oft an ihn denken, wenn meine Mutter die Geschichte wieder mal erzählt hatte.

Vielleicht hab ich damals einfach nicht begriffen, was Tod eigentlich heißt, und Robbie deswegen auch nicht so richtig bedauern können. Ich dachte, na ja, er ist fort. Aber Jimmy – ich weiß noch, wie die Leute erzählt haben, daß Jimmy seine Mutter nun nie mehr wiedersieht. Sie hat ein Kind umgebracht, und deswegen dürfte man sie nie wieder in seine Nähe lassen. Ich glaub nicht, daß man je wieder von ihm gehört hat.« Er seufzte. »Wie gesagt, man braucht wohl nicht viel Phantasie, um zu wissen, was das für einen Achtjährigen bedeuten muß.«

»Lebt Ihre Mutter noch?« fragte Mark.

Er schwieg erneut. Als er dann sprach, klang seine Stimme flach. »Lebt meine Mutter noch? Gute Frage.«

»Wissen Sie es nicht?« fragte ich überrascht.

Er schenkte mir wieder sein zaghaftes Lächeln.

»Entschuldigen Sie, das ist inzwischen eine philosophische Frage. Der Körper von Peggy Davis lebt. Aber ihr Geist ist tot. Sie leidet an einer ernsthaften Gedächtnisstörung. Sie lebt in Fielding's Nursing Home – einem sehr guten Heim zwar, aber dennoch... Die Entscheidung, sie dort unterzubringen, ist mir nicht leichtgefallen. Im Oktober hat sie dann gewissermaßen selber die Entscheidung getroffen. Mutter lebte in ihrem eigenen Haus, hatte eine Privatpflegerin. Etwa die zehnte, die ich im letzten Jahr engagiert habe. Ich hab zwar Spitzenlöhne bezahlt, aber leider äußert sich die Krankheit meiner Mutter hin und wieder in gewalttätigem Verhalten und einem recht ausfallenden Ton. Außerdem ist ihr Gedächtnis in diesem letzten Jahr noch viel schlechter geworden als bisher, was die Pflege natürlich erschwert. Na ja, jedenfalls spazierte sie aus dem Haus, als die Pflegerin gerade telefonierte. Sie schaffte es, einen Bus zu besteigen. Erst nach fünf Stunden hab ich sie schließlich gefunden – im Zentrum, Sheffield Park. Sie hatte eine Schramme am Kopf, keine Ahnung, wie oder wo sie sich die geholt hatte. Sie erkannte mich nicht mehr. Wußte nicht mal, wer sie selber war. Damit war das Maß dann voll.«

Wir unterhielten uns noch ein wenig mit ihm, um ihn von den Problemen mit seiner Mutter abzulenken und vielleicht noch ein paar Informationen zu ergattern. Als wir uns verabschiedeten, dankte er mir erneut und schenkte mir ein letztes rasches Lächeln.

Es war genauso kurz und flüchtig wie die vorherigen. Als ich aus dem Wagen zu seinem Eingang hinüberschaute, wo er stand und uns nachsah, machte er einen traurigen Eindruck auf mich. Einen Moment lang war ich mir sicher, dieser traurige Blick könne nur bedeuten, daß er uns mehr zu erzählen hatte, tat dies aber gleich als Produkt einer Vorstellungskraft ab, die noch immer am Mangel visueller Stimuli litt.

»Woran denkst du, Irene?« fragte Mark.

Plötzlich merkte ich, daß ich während der ganzen langen Fahrt von Justin Davis zu Don Edgerton meinen Gedanken nachgehangen war.

»Ganz schön langweilig mit mir, was Mark? Entschuldige. Ich hab an Peggy Davis gedacht.«

Die alten Griechen glaubten, daß die Toten vom Fluß Lethe tranken und sich dadurch von Wesen, die sich an ihr Leben erinnern, in Schatten verwandeln, die im Zustand der Vergessenheit existieren.

Aber es scheint, als erreichten einige von uns diesen Fluß schon lange vor ihrem Tod.

22

Die beiden Dobermannpinscher hinter dem Maschendrahtzaun kläfften uns an, als meinten sie es ganz persönlich, bellten laut und unerbittlich, mit geschürzten Lippen und Körpern, auf denen sich vor lauter konzentrierter Anspannung jedes einzelne Haar sträubte. Es war klar, daß sich diese Spannung mit einem Biß in unsere Kehlen zu entladen trachtete.

Keine Angst zeigen, lautet eine alte Weisheit.

Man muß schon viel Vertrauen in Zaunhersteller mitbringen, um sich auf diese alte Weisheit zu verlassen.

Auf der anderen Straßenseite lehnten drei junge Männer an einem auf dem Rasen geparkten Wagen, verkrochen sich in ihren Jacken und rauchten Zigaretten. Wir lieferten das interessanteste Spektakel weit und breit. Und sie waren nicht die einzigen, die in der ersten Reihe saßen. Zwei Ermittler in einem nicht gekennzeichneten Wagen amüsierten sich offensichtlich königlich über diese Einschüchterung der Presse. Mark kannte sie, aber nicht mit Namen.

»Scheiße«, sagte Mark. »Ich hasse so was.«

Ich merkte, daß es mehr als Irritation und Verlegenheit war. Da bei dem Radau, den die Dobermänner veranstalteten, niemand uns hören konnte, wagte ich zu fragen, ob er Angst vor Hunden habe.

Er zuckte nervös die Achseln. »Ich wurde mal von einem angegriffen, als ich zehn war. Wär ich kein verheirateter Mann, würde ich den beiden Trotteln im Auto meinen Hintern zeigen, damit sie mal sehen, was eine Narbe ist.«

Das Hoflicht ging an, und ein Mann öffnete die Tür. Die Hunde wurden nun noch wilder und entschlossener und sprangen gegen den Zaun, daß die Drähte sangen. »Sind Sie vom *Express*?« schrie der Mann zu uns heraus.

»Ja!« brüllten wir einstimmig zurück.

Er tat einen einzigen Pfiff, und schlagartig verstummten die Köter. »Sind Sie Mr. Edgerton?« fragte Mark.

Der Mann nickte. Mit leiser Stimme redete er Unverständliches auf die Hunde ein, und sie rannten zu ihm hin. »Sie können jetzt reinkommen«, rief er zu uns heraus.

Ich warf einen Blick auf Mark. »Mr. Edgerton«, rief ich, »könnten Sie Ihre Hunde vielleicht einsperren?«

»Sie sind sehr gut erzogen«, antwortete er. »Die tun Ihnen bestimmt nichts.«

»Schon okay, Irene«, sagte Mark, was mich aber nicht ganz überzeugte.

»Mr. Edgerton, ich glaube Ihnen durchaus, aber ich habe Angst vor Hunden. Wenn Sie sie nicht einsperren wollen – vielleicht können wir uns ja woanders treffen.«

Mr. Edgerton wirkte sehr verärgert über meine Forderung. »Wenn Sie so kindisch sind, werd ich sie wohl wieder rausbringen müssen.« Er schlurfte mit den Hunden im Schlepptau ins Haus.

»Das wäre doch nicht nötig gewesen«, sagte Mark.

Ich stützte die Fäuste in die Hüften. »Er wußte, daß wir kommen. Wir haben ihn erst vor ein paar Minuten aus der Telefonzelle angerufen, um ihm zu sagen, daß wir gleich da sind, und er läßt uns volle zehn Minuten hier stehen, während seine Dobermannpinscher sich die Lunge aus dem Leibe kläffen. Das hat schon schlecht angefangen, ehe wir überhaupt da waren.« Mark begann zu lachen.

»Was ist denn so lustig dabei?«

»Ärger dich nicht über mich, Irene.«

Don Edgerton war etwa eins fünfundachtzig groß, hager und schlaksig. Er war ebenso fit wie Justin Davis, doch sein Gesicht besaß eher eine herbe Schönheit. Ein Cowboy ohne Hut und Pferd, ohne Lasso und Kühe. Seine Haut wirkte ledrig, als arbeite er in der Sonne oder als habe er es, ehe man soviel Negatives über das Sonnenbaden hörte, oft getan. Er trug Laufschuhe, ausgewaschene Jeans und ein langärmliges T-Shirt. In sein hellbraunes Haar mischten sich graue Strähnen, und die blauen Augen blickten müde, aber wachsam. Ein erwachsen gewordener James Dean?

Nein, James Dean hätte die Schultern inzwischen ein wenig hängen lassen. Bei Don Edgertons fast vollkommener Haltung fragte ich mich, ob er vielleicht mal bei der Armee gewesen war.

Das Haus war klein, ein Holzrahmen-Bungalow, wie man sie in diesem Teil der Stadt häufig findet. Der einzige Teil des Hauses, den wir etwas genauer in Augenschein nehmen konnten, war der Raum, in den wir nun eintraten. Ein Tisch und vier Stühle standen auf der abgelegeneren Seite des Raumes, ein durchhängendes Sofa und ein Fernseher auf der anderen. Eine billige Stereoanlage und eine Schallplattensammlung auf einem Regal, das aus vier Ziegelsteinen und zwei unlackierten Holzspanbrettern bestand, komplettierten die Ausstattung. Das Aufkommen von CD-Playern schien Don Edgerton offenbar kalt zu lassen.

Abgesehen von einer billigen batteriebetriebenen Uhr und einem gerahmten Schwarzweißfoto waren die Wände kahl, aber in diesem Haus hatte das nicht die gleiche Wirkung wie bei Justin Davis. Es war, als wisse Don Edgerton noch nicht so recht, ob er auch wirklich hierbleiben wolle.

Die gerahmte Fotografie zeigte eine Baseballmannschaft. Vom Tisch aus konnte ich das Mannschaftsemblem nicht erkennen, aber ganz offensichtlich handelte es sich um eines dieser gestellten Mannschaftsfotos. Nicht gerade vielsagend, aber zumindest brachte es mich auf den Gedanken, daß er neben seinem Hundetraining ja vielleicht noch andere Interessen hatte.

Edgerton griff nach dem Bier, das auf dem Tisch gestanden hatte, und trank davon, ohne etwas zu sagen. Ich war müde und verspürte wenig Lust, meinen ansonsten produktiven Tag mit einem offensichtlich feindlich gesonnenen Informanten zu beenden.

Mark ließ sich von Edgerton nicht irritieren. Als erstes erinnerte er ihn ganz sachte daran, daß wir ja unter anderem hier waren, weil er uns angerufen hatte. Bei Mark klang das, als habe Edgerton Las Piernas und der Öffentlichkeit einen wichtigen Dienst erwiesen, und als sei Edgertons Anruf der große Wendepunkt in unseren bisherigen Ermittlungen gewesen. Edgerton blickte nun etwas weniger mürrisch und wirkte schon ein bißchen interessierter. Mark lobte seinen Mut und fügte hinzu, daß der *Express* viele seiner Befürchtungen hinsichtlich Thanatos teilte.

»Der *Express* macht sich nicht nur wegen der Auswirkungen auf die ganze Stadt Sorgen«, fuhr Mark fort, »sondern auch, weil dieses Subjekt, das sich Thanatos nennt, es auf Miss Kelly hier abgesehen hat. Wir wissen nicht weshalb und auch nicht, was er weiterhin vorhat. Aber er macht sich die größte Mühe, sie einzuschüchtern. Er weiß inzwischen, wo sie wohnt, ist sogar schon bei ihr eingebrochen –«

»Er ist bei Ihnen eingebrochen?« fragte Edgerton und sah mich zum ersten Mal, seit wir eingetreten waren, direkt an.

»Ja«, meinte ich und erzählte ihm, wie er mich ins Schlafzimmer getragen hatte.

»Meeeeiin Gott!« All seine Verdrossenheit war wie

weggewischt. Er schüttelte den Kopf. »Wirklich schade, daß Sie sich vor Hunden fürchten«, meinte er. »Ich fühl mich mit den Marx Brothers einfach sicherer.«

»Den Marx Brothers?«

»Harpo und Zeppo. Meinen Hunden. Meine Ex-Frau hat Groucho und Chico behalten.«

»Irene hat keine Angst vor Hunden«, sagte Mark. »Das war ich. Sie wollte mir nur die Verlegenheit vor den beiden Polizisten da draußen ersparen.«

»Sie sind für ihn in die Bresche gesprungen?« fragte er mich.

Ich zuckte die Achseln. »Er hätte das gleiche für mich getan.«

Er schüttelte wieder den Kopf.

Ich fragte ihn nach der Kindertagesstätte. Wir stellten ihm die gleichen Fragen wie Justin Davis und Howard Parker.

»Nein, kann mich wirklich kaum erinnern«, sagte Edgerton. »Irgendein Kind wurde vom Krankenwagen mitgenommen. Das weiß ich noch.«

»Erinnern Sie sich an den Umzug nach Las Piernas?«

»Ja, klar. Das war während des Krieges. Die Kinder hier waren mir lieber als die von der Schule in L. A. Und ehe meine Mutter ihren zweiten Mann traf, gab's da auch so ein nettes altes Ehepaar, das nachmittags auf mich aufpaßte. Mr. und Mrs. York. Er hat mir Baseballspielen beigebracht.«

»Sie waren also danach nie wieder in einer Tagesstätte?«

Er lachte, aber nicht so, als sei er belustigt. »Nein, nur noch auf der Flucht vor dem Gürtel eines Besoffenen.«

»Die Yorks haben Sie geschlagen?«

»Nein. Mein Stiefvater, das versoffene alte Arschloch.« Er sah mich an. »Entschuldigen Sie, Miss Kelly, aber es ist einfach wahr. Ich bin ständig ausgerissen. Bin zu den

Yorks rübergelaufen. Wo er mich dann wieder abholte. Eines Tages, etwa drei Jahre, nachdem sie geheiratet hatten, kam er wieder zu den Yorks gefahren, um mich einzusammeln. Ich weiß noch, ich hab ihn die Straße runterkommen sehen – erst auf der einen Fahrspur, dann auf der anderen. Er war zu, wie immer. Auf einmal rannte ein Hund vor den Wagen. Er riß das Steuer herum, um den Hund nicht zu überfahren, schoß über die Bordsteinkante und prallte an einen Baum. War sofort tot. Seitdem liebe ich Hunde.«

Wir starrten ihn einen Moment lang an, bis Mark sagte: »Ihre Mutter hätte Ihren Stiefvater wohl nie kennengelernt, wenn der Hort damals nicht zugemacht hätte?«

Er zuckte die Achseln. »Wahrscheinlich nicht. Aber ich hätte auch die Yorks nicht kennengelernt und nie in einem schönen Haus gewohnt. Ehrlich gesagt, ich hatte ganz vergessen, daß dieses Kinderdings was mit unserem Umzug nach Las Piernas zu tun hatte.«

Wir fragten ihn nach seinen Erinnerungen an die Kindertagesstätte. Obwohl er sich vage entsann, daß er jeden Tag nach der Schule dorthin gebracht wurde, erinnerte er sich weder an Pauline noch an Jimmy Grant, und auch zu Robbie Robinson fiel ihm kaum etwas ein.

»Ist Ihre Mutter noch am Leben?« fragte Mark.

»Nein, 1977 gestorben.« Er schwieg und meinte dann: »Warum fragen Sie mich eigentlich nach diesem Hort aus?«

Ich erklärte, daß die bisherigen Mordopfer nach der Schließung der Tagesstätte alle zur gleichen Zeit nach Las Piernas gezogen waren.

Er runzelte die Stirn. Er hielt die Augen auf die Bierflasche gesenkt, als er fragte: »Heißt das dann, daß ich Ihnen doch nicht geholfen habe?«

»Ganz und gar nicht«, beeilte ich mich zu versichern.

253

Mark überraschte mich durch einen plötzlichen Themenwechsel. »Stört es Sie, wenn ich mir das Foto mal anschaue?«

Edgerton rutschte ein wenig auf seinem Stuhl hin und her und hatte plötzlich nur noch Augen für das Etikett, das er von seiner Flasche pulen mußte. Sagte jedoch: »Nein, gucken sie ruhig.«

Mark stand auf und schlenderte zum anderen Ende des Zimmers.

»Entschuldigen Sie, wenn ich am Anfang ein bißchen schroff war«, sagte Edgerton, während er den Blick noch immer auf sein Etikett gesenkt hielt. »Ich bin etwas gereizt, seit ich das von Mercury Aircraft gelesen habe, und auch, weil ich die Cops ständig am Hals habe – tja, ich hab das Gefühl, als hätt ich was falsch gemacht. Fühl mich eingeengt. Morgen wollte ich zum Jagen fahren, und jetzt sagen Sie mir, daß es wohl besser wäre, überhaupt nirgends mehr alleine hinzufahren. Na ja, ich hab wohl der Zeitung die Schuld dran gegeben, daß die Cops hier vor meiner Tür kampieren.«

Ich wollte ihm gerade antworten, als Mark brüllte: »Die Dodgers! Mein Gott, schau dir das an, Irene!«

Edgerton sah zu mir auf und zuckte dann die Achseln. Ich ging zu Mark hinüber.

»Duke Snider, Gil Hodges, Jim Gilliam, Carl Furillo, Johnny Roseboro«, zählte Mark auf. »Und erst mal die Werfer! Verdammt, das sind Koufax, Podres, Drysdale – in welchem Jahr ist das aufgenommen?«

»1958«, sagte Edgerton.

»1958? Das erste Jahr, das sie in L. A. gespielt haben?«

»Ja. Ansonsten nicht gerade ein tolles Jahr für L. A. Am Ende stand es 71 zu 83 Punkte gegen uns.«

»Uns?« fragte ich, aber Mark hatte ihn bereits gefunden.

»Schau, hier ist er!«

Tatsächlich, da starrte uns aus dem Bild ein jüngerer Don Edgerton entgegen, der sich damals schon so kerzengerade hielt wie heute. Da stand er mitten unter den Leuten, deren Baseballkarten ich in meiner Gesäßtasche herumgetragen hatte – wie andere ihre Familienfotos. Meine Sammlung setzte zwar erst in den sechziger Jahren ein, doch ich war immer ein treuer Dodgers-Fan gewesen. Während Barbara sich hysterisch durch die zehnte oder elfte Übertragung von *A Hard Day's Night* kreischte, fragte ich mich, ob Sandy Koufax mich wohl heiraten würde.

»Sie haben mit den Dodgers gespielt?« Ich war immer noch baff.

»Gerade so lange, um noch aufs Foto zu kommen«, entgegnete Edgerton. »Sie holten mich kurz in die Mannschaft. Aber nach drei Spielen war ich wieder in der Zweiten.«

»Trotzdem, Sie haben's geschafft«, sagte Mark. »Und damals war das härter. Weniger Mannschaften, geringere Einsatzmöglichkeiten.«

»Oh, ich wurde noch ein paarmal aufgestellt. War ein guter Ersatzspieler fürs Innenfeld mit 'nem anständigen Handschuh, aber auf meinen Effetball war einfach kein Verlaß, so daß ich immer wieder in der Zweiten gelandet bin.«

»Wie lange haben Sie da gespielt?«

»Oh, so etwa acht Jahre. Eine Weile habe ich dort auch als Trainer gearbeitet. Dann ging ich wieder zurück und wurde Lehrer am Las Piernas College. Hab die Baseballer trainiert und Fechten und Bogenschießen unterrichtet.«

»Fechten und Bogenschießen?« fragte ich. Der Kerl war wirklich für Überraschungen gut.

»Ja, veraltete, überholte Künste, sagen vielleicht manche. Aber ich halte sehr viel davon. Ich habe eine Theorie. Heutzutage sind die Männer im Grunde keine Männer mehr. Überhaupt sind wir alle viel zu verweichlicht. Fechten erfordert Anmut, Geschmeidigkeit und blitzschnelle Reflexe. Diese Kids, die so scharf auf Videospiele sind, die sollten das mal probieren. Und was das Bogenschießen betrifft, tja, auf die Art jage ich – mit Pfeil und Bogen. Gewehre haben nichts mit Sport zu tun, wenn Sie mich fragen.«

Ehe ich ihm darauf antworten konnte, wandte er sich an Mark und sagte: »Sie haben ja fast alle auf dem Foto erkannt. Die meisten in Ihrem Alter können nicht mal die Hälfte der Namen aufzählen. Sind Sie selber Spieler oder ein Fan?«

Mark lächelte. »Beides. Im College habe ich ein Semester lang Mittelfeld gespielt, bis ich mir dann das Knie ruiniert hab.«

Im Handumdrehen waren sie mitten in einer ernsthaften – und das meine ich wirklich so – Baseballdiskussion. »Kommen Sie, ich zeig Ihnen mal ein paar andere Fotos«, sagte Edgerton. Er führte uns durch einen Gang in ein kleines Zimmer, das er sich als Büro eingerichtet hatte.

Es enthielt einen alten olivgrünen Aktenschrank und einen großen Holzschreibtisch. Auf dem Tisch stand ein Computer, die sperrige Plastikhülle achtlos daneben. Fast jeder Quadratzentimeter der Wand war mit Fotos tapeziert. Die meisten stammten zwar von den Dodgers, manche waren aber sehr viel jünger als das Foto im Wohnzimmer.

»Die sind ja phantastisch«, rief Mark. »Sind Sie mit dem Teamfotografen befreundet?«

»Nein«, sagte Edgerton und wurde rot. »Die hab ich

selbst geknipst. Hobby von mir.« Als er merkte, daß ich mich seinem Schreibtisch näherte – ich gebe zu, daß ich ein bißchen schnüffeln wollte –, scheuchte er uns sofort wieder aus seinem Büro hinaus. »Tja, wenn ich sonst nichts mehr für Sie tun kann...«

»Momentan wohl nicht«, erwiderte ich. »Vielen Dank für Ihre Hilfe. Und daß Sie uns Ihre Fotos gezeigt haben.«

Wir verabschiedeten uns freundlich, wenn auch etwas überstürzt, und verließen sein Haus.

»Okay, raus mit der Sprache«, sagte Mark, als er den Wagen startete.

»Er ist schon merkwürdig. Und irgendwas macht ihn ganz nervös – das hab ich auch schon gespürt, bevor er uns rausgeschmissen hat.«

»Ich hab das gleiche Gefühl. Und ich glaube nicht, daß ihm die Drohung von Thanatos so zusetzt. Kann mir einfach nicht denken, was es ist.«

Edgertons Haustür ging wieder auf. Die Marx Brothers kamen über die Veranda zum Zaun gerannt und begannen wieder wild zu kläffen. Die Zuschauer auf der anderen Straßenseite waren längst verschwunden, aber die Polizisten lachten, als habe man sie zu einem Double-Feature der Original Marx Brothers eingeladen.

»Scheiße«, zischte Mark und fuhr los.

23

Frank und Cody erwarteten mich schon, als ich um Mitternacht daheim eintrudelte. Ich hatte zwar vorher angerufen und auf dem Anrufbeantworter hinterlassen, daß es spät werden würde, doch Franks erleichterter Blick erinnerte mich daran, daß er sich immer noch schnell um mich sorgte.

»Ich wollte schon bei der Zeitung anrufen«, sagte er.

»Hättest dir keine Sorgen machen brauchen. Hat jemand angerufen?«

»Ja, eine gewisse Louisa Parker. Du hättest dich heute mit ihrem Sohn unterhalten – Howard Parker.«

»Stimmt. Anscheinend ist seine Mutter die einzige, die noch am Leben und nicht völlig gaga ist.«

»Sie will sich mit dir unterhalten, sollst sie morgen zurückrufen. Hättest du was dagegen, wenn ich mitkomme?«

»Nein, aber ich muß das vorher mit John abklären.«

»Ich hab mich heute mit Carlos Hernandez unterhalten. Er ist sich inzwischen ziemlich sicher, daß Rosie Thayer an einer Thrombose gestorben ist, die durch irgendeine tödliche Spritze verursacht wurde. Das toxikologische Gutachten wird wohl noch eine Weile dauern.«

»Hat er den Einstich gefunden?«

»Ja. Hat zwar wegen der vielen Ameisenstiche eine Weile gedauert, aber sie haben ihn gefunden.«

»Dann war also alles andere nur inszeniert? Das Verdursten hat also niemals stattgefunden?«

»Nein, sie ist schnell gestorben.«

»Merkwürdig, nicht wahr? Als ob er das Gefühl hat, sie töten zu müssen, sich aber zu der Grausamkeit, sie verhungern zu lassen, nicht durchringen kann.«

»Kann schon sein«, meinte er. »Aber ich fürchte, das ist eher dein Wunschdenken. Von seinem Standpunkt aus gesehen ist es viel praktischer, das Opfer rasch zu töten. Er ist vorsichtig, und ein vorsichtiger Mensch will nicht riskieren, daß sein Opfer entkommt. Eine Tote macht keine Geräusche mehr. Und das Risiko, daß andere eingreifen oder sie entdecken, ist viel geringer.«

Wenn ich an Thanatos' Kontrollzwang dachte, mußte ich zugeben, daß Franks Interpretation der tödlichen Injektion wahrscheinlich zutreffender war.

Ich ging in den Patio, um die Hunde zu tätscheln, die fragend zu mir aufblickten, als ich ihnen versprach, sie ganz bestimmt nicht nach Filmkomikern zu benennen.

Wie sich die Dinge dann entwickelten, hätte ich meine Meinung fast wieder geändert und Frank doch noch zu Hause gelassen. Der Morgen begann mit einem Streit, einer neuen Runde in unserem Dauergerangel um das, was er als meinen Leichtsinn und ich als seine Überfürsorglichkeit bezeichne. Ich war schon vor ihm wach gewesen und mit den Hunden zum Joggen an den Strand gelaufen. Und er war stinksauer auf mich, weil ich alleine weggegangen war.

»Ich hatte doch die Hunde dabei«, protestierte ich.

Das beschwichtigte ihn allerdings nicht im mindesten. Wir stritten auf der Fahrt zur Arbeit. Stritten auf dem Parkplatz. Und als ich schließlich ausstieg, war die Sache immer noch nicht vergessen. Den ganzen Morgen fragte ich mich, ob sie überhaupt je zu klären war.

John war sehr angetan von den Artikeln, die Mark und ich am Vorabend eingereicht hatten, doch wie immer erfuhren wir das nicht aus seinem Mund. Er bemüht sich sehr, seine Leute vor Selbstüberschätzung zu bewahren.

Mark sollte an einem Artikel, den er bereits begonnen hatte, weiterarbeiten und hatte daher keine Zeit, mich zu Mrs. Parker zu begleiten. Ob ich denn nicht Frank mitnehmen wolle, fragte John und merkte, wie überrascht ich über seinen Vorschlag war. »Sehen Sie es einfach als ein kleines nachträgliches Weihnachtsgeschenk an, Kelly.«

»Ein Geschenk von *Ihnen*?«

»Sehen Sie, es hat ja keinen Zweck, daß ich mit Ihnen ein Risiko eingehe.« Er lächelte über mein böses Gesicht und fügte hinzu: »Falls Thanatos Sie umbringt, wird Wrigley Ihre Stelle wahrscheinlich nicht mehr besetzen, und ich kann selber wieder Reporter spielen.«

»Na ja, das klingt ja schon viel eher nach dem alten Ebenezer Walters, wie wir ihn kennen und lieben.«

Ich nahm es als Fügung des Schicksals und wählte Franks Nummer.

»Harriman«, antwortete er. Er klang deprimiert. Ich hatte nicht gedacht, daß unser Streit ihn so mitnehmen könnte.

»Hi, Harriman. Immer noch Lust, dich mit Louisa Parker zu unterhalten?«

»Irene? Klar. Mehr denn je.«

»Was soll denn das heißen?«

»Hobson Devoe hat dich wohl noch nicht angerufen?«

»Nein, weshalb?«

»Ich hoffe bloß, wir müssen nicht noch mal was in diesen Personalakten nachschlagen.«

»Weshalb? Hat Mercury kalte Füße bekommen?«

»Wenn's so einfach wäre. Jemand hat die Dateien gelöscht.«

»Gelöscht? Wie denn das?«

»Offensichtlich war da ein Hacker am Werk. Hat alles mögliche gelöscht, nicht nur die Akten aus den Kriegsjahren.«

»Ein Hacker? Bei einer Flugzeugfirma? Haben die denn keine Sicherungssysteme für ihre Computer?«

»Das gleiche habe ich auch gefragt. Sie haben hochraffinierte Schutzprogramme für die Computer, auf denen die Buchführung, Flugzeugentwürfe, Herstellung und andere Dokumente gespeichert sind. Und auch ein Teil der Daten über die Belegschaft sind gut gesichert, vor allem die von Leuten mit Unbedenklichkeitsbescheinigungen von hohen Regierungsstellen oder Leuten, die mit heiklen Projekten zu tun haben. Aber die meisten Personalakten, vor allem die älteren, sind nicht so schwer zugänglich – die, die wir gesehen haben, waren nur für J. D. Andersons Studien gedacht. Devoe sagt, der Hacker wußte, wonach er sucht.«

»Und wann war das?«

»Etwa drei Uhr früh, aber sie sind sich nicht sicher, ob das etwas zu sagen hat. Könnte auch ein Störprogramm sein, das jemand schon vorher eingespeist hat. Es muß nicht unbedingt mit Thanatos zu tun haben. Devoe meint, unter den übrigen Unterlagen gab es mehrere schwebende Entschädigungsfälle. Und das ist in mancher Hinsicht das Wahrscheinlichere, unter anderem, weil dazu auch die Fälle von zwei Angestellten gehörten, die in der Personalabteilung am Computer arbeiteten. Ihre Klage wegen chronischer Sehnenscheidenentzündung war abgelehnt worden.«

»Glaubst du, daß die das gemacht haben könnten? Leute, die auf Unfallentschädigung klagen?«

Es dauerte lange, bis er antwortete: »Ich weiß nicht. Ehrlich gesagt, ist mir alles noch zu nah. Carlson läßt es von jemand anderem überprüfen, was mir nur recht ist.«

Einen Moment lang sprachen wir beide kein Wort.

»Irene? Möchtest du mit mir essen gehen?«

»Gern. Wie wär's mit dem Galley?«

»Prima. Ich könnte mal wieder ein Pastrami-Sandwich vertragen. Und vielleicht hab ich dir bis dahin auch mehr über Pauline Grant zu berichten.«

Seine Vorhaben für den Nachmittag, meinte er, könne er locker aufschieben beziehungsweise an Pete delegieren, und ich solle den Termin mit Louisa Parker doch so legen, wie es mir zeitlich am besten ausginge.

Als ich sie anrief, war sie ganz begeistert und hatte auch gegen meinen Begleiter nichts einzuwenden. Da sie einen Malkurs besuchte, würde sie erst am Nachmittag Zeit haben. Wir verabredeten uns für drei Uhr.

Frank verspätete sich ein wenig zum Essen, machte es jedoch sofort wieder wett, indem er mir ein paar erstaunliche Neuigkeiten präsentierte.

»Ich wollte mir Pauline Grants Entlassungspapiere mal anschauen«, erzählte er. »Ich bin davon ausgegangen, daß man sie zwar längst entlassen hat, ich sie aber womöglich trotzdem noch aufspüren kann.«

»Und?«

»Sie ist tot.«

»Tja. Das war ja wohl kein allzu großer Schock. Sie wäre doch inzwischen schon über siebzig, oder?«

Er schüttelte den Kopf. »Nein, ich meine, sie kam nie mehr raus aus dem Knast.«

»Was? Ich dachte, sie wurde wegen Totschlag verurteilt.«

»Ja. Und ehrlich gesagt überrascht es mich, daß man ihr das überhaupt anhängen konnte.«

»Was ist denn da gelaufen?«

»Sie wurde im Gefängnis ermordet. Und zwar ziemlich bald nach ihrer Verurteilung. Ich habe zwar noch nicht alle Details, aber soweit ich informiert bin, wurde sie von mehreren Gefangenen erstochen.«

»Guter Gott!« Ich dachte an die Interviews, die Mark und ich am Abend zuvor geführt hatten, an das, was uns Justin Davis und Howard Parker über Jimmy Grant gesagt hatten. Als wäre die jahrelange Trennung von seiner Mutter nicht schon schlimm genug gewesen, mußte er dann auch noch verwaisen. »Weißt du denn etwas über das Schicksal ihres Sohnes?«

»Noch nicht. Normalerweise bringt man die Kinder bei Verwandten unter. Lassen sich aber keine Verwandten ausfindig machen, so gibt man sie in Pflege oder läßt sie adoptieren, was in diesem Alter allerdings schwierig ist. Die Unterlagen befinden sich im County Los Angeles und sind zu alt, als daß sie unmittelbar zugänglich wären. Außerdem brauche ich dafür eine Vollmacht. Was eine Weile dauern kann.«

»Und wenn das Sozialamt die Akten nicht rausrückt, was machst du dann?«

»Oh, da gibt es immer noch ein paar Möglichkeiten: Die Sozialversicherungskarte seiner Mutter ausfindig machen und nachgucken, ob jemand ihre Leistungen kassiert hat. Unterlagen von Schulen oder Universitäten durchgehen. Solche Sachen halt.«

»Klingt nach Arbeit.«

»Ja, und 'nem Riesenzeitaufwand. Und wir wissen ja nicht mal, ob er überhaupt unser Gesuchter ist. Er könnte inzwischen tot sein oder in einem anderen Landesteil wohnen und nichts von der ganzen Sache mitgekriegt haben. Die Opfer allerdings verweisen mit tödlicher Sicherheit auf einen Täter, der mit den damaligen Ereignissen zu tun hat.«

»Mir fällt einfach niemand ein, der ein stärkeres Rachemotiv haben könnte als Jimmy Grant. Alex Havens und Edna Blaylock haben gegen seine Mutter ausgesagt. Danach wurde er von ihr getrennt, und kurze Zeit später wurde sie ermordet.«

»Aber warum hat er so lange gewartet? Er muß ja selber inzwischen an die vierundfünfzig Jahre alt sein. Warum hat er das nicht als Teenager oder als junger Erwachsener gemacht? Und warum zieht er dich in die Sache hinein – und macht dich zu seiner Kassandra?«

»Keine Ahnung.« Während ich darüber nachdachte,

kritzelte ich auf meiner Serviette herum und stellte fest, daß ich Motive zeichnete, die Rehkitzen ähnelten. Selbstverständlich war ich der einzige Mensch auf der Welt, der sie als Rehe wiedererkannt hätte. Die Hersteller von Zeichentrickfilmen haben nichts von mir zu befürchten.

»Die Leute, mit denen wir uns bisher unterhalten haben, waren damals alle noch Kinder«, sagte ich. »Vielleicht hat uns Louisa Parker ja mehr zu erzählen als sie.«

Er lächelte. »Überrascht mich irgendwie, daß du mich gebeten hast mitzukommen.«

»War nicht meine Idee.«

Weg war's, das Lächeln. »Immer noch sauer?«

»Nein, aber ich glaube, ich gehe mal zum Arzt. Irgendwas stimmt nicht mit mir – ich kann nicht mehr so lange böse sein wie früher.«

Jetzt lächelte er zumindest wieder und war klug genug, sich selbstzufriedene Bemerkungen über seinen überwältigenden Charme zu verkneifen. Aber so wie er auf dem Weg zum Auto vor sich hin pfiff, war er bestimmt kurz davor gewesen.

Louisa Parker lebte in einer Gegend namens Kelso Park, einem schon etwas älteren Stadtteil. Es war ein merkwürdiges Viertel, denn zwischen großen Gebäuden mit jeweils fünfzig oder noch mehr Eigentumswohnungen klemmten immer noch die kleinen Holzrahmenhäuser aus den dreißiger Jahren.

Die Bauunternehmer kauften in der Regel zwei bis drei der alten Häuser auf, die auf riesigen Grundstücken standen, rissen sie ab und ersetzten sie dann durch vierstöckige Apartmenthäuser. Pro Wohnung wurde im Höchstfall ein Tiefgaragenplatz eingeplant. Auf der Straße zu parken war ein Unding.

Wenn man, wie Louisa Parker, zu den Hausbesitzern

gehörte, lebte man daher von einem Tag auf den anderen plötzlich wie in einer Schlucht. Und umgeben von drei Balkonwänden war es auch mit der Privatspäre nicht weit her. Nacktsonnen oder ähnliches im eigenen Garten konnte man vergessen. Wobei ich natürlich nicht annahm, daß Louisa Parker etwas mit Nudismus am Hut hatte.

»Was hier wohl für ein Lüftchen weht und steht, wenn all die glücklichen Wohnungseigentümer auf ihren Balkonen hocken und grillen«, meinte ich zu Frank, während wir den Bürgersteig hinab auf ihr Haus zuschlenderten. Er warf mir einen dieser Blicke zu, die besagen, daß er wohl nie kapieren wird, was in meinem Kopf vorgeht.

Was mir ganz recht ist.

Er klopfte an die Haustür, die, kaum hatte sein Knöchel das Holz berührt, schwungvoll aufgerissen wurde. Er streckte ihr seinen Ausweis entgegen, doch sie würdigte ihn nicht einmal eines Blickes. »Irene Kelly!« rief sie. »Ich kann es gar nicht glauben, daß ich Sie wirklich hier bei mir begrüßen darf, Miss Kelly! Kommen Sie, kommen Sie doch herein!«

Eine meiner Kolumnen wird mit einem Foto von mir veröffentlicht, so daß ich hin und wieder auf der Straße wiedererkannt werde. Ich bekomme zwar durchaus Post und Anrufe von unseren Lesern, treffe aber nur selten Leute, die ich als wahre Fans bezeichnen würde. Louisa Parker war ein richtiger Fan. Und ich würde lügen, wenn ich behaupten würde, mir schmeichle so was nicht – wenn ich auch meistens nicht drauf gefaßt bin.

Sie war ein Energiebündel. Grinste von einem Ohr zum anderen, als sie uns mit festem Händedruck begrüßte und in ihr Haus bat. Während sie uns in ihr Wohnzimmer führte, beobachtete ich sie und verstand, warum Howard Parker meinte, sie könne ihn überleben. Sie war genauso groß wie ihr Sohn, aber nicht so dünn. Das graue Haar trug sie wie eine Siegeskrone, und ein paar Falten hatte sie auch, aber es fiel einem schwer, ihr Alter zu schätzen, ohne sich dabei um ein, zwei Jahrzehnte zu vertun. Sie sah großartig aus.

Auch das Haus hätte ihr Alter nicht verraten. Die Möbel waren elegant und zeitgenössisch. Ihr Sohn war viel altmodischer eingerichtet.

»Diese Thanatos-Geschichte stinkt wirklich zum Himmel«, meinte sie im Brustton der Überzeugung. Innerhalb von wenigen Minuten hatte sie uns auf ihrem schwarzen Ledersofa Platz nehmen lassen und jedem eine Tasse Kaffee in die Hand gedrückt. »Gefällt mir einfach nicht. Gefällt mir überhaupt nicht.« Sie wandte sich an Frank und sah ihn an wie eine Mutter, die ihr Kind beim Schlecken am Schokoladenguß erwischt hat. »Wann rechnet ihr Jungs denn damit, den Kerl zu fassen?«

»Wir tun unser Bestes, Mrs. Parker«, beteuerte Frank und schaffte es irgendwie, dabei ernst zu bleiben.

»Na ja, da sollten Sie sich besser mal beeilen.« Sie wandte sich wieder an mich und lächelte. »Was soll ich Ihnen denn erzählen?«

»Erinnern Sie sich an den Vorfall in der Kindertagesstätte Olympus?«

»Aber natürlich. Ich will ja nicht angeben, aber ich habe ein ausgezeichnetes Gedächtnis. In meinem Alter darf man ein bißchen damit prahlen. Wenn man mal so grau ist wie ich, braucht man bloß seine Schlüssel zu verlegen, und schon glauben die Leute, man hätte Alzheimer.«

Während sie weitersprach, fiel mir auf, daß sie Frank kaum einen Blick gönnte. »Ja, allerdings erinnere ich mich daran. War ja auch eine der traurigsten Geschichten, die ich je miterlebt habe. Pauline Grant war eine reizende junge Frau und wirklich sehr kinderlieb. Ich hab versucht, sie ein bißchen näher kennenzulernen, weil ich wissen wollte, wer sich während meiner Arbeitszeit um mein Kind kümmert.«

»Das ist vernünftig«, warf Frank ein, doch sie ignorierte ihn, und ich merkte, daß ihn das ein wenig fuchste.

»Die Kinder in Howies Alter sind direkt nach der Schule, so etwa gegen zwei, zum Hort rübergegangen«, sagte sie. »Dort waren sie dann bis etwa halb sechs, bis wir von der Arbeit kamen und sie abholten. Man nennt so was wohl erweiterte Tagesbetreuung. Na ja, Pauline war eben eine Frau, die ihr Kind allein aufziehen wollte – genau wie ich. Sie hat ihren Sohn über alles geliebt. Und das war wohl ihr Untergang. Sie müssen das verstehen. Wir waren patriotisch. Aber diese Seite des Krieges, der erlittene Verlust, war genauso schmerzlich für uns wie für alle anderen. Bei denen von uns, die ihren Mann verloren hatten, ließ sich, tja, diese Bemutterung und Fürsorglichkeit wohl nicht vermeiden. Unsere Kinder hatten ja nur noch uns, und oft genug galt auch das Umgekehrte. Pauline hatte keinen einzigen Verwandten, an den sie sich hätte wenden können. Sie war völlig auf sich gestellt. Und auf die Weise war es wohl zwangsläufig, daß sie in die Rolle der überfürsorglichen Mutter hineinrutschte.«

»Sie kannten Pauline also ebensogut wie Jimmy?«

»O ja. Jimmy, ihr Sohn, war schon von vornherein ein kleines Mimöschen, aber Paulines Einstellung machte eine richtige Heulsuse aus ihm. Immer an Mutters Schürzenzipfel. Und die anderen Kinder haben es ihm wohl auch nicht gerade leichtgemacht. Maggie Robinsons Junge dagegen war ein dreckiger kleiner Rotzlöffel, wenn man über Tote überhaupt so schlecht reden darf. Ein jähzorniger Bengel. Der geborene Unruhestifter. Wenn sie mich fragen, noch zehn Jahre, und er hätte zu Detective Harrimans Klientel gezählt.«

»Das mag schon sein«, meinte ich, »aber er war ja

schließlich ein Kind, erst acht Jahre alt. Mit einer erwachsenen Frau konnte er es ja wohl kaum aufnehmen, oder?«

»Nein«, antwortete sie ruhig, »da haben Sie sicher recht. Aber ich sag Ihnen, dieser Junge hätte auch eine Mutter Theresa dazu gebracht, ihn windelweich zu prügeln.«

»Wissen Sie denn, was aus Jimmy Grant geworden ist?« fragte Frank.

Mit großen Augen sah sie uns an. »Wollen Sie damit etwa sagen, Sie wissen es nicht?«

»Wir wissen überhaupt erst seit gestern von seiner Existenz, Mrs. Parker.« Frank hielt unvermittelt inne und fügte rasch hinzu: »Wir wären Ihnen wirklich dankbar, wenn Sie uns mehr dazu sagen könnten.« Nach einem kurzen Blick auf mich wandte er sich wieder an sie.

Sie bemerkte seine Verwirrung und lächelte. Plötzlich ließ sie einen verschmitzten Blick zwischen uns hin und her wandern. »Haben Sie eigentlich was miteinander?«

»Wir sind verlobt«, antwortete ich wie aus der Pistole geschossen und merkte, daß Frank etwas bestürzt über meine Direktheit war.

Sie strahlte. »Tja, da gratuliere ich Ihnen! Ich war selber zweimal verheiratet und kann es nur empfehlen.« Nun beäugte sie ihn von Kopf bis Fuß. »Mhm, mhm, mhm!«

Mit jedem »mhm« schien Frank ihr besser zu gefallen. Dieses unverhohlene Taxieren machte ihn ganz verlegen, und ich versuchte krampfhaft, keine Miene zu verziehen – ein hoffnungsloses Unterfangen.

»Und Jimmy Grant?« fragte er in gequältem Tonfall.

»Ach ja.« Sie wurde wieder sachlich. »Wir waren ja beim armen Jimmy. Tja, das hat die ganze Sache wohl so traurig gemacht. Traurig und *grotesk*, wenn Sie mich fragen.«

»Grotesk?«

»Ja, Detective Harriman. Grotesk. Ein Beispiel für die

Korruption, die damals hier gang und gäbe war. Wie Sie wissen, wurde Pauline ja praktisch sofort nach dem Tod des kleinen Robinson eingesperrt. Die Mütter der anderen Kinder teilten sich dann gewissermaßen in zwei Lager. Diejenigen, die sich auf Maggie Robinsons Seite schlugen, wollten Blut sehen. Wir anderen hielten das Ganze für einen Unfall. Paulines Unbeherrschtheit, fanden wir, sollte sie vielleicht ihren Job kosten, aber nicht ihr Kind. Und ganz bestimmt nicht ihre Freiheit.«

»Hatte Pauline viel Unterstützung?« fragte ich.

»O nein. Wir waren in der Minderheit. Keine von uns hatte das entsprechende Geld, um ihr einen guten Rechtsanwalt zu besorgen oder eine Kaution, damit sie sie freiließen. Deswegen war sie ja von Anfang an in Haft.«

»Und Jimmy?«

»Wie gesagt, sie hatten keine Verwandten, also kam Jimmy zu Pflegeeltern. Er war – ach, ich sag es ungern, aber er war wirklich ein schwieriges Kind. Er ist überhaupt nicht damit fertiggeworden. Hat sich furchtbare Vorwürfe gemacht, wie das nur Kinder können. Als Pauline ins Gefängnis kam, geriet er völlig außer Rand und Band, und es war höchst zweifelhaft, ob man ihn überhaupt irgendwo länger unterbringen konnte. Und da hat sich dann Maggie Robinson eingeschaltet.«

»Maggie Robinson?«

»Ja. Irgendwie hat sie es so hingedreht, daß sie am Ende Jimmys Pflegemutter wurde.«

»Was?« riefen wir wie im Chor.

»Ja. Sie hatte die verschrobene Vorstellung, das sei eine gute und gerechte Lösung. Mir kam die Sache faul vor. Und als Pauline dann ermordet wurde, hat Maggie Jimmy adoptiert.«

Einen Moment lang waren wir wie vor den Kopf geschlagen.

»Aber – wie war das denn möglich?« fragte ich.

»J. D. Anderson«, sagte sie nur.

»Der Direktor von Mercury Aircraft?« fragte Frank. »Was hatte der denn damit zu tun?«

»Es hieß, Maggie sei J. D.s Geliebte. Bei allen Fehlern, die sie hatte – und glauben Sie mir, es sind zu viele, als daß ich sie aufzählen könnte – war Maggie umwerfend hübsch.«

Ich schüttelte den Kopf. »Aber ich verstehe immer noch nicht, wie sie das in die Lage bringt –«

»Jimmy zu adoptieren? Irene Kelly, Sie überraschen mich. J. D. war damals einer der mächtigsten Männer in der Gegend von Los Angeles. Sie glauben vielleicht, daß es heute korrupte Unternehmer gibt, verglichen mit damals sind das aber Waisenknaben. Hat Mr. O'Connor Ihnen nie davon erzählt?«

»Doch, schon, aber mit einem Kind kann man doch nicht –«

»Vor *allem* mit einem Kind. Das sieht man doch auch heutzutage: Ein Kind kann sich nicht zur Wehr setzen. Es ist den Erwachsenen auf Gedeih und Verderb ausgeliefert. Heute geht es bei Adoptionen geregelter zu, obwohl das weniger an den Gesetzen liegt, als vielmehr an Angebot und Nachfrage, wenn man es so hart sagen will. Das Recht auf Abtreibung hat sich auf den Nachschub ausgewirkt. Aber damals... Erinnern Sie sich noch an die Enthüllungen über die Richterin, erst vor kurzem, die mit Adoptionen ein Vermögen gemacht hat? Sie bestellte Babys, deren Eltern man das Sorgerecht entzogen hatte, und vermittelte die Kinder dann gegen hohe Geldsummen an reiche Familien.«

»Hat sich denn niemand für Jimmy eingesetzt?«

Sie rang die Hände. »Es ist zwar beschämend, aber ich muß es gestehen, ich habe ihm nicht geholfen. Maggie arbeitete inzwischen nicht mehr bei Mercury, doch wir alle wußten, daß sie sich von J. D. aushalten läßt. Den Gerüchten nach soll er selber die Fäden gezogen haben und sogar dafür gesorgt haben, daß alle Unterlagen zu Jimmy restlos verschwanden. So als habe er vor seiner Adoption überhaupt nicht existiert.«

Sie machte eine Pause und fuhr dann mit leiser Stimme fort. »Der Krieg war vorbei, und viele Frauen verloren ihre Arbeit. Damals mußte ich meinen Sohn ganz allein ernähren. Vor dem Krieg hatte ich nie gearbeitet. Weder als Lehrerin noch als Krankenschwester, nicht mal als Kellnerin. Wenn ich meinen Job bei Mercury verloren hätte, ich hätte auf nichts anderes zurückgreifen können. Wäre es nur um mich gegangen, tja, vielleicht hätte ich dann den Mund aufgemacht. Aber ich mußte auch an Howie denken, und so habe ich geschwiegen.«

»Ich bin Ihnen wirklich sehr dankbar, daß Sie uns das erzählt haben«, sagte Frank. »Sie haben mir eine Menge Arbeit erspart. Jetzt wird mir auch klarer, wie wir ihn suchen müssen. Haben Sie Maggie Robinson nach dem Krieg eigentlich je wiedergesehen?«

»Ja, einmal habe ich sie hier in der Stadt gesehen, in einem Kaufhaus, während des Weihnachtsgeschäfts. Muß wohl so zwei, drei Jahre nach dem Krieg gewesen sein. Sie hat versucht, mir auszuweichen, wenn Sie es genau wissen wollen. Irgendwie habe ich mich zu ihr durchgedrängelt und sie nach Jimmy gefragt. Da hat sie mich nur zornig angefunkelt und gezischt, sie kennt keinen Jimmy, und ich muß sie wohl mit jemand verwechseln. Und dann hat sie es irgendwie geschafft, in der Menge zu verschwinden. Ich habe diese Frau nie ausstehen können.«

»Kennen Sie Hobson Devoe?« fragte ich.

»Ja, unser alter Personalchef. Hab gehört, er leitet jetzt das Museum.«

»Glauben Sie, daß er von Maggie gewußt hat?«

Sie runzelte die Stirn. »Ich kann das natürlich nicht mit Sicherheit sagen, aber ich würde es eher bezweifeln. Mr. Devoe war immer ein sehr aktives Kirchenmitglied. Bei den anderen Männern hieß er nur ›der Pfadfinder‹. Sie behandelten ihn, als sei er völlig naiv – oder vielleicht sollte ich eher sagen, als sei er prüde. In seiner Gegenwart haben sie nie anzügliche Witze erzählt oder unflätige Ausdrücke verwendet. Deswegen glaube ich auch, daß sie vor ihm nicht über J. D.s Mätressen geredet haben – angeblich gab's mehrere. Na ja, Maggie war bestimmt nicht die einzige, die J. D. an ihre Wäsche ließ, obwohl sie offenbar jahrelang seine Favoritin war. Ich weiß es einfach nicht. Hobson war immer ein grundanständiger Kerl. Aber naiv war er nicht – er war durchaus in der Lage, sich in der Firma durchzusetzen.«

Wir unterhielten uns noch ein paar Minuten, dann bedankten und verabschiedeten wir uns. Als wir wieder auf dem Bürgersteig standen, rief sie Frank noch von der Veranda nach: »Seien Sie nett zu ihr, Detective Harriman, oder Sie kriegen's mit mir zu tun.«

Wir winkten und fuhren davon.

Auf dem Heimweg gestand ich Detective Harriman, daß er wirklich nett zu mir gewesen sei, und zählte ihm auf, wie ich ihn zu belohnen gedachte. Er freute sich schon sehr darauf, aber es sollte einfach nicht sein. Als wir in seine Auffahrt einbogen, erblickten wir einen Wagen vor unserem Haus. Eine Frau saß darin.

Franks Mutter hatte beschlossen, uns einen Überraschungsbesuch abzustatten.

24

Glücklicherweise hatte Bea Harriman noch nicht allzulange gewartet. Unglücklicherweise wiederum hatten Frank und ich den Morgen streitender- und nicht putzenderweise verbracht. Die Wohnung war ein Saustall und sah überhaupt nicht so aus, wie ich sie mir bei der ersten Inspektionsrunde meiner zukünftigen Schwiegermutter gewünscht hätte. Bea war zwar schon öfter in Franks Haus gewesen, doch dies war ihr erster Besuch seit dem Beginn unseres »wilden« Zusammenlebens.

Ich war nervös, als wir die Haustür aufsperrten, doch meine Ängste waren offensichtlich unbegründet. Sie platzte fast vor weihnachtlichem Wohlwollen und vor Befriedigung über ihren geglückten Überfall. In der Diele bemerkte sie fröhlich, daß sie mich heute ja zum ersten Mal ohne Gips sehe. Sogar bei dem riesigen Geschirrstapel in der Spüle drückte sie ein Auge zu.

Sie war verblüfft, als sie zwei große bellende Hunde im Patio erblickte. Der nicht zu übertreffende Cody biß Frank in den Knöchel, raste wie angestochen davon und riß Bücher und Papiere hinter sich zu Boden. Und der infernalische Lärm steigerte sich noch um ein Beträchtliches, als das Telefon zu schrillen begann.

Es geht einfach nichts über die eigenen vier Wände.

Frank übernahm es, das Gepäck seiner Mutter hereinzuschleppen, ihr den Mantel abzunehmen und sie ins Gästezimmer zu führen. »Ruhe jetzt!« schrie ich, als ich den Hörer abnahm.

»Was?« fragte die Stimme am anderen Ende.

»Oh, damit bist du nicht gemeint, Steven. Die Hunde. Die machen einen Wahnsinnsradau. Warte mal einen Moment.«

Ich öffnete die Tür einen Spalt weit, damit sie sich abregten. Sie rannten mich über den Haufen und preschten auf Franks Mutter zu, die angesichts der Situation immer noch bemerkenswert gelassen blieb. Sie tätschelte die Hunde, während die sie beschnüffelten und überschwenglich begrüßten.

»Wie heißen sie denn?« fragte sie.

»Sie sind noch nicht getauft. Ich glaube, Frick und Frack oder Ja und Nein kommen in die engere Wahl. Wenn Ja und Nein das Rennen machen, können wir sie für spiritistische Sitzungen verleihen.« Bea sah mich an, als nähme sie mich tatsächlich für voll.

»Wer ist es denn?« rief Frank aus dem kleinen Gästeschlafzimmer.

»Steven«, antwortete ich und ging wieder ans Telefon.

»Ich bin für Ja und Nein«, sagte Steven. »Sonst habt ihr Frick, Frack und Frank, und das ist vielleicht ein bißchen verwirrend.«

»Genauso wie sagen zu müssen ›Nein, Ja‹, wenn Ja sich danebenbenimmt. Frank war schon für Wildwestkombinationen. Nachdem Cody ja eine Mischung aus Wild Bill Hickok und Buffalo Bill Cody ist, käme vielleicht Buffalo Hickok und Calamity Annie Oakley in Frage.«

»Da komm ich nicht mehr mit. Außerdem zu lang und umständlich. Obwohl, Calamity wär gar nicht so übel, nachdem, was du mir über die beiden erzählt hast.«

»Warte mal, Steven. Jetzt klingelt es an der Haustür.«

Die Hunde bellten wieder und erwarteten mich schon an der Tür. »Was ist denn mit euch Kötern los?« hörte ich draußen jemanden rufen. Sofort begannen sie ängstlich zu winseln. Davon ließ ich mich jedoch nicht täuschen und griff nach den Halsbändern.

»Komm rein, Jack«, schrie ich.

Er öffnete die Tür und trat ein. Die Hunde nahmen

hübsch Platz und präsentierten sich manierlich und wohlerzogen. »Hätte ich gewußt, daß du eine derartige Wirkung auf sie hast, hätte ich dich gleich gebeten, uns zu empfangen. Die sind heute völlig durchgedreht.«

Frank trat in den Gang heraus und rief Jack nach hinten, um seine Mutter kennenzulernen. Ich sah ihr an, wie sehr sie sich zusammenreißen mußte, als sie das narbige Gesicht, den rasierten Schädel, den Ohrring und die Tätowierungen erblickte. Doch Jack besitzt die erstaunliche Fähigkeit, fast jeden Menschen für sich einzunehmen, so daß wir beide uns keine Gedanken mehr darum machen, wie die Leute auf sein Aussehen reagieren. Ich eilte wieder ans Telefon.

Steven Kincaid fühlte sich offenbar nur ein wenig einsam und hatte keinen besonderen Grund für seinen Anruf. Ich plauderte eine Weile mit ihm, legte dann die Hand auf den Hörer und winkte Frank heran. Nach kurzer Diskussion fragten wir Jack und Steven, ob sie nicht Lust hätten, mit uns essen zu gehen. Während wir noch auf Steven warteten, fütterten wir die Hunde und Cody. Und als er dann eintrudelte, hatte Jack auch Bea für den Vorschlag gewonnen. Bea war ebenfalls noch nicht über das Alter hinaus, in dem man für Stevens Schönheit empfänglich ist, so daß wir alle bestens gelaunt Bernie's All Night Café ansteuerten.

Doch kaum hatten wir unsere Mahlzeit beendet, ging der Ärger schon los. »Irene«, meinte Bea lächelnd zu mir. »Ich hab da ein tolles Lokal für eure Hochzeit entdeckt.«

Frank und ich wechselten einen Blick.

»Mom, darum kümmert sich bereits Irenes Schwester.«

Ich versuchte mir das Lachen zu verbeißen, und fügte hinzu: »Wahrscheinlich suchen wir uns sowieso selber was, wenn es mal soweit ist.«

Die Rechnung kam und wir stritten uns, wer nun zahlen durfte, wobei Frank und ich die andern schließlich überzeugen konnten, daß diesmal wir an der Reihe waren. Wir zwängten uns wieder in den Volvo; ich saß zwischen Steven und Jack auf dem Rücksitz.

Bea kam auf ihr Thema zurück. »Ich bin mir sicher, auch Ihre Schwester wäre ganz begeistert davon. Ihr beiden müßtet euch nur auf einen Termin einigen, und zwar so bald wie möglich. Juni wäre sicher ein guter Monat. Zwar ziemlich traditionell, aber trotzdem... Irene, haben Sie denn schon Ihr Kleid ausgesucht? Auch die Einladungen müssen wir in Angriff nehmen. Und einen Floristen beauftragen und einen Fotografen, ein Feinkostunternehmen wegen der Bewirtung – und natürlich einen Pfarrer.«

»Irene ist katholisch«, sagte Frank, als sie irgendwann mal kurz Luft holen mußte.

»Wie? Katholisch? Ach ja?«

»Ja.«

»Oh, Frank.« Das Ausmaß der darin enthaltenen Enttäuschung wäre verständlich gewesen, hätte Frank etwa verkündet: »Irene ist Axtmörderin, Kannibalin und Polygamistin, aber ich liebe sie trotzdem«. Auf bewundernswerte Weise fing sie sich jedoch wieder und meinte: »Tja, wir gehören einer Episkopalkirche an, Irene. Die Umstellung wird Ihnen sicher nicht schwerfallen.«

Wir waren gerade in die Auffahrt gebogen. Jack nahm meine Hand und versicherte mich mit einem leichten Händedruck seiner schweigenden Unterstützung, sonst hätte ich mich wohl kaum mehr zurückhalten können. Steven war das alles äußerst peinlich. Aber wahrscheinlich ließ uns erst Franks Tonfall so richtig aufhorchen. Er war ruhig, aber eisig.

»Irene, Jack, Steven, nehmt doch bitte die Hunde und macht einen Strandspaziergang!«

Ich nickte, und wir stiegen aus. Jack und Steven ließen

die Hunde aus dem Patio. Frank hielt seiner Mutter, die kein weiteres Wort mehr gesagt hatte, den Wagenschlag auf und kam dann zu mir herüber. Er nahm mich in den Arm, beugte sich zu mir herunter und flüsterte mir ins Ohr: »Sei vorsichtig, du unbußfertige Papistin, und bleib immer in Sichtweite von Jack und Steven, okay?« Er küßte mich auf die Stirn und ging hinein.

Bei der Aussicht auf einen Spaziergang gerieten die Hunde ganz außer sich, hüpften um uns herum, als hätten sie Sprungfedern in den Beinen, und schnellten gleichzeitig mit Vorder- und Hinterteil in die Höhe. Irgendwie gab das auch mir neuen Auftrieb.

Wir wanderten am Strand entlang und betrachteten die hintereinander herjagenden Hunde. Der Abend war bewölkt, und es sah nach Regen aus. Zwar war es nicht sehr windig, doch die Luft war kühl. Der Mond stand bereits am Himmel; hin und wieder brach sein strahlendes Gesicht durch die Wolken, dennoch war es so dunkel, daß ich mich lieber an Franks Mahnung hielt und in der Nähe von Jack und Steven blieb. Jack flankierte meine linke, Steven die rechte Seite, als wir uns der Pier näherten. Die beiden hatten mich untergehakt, und wir gingen eng aneinandergedrängt und lauschten Jack, der von einem seiner früheren Jobs als Birnenpflücker erzählte.

Plötzlich tat es einen hohlen, dumpfen Schlag, und als ich den Kopf nach rechts wandte, sah ich, wie das Blut über Steven Kincaids Gesicht strömte. Benommen starrte er mich an, faßte sich an die Stirn und stürzte in den Sand. Ich schrie auf. Jack und ich knieten uns rasch neben ihn. Er atmete, war aber bewußtlos. Das Blut rann aus einer tiefen Wunde an der Stirn, knapp oberhalb des rechten Auges. Die Hunde brachen in wildes Gebell aus und stürmten in Richtung Pier, wo ich einen großen Mann davonlaufen sah.

Ich blickte wieder auf Steven, der blaß und reglos dalag.

»Hol Frank, Jack. Beeil dich. Sag ihm, da ist ein Mann auf der Pier.« Während ich sprach, bettete ich Stevens Kopf in meinen Schoß. Ich griff unter meine Jacke, riß einen breiten Streifen von meiner Baumwollbluse und versuchte damit, behutsam die Blutung an seiner Stirn zu stillen. Jack pfiff die Hunde zurück. »Ich kann dich hier nicht allein lassen«, meinte er. Der Mann, den ich auf der Pier gesehen hatte, war spurlos verschwunden.

Jack sah Franks Hund an etwas herumschnüffeln, bückte sich und hob es vorsichtig auf. Er steckte es ein, befahl den Hunden, bei mir zu bleiben, und rannte dann nach Hause zurück.

Zitternd saß ich im Sand, preßte den Stoffetzen an Stevens Kopf und lauschte dem leisen, besorgten Winseln der Hunde. Franks Hund leckte mein Gesicht, und ich merkte, daß mir die Tränen über die Wangen liefen.

Hin und wieder trat der Mond hinter den Wolken hervor, und ich sah Stevens bleiches, blutüberströmtes Gesicht. Das Blut wollte einfach nicht versiegen. Der Fetzen war schon völlig durchtränkt, und immer noch blutete er.

Ich verkniff mir jeden Angst- und Trauerlaut oder bildete es mir zumindest ein, aber vielleicht ist mir doch einer entschlüpft, denn ich hörte, wie die Hunde ihn nachahmten. Ich flehte meinen papistischen Gott an, Steven Kincaid doch bitte, bitte nicht im Stich zu lassen.

Ich weiß nicht, wieviel Zeit vergangen war, als ich die Hunde die Ohren spitzen sah. Ich blickte auf und sah Frank und Jack auf uns zukommen. Wahrscheinlich waren nur ein paar Minuten verstrichen, wenn sie mir auch wie Stunden erschienen. Frank kniete sich neben mich und fühlte Stevens Puls. »Er lebt noch«, preßte ich hervor,

»aber er hat sich weder bewegt, noch einen Mucks gemacht. Er hat eine Menge Blut verloren.«

»An der Stirn blutet man leicht«, sagte Frank leise und griff nach meiner Hand, um sie von der Wunde zu heben. Der Blusenstreifen hatte sich mit Blut vollgesogen, und als ich ihn wegzog, erschien mir die klaffende Öffnung darunter noch gräßlicher als vorher. Frank hatte einen Erste-Hilfe-Koffer dabei. Er verlagerte Stevens Kopf von meinem Schoß auf eine Art Kissen. Ich hörte ein Geräusch und sah, daß Jack eine Decke auseinanderfaltete. Er breitete sie über Steven, während Frank ihm einen Preßverband anlegte.

Nicht lange, und wir hörten Sirenen näher kommen. Ein Fahrzeug der Strandaufsicht blieb neben uns stehen und tauchte uns in grelles Schweinwerferlicht. In diesem Licht sah Stevens bleiches, blutbeflecktes Gesicht noch viel schlimmer aus. Ich spürte, wie Frank mich an den Schultern faßte und behutsam zur Seite schob. Die Strandwächter hatten eine Bahre dabei, auf der sie Steven davontrugen. Ich sah ihnen nach, als sie Richtung Pier strebten, wo schon ein Krankenwagen wartete. Sie hoben die Bahre hinein und fuhren rasch mit heulenden Sirenen davon.

Auch die Polizei war inzwischen am Tatort eingetroffen, und wir unterhielten uns ein paar Minuten mit den Beamten. Wir hatten ihnen nicht viel zu sagen. Ich hatte das Gesicht des Mannes auf der Pier nicht erkannt. Jack hatte ihn überhaupt nicht gesehen. Vorsichtig hielt Frank einem Mitarbeiter der Spurensicherung einen Gegenstand hin und sagte, Jack habe ihn im Sand gefunden.

»Eigentlich hat ihn dein Hund gefunden«, korrigierte ihn Jack. Frank faßte nach unten und kraulte seinem Hund die Ohren, während der Mann von der Spurensicherung sich das Ding eingehend betrachtete. Es war ein blutiger Gesteinsbrocken von etwa zehn Zentimeter Durchmesser. Auf dem in kleinen, eng aneinandergekritzelten Druckbuchstaben geschrieben stand: »Hyazinth muß fallen.«

»Schon wieder Mythologie«, meinte Jack. »Hyazinth war ein wunderschöner Jüngling, den Apoll über alles liebte. Eines Tages warf Apoll bei einem Wettkampf einen Diskus, der Hyazinth zufällig an der Stirn traf.«

Ganz offensichtlich wollte Jack nicht weitersprechen.

»Und was ist dann passiert?« fragte Frank.

»Er ist gestorben«, sagte ich ruhig, Jacks Faden aufgreifend. »Apoll trauerte um ihn. Und während Apoll noch weinte, wuchs an der Stelle, wo Hyazinth sein Blut vergossen hatte, eine Blume aus dem Boden.«

Ich starrte hinab in den von Stevens Blut geröteten Sand. Frank legte mir den Arm um die Schultern, wir drehten uns um und wanderten zum Haus zurück. Ich konnte nicht sprechen. Ich hörte, wie Jack nach den Hunden pfiff und uns folgte.

Beim Aufsperren der Haustür sagte Frank: »Wenn du dich umgezogen hast, fahren wir zum Krankenhaus. Ich helfe Jack mit den Hunden.«

Ich starrte ihn nur an. Hatte er etwas gesagt?

»Irene?«

»Schon okay«, sagte ich nur und trat ins Haus.

Franks Mutter genügte ein einziger Blick, und schon war sie an meiner Seite. Sie legte mir den Arm um die Schultern und führte mich ins Bad. Sie drehte den Wasserhahn auf. Ich sah an mir hinunter und merkte, daß ich wohl einen wüsten Anblick bot. Hände und Oberschenkel waren blutverschmiert, die Bluse zerfetzt, das Gesicht vom Weinen gerötet und verschwollen.

»Ich sollte wohl besser duschen«, sagte ich.

»Tun Sie das«, sagte sie. »Ich mach Ihnen inzwischen

was Heißes zu trinken. Sie sind ja völlig durchgefroren.«
Sie drehte mir den Duschhahn auf, während ich mich aus
den Kleidern schälte.

Ich stand unter der Brause, spürte das heiße Wasser auf
mich herabprasseln und guckte, wie das rosafarbene Wasser in den Abguß rann. Schließlich kam ich doch wieder
ein wenig zu mir und begann mich zu schrubben.

Als ich dann endlich wieder trocken war und in Jeans
und einem warmen Pullover steckte, erwartete Bea mich
im Wohnzimmer mit einer Thermosflasche. »Nehmen Sie
das mit«, sagte sie. Ich schaute zur Küche hinüber.

»Sie haben ja das ganze Geschirr abgewaschen.«

Sie ignorierte meine Feststellung. »Steven wird sich
wieder erholen«, sagte sie und wandte sich an Frank, der
auf dem Sofa saß und mich besorgt betrachtete. »Franklin,
jetzt mach schon. Irene macht sich Sorgen um den Jungen.«

»Und Sie?« fragte ich.

»Mir geht's gut. Ich warte einfach, bis ihr zurückkommt. Macht euch keine Gedanken, ich komm schon
zurecht.«

»Danke«, sagte ich und meinte es wirklich ernst.

Erst als wir im Wartezimmer der St.-Anne-Notaufnahme
saßen, öffnete ich die Thermosflasche. Schon der Duft des
heißen Kaffees tat mir ungeheuer gut. Ich nahm einen
Schluck und stellte fest, daß sie auch einen Schuß Brandy
hineingekippt hatte.

Ich reichte ihn Frank, der, kaum hatte er ein
Schlückchen probiert, das Gesicht verzog. »Damit hab ich
nicht gerechnet. Trink du ihn nur. Ich muß fahren.«

Ich trank eine halbe Tasse und merkte, daß ich allmählich ruhiger wurde. Ich stand auf, trat an eines der Münz-
telefone und rief bei der Zeitung an. Sie hatten bereits die

ersten Polizeimeldungen auf dem Scanner. Ich erzählte ihnen, was ich wußte. Es war lange nach Redaktionsschluß, und die Nachtbelegschaft war dabei, die erste Seite für die Morgenausgabe umzustellen. »Momentan bin ich im Krankenhaus«, erzählte ich dem Mitarbeiter in der Lokalredaktion. »Sobald ich was Neues über Kincaids Zustand weiß, meld ich mich noch mal.«

Ich setzte mich wieder neben Frank und trank Kaffee. Die Stühle des Warteraums hatte offensichtlich der Ausstatter der spanischen Inquisition entworfen. Alle paar Minuten stand ich auf und ging zum Schalter, worauf alle dahinter sofort konzentriert in die andere Richtung starrten. Sie hatten es satt, mir immer wieder zu sagen, ja, ich bekäme Bescheid, sobald sie was erführen.

Es herrschte reger Andrang in dieser Nacht, und mir war recht beklommen, als ich die hereinkommenden Verletzten und ihre besorgten Freunde und Verwandten beobachtete. Frank brachte mich schließlich dazu, den Kopf an seine Schulter zu lehnen, und tatsächlich sank ich in einen unruhigen Schlaf.

Jemand sagte meinen Namen, und ich fuhr in die Höhe. Es war Frank, dessen zerzauster Frisur man ansah, daß auch er eingedöst war. Eine erschöpfte Ärztin stand vor uns und sagte, sie werde uns jetzt zu Steven bringen, aber nur für ein paar Minuten.

»Ihr Freund hat ein wahnsinniges Glück gehabt«, sagte sie. Sie war ruhig und sympathisch, und ich merkte, wie ich mich ein wenig entspannte, während wir durch den Korridor folgten. »Er hat nur einen Haarriß erlitten. Der Schlag hat eine Gehirnerschütterung verursacht, wäre er aber nur ein klein wenig stärker gewesen, hätte man mit einer Schädigung des Hirngewebes rechnen müssen. Oder die Ansammlung von Flüssigkeit hätte Probleme verursacht. Die Computertomographie hat aber nichts dergleichen ergeben. Wir müssen ihn eine Weile beobachten, um sicherzugehen, daß er keine sonstigen Schäden davongetragen hat. Inzwischen ist er zwar bei Bewußtsein, aber völlig erschöpft. Außerdem hat er Schmerzen. Und bei Kopfverletzungen ist es nicht ratsam, mit Schmerzmitteln zu behandeln.« Sie blieb vor einer Tür stehen. »Ich weiß, daß Sie sich Sorgen um ihn gemacht und lange da draußen ausgehalten haben. Aber bitte versprechen Sie mir, vor allem an ihn zu denken und nicht zu lange zu bleiben, ja?«

Wir versprachen es und gingen hinein. All meine Krankenhauserinnerungen kamen zurück, und Frank legte mir beruhigend den Arm um die Schulter. Steven war noch immer bleich wie ein Gespenst, aber das Blut hatte man ihm abgewaschen. Um den Kopf trug er einen weißen Verband. Als wir an sein Bett traten, schlug er die Augen auf.

Steven war bei Bewußtsein und erkannte uns. Ich war ungeheuer erleichtert, als ich das sah.

»Hi, Steven«, sagte Frank. »Schön, daß du noch unter uns weilst.«

»Ja.«

»Frank spricht aus Erfahrung«, erklärte ich. »Er hat sich erst vor sechs Monaten den Kopf angehauen. Du siehst viel besser aus als er damals. Hast uns aber trotzdem ganz schön erschreckt.« Ich hielt plötzlich inne. Ich redete ja wie ein Wasserfall.

Müdes Lächeln.

»Hast du gesehen, wer's war?« fragte Frank.

»Nein. Was ist denn passiert?« Seine Stimme klang dumpf.

»Du bist von einem Stein getroffen worden.«

»Ich weiß gar nichts mehr.« Er schloß die Augen.

»Erinnerst du dich noch, daß ihr am Strand wart?«

»Vage.«

Er war müde, und es war offensichtlich, daß ihn die Fragen verwirrten. »Gute Nacht, Steven«, sagte ich. »Ich komme morgen wieder.«

Er öffnete die Augen und sagte: »Ich hab dich gehört.«

»Mich gehört?«

»Du hast geweint und gebetet, glaub ich.«

»Beides. Offensichtlich warst du nicht der einzige, der mich gehört hat. Schlaf jetzt.«

Er schloß die Augen, und wir verließen den Raum.

Als wir wieder zu unserem Wagen zurückgingen, hatte es zu nieseln begonnen. Eine Weile saßen wir nur da. Ich schaute hinüber zu Frank, und etwas in mir gab nach. Das passiert mir immer wieder. Irgend etwas in mir zerbricht, eine Sperre, von deren Vorhandensein ich bis zu diesem Moment gar nichts gewußt hatte. Ich faßte ihn am Arm, zog ihn näher an mich heran und lehnte mich zu ihm hinüber, um ihn zu küssen. Er sträubte sich nicht, sondern erwiderte meinen Kuß mit Leidenschaft. »Wofür war denn das?« fragte er.

»Für die – ich weiß nicht – die Unterstützung, nehm ich an.«

Er lächelte und hielt mich weiter im Arm. In dieser Nacht redeten wir nichts mehr, sondern krochen nur noch ins Bett und hielten uns fest. Das drückte mehr aus als alle Worte.

25

Mitten in der Nacht schreckte ich aus dem Schlaf und hatte entsetzliche Angst. In meinem Alptraum war ich im Krankenhaus gewesen, wo man mir sagte, daß Steven in der Nacht unerwartet gestorben sei. Offenbar hatte ich ein Geräusch von mir gegeben oder etwas anderes getan, denn Frank wachte ebenfalls auf und zog mich wieder an sich, so daß mein Kopf an seiner Brust ruhte. »Alles in Ordnung?« fragte er verschlafen.

»Ja«, log ich, obwohl ich am liebsten das Krankenhaus angerufen hätte, um sicherzugehen, daß ich in meinem Traum nicht irgendwelche paranormalen Sehergaben entwickelt hatte. Schließlich schläferte mich das Geräusch des fallenden Regens und Franks Atems wieder ein.

Frank war bereits zur Arbeit gefahren, als ich am nächsten Morgen erwachte. Bea war schon auf und hatte mir einen heißen Kaffee gebraut. Es war ein grauer Tag, und meine Stimmung war entsprechend, doch Bea platzte schier vor Energie. Ich bemühte mich, zumindest *ihre* Lebensgeister nicht zu dämpfen. Sie hatte die Hunde hereingelassen, und die schienen ihr Glück ausnahmsweise mal zu begreifen und benahmen sich mustergültig. Cody hatte ihnen beigebracht, daß man sich mit ihm besser nicht anlegte – jeder der beiden hatte bereits die Klauen von Wild Bill zu spüren bekommen.

Frank hatte seine Mutter über Steven ins Bild gesetzt, und sie erkundigte sich bei mir nach dem Vorfall am Strand. »Das tut mir alles so leid«, sagte sie. »Ich hatte gehofft, wir könnten Weihnachten noch ein bißchen nachfeiern.«

»Wenn es Ihnen nichts ausmacht, noch einen Tag zu bleiben, können wir das ja heute abend tun.«

»Wenn ihr beide nichts dagegen habt, daß ich –«

»Überhaupt nicht. Es war so eine nette Überraschung. Und Sie haben mir gestern abend sehr geholfen – ich weiß das zu schätzen.«

Sie freute sich darüber, und ich ließ sie in bester Stimmung zurück.

In nervenaufreibendem Schneckentempo schob ich mich durch die regennassen Straßen von Las Piernas. Der Verkehr war so zäh, daß er fast zum Erliegen kam. Ich lauschte dem lärmenden Stakkato des Regens, der auf das Verdeck meines Karmann Ghia trommelte, während die Fenster von innen beschlugen. In meiner Ungeduld umklammerte ich das Steuerrad noch fester.

Sobald ich in der Redaktion war, rief ich in St. Anne an, um mich nach Steven zu erkundigen. Da ich ihn, falls er schlief, nicht aufwecken wollte, ließ ich mich mit Schwester Theresa verbinden, einer Bekannten von mir, die dort arbeitet. Sie freute sich, von mir zu hören, und ich erklärte ihr, warum ich anrief.

»Mr. Kincaid, nicht wahr? Hm, dem geht es schon viel besser.«

»Sie kennen ihn schon?«

Sie lachte. »Das Zimmer des armen Jungen ist ein richtiger Taubenschlag, dauernd gehen bei ihm Schwestern ein und aus. Er sieht ziemlich gut aus, wissen Sie. Hoffentlich kriegt er trotzdem ein bißchen Ruhe. Detective Harriman hat eine Wache vor seiner Tür postiert, und allmählich glaub ich schon, die soll den jungen Mann vor unserem Personal beschützen. Ich habe mal zu ihm reingeschaut, und ich muß sagen, er sieht aus wie ein Engel.«

»Vergessen Sie nicht Ihr Gelübde, Schwester. Er mag ältere Frauen.«

Das fand sie hochamüsant. Ich solle doch mal bei ihr vorbeischauen, wenn ich ihn besuchte.

Ich schrieb an einem Artikel, der auf Louisa Parkers Erzählung beruhte. Durch einen Anruf bei Pete Baird erfuhr ich, daß sie immer noch auf eine richterliche Verfügung warteten, ohne die sie die Adoptionsunterlagen nicht einsehen durften.

»Tut mir wirklich leid um den Jungen, den's gestern erwischt hat«, sagte er. »Ich hab ihn gern.«

»Ich auch.«

»Hast du schon von der Schleuder gehört?«

»Schleuder?«

»Ja, gestern nacht haben sie unter der Pier eine Jagdschleuder gefunden – die Jungs von der Spurensicherung meinen, damit könnte der Stein abgeschossen worden sein. Heutzutage gibt es doch diese Superschleudern – die Kids tragen sie mit sich rum. Ein einziges Ärgernis, was uns betrifft. Jede Menge Sachschäden. Viel treffgenauer als die Dinger aus Astgabel und Gummiband, die wir als Kinder hatten. Aber wie es der Zufall will, gibt's nur ganz wenige Geschäfte, die sie führen. Wenn er sie also hier gekauft hat, finden wir ihn.«

»Er hat sie auf der Pier zurückgelassen?«

»Vielleicht nicht gerade zurückgelassen. Wahrscheinlich hat er sie beim Weglaufen verloren. Es ist auch ein Teilfingerabdruck drauf, aber er stimmt mit keinem aus unserer Kartei überein.«

»Irgendwie hab ich den Eindruck, daß das Thanatos' erste und letzte Mordserie ist.«

»Für einen Amateur macht er das aber ganz überzeugend.«

»Na ja, schließlich hatte er auch fünfzig Jahre Zeit, die Sache zu planen.«

»Du bist also der Meinung, daß es dieser Grant ist?«

»Überleg doch mal«, sagte ich. »So ein kleiner Tyrann hackt tagtäglich auf dir rum. Eines Tages, während er auf dich einprügelt, kommt deine Mutter dazu und verpaßt ihm eine solche Ohrfeige, daß er gegen die Wand taumelt. Eigentlich müßte das der schönste Tag deines Lebens sein, aber für dich beginnt damit die Hölle auf Erden. Die anderen Kinder, die nie nett zu dir waren, zeigen jetzt alle mit dem Finger auf deine Mutter. Man nimmt dir deine Mutter weg, und nachdem man dich 'ne Weile hin und her geschoben hat wie einen geplatzten Scheck, landest du schließlich unter der Fuchtel der Mutter des Mistkerls. Vielleicht wartest du noch und betest, daß deine Mutter irgendwann aus dem Gefängnis entlassen wird und dich rettet. Aber sie wird ermordet. Du wirst sie nie wiedersehen. Sie wurde ermordet, weil sie dich vor einem Schläger beschützen wollte und dafür ins Gefängnis mußte.«

»Ja, das leuchtet mir schon ein. Aber warum wartet er denn so lange? Warum versucht er das nicht als junger Mann?«

»Keine Ahnung, Pete. Keine Ahnung.« Ich schlug ein heiteres Thema an. »Was treibt Rachel denn so?«

»Die bereitet ihren Umzug vor. Kannst du das fassen? Kommt tatsächlich nach Las Piernas. Ich hab schon ein Wahnsinnsglück.«

Da mußte ich ihm recht geben. Wir verabschiedeten uns, und ich machte mich wieder an die Arbeit. Ich brachte meinen Beitrag auf den neuesten Stand und fügte noch ein paar Details hinzu, so daß er eine Art Fortsetzungsgeschichte zu früheren Artikeln bildete. Danach starrte ich eine ganze Weile auf den Bildschirm. Dann blieb ich kurz bei Mark Baker stehen und erzählte ihm von der Schleuder. Er hatte schon von den Dingern gehört, da er mal einen Artikel über Kinder recherchiert hatte, die sich durch Schleudern schlimme Verletzungen zugezogen hatten.

Mittags regnete es immer noch, so daß ich nicht die geringste Lust hatte, zum Essen ins Freie zu gehen. Da ich mich auch nicht in die langen Schlangen in der Cafeteria einreihen wollte, zog ich mir einen lausigen Lunch aus einem der Automaten im Kellergeschoß. Zumindest hatte ich dabei Gelegenheit, die rotierenden Pressen zu beobachten und ein wenig mit Danny Coburn zu plaudern. Er zückte ein neues Sortiment von Enkelfotos. »Suzanne muß dir mal 'ne größere Brieftasche kaufen, Danny«, sagte ich zu ihm. Er grinste. Das Gespräch war eine nette Ablenkung von all den Aufregungen der letzten Tage.

Am Nachmittag grübelte ich über einige Dinge nach, die man mir in den letzten Tagen erzählt hatte und die mir nicht mehr aus dem Kopf gingen. Ich beschloß, einiges davon zu überprüfen. Ich checkte kurz nach, daß Don Edgerton tatsächlich Trainer am Las Piernas College war, ließ mir die Anstellungsdaten durchgeben und erkundigte mich nach seinem Unterrichtsplan. Danach rief ich die Dodgers an und verifizierte, was er uns über seine Zeit als Erstligist erzählt hatte.

Durch ein Telefonat mit der Schulbehörde von Las Piernas erfuhr ich, daß Howard Parker tatsächlich nach mehr als dreißigjähriger Lehrtätigkeit in Pension gegangen sei. »Er hat Mathe unterrichtet«, meinte die Frau am anderen Ende der Leitung. »Er hat auch Preise für seinen Unterricht gewonnen. Wir waren sehr enttäuscht über sein Ausscheiden. Aber seit dem Tod seiner Frau war er wohl nicht mehr mit dem Herzen dabei. Sie war auch Lehrerin bei uns – in Programmieren. Sehr nette Frau.«

Justin Davis hatte, wie ich erfuhr, für fast jede Verwaltungsbehörde und jedes größere Unternehmen in Las Piernas, einschließlich Mercury Aircraft, Sicherungssy-

289

steme entwickelt. Seine Firma war hochangesehen, und er genoß den Ruf, sich um jeden Auftrag persönlich zu kümmern und für die stetige Zufriedenheit seiner Kundschaft zu sorgen.

Ich rief Fielding's Nursing Home an, das Pflegeheim, in dem Peggy Davis offenbar tatsächlich untergebracht war. Die Frau, die meinen Anruf entgegennahm, hatte eine so honigsüße Stimme, daß ich sie am liebsten gefragt hätte, ob sie denn nie an eine Radiokarriere gedacht hatte. Sie war höflich und aufmerksam, was schon mehr ist, als man von den meisten Telefonistinnen behaupten kann.

»Sehen wir doch mal nach. Peggy Davis – da haben wir sie. Mrs. Margaret Davis. Sie ist noch ziemlich neu. Das heißt, sie ist in Mrs. Madisons Gruppe. Macht es Ihnen was aus, einen Augenblick zu warten?«

Mein Gott, die fragte mich, ob ich warten wollte – und erwartete tatsächlich eine Antwort! »Überhaupt nicht«, erwiderte ich und ertappte mich beim Versuch, genauso tief zu sprechen wie sie.

Mrs. Madisons Stimme und Sprechweise erwiesen sich als das krasse Gegenteil. »Jaa, Madison«, antwortete sie. »Wer da?«

»Irene Kelly vom *Las Piernas News Express*. Könnte ich wohl einen Termin mit Mrs. Davis vereinbaren?«

»Nein.«

»Nein?«

»Nein. Hören Sie mal, Mrs. Davis' Kopf ist ein absolutes Vakuum, falls Sie wissen, was ich meine. Diese alten Tanten hier können sich nicht mehr unterhalten, es sei denn, Sie betrachten es als Gespräch, wenn man Ihnen neunzigmal die gleiche Frage stellt. Die alte Mrs. Davis weiß nicht mal, wer sie ist. Erkennt den eigenen Sohn nicht. Und hören tut sie auch nicht viel. Es ist also unmöglich, daß sie sich mit einer Zeitungsreporterin unterhält.«

Ich hörte es klicken. »Vielen herzlichen Dank«, sagte ich zum Wählton.

Als ich abends meinen Computer ausschaltete, sah es aus, als würden »Sturmschäden« den Thanatos-Aufmacher von der ersten Seite verdrängen. Wir hatten Anrufe erhalten, die von mehreren Unfällen, einem eingestürzten Dach und Straßensperrungen berichteten. Die Hochwasserschutzkanäle – die tiefen, breiten, betonierten Flußbetten Südkaliforniens – füllten sich. Die stehenden Rinnsale, die man normalerweise darin findet, verwandeln sich bei starken Regengüssen innerhalb von Minuten in flache, aber reißende Flüsse. Jahr für Jahr, so kommt es mir vor, schreiben wir mindestens einen Artikel über einen Lebensmüden, der beschließt, einen dieser Kanäle mit dem Floß zu befahren, um es dann mit dem Leben zu bezahlen. Amateure unterschätzen sowohl die Geschwindigkeit des Wassers als auch die Schuttmengen, die es mit sich trägt.

Als es Abend wurde, überlegte ich, ob ich mich nicht lieber beeilen sollte, um noch bei Steven im Krankenhaus vorbeizuschauen. Außerdem mußte ich zu Bea nach Hause. Ich hatte Gewissensbisse, weil ich sie so lange allein gelassen hatte.

Ich war gerade am Zusammenräumen, als Mark vorbeikam. »Stell dir vor! Sie haben Don Edgerton vorgeladen.«

»Warum denn das?«

»Sie haben in den Sportgeschäften rumgefragt. Weil sie eben dachten, ein älterer Mann, der eine Schleuder kauft, könnte den Angestellten aufgefallen sein. Und dann stellt sich doch tatsächlich raus, daß sich ein Verkäufer an ihn erinnert.«

»Er wußte, wie er heißt?«

»Nein. Er wußte nur, daß er die Schleuder einem Kunden verkauft hatte, der auch jede Menge Ausrüstungsgegenstände fürs Bogenschießen mitnahm. Da erinnerten sich die Jungs wieder dran, daß Edgerton ja am College Bogenschießen unterrichtet. Sie zeigen dem Verkäufer mehrere Fotos, und der deutet sofort auf Edgerton. Also besorgen sie sich Durchsuchungsbefehle für sein Haus und sein Büro. Rate mal, was sie in seiner Schublade im College gefunden haben?«

»Den Hammer, mit dem Edna Blaylock getötet wurde?«

»Nein. Einen von diesen Synthesizern, mit dem man eine Stimme am Telefon verfremden kann.«

»O Gott!« Zitternd ließ ich mich wieder auf meinen Stuhl sinken. Doch als ich über seine Worte nachdachte, irritierte mich etwas. »Warum bewahrt Edgerton das eigentlich in seinem Büro auf? Warum denn nicht zu Hause, wo er zwei Dobermannpinscher zum Bewachen hat?«

»Keine Ahnung. Vielleicht ist ihm das Haus ja nicht sicher genug, trotz der Hunde. Sein Büro im College dagegen ist mehr als sicher. Es hat eins von diesen elektronischen Spezialschlössern.«

Pete hatte mir von den elektronischen Schlössern auf dem Campus erzählt. Mir fiel ein, daß mir diese Art von Schlössern in den letzten Tagen schon öfters begegnet waren.

»Er bewahrt alle möglichen Sportartikel dort auf«, fuhr Mark fort, »auch den größten Teil seiner eigenen Ausrüstung.«

»Moment mal! Jetzt, wo du's sagst, fällt mir ein, daß wir in seinem Hause weder Bögen noch Pfeile noch irgendwelche Fechtutensilien gesehen haben. Nur die Fotos und den Computer. Vielleicht hat er den Computer ja nur gebraucht, um die Dateien bei Mercury zu löschen.«

Ich schauderte.

»Vielleicht. Aber wir haben ja nicht das ganze Haus gesehen. Außerdem, als belastendes Material gelten die Schleuder und der Synthesizer und nicht der Computer. Zu Computern haben auch viele andere Menschen Zugang. Sogar Howard Parker, nicht wahr?«

»Das spielt ja jetzt wohl keine Rolle mehr. Don Edgerton. Dieser Scheißkerl! Wenn ich mir überlege, was er getan hat…« Ich atmete tief durch und versuchte mich zu beruhigen. »Und jetzt müssen wir das Verbindungsglied finden. Das Motiv.«

»Ich fahre runter ins Präsidium und schau mal, ob sie mich vielleicht mit ihm reden lassen. Willst du mitkommen?«

Ehe ich seine Frage beantworten konnte, klingelte das Telefon.

»Kelly«, meldete ich mich.

»Kassandra.«

Mark warf nur einen kurzen Blick auf mich und griff schon nach dem Hörer des Nebenanschlusses. Ich konnte nichts sagen. Ich sah nicht einmal den Raum. Ich sah nur noch Stefen Kincaids blutendes Gesicht.

»Warum denn so still, mein Schatz?« fragte die Stimme. »Soviel hat dir Hyazinth doch sicher auch nicht bedeutet?«

Ich versuchte, mit fester und ruhiger Stimme zu sprechen. »Die Sache geht schief, Thanatos. Entweder ist das jetzt ein mißglückter Versuch, jemand anderem die Schuld in die Schuhe zu schieben, oder Ihr Anruf aus dem Knast ist völlig sinnlos –« Er lachte. »Glaub mir, ich ruf nicht aus dem Knast an. Mußte deine Freunde nur eine Weile auf Trab halten.«

»Inzwischen haben Sie sowieso alles vermasselt. Das mit Ikarus ging daneben. Und mit Hyazinth haben Sie auch nicht gerade gute Arbeit geleistet. Er ist nicht tot.«

293

»Noch nicht.«

Ich spürte, wie ein brennender Zorn in mir aufstieg. »Vorher sind Sie selber dran. Das schwör ich Ihnen.«

»Wohl kaum. Ich würde sagen Kincaid, Harriman und dann – tja, wer weiß?«

»Ich bin Kassandra, vergessen Sie das nicht! Und ich sage, daß Sie dran sind. Sie werden immer schludriger. Sie wollen alles erzwingen. Sie gehen zu weit. Wie bei dieser Sache mit den Mercury-Computern.« Ich warf einen Blick zu Mark hinüber, der heftig den Kopf schüttelte.

»Das war überhaupt kein Problem für mich«, sagte Thanatos. »Merk dir das.«

»Wie schon gesagt, ich bin Kassandra. Es spielt keine Rolle, ob Sie mir glauben oder nicht. Aber genauso wird es kommen. Sie sind der nächste.«

Er lachte, und dann verstummte er plötzlich. Als er wieder zu sprechen begann, klang seine Stimme drohend. »Du enttäuschst mich.«

»Pauline wäre erst recht von Ihnen enttäuscht gewesen, Jimmy.«

»Du –« zischte er wütend. »Du bist nicht besser als die anderen!« Er legte auf.

Mark Baker sah aus, als habe er einen Schock erlitten. »Glaubst du, das war klug?«

Ich zitterte. »Nein, war es nicht.«

Er kam zu mir herüber und legte mir die Hand auf die Schulter. »Hör mal, es tut mir leid. Du hast in letzter Zeit ziemlich viel durchgemacht.«

Ich sagte nichts darauf.

»Wir sollten lieber Harriman anrufen.«

Da ich immer noch nichts sagte, wählte er die Nummer und verlangte Frank. Ich saß da und hörte ihm zu, während er Frank von Thanatos' Anruf erzählte. Mark schwieg eine Weile und sagte dann: »Schau mal, Frank –«, wurde aber offensichtlich unterbrochen. Mit einigem Widerstreben reichte er mir den Hörer. »Er will dich sprechen.«

Ich nahm ihn entgegen. »Ja?«

»Irene? Was zum Teufel ist in dich gefahren? Verdammt noch mal, glaubst du denn, du bist unbesiegbar? Du treibst mich noch zum Wahnsinn, wenn du solche Scheiße verzapfst!«

»Tschau, Frank. Ruf mich an, wenn du wieder normal bist.« Ich legte auf. Mark sah aus, als würde ihm schlecht. »Das kriegen wir schon wieder hin, Mark. Das passiert bei uns ständig.«

Er wirkte nicht sehr überzeugt. Mein Telefon begann wieder zu läuten. Ich wollte weder mit Thanatos noch mit sonst jemandem reden. Wahrscheinlich war es Frank, aber ich wußte, daß er sich noch nicht wieder im Griff hatte. Ich ignorierte es daher und ging. Ich brauchte dringend frische Luft.

Vom Verlagsgebäude ist es nur ein kurzer Spaziergang nach *St. Anne's*, dennoch war ich danach völlig durchnäßt. Problemlos passierte ich die Wache vor Stevens Tür. Als ich ins Zimmer trat, schlief Steven noch. Doch allmählich wurde er munter, sah mich an und lächelte. »Hi.«

»Hallo. Wie geht es dir denn?«

»Besser.«

Er trug jetzt einen kleineren Verband, und auf der Stirn prangte ein großer dunkler Bluterguß. Als ich die äußersten Enden der Stiche sah, zuckte ich ein wenig zusammen.

»Irene? Würdest du meine Eltern anrufen?«

»Sicher. Jetzt gleich?«

»Wenn es dir nichts ausmacht. Vielleicht kannst *du* das Erklären übernehmen. Aber jag ihnen keinen Schrecken

295

ein, ja?« Er war immer noch ziemlich erschöpft, aber offensichtlich hatte er sich Sorgen gemacht. Ich beruhigte ihn und wählte die Nummer, die er mir nannte.

»Wie heißen sie denn?« fragte ich, als es klingelte.

»Mike und Margaret Kincaid.«

Es meldete sich ein Mann. Ich erklärte ihm, daß ich eine Freundin von Steven sei und auf Stevens Bitte bei ihnen anrufe. »Steven hat sich eine Kopfverletzung zugezogen. Ich soll Ihnen an seiner Stelle versichern, daß soweit alles in Ordnung ist. Er ist allerdings noch im Krankenhaus und muß sich erholen. Er würde Sie gerne kurz sprechen und Ihnen sagen, daß es ihm gutgeht.«

»Im Krankenhaus?« Eine Sekunde lang herrschte Stille, dann brüllte er: »Maggie! Nimm den zweiten Hörer! Entschuldigen Sie, Miss –?«

»Kelly.«

»Miss Kelly.« Man hörte ein Klicken, als der andere Hörer abgenommen wurde. »Miss Kelly, würden Sie das noch mal für Stevens Mutter wiederholen?«

Ich tat es. Nachdem er seine Frau ein wenig beruhigt hatte, bat mich Mike Kincaid, ihm Steven zu geben.

Ich bekam nur Stevens Seite der Unterhaltung mit. Er griff nach meiner Hand, als ich aufstehen wollte, um ihn allein zu lassen.

»Nein, Mom, wein doch nicht. Es geht mir gut.«

Er lauschte.

»Schon in Ordnung, Mom … Schau, ich geb dir noch mal Irene … Nein, nein, ist sie nicht. Sie ist nur eine Freundin.«

Er reichte mir den Hörer, und ich versicherte ihnen noch einmal, daß er auf dem Weg der Besserung und bald wieder völlig gesund sei. »Er wird nur schnell müde … Sie wollen nach Kalifornien kommen und ihn besuchen?« Steven machte ein erschrockenes Gesicht und schüttelte heftig den Kopf. »Nein, momentan würde ich Ihnen eher davon abraten.« Er entspannte sich wieder. »Ja, er ruft bestimmt bald wieder an.« Ich verabschiedete mich und legte auf.

»Danke«, sagte er.

»Gern geschehen.«

Eine Schwester kam herein, sah uns Händchen halten und warf mir einen der bösesten Blicke zu, die ich in letzter Zeit auf mich gezogen hatte. Steven lächelte mich vielsagend an. Ich konnte nicht widerstehen. Ich beugte mich zu ihm hinüber und drückte ihm einen Kuß auf die Wange. »Tschau, Darling. Erhol dich gut. Ich kann's kaum erwarten, deine Eltern kennenzulernen.«

Stevens Lächeln wurde noch breiter, und er drückte mir heftig die Hand. Immer noch lächelnd schloß er die Augen und sagte schläfrig: »Ich werd von dir träumen.«

Gott, wie ich das genoß.

Ich schritt den Korridor hinunter und fühlte mich großartig, als ich zufällig in einen jener runden Spiegel hinaufblickte, die manchmal an der Kreuzung zweier Korridore angebracht sind. Ich entdeckte darin das Spiegelbild eines sehr wütenden Frank Harrimans, der zielstrebig in meine Richtung steuerte. Ich war mir ziemlich sicher, daß er mich noch nicht gesehen hatte, und verspürte wenig Lust, mich seinem Zorn auszusetzen. Ich schaute nach links und sah eine mit »Kapelle« beschriftete Tür. Rasch glitt ich hinein.

Es war dunkel und still in dem kleinen Raum. Die Einrichtung bestand aus etwa sechs kurzen Bankreihen und einem Altar mit einem großen Blumenarrangement. Hinter dem Altar war ein großes Buntglaskruzifix in die Wand eingelassen, das von hinten beleuchtet wurde. Neben dem Altar stand eine Statue der heiligen Anna, der Mutter Marias, unter der Votivkerzen flackerten. Ich zündete eine an – aus Sentimentalität oder vielleicht auch, weil Rituale so was Tröstliches haben. Ich schlenderte zum Altar und las das Etikett auf dem Blumengebinde: Gestiftet von Bettina Anderson. Das mußte ich Barbara erzählen.

Hey, Barbara-Baby-Kelly-O'Connor, als ich mich eben in der Kapelle von St. Anne's verstecken mußte, hab ich doch zufällig Lizzy-Betty-Bettina-Zanowyk-Andersons Blumen gesehen.

Das ist schon mal das eine, wenn man Irene heißt, dachte ich. Sie können dir zwar jedesmal, wenn sie dir gute Nacht sagen, das alte Lied vorsingen – aber Irene bleibt Irene. Das ist gewissermaßen was Elementares. Nicht wie Bettina-Elizabeth oder beispielsweise Stevens Mutter, Peggy – nein Maggie-Margaret.

Irgend etwas beschäftigte mich in diesem Moment, und es war nicht nur mein zwackendes Gewissen, weil ich mich vor meinem Verlobten versteckte. Ich setzte mich hin.

War es etwas, das ich während der Arbeit aufgeschnappt hatte? Oder im Gespräch mit Stevens Eltern? Doch der Gedanke an die Kincaids lenkte mich ab, und ich fragte mich, ob sie vielleicht doch noch nach Kalifornien geflogen kämen. Die Versicherungen einer Fremden wogen wahrscheinlich wenig im Vergleich zu den Ängsten einer Mutter.

Ich saß da, und alles beschäftigte mich auf einmal, die Kincaids, Thanatos und Frank und – ach ja, die Religion. Ich kann nicht in eine Kirche oder Kapelle gehen, ohne daß ich versuche, meinen Standpunkt hinsichtlich dieses Themas zu definieren. Ich bin keine Atheistin. Atheismus verlangt viel mehr Glauben, als ich ihn irgendeiner Religion entgegenbringen könnte. Auch eine gute Agnostikerin konnte ich nicht mehr werden, dafür war es zu spät – dafür war ich zu gläubig. Ich war mir einfach nicht sicher, ob ich mich noch zu den Katholiken oder schon zu den Nichtkatholiken zählen sollte. So richtig zu Hause fühlte ich mich in der katholischen Kirche schon lange nicht mehr.

Aber wenn man mal in einer Religion aufgewachsen ist, in der es einen Tag zu Ehren einer »heiligen Christina der Erstaunlichen« gibt, fällt es einem auch nicht leicht, sich sonstwo einzuleben. Ich dachte an all das, was ich über die griechische Mythologie gelesen hatte. Ob es wohl damals sündige Heiden gab? Kannten sie Glaubensschwankungen so wie wir? Aber vielleicht beruhte ja der antike Glaube auf etwas ganz anderem.

Gründete man nämlich seinen Glauben auf Dankbarkeit für unerwartete Hilfe und das Gefühl, zuviel unverdientes Glück erfahren zu haben, dann war auch ich ein gläubiger Mensch.

»Hallo, Kassandra«, sagte eine Stimme hinter mir.

Und schon wurde mein Glaube einer ernsten Prüfung unterzogen.

26

»Hallo, Jimmy«, sagte ich, ohne mich umzudrehen. Ich zwang mich, auf das selige Gipslächeln der heiligen Anna zu starren, konzentrierte mich völlig darauf und nahm mir vor, ihm nicht zu zeigen, wieviel Angst ich in Wahrheit hatte.

Er hob die Hand und berührte mein Haar. Ein Schauer durchzuckte mich, aber ich unterdrückte jede weitere Reaktion. Ich dachte an Edna Blaylock, Rosie Thayer und Alex Havens.

Er trat näher an mich heran und flüsterte mir ins Ohr,

sprach jedoch so leise, daß ich seine nichtsynthetisierte Stimme nicht erkennen konnte. »Es tut mir fast leid, daß es soweit kommen mußte, Kassandra. Ich hatte es mir anders vorgestellt. Schließlich bist du die Tochter eines Kämpfers für die Gerechtigkeit. Um seinetwillen hatte ich mir mehr für dich erhofft.«

Ich überlegte krampfhaft, wie er dazu kam, mich als Tochter eines solchen Fürstreiters zu bezeichnen, aber er klärte mich schon auf: »Oh, natürlich bist du nicht seine leibliche Tochter, aber du hättest es durchaus sein können, weißt du. Der Tribut, den du ihm gezollt hast – all die Artikel, die du nach seinem Tod über ihn verfaßt hast – da spürte man, daß niemand ihn so geliebt hat wie du. Wie du seinen Tod gerächt hast – ja, das hat mir gefallen. In gewisser Weise bist du Irene O'Connor. Deswegen hoffte ich, du würdest mich verstehen.«

»Was hat O'Connor Ihnen bedeutet?«

»Oh, du weißt also doch nicht alles, Kassandra?«

Ich antwortete ihm nicht. Er lachte.

»Einer seiner ersten Artikel handelte vom Tod meiner Mutter. Und er berichtete nicht nur über die ›Ermordung einer Gefängnisinsassin‹ wie die anderen, nein, er hat ihre ganze Geschichte erzählt. Er wußte, welches Unrecht ihr geschehen war. Ich hab ihn aufgehoben.« Ich hörte es rascheln, und ein brüchiger, vergilbter Zeitungsausschnitt wurde nach vorn gereicht. Und tatsächlich, da stand O'Connors Name in der Verfasserzeile. Ich mußte ihn einfach in die Hand nehmen. Ich las ihn und spürte Thanatos' Blick im Nacken.

O'Connor mußte sehr jung gewesen sein, als er ihn schrieb, aber offenbar hatte er schon vom ersten Tag an einen mitreißenden Stil gehabt. Er schilderte Pauline Grant als junge Frau, die das Schicksal mit all seiner Wucht und Härte getroffen hatte. »Irgendwo gibt es einen kleinen

Jungen, der zu Gott gebetet hat, daß seine Mutter endlich wieder zu ihm zurückkommt. Wer wird ihm erklären, was aus ihr geworden ist? Und wenn er dann zu einem Mann heranwächst, welches Vertrauen wird er noch haben in die Gerechtigkeit, in Gnade und Barmherzigkeit?«

Ach, O'Connor, dachte ich bei mir, du warst die wahre Kassandra. Du hast das alles kommen sehen, und niemand hat sich drum geschert. Ich reichte den Ausschnitt wieder nach hinten. Ich verscheuchte die quälende Sehnsucht nach O'Connor, die man so leicht in mir wecken kann, und die Hoffnungslosigkeit, die mich plötzlich befallen hatte.

Doch als ob er wüßte, was ich fühlte, sagte er: »Ah, du vermißt ihn immer noch. Ich verstehe das. Die Zeit heilt nicht alle Wunden. Den Verlust der Mutter und den Verlust des Vaters heilt sie nie.«

Seine Tochter. Ich war zu Kassandra erkoren worden, weil Jimmy Grant mich als Irene O'Connor betrachtete. »Eigentlich bin ich ganz stolz auf den Mann, dem ich den Namen Kelly verdanke«, sagte ich. »Aber was ist schon ein Name?«

Und während ich das sagte, wußte ich plötzlich, was mir vorhin keine Ruhe gelassen hatte. Margaret-Maggie. Margaret-Peggy. Diesen Namen hatte ich nicht nur im Gespräch mit Stevens Eltern, sondern auch beim Telefonat mit den Frauen vom Fielding's Nursing Home gehört.

Margaret Robinson – Peggy Davis. Margaret Robinson, deren Kurzbiographie in den Akten von Mercury nicht so recht zu den übrigen paßte. Die ein Kind verlor und sich durch die Adoption eines anderen Vergeltung erhoffte. Und deren Reise zur Lethe es ihrem adoptierten Sohn vielleicht gestattet hatte, seine langersehnte Rache in die Tat umzusetzen.

»Hab ich dir erzählt, daß mein Vater ein Kriegsheld

war?« sagte die Stimme hinter mir. Er sprach jetzt lauter. Ich glaubte bereits zu wissen, wer er war. »Ich will, daß du verstehst. Meine Mutter hat meinen Vater geliebt. Er wurde in Pearl Harbor getötet. Er ging mit einem der Schiffe unter, aber bevor er starb, hat er noch anderen geholfen herauszukommen. Meine Mutter war erst neunzehn, als ich geboren wurde, und als ich fünf war, war sie schon Witwe. Aber sie war die beste Mutter der Welt.«

Vom Gang her drangen Geräusche zu uns herein. »Es wird Zeit zu gehn«, sagte er. »Sieh mich an.«

Ich starrte unverwandt geradeaus. »Haben Sie keine Angst, Kassandra aus einem Heiligtum zu entführen?«

»Wie meinen Sie das?«

»Na hören Sie mal. Sie kennen doch Ihre Mythologie. Ein gewisser Ajax hat Kassandra aus dem Tempel der Athene gezerrt – einem geheiligten Ort – und sie getötet. Aber die Götter haben ihn schwer für sein Vergehen bestraft.«

»Das ist mein Spiel. Ich bestimme hier die Regeln, und nicht du. Jetzt dreh dich um, und sieh mich an.«

Ich spürte die kalte, scharfe Spitze des Messers unter dem Kinn. Ich schluckte. »Gut.«

Er lachte und bewegte das Messer. Langsam drehte ich mich um und blickte in das Gesicht, mit dem ich bereits gerechnet hatte.

»Besser so, Justin?«

»Nenn mich nie wieder so«, zischte er zornig. Er packte mich am rechten Arm und zerrte mich auf den Gang zwischen den Kirchenbänken. Ich versuchte zwar, mich loszureißen, doch er warf mich zu Boden. Er hockte sich auf mich und zerrte meinen rechten Arm nach hinten. Dann hielt er mir das Messer an die Wange.

Seit man mir vor drei Monaten den Arm ausgekugelt hat, bin ich zugegebenermaßen etwas wehleidig geworden. Der Schmerz beruhte durchaus nicht auf Einbildung. Mir wurde speiübel. Die pure, unvermischte Angst fuhr mir in die Glieder.

»Wir gehen jetzt raus«, sagte er. »Wir gehen raus auf den Parkplatz, so als wären wir ein Liebespaar. Ich habe dieses Messer hier, aber ich habe auch einen Revolver dabei. Und wenn du Schwierigkeiten machst, dann puste ich soviel Passanten um, wie ich Kugeln in der Knarre habe. Ich bin ein ausgezeichneter Schütze. Ehe ich dir ins Herz steche, siehst du sie noch sterben. Du stirbst in dem Wissen, daß du daran schuld bist. Verstanden?«

Ich nickte.

Er drückte mir das Messer gegen die Wange.

»Ja, verstanden!«

»Gut.« Er zerrte mich hoch. »Zieh die Jacke aus, und leg sie dir über die Schultern.«

Ich tat, was er verlangte. Wieder packte er meinen Arm, doch jetzt, wo meine Jacke seine Hand verbarg, sah es aus, als habe er zärtlich den Arm um mich gelegt. Er trat an meine linke Seite. »Den Revolver hab ich hier in der Jacke. Hab ich mal erwähnt, daß ich Linkshänder bin? Nein? Dann weißt du jetzt Bescheid. Falls dir allzu viele Gedanken durchs Köpfchen schießen, solltest du wissen, daß es mir keine Probleme bereitet, mit der linken Hand zu schießen.«

Er schob mich hinaus auf den Gang. Ich betete nur noch um eines, daß mein Gesicht zu einer Maske erstarrte, die niemandem etwas verriet. Doch gerade jetzt begann die abendliche Besuchszeit, und überall waren Menschen. Wenn er hier losballerte, hatte er keinen Mangel an Zielen. Mir zitterten die Knie. Ich warf einen Blick nach oben in denselben Korridorspiegel, in dem ich Frank gesehen hatte. Und sah ihn wieder, in der Ferne, sah ihn aus Stevens Zimmer treten. Rasch blickte ich zu Boden, da ich nicht wollte, daß Justin Davis ihn entdeckte, und hoffte, daß auch Frank mich nicht sehen würde. Frank wußte ja nicht, daß Justin Davis Thanatos war, und war nicht darauf gefaßt, sich zu verteidigen.

In irgendeinem anderen Spiegel sah ich mich selbst und stellte fest, daß ich alles andere als natürlich wirkte. Ich hatte einfach zuviel Angst; es ließ sich nicht verbergen.

Plötzlich erblickte ich am Ende des Gangs einen Menschen, dem ich in diesem Augenblick wirklich am wenigsten begegnen wollte. Sie blieb stehen, musterte mich kurz und kam dann lächelnd auf uns zu.

»Kennst du die?« fragte Davis und umklammerte mein Handgelenk noch fester.

Ich nickte.

»Du willst doch nicht, daß sie stirbt. Also streng dich gefälligst an.«

»Hallo, Schwester Theresa«, sagte ich so natürlich, wie es mir möglich war.

»Irene! Sie haben einen neuen Haarschnitt. Und wer ist das?«

»Das ist ein Freund von mir – Jimmy.«

»Angenehm«, sagte sie mit einem Nicken, und ich dankte Gott, daß sie nicht versucht hatte, ihm die Hand zu schütteln.

»Tja, ich hab's ein bißchen eilig«, sagte sie. »Viel los heute abend – aber warten Sie doch mal –« Sie griff in ihren Kittel. Ich spürte, wie angespannt er war – und wie er in seine linke Jackentasche griff.

Bitte nicht, lieber Gott – bitte nicht, lieber Gott, bitte.

Fast hätte ich schon einen Warnschrei ausgestoßen, als sie schließlich – ausgerechnet! – ein Heiligenbildchen hervorzog. Ich starrte es nur blöde an, als sie es mir in die linke Hand drückte. Ein Bildchen des heiligen Judas. Ich hätte fast einen Koller gekriegt.

»Danke, Schwester«, krächzte ich.

»Sie kennen doch Ihre Heiligen, nicht wahr, Irene?«

»Ja, Schwester.« Sie nickte und ging weiter.

St. Judas hat sie auf dem Gewissen Was für eine Schlagzeile! Sieben Tote bei Krankenhausmassaker. Der Showdown des Heiligen Judas.

Ich mußte mich zwingen, es einzustecken.

Wir traten ins Freie, gingen durch den kalten, heftigen Regen und spürten ihn nicht. Er öffnete die Beifahrertür eines Lieferwagens, zog seine Knarre und sagte: »Steig ein.«

Er folgte mir und stieß mir die Revolvermündung zwischen die Rippen. »Du fährst.«

Während ich auf den Fahrersitz glitt, bemerkte ich einen Rucksack im hinteren Teil des Wagens. Nur einen.

»Los. Richtung Dunleavy Road.«

Ich tat, was er verlangte. Ich dachte an den Rucksack. Die Dunleavy Road führte zu einem privaten Flugplatz. Etwa sechs Meilen außerhalb, in den Hügeln.

»Wollen Sie springen?« fragte ich.

»Du bist längst tot, wenn ich springe.«

»Ekelhaftes Wetter.«

»Das bringt dir nur 'ne Gnadenfrist. Der Sturm läßt nach, und morgen früh, wenn wir starten, ist der Himmel so blau, wie er hier nach dem Regen oder den Santa-Ana-Winden ist.«

»Sieht aber nicht so aus, als würde er nachlassen.«

»Aber natürlich. Das sind nur noch die Ausläufer. Ich hab ihn genau beobachtet. Wirst schon sehen. Bald nieselt's nur noch ein bißchen.«

Wir schwiegen, während ich mehrere Male abbog, um die Dunleavy Road zu erreichen. Ein-, zweimal glaubte ich schon, wir würden verfolgt, und machte mir Hoffnungen, die sich jedoch bei der nächsten Kreuzung wieder zerschlugen.

»Ich weiß, daß Ihre Mutter ermordet wurde«, sagte ich. »Aber warum machen sie eigentlich Menschen dafür verantwortlich, die damals noch Kinder waren? Warum jagen Sie nicht die Erwachsenen?«

»Ah, immer noch neugierig, wie? Gut, gut. Auf die Weise vergehn die letzten Stunden vielleicht ein bißchen angenehmer.« Nachdem er eine Weile geschwiegen hatte, antwortete er. »Sie haben sich zu Göttern gemacht. Olympus und seine kleinen Götter. Es wurde Zeit, sie von ihrem Olymp zu stürzen.«

»Aber es waren doch Kinder.«

»Kinder sind die grausamsten Geschöpfe auf Erden.«

»Die meisten erinnern sich gar nicht daran.«

»Genau. Es war die schmerzlichste und schrecklichste Zeit meines Lebens. Und für sie? War es nichts. Sie haben den Tod meiner Mutter auf dem Gewissen. Sie haben ihr die Schuld gegeben. Aber sie haben sich geirrt.«

»Sie hat die Beherrschung verloren.«

»Nein. Das haben sie zwar gesagt, aber es stimmt nicht. Kapierst du das nicht, sie haben falsche Aussagen gemacht. Keiner von denen hat genau gesehen, was passiert ist. Sie haben es einfach ausgenutzt. Wir waren arm. Einen guten Rechtsanwalt, der ihr das Leben gerettet hätte, konnte sich meine Mutter nicht leisten.«

»Aber sie hat ja nicht abgestritten, daß sie den Jungen geschlagen hat.«

»Kapierst du denn nicht? Sie wollte mich beschützen. Ich hab den elenden Dreckskerl gegen die Wand gestoßen. Ich! Das kleine Drecksstück hat mich fast erwürgt. Sie kam rübergelaufen und wollte ihn von mir runterzerren, aber ich hab ihn an die Wand gestoßen! Sie haben gelogen! Alle miteinander! Weil sie mich haßten!« Er brüllte jetzt. Seine Augen funkelten wild und ich machte mir Vorwürfe, das Thema überhaupt angeschnitten zu haben.

Plötzlich wurde er ganz still und sagte: »Sie war die beste Mutter der Welt.«

Ich sah zu ihm hinüber. Er weinte.

Wir bogen auf die Dunleavy Road ein. Über eine Strecke von etwa fünf Meilen verläuft sie längs eines Hochwasserkanals. Wie von ihm vorausgesagt, war der Regen in ein Nieseln übergegangen. Die Straße war glitschig und verschlammt, was sowohl vom Regen als auch von Bauarbeiten herrührte. Bulldozer und Planiermaschinen standen verlassen am rechten Straßenrand.

Ich warf einen Blick in den Seitenspiegel und spürte, wie sich mir der Magen verknotete. Wir wurden verfolgt. Von Franks Wagen, da war ich mir ziemlich sicher. Und ich wußte genau, wie schwierig es war, auf dieser leeren nächtlichen Straße unentdeckt zu bleiben.

Ich registrierte, daß Jimmy nach seinem Seitenspiegel sah.

»Wie war eigentlich Maggie Robinson?« fragte ich, um ihn abzulenken. »Sie war doch eine gute Mutter, oder?«

Er riß den Kopf herum und funkelte mich an. »Eine miese Schlampe war sie, die nichts anderes im Sinn hatte, als mich für den Tod ihres Sohns büßen zu lassen. Am Anfang war sie noch ein bißchen vorsichtiger. Sie hatte Angst, die Leute vom Jugendamt würden vorbeikommen und sie kontrollieren. Aber die hatten ja selber Angst, fürchteten wohl, sie hätten mich nicht gründlich genug verschwinden lassen.«

»Was meinen Sie damit?«

»Tu nicht so, als wüßtest du das nicht. Dein Freund von der Polizei hat das doch nachgeprüft. Du weißt, was er rausgekriegt hat. Ich war für die doch nur 'ne verschwundene Akte. Als meine Stiefmutter allmählich spitzgekriegt hat, daß sie und J. D. gewonnen haben, hat sie angefangen mich zu schlagen. Dann hat sie mich festgebunden und Zigaretten auf mir ausgedrückt. Sieh sie dir an!« Er schob einen Ärmel zurück. Die gesamte Innenseite des Armes entlang zogen sich runde Narben. »Zeter und Mordio hab ich geschrien, und? Hat mir je wer geholfen? Nein. Ich war eben das Problemkind von der armen Mrs. Davis.«

Einen Augenblick schwieg er und brütete vor sich hin. »Eins hab ich allerdings von ihr gelernt. Ich hab gelernt, mich unsichtbar zu machen. Das war nämlich die einzige Möglichkeit, sich in Sicherheit zu bringen. Ich weiß, wie man sich der Aufmerksamkeit der anderen entzieht. Sie aber brauchte Aufmerksamkeit – konnte gar nicht genug davon kriegen. Ich nicht. Dadurch war ich ihr überlegen. Keiner wußte, was ich dachte. Keiner wußte, was ich fühlte.«

»Warum haben Sie sie nicht einfach umgebracht?«

»Dran gedacht hab ich schon«, sagte er. »Vor allem nach dem Tod meiner Mutter. Nicht mal um den Tod meiner Mutter hat sie mich trauern lassen. Immer und immer wieder hat sie erzählt, wie sehr sie sich darüber freut. ›Jetzt sind wir quitt‹, hat sie gesagt. Aber ich hab ihr nie gezeigt, was ich fühle. Hat ja keine Rolle gespielt. Und sie auch nicht. Sie war gemein, gierig, egoistisch – aber sie war ja nicht schuld an dem ganzen Problem. Die kleinen Lügner waren schuld. Nicht sie. Peggy Davis. Lächerlich. Die war doch genauso ein Nichts wie ich selber. Daß ich ein Nichts wurde, dafür hat sie gesorgt. Hat mich gezwungen, meinen Namen zu ändern. Meinen Namen! Mein Vater war ein Kriegsheld, und ich durfte nicht mal seinen Namen tragen!«

»Aus Margaret Robinson wurde also Margaret Davis«, sagte ich leise, in der Hoffnung, daß auch er dann leiser spräche und sich wieder beruhigte. »Es hat eine Weile gedauert, bis ich den Bezug zwischen den Kosenamen von

Margaret gesehen habe. Sie hat sich einfach umbenannt. Aus Maggie wurde Peggy. Und Sie sind Justin Davis geworden.«

Er blickte wieder in den Spiegel und gab mir keine Antwort.

»Jimmy«, sagte ich und versuchte ihn davon abzulenken. »Warum denn erst jetzt? Worauf haben Sie denn all die Jahre gewartet?«

Er wandte mir das Gesicht zu. »Sie hätte mich verraten.«

»Wer? Edna?«

»Nein, nein. Peggy. Ich hab immer Angst vor ihr gehabt. Jetzt nicht mehr. Jetzt nicht, nein ... aber früher, als ich noch nicht begriffen hatte, wie schwach sie ist. Sie wußte, wie sie mir angst machen kann. Hatte mich voll im Griff. Sie hat mich gekannt. Deshalb hatte sie Macht über mich. Man muß über alles Bescheid wissen, dann hat man auch Macht. Und deswegen hab ich jetzt alles im Griff. Ich kenne dich. Ich hab dich beobachtet. Ich kenne deine Geheimnisse. Peggy wußte immer alle möglichen Sachen. Wir hatten ...« sein Blick schoß kurz zur Seite. »Wir hatten unsere Geheimnisse«, sagte er und beobachtete mich wieder, als wolle er sehen, wie ich darauf reagiere. Als ich nichts sagte, fuhr er fort. »Aber dann ist das Allerkomischste passiert. Sie ist vergeßlich geworden! Sie hat alles vergessen! Zuerst hab ich gedacht, das ist wieder einer von ihren Tricks, war's aber nicht. Sie konnte nichts mehr erzählen. Überhaupt nichts. Ist das nicht verrückt?«

Er lächelte mich an. Es war das erste Mal, daß ich ihn länger als ein paar Sekunden lächeln sah. Ein breites, sanftes Lächeln. Es veränderte ihn völlig, und merkwürdigerweise wirkte er einen Moment lang gar nicht mehr so beängstigend. Es war das Lächeln eines kleinen Jungen, eines Achtjährigen vielleicht. *Ein Unmensch, wer Jimmy*

Grant nicht bedauert hätte, hatte er einmal zu mir gesagt. Es war ebenso das Lächeln eines Killers, sicher – aber was wäre wohl aus ihm geworden, wenn man ihn nicht einem Ungeheuer wie Peggy Davis überlassen hätte…

Er schaute in den Seitenspiegel.

Das Lächeln war verschwunden.

»Du Schlampe! Du hast uns verfolgen lassen. Das ist doch dein Freund, nicht wahr? Drück auf die Tube – los. Schneller!«

»Die Straße ist schlammig –«

»Verdammt noch mal! Schneller! hab ich gesagt.«

Ich stieg aufs Gas und versuchte, den Wagen unter Kontrolle zu halten. Mehr konnte ich nicht tun.

»Du Miststück! Warum hast du alles kaputt gemacht! Es hätte so schön sein können! Ich wär gut zu dir gewesen.« Er kurbelte sein Fenster herunter und lehnte sich mit seinem Revolver hinaus. »Sag Mr. Harriman Lebewohl. Er wird dran glauben müssen, Kassandra.«

Plötzlich war es mir scheißegal, was Jimmy Grant mit mir vorhatte. Ich wußte nur eins. Ich würde nicht tatenlos zuschauen, wie er Frank umbrachte. Ich benutzte die einzige Waffe, die mir zur Verfügung stand. Ich riß das Steuerrad hart nach rechts.

27

Ein paar Sekunden lang war es wie im Traum; eine unwirkliche Mischung aus Bewegung und Zeit, beide ihrer natürlichen Ordnung entrissen. Der Lieferwagen geriet ins Schleudern. Durch den Schlamm verloren die Räder jegliche Bodenhaftung. Wir schlitterten in erstaunlichem Tempo dahin. Mit einem ohrenbetäubenden Knall brachen wir durch einen Maschendrahtzaun, und plötzlich hatte ich das Gefühl, schwerelos durchs All zu rasen. Und genau das tat ich auch.

Einen Moment lang sah ich die Betonwände des Hochwasserschutzkanals in den Scheinwerferkegeln vorbeisegeln. Dann, viel zu schnell, ein markerschütternder Aufprall, ein fürchterlicher Knall, Schwärze.

Ich weiß nicht, wie lange ich bewußtlos war. Als ich wieder zu mir kam, dachte ich einen Moment lang, ich sei blind. Es war stockdunkel. Ich hatte überall höllische Schmerzen – aber meine rechte Seite brachte mich schier um. In meiner linken Kopfhälfte hämmerte es, und ich konnte mir beim besten Willen nicht vorstellen, auf was ich da aufgeprallt war. Ich hörte das Tosen vorbeirauschenden Wassers. Jimmy Grant stöhnte und flehte um Hilfe. Ich hatte keine Ahnung, wo er war. Keine Ahnung, wo ich mich befand. Noch nie hatte ich so ein überwältigendes Gefühl völliger Desorientiertheit erlebt.

Langsam gewöhnten sich meine Augen an die Dunkelheit – nein, sie gewöhnten sich nicht. Der Mond kam heraus. Aber der Blickwinkel auf meine Umgebung erschien mir etwas merkwürdig. Allmählich begriff ich, daß der Lieferwagen in Seitlage im Kanal gelandet war, und daß durch die Wucht des Aufpralls Fenster und Scheinwerfer herausgeflogen waren. Ich war mit Glassplittern übersät und nur mein Sicherheitsgurt, der schmerzhaft in meine rechte Hüfte und Brust schnitt, hielt mich über Wasser. Ich tastete nach dem Steuerrad, fand es und umklammerte es, um den Druck des Gurts zu mildern. Ich streckte die Beine und stemmte die Füße gegen des Wagenbodens, um mir zusätzliche Erleichterung zu verschaffen.

Und dann sah ich Jimmy Grant. Sein Gesicht war völlig blutverschmiert. Es war das einzige von ihm, das noch aus dem Wasser herausragte. Eine Maske mit großen, entsetzten Augen. »Hilf mir«, flüsterte er. Ich war immer noch benommen und begriff zuerst gar nicht, was los war. Dann sah ich, daß er von der Gewalt der Strömung gegen den Sitz gepreßt wurde und sich irgendwie in seinem Sicherheitsgurt verheddert hatte. Der Mond verschwand hinter einer Wolke, und ich sah nichts mehr.

Ich versuchte, mit der rechten Hand nach ihm zu greifen. Irgendwie mußte er seine Hand freibekommen haben, denn ich spürte, wie er mit seiner eisigen, feuchten Linken meine Hand umklammerte. »Hilfe«, wimmerte er erneut, doch es klang, als erwarte er gar keine.

Ich zog ihn ein wenig zu mir herauf. Das Wasser war kalt, und seine Kleider schwerer als meine. Sie zogen ihn nach unten. Schutt aus dem Kanal, Zweige, alte Bierdosen und kleine Steine wurden durch die Windschutzscheibe hereingeschwemmt und trafen ihn mit voller Wucht.

»Ich kann nicht«, keuchte er erschöpft. »Ich kann mich nicht halten.«

Der Mond kam wieder hervor, und wieder sah ich ihn. Mit Entsetzen entdeckte ich, daß sein rechter Arm fast vollständig abgetrennt war. Er mußte eine Unmenge Blut verlieren. Sein Griff lockerte sich, und ich wußte, daß ich ihn nicht aus eigener Kraft würde halten können. Panik breitete sich auf seinen Zügen aus. Plötzlich schoß ein großer dunkler Gegenstand auf ihn zu. Ich hörte ein lautes krachendes Geräusch, als das Ding seinen Kopf mit entsetzlicher Wucht rammte. Ich erkannte einen Ast, der in die Strömung zurückwirbelte. Jäh ließ Jimmy mich los und sank mit merkwürdig verdrehtem Kopf ins Wasser zurück.

Ich hörte ein knarrendes Geräusch und spürte, daß der Wagen sich bewegte. Jede Minute mußte ich damit rechnen, daß der nächste Ast herangeschossen kam. Da ich einen ähnlichen Aufprall wie den fürchtete, der Jimmy

Grant eben getötet hatte, nahm ich all meine Kraft zusammen, um mich aus dem Wasser herauszustemmen. Ich mußte da einfach raus.

Das Seitenfenster über mir war zwar zerbrochen, aber wegen der gezackten Glaskanten schreckte ich vor dieser Fluchtmöglichkeit zurück. Ich versuchte die Tür zu öffnen. Sie bewegte sich keinen Millimeter. Mit dem Fenster hatte ich bessere Chancen. Langsam zog ich meine Jacke aus, voller Angst, daß ich, wenn ich mich zu heftig bewegte, wie Jimmy Grant im Wasser enden würde.

Schließlich war ich sie los. Ich wickelte sie um meinen Arm, stützte mich ab, so gut es eben ging, und schlug die restliche Scheibe heraus. Einen Moment lang glaubte ich, eine Stimme gehört zu haben, doch sie wurde vom tosenden Wassser übertönt. Ich brüllte zurück und hoffte, daß mich trotz all des Lärms jemand hörte.

Nun stand ich vor einem Dilemma. Wenn ich den Sicherheitsgurt löste und nicht die Kraft hatte, mich herauszuziehen, landete ich im Kanal. Löste ich ihn nicht, so hielt er mich zwar weiter auf meinen Sitz fest, aber es war mir auch unmöglich, aus dem Fenster zu klettern.

Ich hakte den Arm in die Fensteröffnung und löste den Gurt. Einen Moment lang konnte ich mich mit den Beinen halten und streckte die andere Hand nach oben. Ich versuchte mich abzustoßen. Ich rutschte ab. Ich machte eine Verrenkung, bei der ich mir fast die Schulter auskugelte, und dann hing ich nur noch an meinen Armen über den tosenden Fluten. Der Schmerz galoppierte mit einemmal durch meinen Schädel. Unter den Füßen spürte ich etwas Weiches. Erschrocken begriff ich, daß es Jimmy Grant war.

Das Entsetzen darüber, daß ich auf ihm stand, wirkte wie ein Energieschub. Ich strampelte mich nach oben, auf die Armlehne zwischen den Sitzen, aus dem Wasser heraus. Nach kurzer Verschnaufpause streckte ich die Beine. Indem ich mich mit den Armen hinaufzog und mit den Füßen abstieß, gelang es mir ganz allmählich, mich durchs Fenster zu zwängen. Benommen kletterte ich auf die Flanke des Wagens.

Fröstelnd und völlig erschöpft lag ich da. Dann hörte ich jemanden meinen Namen rufen.

»Irene!« Ich wälzte mich auf die Seite und spähte zum Ufer hinüber. Und da stand er – Frank.

Mit schlaffem Arm winkte ich ihm zu.

»Alles in Ordnung?« schrie er.

»Ja!« brüllte ich zurück, obwohl mir der Kopf fast zersprang.

»Bleib da, gleich kommt Hilfe.«

Bleib da. Am liebsten hätte ich laut gelacht. Meinte er denn, ich hätte vor, an Land zu schwimmen? Ich konnte mich kaum bewegen. Und auch wenn ich die Kraft gehabt hätte, wäre ich nicht so blöd gewesen.

Frank marschierte am Ufer auf und ab wie ein Tiger im Käfig. Ich merkte, daß er etwas tun wollte und frustriert war.

»Reg dich ab!« brüllte ich.

Ich hörte ihn lachen. Angenehmer Laut.

Bald hörte ich auch die Sirenen. Rote Lichter blinkten, als Polizei und Rettungswagen sich dem Kanalufer näherten. Scheinwerfer wurden angeschaltet und auf den Lieferwagen gerichtet.

Ein Hubschrauber traf ein. Sie ließen einen Mann herunter, der mich in eine mehr als willkommene warme Decke schlug. Er half mir in Hüft- und Schultergurt, und ich wurde in den über uns schwebenden Hubschrauber hinaufgezogen.

Es ärgerte mich ein wenig, daß mein erster Flug mit einem Hubschrauber so kurz sein sollte, aber ich wollte so schnell wie möglich zu Frank und ihn beruhigen. Ehe ich aber etwas in dieser Richtung unternehmen konnte, schritten die Sanitäter ein. Sie wollten mich ins Krankenhaus bringen, doch ich konnte sie schließlich überzeugen, daß ich nicht mehr als ein paar Schrammen und eine kleine Migräne abgekriegt hatte.

Die Rettungsleute gaben mir noch mehr Decken und heiße Getränke. Ich war zwar zerschlagen, aber bei klarem Verstand, jetzt wo ich das Schlimmste, das Kaltwasserbad, überstanden hatte. Schließlich beantwortete ich auch noch die Fragen von Franks Kollegen. Offensichtlich glaubten sie zu wissen, wo sie mich für weitere Fragen finden würden. Ich hatte keine Lust, dazubleiben und zuzugucken, wie sie Jimmy aus dem Wasser zogen.

Frank war wirklich erschüttert, das merkte ich, denn er redete während alldem kaum ein Wort. Er nahm nur meine Hand und hielt sie lange. Schließlich sagte jemand, daß ich nach Hause gehen könne. Darauf hatten wir nur gewartet.

Wir krochen ins Bett. Frank massierte mir die verkrampften Muskeln, während wir einander von den Erlebnissen unseres jeweiligen Abends berichteten. Er war gerade aus Stevens Kincaids Zimmer gekommen, als eine Nonne auf ihn zustürzte und ihm erzählte, ich sei in Gefahr. Die gute alte Schwester Theresa. Sie hatte sich nicht täuschen lassen. Jimmy Grant war sich einfach nicht klar gewesen, gegen wen er es da aufnahm. Das Heiligenbildchen sei lediglich eine Verzögerungstaktik gewesen, erzählte sie mir später. St. Judas ist der Heilige für die hoffnungslosen Fälle.

Obwohl wir beide völlig erschöpft waren, unterhielten wir uns noch lange in jener Nacht. Wir schmiegten uns aneinander und schliefen schließlich ein, und wenn ich es mir recht überlege, ziehe ich Schmusen mit Frank dann doch jeder Hubschrauberfahrt vor.

Am nächsten Tag brachte der *Express* einen Artikel über den Tod des Todes, sprich Thanatos. Er lieferte folgende Details, die Mark Baker in harter Arbeit zusammengetragen hatte: Jimmy Grant/Justin Davis hatte seine eigene Benzinmischung gepanscht, um Verdacht von sich abzulenken. Als Justin Davis hatte er die Software für einige der Computer-Sicherungssysteme von Mercury Aircraft geliefert und dafür gesorgt, daß er so lange wie nötig Zugang dazu hatte. Wie die Polizei schon zur Zeit meiner Entführung erfuhr, hatte Davis auch für das Las Piernas College gearbeitet und unter anderem ein Schlüsselkartensystem für die Angestellten entwickelt. Folglich hatte es ihm keine Schwierigkeiten bereitet, sich Zutritt zu den Büros von Edna Blaylock und Don Edgerton zu verschaffen. Er hatte auch den Stimmensynthesizer in Edgertons Büro geschmuggelt.

Da Edgerton die Jagdschleuder tatsächlich gekauft hatte, vermutete die Polizei, daß Jimmy Grant beim Ausspionieren seiner Opfer von dem Kauf erfahren und sich eine ähnliche angeschafft hatte.

Wie sich herausstellte, versuchte Edgerton ein Baseballbuch über den Aufstieg und Fall der Pacific Coast League zu schreiben, eine starke Zweitliga, die in den Zeiten, ehe die Dodgers oder die Giants nach Westen zogen, Spieler wie Joe DiMaggio aufzuweisen hatte. Da er sich seiner Schreibkünste nicht ganz sicher war, war er wohl nervös geworden, als ich mich seinem Manuskript genähert hatte. Später heuerte er dann Mark Baker an, der ihm beim Schreiben unter die Arme griff.

Drei Tage nach meiner Hubschrauberfahrt wurde Steven Kincaid aus dem Krankenhaus entlassen. Zwar war er etwas besorgt wegen der Narbe, doch im Grunde sah er damit nur noch umwerfender aus. Bea Harriman vertrat mich und kümmerte sich um ihn.

Ich erzählte Bea von der jungen Frau namens Helen aus dem Sportgeschäft, die sich bereit erklärt hatte, Steven während seiner Genesung zu helfen. Bea wollte dafür sorgen, daß die beiden sich zumindest mal zu Gesicht bekämen.

Jack kümmerte sich um die Hunde, und Barbara, der wohl Jacks nachlassende Aufmerksamkeit Sorgen machte, übernahm die Fütterung Codys. Sie hatte darauf bestanden.

Ich dagegen steuerte nach unserem Las-Vegas-Ausflug den Volvo nach Hause. Die Wüstenluft war warm, die Fenster heruntergekurbelt, und vom Kassettenrecorder erklang Duke Ellingtons wunderbare Interpretation von »All the Things You Are«. Mr. und Mrs. Pete Baird saßen zusammengekuschelt und einstimmig schnarchend auf der Rückbank. Und auf dem Beifahrersitz schlummerte selig lächelnd mein frisch angetrauter Gatte.

GOLDMANN

Lara Stern

»Ein neuer Stern scheint am deutschen Krimi-Himmel aufzugehen. Lara Stern ist nicht nur ein gut geschriebener Krimi mit dichter Atmosphäre gelungen, sondern sie bereichert die Krimilandschaft auch um eine Ermittlerin mit Witz, Verve und provozierender Weiblichkeit.« Krimi Journal

»...gut gegliedert, spannend und unterhaltend.« Brigitte

Nix Dolci   5188

Sabas Himmelfahrt   5818

Bali kaputt   42417

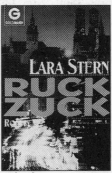

Ruck zuck   42407

Goldmann · Der Taschenbuch-Verlag

GOLDMANN

Ruth Rendell

Mit hellwachen Augen beobachtet Ruth Rendell menschliche Regungen, analysiert Verstand und Gemüt ihrer Umwelt mit subtilem psychologischem Raffinement.
»Ruth Rendell entwickelt eine unvergleichliche Art, die Gewöhnlichkeit des täglichen Lebens mit dunklen Einflüssen und Lust und Gier, Obsession und Angst zu verquicken.«
Sunday Times

Die Werbung,
Roman   42015

Die Brautjungfer,
Roman   41240

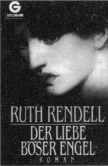

Der Liebe böser Engel,
Roman   42454

Das Haus der geheimen Wünsche,
Roman   41169

Goldmann · Der Taschenbuch-Verlag

GOLDMANN TASCHENBÜCHER

*Das Goldmann Gesamtverzeichnis erhalten Sie im Buchhandel
oder direkt beim Verlag.*

Literatur · Unterhaltung · Thriller · Frauen heute
Lesetip · FrauenLeben · Filmbücher · Horror
Pop-Biographien · Lesebücher · Krimi · True Life
Piccolo Young Collection · Schicksale · Fantasy
Science-Fiction · Abenteuer · Spielebücher
Bestseller in Großschrift · Cartoon · Werkausgaben
Klassiker mit Erläuterungen

* * * * * * * * * *

Sachbücher und Ratgeber:
Gesellschaft / Politik / Zeitgeschichte
Natur, Wissenschaft und Umwelt
Kirche und Gesellschaft · Psychologie und Lebenshilfe
Recht / Beruf / Geld · Hobby / Freizeit
Gesundheit / Schönheit / Ernährung
Brigitte bei Goldmann · Sexualität und Partnerschaft
Ganzheitlich Heilen · Spiritualität · Esoterik

* * * * * * * * * *

Ein SIEDLER-BUCH bei Goldmann
Magisch Reisen
ErlebnisReisen
Handbücher und Nachschlagewerke

Goldmann Verlag · Neumarkter Str. 18 · 81664 München

Bitte senden Sie mir das neue kostenlose Gesamtverzeichnis

Name: _____

Straße: _____

PLZ / Ort: _____